Marion Zimmer Bradley wurde 1930 in Albany, New York, geboren. Internationale Berühmtheit erlangte sie vor allem mit ihren Science-fiction- und Fantasy-Romanen. Zu ihren berühmtesten Werken zählen die Romane um den König-Artus-Mythos: ›Die Nebel von Avalon‹, ›Die Wälder von Albion‹ und ›Die Herrin von Avalon‹.
Sie lebt mit ihrer Familie in Berkeley in Kalifornien.

Mondschwester. Schwertkämpferinnen, Wolfsfrauen, Zauberinnen, Jägerinnen und weise Frauen sind, neben vielen anderen, die Gestalten, die in einundzwanzig Erzählungen auftreten, die Marion Zimmer Bradley für diesen Band ihrer ›Magischen Geschichten‹ gesammelt hat. Sie führen uns in die Reiche der Phantasie, die an die Welt von *Tausendundeiner Nacht* erinnern, wie in nebelverhangene Gegenden, in schneebedeckte Gipfelregionen und ausgedehnte Forste mit hohen Bäumen.
Fast überall erwartet die Heldinnen bei ihrem Kampf gegen die Mächte der Finsternis eine geheimnisvolle Magie, die von seltsamen Steinen, Talismanen, Zeichen und Runen ausgehen oder von beschwörenden Formeln, die die Kraft der Verwandlung verleihen. Starke Frauen schrecken nicht zurück, wenn es darum geht, denjenigen, die sich nicht mehr selbst helfen können, beizustehen und den Kräften des Lichts zum Durchbruch zu verhelfen. Oftmals sind tapfere Pferde ihre besten Freunde bei ihren einsamen Abenteuern, wenn sie fern ihrer Heimat ihre Aufgaben erfüllen.

Im Fischer Taschenbuch Verlag sind erschienen: ›Die Nebel von Avalon‹ (Bd. 8222), ›Tochter der Nacht‹ (Bd. 8350), ›Die Feuer von Troia‹ (Bd. 10287), ›Lythande‹ (Bd. 10943), ›Luchsmond‹ (Bd. 11444) und ›Die Wälder von Albion‹ (Bd. 12748) sowie die von Marion Zimmer Bradley herausgegebenen ›Magischen Geschichten‹: ›Schwertschwester‹ (Bd. 2701), ›Wolfsschwester‹ (Bd. 2718), ›Windschwester‹ (Bd. 2731), ›Traumschwester‹ (Bd. 2744), ›Zauberschwester‹ (Bd. 13311), ›Mondschwester‹ (Bd. 13312). Die Serie der ›Magischen Geschichten‹ wird fortgesetzt.

Mondschwester
Magische Geschichten VI

Herausgegeben von
Marion Zimmer Bradley

Aus dem Amerikanischen
von Wolfgang F. Müller-Stuttgart

Fischer Taschenbuch Verlag

Deutsche Erstausgabe
Veröffentlicht im Fischer Taschenbuch Verlag GmbH,
Frankfurt am Main, Januar 1997

Die amerikanische Originalausgabe erschien 1990 unter dem Titel
»Sword and Sorceress VI« bei DAW Books, Inc., New York
Copyright © 1990 by Marion Zimmer Bradley
Für die deutsche Ausgabe:
© Fischer Taschenbuch Verlag GmbH, Frankfurt am Main 1997
Gesamtherstellung: Clausen & Bosse, Leck
Printed in Germany
ISBN 3-596-13312-2

Gedruckt auf chlor- und säurefreiem Papier

Inhalt

MARION ZIMMER BRADLEY Einleitung 7
DIANA L. PAXSON Equonas Stute 12
 (Equona's Mare)
SHARIANN LEWITT Die Hand Fatimas 32
 (The Hand of Fatima)
LYNNE ARMSTRONG-JONES Anfang 47
 (Commencement)
MORNING GLORY ZELL Das kleinere Übel 54
 (A Lesser of Evils)
KIER NEUSTAEDTER Und Sáavüld tanzte 74
 (And Sáavüld Danced…)
LINDA GORDON Stein des Lichts 85
 (Stone of Light)
NANCY JANE MOORE Der neue Hauptmann 90
 (Change of Command)
VERA NAZARIAN Der Sternenkönig 105
 (The Starry King)
NINA BOAL Das Spiegelbild 118
 (Mirror Image)
JENNIFER ROBERSON Schlafende Hunde 126
 (Sleeping Dogs)
ELISABETH WATERS Im Schattenreich 142
 (Shadowlands)
MERCEDES LACKEY Die Entstehung einer Legende . . . 156
 (The Making of a Legend)
MARY FENOGLIO Brandopfer 173
 (Burnt Offerings)
DOROTHY J. HEYDT Rattentod 191
 (Ratsbane)

BOBBI MILLER	Wolfsjagd	208
	(Wolf Hunt)	
CARL THELEN	Perle	227
	(Pearl)	
JESSIE D. EAKER	Der Name der Dämonin	231
	(Name of the Demoness)	
LOIS TILTON	Hände	239
	(Hands)	
MARY E. CHOO	Wolfsläuferin	259
	(Wolfrunner)	
J. A. BREBNER	»Bis zum nächsten Mal!«	279
	(Until We Meet Again)	
GEMMA TARLACH	Die Schwarze Wölfin	298
	(Black Wolf)	

Einleitung

Als ich vor Jahren das Projekt ›Magische Geschichten‹ (*Sword and Sorceress*) begann, ging es mir vor allem um eine Befreiung dieser letzten Machodomäne der Science-fiction- und Fantasy-Literatur, in der Vergewaltigung und Ausbeutung nur allzu gängig und Frauen eher Objekt als Subjekt der Handlung waren und oft den männlichen Helden als Preis für schlechtes Betragen zufielen.
Manche Autorinnen dieser Anthologie sind seither sehr erfolgreich gewesen: Diana L. Paxson hat inzwischen einige Romane publiziert, ebenso Jennifer Roberson und Mercedes Lackey, und ich denke, daß Dorothy Heydt und Millea Kenin ihnen bald folgen und gleichfalls einen hohen Bekanntsheitsgrad haben werden.
Angesichts der allgemeinen Begeisterung für die ›Magischen Geschichten‹ habe ich mir über die Spezies von Frauenromanen, die in den Vereinigten Staaten am gängigsten ist und in jedem auf Unterhaltungsliteratur spezialisierten Laden immer mehr Regale füllt und jedem Möchtegern-Autor, der derlei Zeug produzieren kann, als bombensichere Einkommensquelle empfohlen wird, ernsthaft Gedanken gemacht. Ich meine die speziell für Frauen gedachte Art von Soft-Pornographie, die man »Liebesroman« nennt – und die ich schon als Vierzehnjährige nicht ausstehen konnte.
Ich werde oft gefragt, warum ich sogar Liebesromane mit Fantasy-Elementen für Schund halte – den keine Frau, die etwas auf sich hält, lesen sollte. Ganz einfach deshalb, weil diese Liebesromane (selbst die, die ihren wohlmeinenden und hart arbeitenden Autoren sechsstellige Honorare einbringen) das Schädlichste all der überkommenen Klischees am Leben erhalten, die Idee nämlich, das oberste, wenn nicht einzige Ziel der Frau müßte es sein, den richtigen Mann zu finden, weil die Liebe eines Mannes und die Ehe all ihre Probleme für immer lösen würden.

Daß ich eine Männerhasserin wäre, könnten auch meine schlimmsten FeindInnen nicht behaupten. Die radikalen Feministinnen schneiden mich aber, weil ich ganz unverblümt gesagt habe und sage, daß die meisten sogenannten Frauenromane so schlecht sind, daß sie nur in Frauenverlagen erscheinen können. Viele von ihnen meinen, daß ich mich an das »männliche Establishment« verkauft hätte. Erschwerend kommt für sie hinzu, daß ich zweimal geheiratet habe, zu meinem ersten Mann bis zu seinem Tod das beste Verhältnis hatte und mit meinen beiden erwachsenen Söhnen und meinem zweiten Mann, meinem (männlichen) Literaturagenten und meinen (männlichen) Lektoren weiterhin gut auskomme. Das ist mit ein Grund, warum ich mich weigere, mich Feministin zu nennen. Die Feministinnen lehnen mich ab; aber ich beklage mich nicht mehr darüber. (Anfangs hat mich das allerdings sehr geschmerzt.)

Dennoch kann ich, die ich ja alles Gedruckte (sogar den Werbetext einer Zahnpastaschachtel) verschlinge, all die gängigen Liebesromane nicht ausstehen. Denn sie sind klischeehafter als die schlimmste übrige Schundliteratur und stets nach dem einen Muster gestrickt: Einsame Frau lernt Mann kennen und beginnt, grundlos oder doch höchstens hormonell bedingt, etwas für ihn zu empfinden, nennt ihre Gefühle irgendwann, mit oder ohne Zusatzgrund, Liebe und schließt mit ihm den Bund für ein Leben in nie enden wollendem Glück.

Ich habe meine Sekretärin, die solche Liebesromane dutzendweise verschlingt, oft gebeten, mir zu sagen, was denn das Interessante daran sei, und habe selbst viele gelesen, um das herauszufinden – bin aber so schlau wie zuvor. Irgend etwas müssen sie ihr geben, denn sonst würde sie sie nicht lesen. Aus reiner Dummheit tut sie das bestimmt nicht. Sie ist weit gebildeter als ich, hat an einer angesehenen Universität ihren Master of Arts gemacht, während ich nur einen Bachelor of Arts eines drittklassigen Südstaaten-Bibel-College habe. Sie hatte, ehe sie für mich zu arbeiten begann, in einem Großunternehmen jahrelang eine Position bestens ausgefüllt, die solche Anforderungen stellt, daß drei Vollzeitkräfte benötigt wurden, um sie zu ersetzen. (Bis heute erhält sie von dort

Anrufe mit der verzweifelten Bitte, mal wieder irgendeine Systempanne zu beheben.) Worin also liegt der Reiz dieser Schundromane?
Sie müssen ihren Leserinnen – so das einzige Ergebnis all meines Nachdenkens und Inmichgehens – das geben, was J. R. R. Tolkien in seinem Essay *On Fairy Tales* (›Über Märchen‹) »den Trost des Happy-End« genannt hat. Sie haben, anders als andere Genre-Romane, fast alle einen (aus Sicht ihrer Autoren) glücklichen Ausgang: nämlich den Bund von Mann und Frau für ein Leben im Glück. Nun wissen Sie und ich und wohl auch die Autoren, daß die Hochzeitsglocken nicht vom Ende, sondern vom Anfang der Probleme künden. Aber im Moment ist alles bestens – »und nun ab ins Bett«, wie Samuel Pepys, ein längst verstorbener Brite, sagte. Mag die Zukunft Geschirrspülen und Windelnwechseln, Zahnarztbesuche, Scheidung und Tod bringen – für den Augenblick ist das Gleichgewicht hergestellt, geht alles seinen guten Gang. Man kann die Helden mit dem Gefühl verlassen, daß es ihnen wohl ergehen werde. Auch wenn man nie mehr zu ihnen zurückkehrt, wird es ihnen gutgehen. Und das verlangen die Leute von ihren Büchern – verlange auch ich.
Der stete Genuß solcher Literatur dürfte bei den Frauen aber das Gefühl nähren, daß sie nichts für sich tun oder sein zu brauchen, sondern nur nach ihrer großen Liebe Ausschau zu halten haben und sich derweil (wie Barbara Cartland betont) ihre Jungfräulichkeit bewahren müssen, damit alles gut wird (eines Tages, so sie noch jung und schön sind). Aber was hat diese Ideologie nicht schon an Unheil angerichtet! Man denke an die Mädchen, die von der Schule weg heiraten, ohne Qualifikation für eine nützliche Arbeit, und sei es fürs Kindererziehen. Die meisten dieser Frauen sind, wenn sie mit den Realitäten der Mutterschaft konfrontiert werden, noch so infantil, daß ihnen wohl kein anständiger Tierschutzverein ein Kätzchen zur Aufzucht überlassen würde (in den Vereinigten Staaten wird man aufs Autofahren gründlicher vorbereitet als aufs Muttersein). Wenn sie, ihrer Jugend und Schönheit verlustig, von ihrem vom Zeitgeist zur Suche nach ewig neuer »Liebe« ermunterten Mann verlassen werden, stehen ihnen oft

nur die miesesten und am miesesten bezahlten Jobs offen, so daß sie im Handumdrehen in die Armut absinken. Sie sind die unschuldigen Opfer des romantischen Liebesklischees unserer Kultur, das von abertausend Büchern und Autoren gepflegt wird.
Dazu gehört auch die Idee, Königin des Abschlußballs zu sein, sei das Wichtigste für eine Schülerin. Dabei ist längst klar, daß die Stars der High School – die Ballkönigin, der Footballcrack – für die Realitäten des Lebens nicht recht vorbereitet sind. Ich sage bei meinen Gesprächen mit Oberschülern immer, daß sie nicht »in« sein müssen. Mögen die Eltern auch so tun, als ob in der Schule die Beliebtheit der Schlüssel zum schnellen Erfolg sei – im Leben gilt das sicher nicht; mehr Rendezvous mit Jungs (beziehungsweise Mädchen) zu haben, zählt überhaupt nicht. Ja, es könnte der Tag kommen, da eine Frau sich wünscht, sie hätte sich mehr um ihre Englischnoten und weniger um die tollen Burschen auf der anderen Seite des Korridors gekümmert.
Bei dem Zustand unseres Bildungswesens könnte es bald sein, daß eine Frau, die gutes Englisch schreibt, weit mehr gefragt ist als eine, die neunzig Wörter in der Minute tippt.
Legt also die Liebesromane beiseite, die euch ein konventionelles Ideal suggerieren – jung, schön, der Mittelschicht zugehörig und jungfräulich, aber umschwärmt –, und lest die Literatur, in der die Frauen Abenteuer erleben und Eigenwert haben, so wie in den Geschichten dieses Buchs.
Deshalb gebe ich sie ja auch heraus.

Marion Zimmer Bradley

DIANA L. PAXSON

Diana und ich, wir haben sozusagen die Welt unter uns aufgeteilt; mir fiel dabei vor allem Artus zu (›Die Nebel von Avalon‹) und ihr Tristan und Isolde (›Der weiße Rabe‹). Ich bekam die Ilias (›Die Feuer von Troia‹), und sie erhält – was immer sie daraus machen wird – die Odyssee. Ich kriege El Cid und sie Roland. Und so weiter und so fort.
Diana ist zufälligerweise auch meine Schwägerin, und wir sind eng befreundet. Daß sie in den meisten dieser Anthologien vertreten ist, verdankt sie jedoch nicht unserer Beziehung, sondern ihren schriftstellerischen Fähigkeiten. Sie hat einige Romane über das Phantasieland »Westria« geschrieben. Dazu gehört ihr erstes Buch (›Der Erdstein‹). Als sie mir die Erstfassung vorlegte, hatte ich die unangenehme Aufgabe, ihr zu sagen, es enthalte genug Handlung für vier Bände und sei in dieser Form unverkäuflich. Nun, sie hat daraus sieben Bücher gemacht, die sich alle gut verkauften (was zeigt, daß ich nicht unfehlbar bin). Diana hat mit Brisingamen (›Freyas Halsband‹) auch den wohl besten zeitgenössischen Fantasy-Roman verfaßt, den ich je gelesen habe. Jetzt dürfte sie genügend Kurzgeschichten über Shanna zusammen haben, um daraus einen Roman zu machen. Ich hoffe aber, daß sie das nicht davon abhält, Kurzgeschichten zu schreiben. Jedenfalls freue ich mich, daß ich diesen Band der ›Magischen Geschichten‹ mit einem neuen Abenteuer ihrer Zauberin und Schwertkämpferin Shanna eröffnen kann. – MZB

DIANA L. PAXSON

Equonas Stute

»Ich hab die Nase voll von Göttinnen!« sagte Shanna von Sharteyn und leerte noch einen Becher Karna-Ale. »Sie sollten mich in Ruhe lassen, verdammt noch mal!«
»Stör die Götter nicht, dann lassen sie auch dich in Ruh... das ist meine Theologie«, Rufo Beltorix grinste und schenkte ihr ein. Dann begann er wieder, die Würfel zu schütteln.
Shanna seufzte. Die Götter lassen einem manchmal kaum eine Wahl. Aber wie auch immer, Rufo war in Ordnung. Ja, dachte sie und ließ den alegetrübten Blick über die Männer in der Schenke schweifen, das sind alles feine Kerle. Diese Zweite Kavallerieabteilung der Fünften Legion, die »Kaiserabteilung«, war eine prächtige Truppe, die sich auch im letzten Dorischen Feldzug, von dem die Beulen an ihren Rüstungen noch zeugten, wacker geschlagen hatte. Aber jetzt drängten sich die schlachterprobten Kämpen mit ihren schimmernden bronzenen Brustpanzern und grünen Helmbüschen in der Schenke »Zum Schimmel« in Karna und ließen es sich wohl sein.
Shanna befühlte eine lose Niete an dem wattierten Hemd aus rotem Leder, das sie über ihrem feuervergoldeten Kettenpanzer trug, und dachte, daß auch sie sich bei ihrer Reise gen Süden schon manche Beule geholt hatte und sich wohl noch mehrere holen würde, bevor sie in Bindir ankäme.
Wenn ich meinen Bruder je wiederfinde, dachte sie mißmutig, wird er mich nicht wiedererkennen! Sie hatte Sharteyn als die Tochter eines fürstlichen Hauses verlassen, war aber nun, obschon sie für eine Söldnerin vielleicht etwas jung aussah, nur an ihren um den Kopf geschlungenen Zöpfen als Frau zu erkennen.
»Wie lange warst du in Bindir?« fragte sie Rufo, als er die Würfel mit weit ausholender Bewegung auf den zerkratzten Tisch warf.

Da lehnte er sich zurück und faltete gemächlich die Hände im Nakken. Er war groß und schlank und hatte lohrotes Haar. In seinen Adern fließt nordisches Blut, dachte Shanna, vielleicht... stammt sein Vater von den Nebelinseln.
»Drei Monde. Wir hatten auf eine längere Stationierung gehofft, aber es gibt da in Mesith ein kleines Problem...« Er sah zu, wie die Würfel ausrollten, zählte seine Punkte und lachte. »Du zahlst die nächste Runde und erzählst mir, was dich hierher führt!«
»Ich bin Karawanenwächterin...« Sie winkte dem Schankmädchen und musterte ihn dann sorgsam. Besser, sie schilderte ihm nicht ihre ganze Geschichte, etwa, wie sie nach der Pest in Otey zu Bercys Karawane gestoßen war oder wie ihre so viel ältere Karawanenherrin zu einer Freundin geworden war. »Ich bin nach Bindir unterwegs«, fuhr sie fort, »und suche einen Mann namens Janos ban Artinor... der sich aber auch Janos von Sharteyn nennen könnte. Er ist vor vier Jahren zu einer Mission zum Kaiser aufgebrochen, aber nicht zurückgekehrt.«
Rufo pfiff erstaunt durch die Zähne. »Der kaiserliche Hof! Große Sache, beileibe!«
»Keine Ahnung, warum ich dich überhaupt frage... Wo du doch wohl kaum aus der Wachstube hinausgekommen bist«, murmelte Shanna und beobachtete ihn aus den Augenwinkeln. Das war die Chance, auf die sie gehofft hatte, seit sie von der Rückkehr der Reiterabteilung aus Bindir gehört hatte. Aber sie hatte nicht damit gerechnet, so viel Ale trinken zu müssen.
»Auch die Zweite Kavallerieabteilung hat im Palast Wachdienst gehabt! Ich bin Baratir dabei so nahe gekommen«, versetzte Rufo und hielt die Hände etwas auseinander, »und dann wird ja auch immer viel getratscht...«
»Gut, aber hast du denn was gehört?« fragte Shanna beiläufig.
»Schon möglich«, erwiderte Rufo und ließ vielsagend die Würfel im Becher klappern. »Ein großer Mann, so dunkelhaarig wie du, einer, der beim Kampfe lacht?«
»Erzähl!«
Er schüttelte grinsend den Kopf. »Nicht doch, Shanna, Liebes, ich verschenke nichts! Aber wir können ja darum würfeln...«

Nun schüttelte Shanna den Kopf; sie war aber zu benebelt, um sich über seine Vertraulichkeit auch nur zu ärgern. Als sie ihre Börse umstülpte, fiel ihr siedendheiß ein, daß ihre restliche Barschaft für die letzte Runde draufgegangen war.
»Kein Kleingeld mehr?« fragte Rufo. »Nun, du kannst dafür ja die Nacht mit mir verbringen, wenn du verlierst...«
So benebelt war Shanna nun auch wieder nicht! Sie richtete sich kerzengerade auf und funkelte ihn wütend an.
»Ich verschenk mich nicht und verkauf mich auch nicht, du... du Pferdejunge! Laß dir was anderes einfallen!«
»Wollte dich nicht kränken«, meinte er besänftigend. »Aber wenn ich dich nicht reiten darf, dann vielleicht deine hübsche Stute? Hab sie gesehn, als du reinkamst. Meine Mähre lahmt seit kurzem, und wir machen morgen früh einen Ausflug. Wie wär's, borgst du mir deine kleine Lady für diese Kampagne?«
Shanna starrte vor sich hin. Jemand anderen Calur reiten lassen?!
Würfle darum, das Glück ist mit dir..., sagte die Stimme klar und deutlich, aber sie schüttelte wieder den Kopf und überlegte, wie betrunken sie wohl wirklich sei. *Nur zu, es wird alles gut!*
»Für ein Gefecht?«
»Ich glaub nicht... bloß so eine kleine Säuberungsaktion. Aber sie ist doch kampfgeschult?«
»Ja, natürlich«, begann Shanna und verstummte, als ihr ein paar gemeinsam bestandene Schlachten einfielen. »Ich hab sie selber ausgebildet. Wir sind immer zusammen gewesen.«
»Wieviel liegt dir an meiner Information?« fragte Rufo.
Janos zu finden, war schon seit drei Jahren ihr Ziel, und dies war nun ihre erste heiße Spur!
»Ich brauche mehr Beweise«, gab sie zurück und trank noch einen Schluck.
»Trägt der Mann, den du suchst, ein Medaillon mit einem Phönix darauf... mit in Gold gefaßten Rubinen als Augen?«
Shanna gab sich geschlagen. »In Ordnung! Die höchste Augenzahl gewinnt. Dein Wurf!«
»Hast du gehört?« Rufo winkte einen Kameraden herbei. »Das ist

eine Wette! Du bist Zeuge, Alusius... meine Information gegen einen Ausritt mit ihrer Stute!«
Der von ihm herbeigeholte finstere Riese blinzelte erstaunt, als er gewahr wurde, daß Shanna eine Frau war. Dann griente er und genehmigte sich einen tüchtigen Schluck aus Rufos Alekrug.
Heilige Equona, bat Shanna innerlich, als Rufo den Würfelbecher schüttelte, laß es gut enden und beschütze meine Stute!
Rufo knallte den Becher auf die Platte, hob ihn leicht an, zeigte auf die Sechs, die er geworfen, und reichte Shanna dann mit hämischem Grinsen die Würfel und den Becher.
Denk daran, Göttin, flehte sie. Die Würfel klapperten wie Knochen in dem hölzernen Becher. Shanna hieb den Becher auf den Tisch und drehte ihn zitternd um.
»He! Equona ist mir wohlgesinnt!« strahlte Rufo.
Shanna blinzelte und versuchte, klar zu sehen. Zwei Zweien? Das war doch nicht möglich!
»Dann hast du also die Stute gewonnen? Gut!« bemerkte Alusius. »Ich hatte mich schon gefragt, an welchen Pferdeschwanz du dich bei unserem morgigen Ausflug wohl klammern würdest!«
»Ich nehm sie nachher gleich mit«, meinte Rufo, »weil wir schon in der Morgendämmerung aufbrechen. Aber wenn ich mir's recht überlege, sollte ich wohl besser jetzt schon ins Lager zurück.« Damit erhob er sich und klemmte sich seinen Helm mit dem grünen Federbusch unter den Arm.
Du kannst doch nicht, wollte Shanna protestieren, aber die Worte blieben ihr in der Kehle stecken. Von all dem Ale, das sie getrunken hatte, war ihr ganz schlecht geworden. Das letzte, was sie hörte, war Rufos wildes Lachen.

Als sie zitternd und mit schmerzenden Gliedmaßen aus ihrer Bewußtlosigkeit erwachte, merkte sie, daß sie in Bercys Zelt lag. Die Sonne schien durch den offenen Eingang herein. Durch das helle Licht wurde ihr Kopfweh so stechend, daß sie ihre Augen sogleich wieder schloß.
»Na, wieder unter den Lebenden? Das wird aber auch Zeit!« hörte

sie die Karawanenherrin viel zu laut und aus nächster Nähe sagen.
»Dabei kann ich Ale nicht ausstehen!« murmelte Shanna. »Ich werd das Zeug nie mehr trinken!«
»Dann trink das. Es schmeckt scheußlich, dürfte dir aber wohl den schlimmsten Schmerz nehmen.«
Shanna nahm alle ihre Kräfte zusammen, um sich aufzurichten. Als sie die Augen einen Spalt öffnete, sah sie Bercy vor sich, die ihr einen Becher hinhielt. Sie griff danach, würgte den Sud hinunter und hustete dann krampfhaft. Aber Bercy hatte recht gehabt. Als Shannas Magen sich allmählich beruhigte, merkte sie, daß es ihr, wenn auch geringfügig, besser ging.
Glaubst du, du schaffst es? hörte sie Chais Stimme in ihrem Kopf. Als Shanna sich vorsichtig umdrehte, sah sie ihre Falkin auf der Querstange hocken. *Wenn ich mir dich so ansehe, bin ich froh, daß ich diese Reise in Vogelgestalt mache.*
Halt den Schnabel, du Vogelhirn, raunzte Shanna im Geiste, ohne aber sicher zu sein, ob sich ihr glücklich erworbenes Talent, sich mit der für die Reise zur Vogelgestalt verdammten Chai verständigen zu können, auch diesmal bewährte.
»Du hast gestern abend ja vielleicht einen draufgemacht«, meinte Bercy. »Wir mußten dich ins Lager zurücktragen.«
Shanna runzelte die Stirn. Tragen? Eine Erinnerung stieg durch all die Schmerzen in ihr auf. »Calur!«
Eine Stunde danach wartete die Kriegerin auf eine Audienz beim Garnisonskommandanten von Karna. Es war ein heißer, windstiller Tag. Ihr brach der Schweiß aus, und ihr Leibchen klebte an Brust und Rücken, nur zu gern hätte sie sich das Lederhemd ausgezogen, das sie darüber trug. Aber hier, wo sie unter den Blicken jedes vorbeikommenden Soldaten zusammenzuckte, war das nicht möglich.
»Entschuldige die lange Wartezeit, Herrin!« begann der aus der Wache zurückkehrende Adjutant. »Vor allem, da ich nichts Neues zu berichten habe. Rufo Beltorix ist heute morgen mit seiner Einheit aufgebrochen, aber es ist ein Geheimauftrag. Man wollte mir nicht mal sagen, wohin sie geritten sind!«

»Aber er hat doch mein Pferd!«
»War eine faire Wette, hab ich mit eigenen Augen gesehn«, mischte sich da ein sonnengebräunter Hüne ein, der grinsend an einer der verwitterten Sandsteinsäulen lehnte.
Es war ein Versehen! Ich war betrunken! wollte Shanna rufen, aber die Stimme versagte ihr, und so starrte sie den Kerl bloß zornig an.
»Sie müßten in ein, zwei Tagen zurück sein«, meinte der Adjutant. »Ich werde Reiter Beltorix ausrichten, daß du ihn erwartest!« Und diesmal lachten alle, die in Hörweite waren.
Shanna wandte sich abrupt zum Gehen; jäh aufwallender Zorn ließ ihr den Schädel noch heftiger erdröhnen. Die Kerle hatten nichts begriffen. Für eine Lustpartie brauchte Rufo kein kampferprobtes Pferd. Sie mußte von Sinnen gewesen sein, um Calur als Wetteinsatz überhaupt in Betracht zu ziehen! Als sie sich zum Tor umdrehte, sah sie, daß der Riese ihr folgte.
»Du bist... Alusius«, sprach sie ihn an, »sein Freund, und warst mit ihm, ja? Hat er dir denn nicht gesagt, wohin sie wollten?«
»Er ist verschwiegen, wenn er will, unser Rufo. Das müßtest du am besten wissen!« erwiderte er höhnisch und bleckte seine weißen Zähne. »Du und er, ihr seid euch mächtig nahegekommen, aber jetzt ist Rufo ja fort. Wie wär's denn mit uns beiden?« Dabei griff er nach ihr.
Da hatte sie schon den Dolch in der Hand. Sie wußte selbst nicht, wie er dahin gekommen war, empfand aber ein, ja, vages Gefühl der Befriedigung darüber, daß ihre Reflexe noch immer funktionierten, und ging, den Mann mit eisernem Blick fixierend, in Verteidigungsstellung.
»Ich suche ein Pferd, keinen Esel!« zischte sie. »Verschwinde, wenn du mir nichts zu sagen weißt.«
»Wollt ja nur nett zu dir sein«, erwiderte er kleinlaut. »Wenn du etwas in Erfahrung bringen willst, frag doch die alte Keri Na im Viertel der Gewürzhändler. Sie liest aus der Hand, liest aus Knochen und Spinnweben. Vielleicht kann sie dir was erzählen. Hier wirst du jedenfalls nichts erfahren.«

»Ich war einmal Hohepriesterin!« krächzte die griesgrämige Alte, die sich zwischen all den Gerätschaften, die in der dunklen Hütte herumstanden und herumlagen, hindurchtastete, und lachte mekkernd über Shannas erstaunten Blick. An den Wänden waren Kräuterbündel zum Trocknen aufgehängt, auf dem Boden standen irdene Töpfe, die andere Dinge enthielten, und auf den Regalen lagen glattpolierte Steinkugeln, Tierknochen und Bruchstücke von Metallgegenständen.

»Würd man nicht denken, wenn man mich sieht, oder?« kicherte sie. »Ich hab Kera und Koré im Großen Tempel zu Essa gedient, das ist aber alles Vergangenheit. Der Tempel wurde niedergebrannt, als der Kaiser den Aufstand niederschlagen ließ, und nicht wieder aufgebaut. Den Speerpriestern wäre es nur allzu recht, wenn alle anderen Kulte untergingen, damit allein Toyur übrig bliebe!«

»Kannst du mir sagen, wo sich mein Pferd befindet?« fragte Shanna.

»Geduld, Geduld! Wenn du erst so alt bist wie ich, wirst auch du Geduld haben. Die Knochen werden es uns nicht sagen, aber es gibt andere Mittel und Wege.« Damit nahm die Alte einen kleinen Krug von einem der Regale und ließ sich wieder in ihrem geschnitzten Lehnstuhl nieder.

Shanna atmete durch, um sich zu beruhigen. Es roch nach Staub und Weihrauch und, wenn der Wind sich drehte, etwas nach Müll. Auch sie hatte schon mit den Speerbrüdern Streit gehabt, aber es war jetzt nicht der Augenblick, darüber zu reden. Sie drehte sich zu der alten Frau um, die nun eine Prise irgendeines Pulvers aus dem Krug nahm und ins Kohlenfeuer warf. Grauer Rauch stieg auf, der sich langsam kräuselte und sich in der Hütte ausbreitete. Als Shanna diesen beißenden Rauch einatmete, begann ihr der Schädel erneut zu dröhnen.

»Setz dich einfach hierher, ja so... und, hast du ein Haar von deiner Stute und auch eins von dir? Gut, sehr gut, wir legen sie nebeneinander, das eine so schwarz wie das andere... nicht voneinander zu unterscheiden, nicht wahr? Ja, und jetzt gib mir deine Hand!« sagte die Alte und stach ihr mit einem spitzen Dolch in den

Daumen. Shanna zuckte zusammen. Aber da preßte ihr die Hexe den blutenden Daumen auf die beiden zusammengedrehten Haare und blähte ihren dürren, muskulösen Hals und schrie, daß Shanna die Haare zu Berge standen.
»Heko, heko, hekas! Austri, Vestri, Nodri, Sudri, hört mich, ihr Weltwächter, kommt herbei, o Geister...«, murmelte die Alte. Die Augen sanken ihr in die Höhlen, und einen Moment lang plapperte sie unverständliches Zeug. Dann stieß sie einen neuen Wortschwall aus: »Laßt sich vereinen, was getrennt war! Rote Stute und roter Reiter, nicht mehr geschieden... Equona, Unsere Liebe Frau der Pferde, künde deinen Willen!« Sie schlug die Augen auf, blickte aber ins Leere, und nahm geistesabwesend die zwei zusammengedrehten Haare in die Hand.
»Daß nun befunden, was verbunden...«
Da klopfte es an der Tür.
Die Zauberin fuhr hoch und ließ die Haare fallen, genau auf die gühenden Kohlen, wo sie stinkend zu verschmoren begannen.
»Nein, nein, noch nicht!« rief die Alte und suchte die Haarreste zu retten. Da beugte sich Shanna vor, um ihr zu helfen. Aber das Klopfen in ihrem Kopf zwang sie in ihren Sessel zurück. Ihr wurde schwindlig, sie spürte, wie ihr Sessel umkippte, und stürzte ins Dunkel.
»Keri Na, du alte Spinne, bist du da?« hörte sie Bercy mit ihrer so vertrauten rauhen, aber warmen Stimme rufen. Sie versuchte zu antworten, aber ein großer Wind schied ihren Geist von ihrem Leib und wirbelte sie hinweg.
Gedenk deiner Eide, gedenk deiner Liebe! rief da eine Stimme. *Du wirst sowohl Reiterin wie Reittier sein!*
Für eine kleine Weile meinte Shanna, ein schmales, weißes Gesicht mit von langen, dunklen Wimpern beschatteten Augen zu sehen. Aber dann war auch das verschwunden.

Als Shanna wieder zu sich kam, da stand sie auf einer staubigen Landstraße, genauer gesagt: stand sie auf allen vieren fest auf dieser Straße... Sie bäumte sich, schlug wie von Sinnen aus und schrie entsetzt.

»Rufo!« hörte sie jemanden rufen und zuckte darauf erschreckt mit den Ohren. »Beruhige diese Stute oder schneid ihr die Kehle durch! Wir sind schon ganz nah!«
Ein scharfer Schmerz durchzuckte ihr Kinn, und sie senkte den Kopf. Sie versuchte aufrecht stehen zu bleiben, konnte aber die Balance nicht halten. Als sie auf den Vordergliedmaßen aufsetzte, spürte sie den Aufprall vom Kopf bis zum Schwanz, und in ihr tobte ein Kampf zwischen ihren Reflexen und einer blinden Angst.
»Calur! Ruhig, mein Herzchen... man darf uns jetzt nicht hören.« Dieser schreckliche Schmerz im Mund zwang ihr immer noch den Kopf nach unten, aber die Hand, die sie am Hals spürte, war fest und freundlich. Sie stand zitternd da und horchte auf die Stimme über ihr, die besänftigend auf sie einsprach. »So ist es recht, mein Mädchen... Du willst doch nicht am eigenen Leib erfahren, ob die Priester der Dunklen Mutter außer Menschen auch Pferde opfern?«
Shanna sah zu beiden Seiten Reiter auf ihren Pferden, sah sie auf beiden Seiten zugleich. Diese Wahrnehmung, und was sie bedeutete, ließ sie aufstöhnen. Aber was sich ihrer Kehle entrang, war kein Stöhnen, sondern ein verzweifeltes Wiehern. Sie nahm undeutlich wahr, daß die Straße von dichtem Wald umgeben war, roch aber sehr genau, daß irgendwo vor ihr Gras und ein kühler Bach waren.
»Was ist los, Rufo... hat deine Stute Hornissen im Arsch?«
»Ist ja nicht meine Stute«, hörte Shanna jemanden über ihrem Kopf murmeln. »War vielleicht doch nicht so gut, diese Wette!«
Shanna erstarrte. Nun dämmerte es ihr, sie begriff entsetzt, was ihr geschehen war. Ich bring diese Alte um, war ihr erster klarer Gedanke, und dann diesen Narren dort, der glaubt, mich reiten zu können!
»Vorwärts jetzt, Mädchen, nun mach schon«, wisperte Rufo. »Tu mir dem Gefallen!«
Sobald Platz zum Wenden ist, gehe ich mit ihm durch und streife ihn an einem Baum ab! nahm sie sich vor und setzte sich in Be-

wegung. Solange sie nicht nachdachte, konnte sie zügig ausschreiten, aber wenn sie wieder zu grübeln anfing, kam sie ins Stolpern. *Ja, wenn ich überhaupt durchgehen kann,* sann sie verzweifelt und ließ den Kopf hängen, bis Rufo die Zügel erneut anzog, *ja, wenn ich nicht über meine eigenen Beine stolpere, über alle viere, und von einem Pfeil niedergestreckt werde, eh ich mich außer Schußweite bringen kann!*
»Komm schon, Mädchen«, flüsterte der Reiter. »Wir müssen nur eben das Fanatikernest ausräuchern, und dann bring ich dich zu deiner Herrin zurück. Sieht gut aus, diese Frau, genau wie meine Mutter. Tut mir ja leid, daß ich dich mitgenommen habe. Aber du wirst sie nie wiedersehen, wenn ich deinetwegen hier umkomme, hörst du?«
Fanatiker? Dann galt der Angriff also einer Hochburg der Dunklen Mutter? Die Erinnerung an diese Sektenbrüder, die sie schon bei zwei Gelegenheiten fast getötet hätten, nahm Shanna so gefangen, daß sie in einen leichten Trab fiel. Ihre alten Feinde würden sie in dieser Gestalt wohl kaum wiedererkennen! Aber das war nun auch unwichtig, denn jetzt lastete ein schlimmerer Fluch als der von Saibel auf ihr.
Die Vorhut hielt am Rand einer Wiese und ließ durchgeben, der Feind sei in Sicht. Die übrige Abteilung schloß in schnellem Trab auf. Plötzlich brachen sie wie ein Sturmwind los. Shanna preschte über den dürren Rasen, und Rufo riß ihr den Kopf hoch, wenn sie strauchelte, und grub ihr die Absätze in die Flanken, daß sie wie ein Pfeil dahinschoß. Entsetzt sah sie die hölzernen Palisaden der Festung auf sich zurasen.
O Equona, schrie sie innerlich auf. *Warum ich? Warum hast du mir das angetan?*
Auch Götter müssen manchmal einen kleinen Hausputz machen, sagte die Stimme in ihrem Kopf. *Die großen Priesterinnen, die einst der Dunklen Mutter dienten, sind, wie du ja weißt, verdorben worden, nachdem sie in den Untergrund gedrängt wurden. Bist du denn nicht froh, uns helfen zu können?*
Shanna fand auch in vollem Galopp noch die Kraft, mißbilligend zu schnauben, so empört war sie.

Sie donnerten durch das große Tor, das zu schließen sich einige Feinde noch hektisch bemühten. Als Rufo sein Gewicht verlagerte, bockte Shanna. Die Zügel hingen ihr nun locker über dem Hals. Am Rand ihres Gesichtsfelds sah sie ein Schwert blitzen. Sie scheute und wieherte in Panik. Blutgeruch erfüllte die Luft.
»Sie sagte, du seist kampferprobt!« schrie Rufo. »Beweise es!«
Als Shanna über den weiten Platz hinter der Palisade vordrang, spürte sie, wie ihre Reiterreflexe mit ihren Pferdeinstinkten in Widerstreit gerieten. Aber war das hier denn soviel anders als ein waffenloser Kampf? Sie schlug aus und stellte zu ihrer Zufriedenheit fest, daß sie mit ihrem scharfen Huf einen Kopf zerschmettert hatte. In dieser Gestalt konnte sie die Beine wahrlich mit erstaunlicher Kraft gebrauchen. Aus Rufos ruckartigen Bewegungen auf ihrem Rücken schloß sie, daß auch er gut austeilte.
Sie gewannen langsam an Boden. Von der Halle, in die der Feind geflüchtet war, trennte sie nur noch ein Ring aus hüfthohen und eine Mannslänge von einander entfernten Steinen. Da springe ich doch glatt drüber, dachte Shanna verächtlich. Sie erhob sich auf die Hinterhand, setzte zum Sprung an... und erstarrte, denn soeben prallte der Hengst des Führers dort wie an einer unsichtbaren Mauer ab. Als Roß und Reiter sich überschlugen, wirbelte sie auf den Hinterhufen herum. Nun wurden sie von der Einfriedung aus mit einem Geschoßhagel überschüttet. Shanna wieherte klagend, als ein Pfeil ihre Schulter streifte. Dann spürte sie, daß Rufo von etwas Schwererem getroffen wurde. Die anderen machten kehrt. Als sie sich ihnen anschloß, fühlte sie, wie Rufo nach hinten sackte und von ihrem Rücken glitt.
Die Panik der anderen Pferde hatte sie angesteckt, und sie ließ sich von ihnen mitreißen. Aber sie blickte zurück und sah, wie Rufo, halb im Sitzen, sich einen Speer aus der Schulter zog und dann versuchte, wieder auf die Beine zu kommen. Aber da sprang ein dunkel gewandeter Krieger jäh zwischen den Steinen hervor und packte ihn und zog ihn in den Ring hinein.
»Verdammt! Sie haben Rufo!« schrie einer seiner Kameraden.
»Wir müssen ihn rausholen... ihr wißt ja, was diese Perversen mit Gefangenen machen!«

»Er ist so gut wie tot! Aber das Schlimmste ist, daß sie seine Seele ihren Götzen opfern werden«, versetzte der Hauptmann.
»Also hinter ihm her...«
»Wie denn? Diesen Abwehrring kann weder Gott noch Mensch durchdringen.«
Sie preschten dicht gedrängt über den Platz. Shanna folgte ihnen auf den Fersen, überlegte aber fieberhaft, was sie tun könnte.
Höre, willst du denn zulassen, daß sie ihn umbringen? meldete sich die Stimme in ihr. *Ich dachte, du wolltest dir dieses Vergnügen selbst gönnen...*
Du hast doch gehört, was dieser Mann sagte, erwiderte Shanna und beäugte den Steinkreis. Da kommt niemand hinein!
Weder Gott noch Mensch, wiederholte die Stimme, *aber ein Tier mit einer Frau oder einer Göttin in sich könnte es schaffen! Laß mich dich reiten, Shanna. Dann wirst du sehen, was ich vermag!*
Diese Göttin, dachte Shanna, ist wenigstens so freundlich, einen um etwas zu bitten. Der schwere Geruch von Weihrauch, der jetzt aus ihrem Inneren drang, ließ sie die Nüstern blähen. Sie kannte dieses süßliche Aroma, aber für ihre empfindliche Pferdenase war es so widerlich, daß sich ihr das Fell sträubte.
Hab ich denn überhaupt die Wahl? fragte sie sich.
Du hast stets die Wahl... mußt dich aber auch ständig von neuem entscheiden, lautete die Antwort. Das hatte Folgen, die gründlich bedacht sein wollten, aber dazu hatte Shanna nicht die Zeit.
Nun gut! erwiderte sie.
Das Bewußtsein, das Shanna war, hörte nicht auf in ihr zu sein. Aber sie spürte das Gewicht der Göttin so auf sich herabsinken, wie sie Rufos Gewicht auf dem Rücken gefühlt hatte, und es war etwas, das weit besser über ihren Körper gebot, als es ein Reiter mit Zügel und Sporen vermocht hätte. Sie wandte sich um und galoppierte, ohne auch nur einmal zu zögern oder gar zu straucheln, auf den Steinring zu.
»Was hat die dämliche Stute denn jetzt vor?« rief jemand voller Erstaunen.
Shanna hätte auch nicht geantwortet, wenn sie es gekonnt hätte –

so sehr genoß sie mit einemmal die ganze Energie und Anmut ihres Pferdeleibes. Sie warf entzückt den Kopf, streckte sich, preschte mit donnernden Hufen auf den Feind zu, war in Sekundenbruchteilen auf Sprungweite vor dem Kreis, hielt dann in perfekter zeitlicher Abstimmung des Bewegungsablaufs einen Moment inne, sammelte sich, legte all ihre Kraft in einen Sprung so elegant wie der Aufflug eines wilden Schwans und stieg empor wie ein Vogel, flog hinüber, kam auf der anderen Seite herunter, fing mit den Vorderbeinen den Schwung ab, gab den Impuls sofort an ihre kraftvolle Hinterhand weiter, sprang mit einem Satz mitten in die Schar der entsetzten Verteidiger und schlug wild aus, bis sie schreiend davonliefen.
Irgendwann in dieser Schlacht spürte Shanna, wie die Göttin von ihr wich. Sie war jedoch von der wunderbaren Kraft des Körpers, der jetzt der ihrige war, so berauscht, daß sie auf eigene Faust weiterwütete. Aber nun stieß sie auf keinen Widerstand mehr. Wer von ihren Gegnern noch am Leben war, kauerte am Boden oder kroch auf allen vieren umher und stieß die seltsamsten Laute aus. Von den Pferdekoppeln hinter der Halle der Feinde erscholl panisches Wiehern. Shanna warf den Kopf hoch, um zu lauschen, und begriff mit einmal, worin Equonas Strafe bestanden hatte.
Entsetzt starrte sie die auf dem Boden kriechenden Kreaturen an, die einst Menschen gewesen waren, und wirbelte auf der Hinterhand herum. Die Kaiserlichen Reiter waren jetzt über den noch Lebenden und erlösten sie mit böse aufblitzenden Klingen aus ihrem Elend. Aber was geschieht nun mit meinem Körper in Karna? dachte Shanna unruhig.
»Calur! Bitte, komm hierher... Calur!«
Sie stellte mit gespitzten Ohren fest, woher dieser Ruf gekommen war, und legte den Kopf schief, um den Mann genauer zu sehen. Es war Rufo, der mit dem Rücken an einem der Steine lehnte und sich die Schulter hielt. Zwischen seinen Fingern sickerte Blut hervor, aber er war bei Bewußtsein. Ja, nur eine kleine Säuberungsaktion, höhnte Shanna innerlich, das geschieht dir recht! Aber falls er starb, würde man sie womöglich einem ande-

ren Reiter überlassen, der sich nicht an die Wettbedingungen hielt, und wie könnte sie dann in ihren Körper zurückkehren?
Shanna schnaubte wütend, trabte zu dem Verwundeten hinüber und ließ sich, sehr zu dessen Erstaunen, auf ein Vorderbein nieder, damit er aufsteigen konnte.
»Oh, du Schönheit!« flüsterte Rufo, als sie sich wieder aufrichtete. »Du Wunderpferd, du... Equona selbst hat dich mir gesandt!«
Shanna prustete böse und schritt behutsam durch den Steinkreis in den Hof. Die anderen Reiter, die sich um ihren Anführer scharten, blickten ihr mit offenem Mund entgegen.
»Habt ihr gesehen, was sie für mich getan hat? Habt ihr das denn gesehen?« rief der noch etwas im Sattel schwankende Rufo.
Shanna seufzte. Wenn er so weitermachte, würde sich ihre Heimkehr nach Karna wohl etwas in die Länge ziehen.

Shanna spürte, daß der Sattel sie so langsam wund zu scheuern begann, war sich aber nicht schlüssig, ob es daran lag, daß er sich während der Schlacht gelockert hatte, oder daran, daß Rufo irgendwie falsch saß. Als sie sich etwas schüttelte, hörte sie, wie Rufo dumpf aufstöhnte. Der Ruck war ihm wohl in die verletzte Schulter gefahren!
Das geschieht dir recht, dachte sie mürrisch, du warst so damit beschäftigt, deine Wunderstute zu loben, daß du gar nicht daran dachtest, einen der Schwertbrüder zu bitten, ihr den Sattelgurt nachzuziehen! Nun, da der Rauch des brennenden Tempels hinterm Horizont verschwunden war, bedauerte Shanna, daß sie Rufo nicht dort drin gelassen hatte, damit auch er verschmorte... aber der Widerschein der Herdfeuer Karnas am Himmel vor ihnen riß sie aus ihren rachsüchtigen Gedanken. Sie sog mit froh geblähten Nüstern den Geruch nach Holzfeuer und Menschenmassen ein, den der leichte Wind zu ihr herübertrug.
Bald kann ich den verdammten Sattel selbst festmachen! frohlockte sie und schritt schneller aus, aber hoffentlich stimmt das auch! Sie konnte die Panik der von dem Trupp mitgetriebenen reiterlosen Pferde förmlich spüren und hatte keine Lust, ihr ferneres Leben in deren Gesellschaft zu verbringen.

Equona, ich habe meinen Auftrag erfüllt, hilfst du mir da wieder raus? fragte sie und sandte ein stummes Gebet zum Himmel empor. Aber sie bekam keine Antwort, hörte nur Leder quietschen, Messingbeschläge klirren und Hufe trappeln.
Als sie nun zu der Stadt mit ihren goldfarbenen Sandsteinmauern hinunter trabten, huschte ein schmaler Schatten über die Landstraße. Das vorderste Pferd scheute, als die Falkin über ihnen kreiste, aber Shanna warf den Kopf hoch, sah empor und fühlte, wie ihr Herz zum erstenmal an diesem Tag vor Hoffnung hüpfte.
Wo bist du gewesen? schrie sie tonlos.
Bist du das? fragte Chai, die über ihr in der Luft schwebte und mit einem gelegentlichen Schlag ihrer starken Schwingen ihre Position hielt.
Mehr oder weniger, erwiderte Shanna stumm, aber wo ist der Rest von mir? Sie hatte sich während der letzten Stunden bemüht, nicht an die im Staub liegenden kopflosen Körper zu denken, Körper, die nun weder ein Zauber noch göttliche Intervention mit ihrem Geist wiedervereinen konnte.
Bercy hat dich, äh, sie zu den Mondmüttern gebracht. Du scheinst besser mit der Verwandlung fertig zu werden als Calur. Interessant, nicht wahr?
Shanna schnaubte. Aber da die Werfrau Chai dazu verdammt war, bis zu ihrem Eintreffen am kaiserlichen Hof in Gestalt einer Falkin zu leben, hatte sie wohl ein Recht auf derlei Ansichten. Nun ließ sich Chai emportragen und begleitete, hoch in den Lüften kreisend, den Trupp, der sich in langsamem Galopp dem Tor näherte.
Wo ist das Hospiz? fragte Shanna.
Folge mir...
Als sie zwischen den Säulen des Torhauses hindurchkamen, drehte die Falkin nach links ab. Shanna scherte sogleich aus und folgte ihr, ohne sich um die Flüche und das schmerzhafte Zügelreißen des überraschten Rufo zu kümmern.
»He, dreht dein Wunderpferd wieder mal durch?« rief da einer der Reiter unter dem Gelächter seiner Kameraden, die Rufos Prahlerei wohl genauso satt hatten. Shanna fiel in einen leichten Galopp,

um außer Sichtweite zu kommen, bevor die Soldaten sich beruhigten und daran dächten, ihr zu folgen.
Der Tempel der Mondmutter lag im ärmsten Viertel der Stadt und ähnelte seinem Gegenstück in Otey so sehr, daß Shanna ihn auch ohne die blaue Mondsichel über dem Tor erkannt hätte. Als sie in Schritt fiel, riß Rufo so hart am Zügel, daß ihr das Gebiß grausam ins Fleisch schnitt. Da senkte Shanna den Kopf, buckelte und warf ihn sanft ab.
Das Tor war geschlossen, reichte ihr aber nur bis zur Brust. Sie schüttelte den Kopf, trabte nun im Kreis, um Abstand zu gewinnen, galoppierte an und setzte mit einem gewaltigen Sprung über dieses Hindernis. Sie landete in einem Garten, in dem sich auf Pritschen oder Bänken Patienten sonnten.
Chai stieß herab und setzte sich an den Rand einer Liege, auf der eine magere, fahle Gestalt lag. Nun erkannte Shanna, wer das war! Vom Geschrei einiger Patienten alarmiert, kam eine blau gewandete Frau aus dem Obstgarten herbeigerannt. Jemand schlug ans Tor, daß es erdröhnte. Aber Shanna stand schon vor der Liegenden und beschnupperte die Binden, mit denen man ihr die Hände gefesselt hatte.
Ach Mädchen, tut mir leid, daß das schiefgelaufen ist und du in einen so armen, schwachen Leib gebannt bist; Shanna wieherte besänftigend, als sie merkte, daß ihr die Kommunikation mit der Stute nicht so gelang wie mit Chai, und versprach: Wenn das hier erst einmal ausgestanden ist, setze ich dich nie mehr aufs Spiel!
Damit hob sie den Kopf und wieherte herausfordernd.
Equona! Wenn du es schon nicht für mich tust, so hilf uns um der Stute willen!
Wirst du uns wieder helfen, wenn wir deiner bedürfen?
Shanna erstarrte. Ihr Bedarf, in der einen oder anderen Weise das Reittier zu spielen, war für die nächste Zeit gedeckt. Immerhin, es war ihr mit zunehmender Übung leichter gefallen, und sie hatte zur Genüge gesehen, was Menschen im Namen ihrer Religionen zu tun bereit waren. Sie verstand der Götter Verzweiflung! Da wollte sie nicken...
... konnte aber kaum ihren Kopf heben. Sie blinzelte, versuchte

klar zu sehen, nahm wahr, wie etwas Riesiges sich entfernte und ein blauer Schemen sich über sie beugte. Sie wollte ausschreiten, konnte sich aber nicht rühren und merkte, daß sie gefesselt war.
»Nehmt mir diese verdammten Dinger ab!«
»Du bist in dich selbst zurückgekehrt! Gelobt sei Unsere Liebe Frau!« murmelte eine sanfte Stimme besänftigend, während zarte Hände an ihren Fesseln nestelten.
Zurückgekehrt... ja, sie war wieder in ihren Leib zurückgekehrt, bevor sie richtig genickt hatte. Ob Equona sie auch erlöst hätte, wenn sie nicht eingewilligt hätte? Shanna hatte das unbehagliche Gefühl, erneut hereingelegt worden zu sein, aber das scherte sie jetzt überhaupt nicht. Sie hatte ihre frühere Gestalt wieder! Sie war frei!
»Aber da ist sie ja!« hörte sie eine vor Schmerz und Freude rauhe Männerstimme rufen, die ihr nur allzu vertraut war. Als ihr die Priesterinnen halfen, sich aufzusetzen, da sah sie Rufo auf Calur zutaumeln, die zitternd an der Mauer stand.
»Das ist meine Wunderstute«, rief er aus, »sie hat mir das Leben gerettet, wußtet ihr das? Equona selbst hat sie mir gegeben!«
»Nichts da! Das da ist mein Pferd, und das weißt du genau, Rufo Beltorix!« rief Shanna unter Aufbietung all ihrer Kräfte. Er blieb unsicher stehen und drehte sich langsam um.
»Aber was tust du denn hier?« fragte er verblüfft.
»Es würde zu lange dauern, das zu erklären...«, begann Shanna.
»Hör mal, du kannst nicht einfach so hier hereinplatzen«, mischte sich die Mondmutter ein, die endlich ihre Stimme wiedergefunden hatte. »Wenn das deine Stute ist, kannst du sie mitnehmen!«
»Sie gehört mir«, versetzte Shanna, »und sie ist verletzt. Warum legt ihr den Mann nicht auf mein Bett? Ich brauch es nicht mehr.«
»Oh, du armer Kerl. Das sieht wirklich schlimm aus. Darf ich die Wunde mal untersuchen?«
»Shanna, du mußt mir diese Stute lassen«, murmelte Rufo, als die Priesterin ihm den von einem Feldscher angelegten Notverband von der wunden Schulter abzuwickeln begann. Da er bereits vor

Fieber glühte, war es wohl gut, daß er auch gekommen war. »Sie hat mir das Leben gerettet!«
»Irgend jemand muß das ja getan haben!« antwortete Shanna. »Ich frag mich, weshalb. Aber warum lassen wir nicht die Stute selbst entscheiden? Versuch doch, sie zu rufen...«
Sie verfolgte mit klopfendem Herzen, wie er die Stute so sanft und eindringlich wie möglich lockte, und war froh, als sie den Kopf schüttelte und unter die Orangenbäume zurückwich. Er tat ihr einen Moment lang beinahe leid, aber da fiel ihr wieder ihr wundgerittener Rücken ein, und sie verkniff sich derlei Gefühle.
»Das wär's dann«, meinte sie, als er endlich außer Atem war. »Nun bin ich dran!« Sie holte ganz tief Luft und verfluchte dabei ihre körperliche Schwäche. »Calur...«
Die Stute hob den Kopf, stellte die Ohren nach vorn und blähte die Nüstern, als sie den Geruch menschlichen Leidens witterte. Da begann Shanna zu ahnen, was Calur in den letzten vierundzwanzig Stunden durchgemacht haben mußte. Equona, rief sie stumm aus, was soll werden, wenn sie mich vor lauter Furcht nicht mehr erkennt? Was, wenn sie nichts mehr mit Menschen zu tun haben will?
Hast du denn überhaupt nichts gelernt, nichts begriffen? meldete sich die Stimme in ihrem Inneren.
Shanna richtete sich auf, atmete tief ein und stieß ein dumpfes Wiehern aus, das zu einer menschlichen Kehle gar nicht so recht paßte. »Calur!« lockte sie sanft und wieherte erneut. »Komm jetzt, komm her zu mir!«
Die Stute schüttelte ihren wohlgeformten Kopf und scharrte nervös mit einem ihrer noch immer blutbefleckten Hufe. Dann trabte sie, zitternd und mit rollenden Augen zwar, endlich zu ihrer Herrin.
Sowohl Reiterin wie Reittier, dachte Shanna und streichelte Calur den schweißnassen Hals und flüsterte ihr etwas in einer Sprache zu, die nur Pferde verstehen. Da sie deutlich spürte, wie ihre Kraft zurückkehrte, fuhr sie fort: Aber jetzt nehm ich die Zügel wieder in die Hand.
Für eine Zeitlang, sagte die jetzt leisere Stimme. Shanna meinte, ein fernes Wiehern zu vernehmen, das wie ein Lachen klang.

»Du hast gewonnen«, sagte Rufo und schnappte nach Luft, als die Priesterin seine Wunde auszuwaschen begann. »Aber ich hätte zu gern gewußt...«
»Du bist noch am Leben. Also beklag dich nicht«, unterbrach ihn Shanna und blickte grinsend zu ihm herab. »Halt still und laß die nette Dame ihre Arbeit tun. Wenn ich einen deiner Schwertbrüder sehe, sag ich ihm, wo du bist!«
Sie rückte ihren Sattel auf Calurs Rücken zurecht, um den Druck von der wunden Stelle zu nehmen. Da stieß auch schon Chai herab und ließ sich auf dem Sattelbogen nieder.
»Denk daran, Equona ist dir wohlgesinnt!« tröstete sie Rufo, als sie sich in den Sattel schwang. Dann ließ sie Calur antraben und ritt davon.

SHARIANN LEWITT

Da mir diese Geschichte, als eine der wenigen dieser Anthologie, durch einen Literaturagenten angeboten wurde, weiß ich nichts über ihre Autorin.
Ich weiß nur, daß diese Story durch und durch professionell ist und ein altes Fantasy-Thema behandelt; solche in einer Welt à la ›Tausendundeine Nacht‹ spielenden Geschichten sind in der Fantasy-Literatur sehr beliebt, obwohl diese Weltgegend in der Realität für weibliche Autoren doch eher unwirtlich ist.
Aber in der Fantasy ist wohl alles gestattet. Was nun Shariann Lewitt selbst angeht, können wir unserer Fantasie freien Lauf lassen und sie uns beispielsweise als fünfzehnjährige Schülerin vorstellen (womit wir vermutlich daneben lägen, da sie schon ein paar Romane veröffentlicht hat) oder aber als eine überlastete Mutter von fünf Kindern (lachen Sie nicht: Harriet Beecher Stowe hatte immerhin ihrer zehn). – MZB

SHARIANN LEWITT

Die Hand Fatimas

Die »Hand Fatimas«, deren Daumen Mohammed und deren Zeigefinger seine Tochter Fatima symbolisiert, gilt als der einzige zuverlässige Schutz gegen die Bedrohungen, die von der Welt des Unsichtbaren ausgehen. Daher findet man sie, in Stein gehauen, über dem Gerechtigkeitstor der Alhambra von Granada ebenso wie über die Türen der bescheidensten Behausungen gemalt, in der gesamten islamischen Welt. Über dem inneren Portal jenes Gerechtigkeitstores ist ein Schlüssel in das Gemäuer gemeißelt. Die Wissenden sagen, Granada werde erst fallen, wenn die Hand den Schlüssel ergreife und damit das Festungstor aufschließe.

Noch wußte sie nicht, daß es Furcht war, was sie empfand. Schuld an diesem... leisen Unbehagen mochte das von den Gipfeln der Sierra Nevada reflektierte, blendend helle Licht der Spätnachmittagssonne sein, das ihr das Zielen erschwerte. Sie kniff ein Auge zusammen, visierte erneut und schoß ihren Pfeil auf den herangaloppierenden Feind ab. Er traf dessen riesiges Kampfroß mitten in die Brust. Der Mann in dem glitzernden Kettenpanzer stürzte aus dem Sattel. Sie gab ihrem rotbraunen Araber die Sporen und war wie der Wind über dem am Boden liegenden Ritter. Als er sein Schwert über den Kopf emporhob, stieß sie ihm den Speer in die ungeschützte linke Achselhöhle. Da fiel er, sterbend oder schon tot, schwer auf die rote Erde zurück.
Wieder hatte sie dieses Gefühl, und dieses Mal wußte sie, daß es Furcht war. Sie wußte auch, daß sie nicht die Ritter von Aragón oder Kastilien, von León oder Navarra fürchtete. Sie hatte keine Angst davor, auf der Ebene von Granada zu sterben, würde sie dann doch ins Paradies eingehen. Und ihr stand ja der Sinn danach, ins Paradies einzugehen.

Sie legte einen neuen Pfeil auf, schoß, aber ihre Hand zitterte so vor Furcht, daß sie ihr Ziel verfehlte.
»Fatim bint Muley, wo hast du deinen Verstand gelassen?!« hörte sie hinter sich Farid den Berber wütend schreien. »Schau dir die Sonne an. Es ist schon fast dunkel!«
Er hatte recht. Die Schatten waren sehr lang geworden, und unter den Gipfeln der hohen Berge nistete bereits der Abend. Der Rote Turm, der auf dem kahlen Hügel über ihr aufragte, zeichnete sich düster gegen den Himmel ab. Sie rührte sich nicht von der Stelle. Die Türme, die den Palast schützten, und auch der Palast selbst boten weniger Sicherheit als das Schlachtfeld. Weniger Sicherheit gar als das Lager der Invasoren dort, das mit Myriaden freundlich blinkender Wachfeuer nun die sich zurückziehenden Ritter Aragóns und Kastiliens, Leóns und Navarras aufnahm.
Der Alte, der so zu ihr gesprochen hatte, legte seine Hand auf ihre Zügel. »Wir müssen gehen, Fatima«, mahnte er, »aber wie oft muß ich dir noch sagen, daß du denken sollst, bevor du handelst, und nicht danach.«
Fatima nickte, zum Zeichen, daß sie die Rüge akzeptierte, und ritt neben ihm zur Festung zurück. Sie begaben sich durchs Zeugtor ins Lager der gemeinen Soldaten. Die Furcht ließ auch nicht nach, als sie abstieg und ihren Araber dem Stalljungen überließ, damit er ihn versorgen konnte. Sie spürte zwischen ihren Brüsten eine Wärme, die weder von der Sonne noch von der Anstrengung des Kampfes oder von ihrer Rüstung herrührte.
»Farid?« wandte sie sich an den Berbergeneral. »Kann ich mit dir zu Abend essen?«
Er musterte sie kalt, so kalt und abschätzend wie früher, als sie noch ein kleines Mädchen gewesen war. »Die Sultanin würde dich vermissen«, erwiderte er bedächtig, »das könnte gefährlich sein. Geh und wasch dich. Ich erwarte dich dann nach dem Abendgebet am Spitzenturm.«
Als Fatima den Alten unter dem dunkler werdenden Turm zurückließ, hüllte die Furcht sie wie ein warmer Abendhauch ein. Sie ging langsam, hatte es nicht eilig, den Palast zu betreten, in dem die Sultanin Soraya sie erwartete.

Im Garten zwischen der Turmmauer und den königlichen Gemächern duftete es nach Zypressen und Myrten, bitteren Orangen und Rosen. Die Wasserstrahlen winziger Springbrunnen, in denen sich das Zwielicht brach, tröpfelten mit einem Geräusch so unschuldig wie das eines Sommerregens in schimmernde Keramikbecken. Fatima ließ sich auf die Steinfassung der unteren Fontäne nieder und tastete nach ihrer Halskette.
Die Wärme ging von dem daran befestigten Talisman aus, soviel war ihr bewußt. Sie nahm die Kette ab und barg den Anhänger aus Silberfiligran in den hohlen Händen. Alle Kinder trugen dieses Amulett, das sie vor dem Bösen schützte. Sie war nicht die einzige, die es auch nach der Kindheit noch behielt. Es war eine stilisierte, durchbrochene Hand mit feinen Spiralmustern, die Hand Fatimas, der Tochter des Propheten, nach der man sie benannt hatte. Farid der Berber hatte es ihr bei ihrer Geburt geschenkt und ihr irgendwann erzählt, daß es von einem berühmten Fakir in Bagdad stamme.
Der kleine Talisman füllte ihre Hände mit einem schwachen Licht, einem zarten Glühen von anderer Färbung als die Fontänen oder der Himmel. Fatima bint Muley wußte, warum sie Angst hatte. Die Helle der Schlacht hatte sie nie mit diesem Dunklen berührt. Aber die fremdartigen Dinge, die Nächte, in denen Farid die Sterne deutete und ihr Geschichten von Dschinns erzählte, die hatten stets dies kalte Zittern geweckt. Die Angst damals hatte die Geschichten nur noch aufregender gemacht, aber das hier war keine Geschichte. Der Talisman glühte. Ihr war, als ob die duftgeschwängerte Abendluft etwas Fließendes berge.
Fatima pflückte einen schweren, reifen Granatapfel, der an einem niedrigen Ast hing. Den Granatäpfeln verdankte diese Stadt ihren Namen. Obschon die Dinge im Zwielicht umgingen, der Garten schien davon unberührt, so still, so friedlich. Von den Wachfeuern am Fuße der Sierra Nevada war hier nichts zu sehen und nichts zu ahnen davon, daß nun die Eroberer Sevillas und des ruhmreichen Córdoba auch diese letzte feste Burg der Gläubigen in Andalusien eingeschlossen hatten.
Sie waren die letzten. Sie waren immer die letzten gewesen. Nun

erschrak Fatima erstmals bis in den Grund ihrer Seele. Sie hatte die riesige Festung mit ihrer vieltürmigen Mauer für uneinnehmbar gehalten und Granadas Stärke nie in Zweifel gezogen. Standen sie nicht unter dem Schutz jener Hand über dem Gerechtigkeitstor?

Ihr wurde zum ersten Mal klar, wie isoliert diese von Bergen umgebene und vom Feind umringte Stadt war. Die Berber hatten ihnen zweimal Hilfstruppen gesandt. Sie würden ihnen keine mehr schicken können. Die schwere Frucht glitt ihr aus den Händen und zerplatzte auf der Steinplatte zu ihren Füßen, und ihr süßer, blutroter Saft rann die Risse und Spalten entlang und versickerte im Erdreich.

Fatima schrak auf, blinzelte und besann sich. Sie stand auf, ging schnellen Schrittes zum Palast und band sich dabei die Halskette um. Als sie das königliche Bad betrat, eilte die von ihrem Kommen überraschte Badedienerin davon, um ihr Seife, Handtücher und Parfüm zu holen.

Nach einem warmen Bad, vom Staub und Schweiß des Tages befreit, kleidete sie sich so prachtvoll, wie es sich für die Tochter von Muley Abdul Hasan gebührte. Sie legte ein Kleid aus Seide an, das die Farbe junger Pfirsiche hatte und mit Sternen und Granatäpfeln bestickt war, barg ihre schweren Zöpfe unter einem dazu passend gesäumten Gazeschleier, schlüpfte in Pantöffelchen aus feinstem, gepunztem Ziegenleder und streifte sich dann zwei schwere goldene Armreifen über. Jetzt war sie zufrieden: Sie sah wirklich wie eine Emirstochter aus.

Da hörte sie ihre Stiefmutter unten aus dem Hof nach ihr rufen, mit einer Stimme so weich und voll wie die Nachtluft. Also hatte die Sultanin Soraya das Licht bei ihr gesehen! Als Fatima in den von Zypressen beschatteten Innenhof hinabstieg, griff sie, ohne recht zu wissen warum, nach ihrem Talisman aus Kindheitstagen.

Durch die Gitterfenster der hell erleuchteten oberen Räume rings um den üppigen Privatgarten der Sultanin fiel ein gespenstisches Licht. Aber es genügte Fatima, zu erkennen, mit welch kritischem Blick die Sultanin sie musterte. »Zeig mir deine Hände«, befahl Soraya.

Fatima gehorchte und zitterte auch nicht, als die Sultanin ihre Handflächen berührte.
»Du solltest nicht so ausreiten«, sagte Soraya mit jenem leichten Akzent, den sie wohl nie mehr verlieren würde. »Deine Hände sind voller Schwielen und sonnenverbrannt.«
»Dann reitet niemand hinaus«, versetzte Fatima.
Soraya lachte schallend. »Dafür, meine Liebe, haben wir ja die Berber.«
Fatima erschauerte. Sie verachtete Soraya, verabscheute es, von ihr angefaßt zu werden, und haßte ihre eisblauen Augen. »Ist das alles, Doña Isabel?« fragte Fatima, ohne sich ihrer Wortwahl so recht bewußt zu sein.
Die Sultanin schlug ihr ins Gesicht und zischte: »Nenn mich nie mehr so! Ich wünschte, dein Vater hätte dich zusammen mit deinen Brüdern köpfen lassen!«
Fatima wandte sich um und floh durch eine Pforte in den angrenzenden Garten und rannte weiter, bis sie zum Damenturm an der Burgmauer kam. Dort stützte sie sich mit der Hand auf den rauhen Stein des Wehrgangs, um Atem zu holen, und ließ die Tränen fließen. Es war dumm von ihr gewesen, Soraya herauszufordern, aber der Zorn hatte sie einfach überwältigt.
Nach einer Weile faßte sie sich und eilte zum nächsten Turm, dem Spitzenturm, wo sie sich ja mit Farid treffen sollte. Die Stunde des Abendgebetes war lang vorbei. Er war wohl wieder gegangen. Sie setzte sich auf die Mauer und weinte: aus Angst vor dem seltsamen Glühen ihres Amuletts, aus Zorn auf Soraya und aus Wut über sich selbst.
»Ja, heul du nur wie ein Kind«, spottete Farid aus dem Dunkel der Nacht. »Verkriech dich eben im Harem und überlaß es Sorayas Sohn Boabdil, die Truppen Leóns zu schlagen.«
Fatima rieb sich die Augen und blickte auf. »Ich hasse sie alle beide!« zischte sie.
Farid, dessen grauer Bart vom Mondlicht bestrahlt wurde, schüttelte langsam den Kopf. »Du hast sie wohl bei ihrem früheren Namen genannt?«
Fatima nickte. »Woher weißt du das?«

Der alte Berber setzte sich neben sie. »Ich kenne dich, Fatima. Soraya oder Doña Isabel, wie immer du sie nennen magst, ist eine gefährliche Frau. Du weißt das. Du weißt, wie sie deinen Vater so behext hat, daß er deine Brüder umbrachte. Eines Tages«, seufzte er, »wahrscheinlich eines sehr baldigen Tages, wirst du in eine Lage kommen, die dich das Leben kostet, wenn du nicht sehr sorgsam nachdenkst, bevor du handelst. Mit Schmähungen besiegst du weder Soraya noch sonst jemanden.«

Seine Stimme klang seltsam, und das von seinem schlohweißen Haar reflektierte Licht schien ihr zu hell. Sie blinzelte einige Male, bevor sie erwiderte: »Farid, ich kenne dich nun schon, solang ich lebe. Du warst meines Vaters General, bevor ich geboren wurde, und davor seines Vaters General. Und wenn irgend jemand Soraya hassen sollte, dann doch du!«

Der alte Mann kicherte. »Ich habe in der Nacht, in der du geboren wurdest, in den Sternen gelesen, Fatima.«

Das erinnerte sie an etwas. »Sieh dir das an«, sagte sie hastig und löste die Kette mit dem Amulett von ihrem Hals. »Das hast du mir geschenkt. Jetzt glüht es und fühlt sich warm an, und warum das so ist, das hätte ich gern von dir gewußt. Du hast mir nie gesagt, daß es warm werden würde, oder warum das geschieht. Es ist wie in diesen alten Geschichten, die du mir immer erzählt hast.«

Da veränderte sich des Alten Gesicht auf seltsame Weise. Es sah mit einmal nicht mehr alt aus, dabei auch nicht jung, aber ganz anders und hart wie Marmor und klar wie Kristall, und er schien leichter denn ein Schmetterling über dem steinernen Wehrgang zu schweben.

»Ich wußte nicht, daß es so bald geschehen würde«, sagte er mit einer Stimme, die tiefer klang als zuvor und von sehr weit her zu kommen schien. »Es ist ein Zeichen... aber ich kann nichts damit anfangen. Es ist eine Prüfung, Fatima! Du mußt nachdenken! Vergiß nicht: erst denken, dann handeln!«

Fatima wich langsam von ihm zurück, den Boden hinter sich mit den Zehenspitzen abtastend, um nicht zu stolpern. Dann war also nicht Soraya, sondern Farid die Quelle ihrer Angst! Er, der sie

reiten und fechten, lesen und singen gelehrt hatte, war dieses Etwas aus dem Unsichtbaren, das sie ängstigte. Langsam, behutsam, Schritt für Schritt, ging sie auf dem Steinweg zurück und sann fieberhaft auf eine Fluchtmöglichkeit. Aber wie sollte sie einem Wesen aus dem Jenseits entfliehen?!
»Warte, Fatima«, rief Farid.
Der Klang seiner Stimme machte sie frösteln. Sie wandte sich um und lief wie von Furien gehetzt los, rannte längs der Mauer und durch die Türme, hastete fast die halbe Burgmauer entlang nach Westen, bis sie zum Zeugturm kam, wo sie nur so die Treppe hinabflog und einen der Pfade ins Lager der gemeinen Soldaten einschlug.
Als sie die erstaunten Blicke einiger Männer wahrnahm, schlug sie eine gesetztere Gangart ein. Sie trat an ein Kochfeuer, nahm sich ein Stück scharfen Ziegenkäse und knabberte daran. »Abendessen«, bemerkte sie zutreffend, aber mit gezwungenem Lächeln. Sie hatte keinen Hunger, vertilgte aber trotzdem etwas von dem Käse.
Nun war sie an diesem Abend schon zweimal davongelaufen, sie, die sonst nie vor etwas davongelaufen war und die wahre Tochter Muley Abdul Hasans war. Boabdil, Sorayas Sohn, dieser Jammerlappen, war derjenige, der immer davonlief. Aber sie war sogar vor Farid geflohen, vor Farid, den sie als Kind immer Onkel genannt hatte. Wieder einmal hatte sie unüberlegt gehandelt!
Farid hatte ihr geraten, immer erst nachzudenken. Nun gut. Sie löste das Amulett und nahm es in die hohle Hand. Es war jetzt noch wärmer und heller als zuvor. Sinnend ging sie die Straße entlang, bis sie zum Turm kam, und bog dann zum Gerechtigkeitstor ab. Da sah sie, daß der filigrane Silbertalisman heller erglühte; aber die Wärme, die er ausstrahlte, war angenehm, nicht schmerzhaft. Farid hatte von einem Zeichen gesprochen, mit dem er aber nichts anfangen könne, und gesagt, er habe ihr das Horoskop gestellt. So sie das Zeichen zu deuten verstünde, könnte sie es möglicherweise nutzen, als ein Instrument vergleichbar einem Kompaß, mit dem die Seeleute navigieren. Dieses Amulett glüht um so heller, überlegte sie, je mehr ich mich dem Gerechtigkeitstor nä-

here... vielleicht ist es eine Art Navigationshilfe für die Welt des Unsichtbaren.

Fatima holte tief Luft, um ihr wie wild pochendes Herz etwas zu beruhigen. Von diesem Tor hab ich nichts zu befürchten, wies sie sich selbst zurecht, das ist nur ein Bau aus Stein und Holz und Ziegeln und wird, wie ich, von Fatimas Hand beschützt... ich hab sie ja oft genug im Dunkeln schimmern gesehen.

Aber irgendwie wirkte der Turm bedrohlich, wie er über ihr ragte. Das Muster der blauen und weißen Dachziegel schimmerte und tanzte, verschwamm und änderte sich. Einen Moment lang meinte Fatima dort oben eine Schrift zu sehen. Bevor sie die phantastischen Zeichen entziffern konnte, lösten sie sich jedoch wieder auf. Sie blinzelte. Das Muster war in ständigem Fluß. Die Turmmauer fühlte sich kalt an, und das nach einem so heißen Tag! Die kalten Quader schienen zu vibrieren, zu erzittern. Der kleine silberne Talisman war blendend hell.

Fatima wäre am liebsten davongelaufen, aber zweimal war genug... So wie die Muster des Daches schienen ihr auch die Elemente dieses Tages in ständigem Wechsel. Die Furcht und das Amulett, Soraya und Farid, und vor allem: Granada. Der große steinerne Schlüssel über dem inneren Portal kam ihr mit einmal furchtbar fest vor, schien all die Dunkelheit in sich aufzunehmen.

Alles hing von dieser Hand ab, denn sie beschützte die Burg und die Stadt, und nur sie, nichts anderes, könnte dem Feind die Tore der Alhambra öffnen.

Fatima spürte, wie ihr Amulett sie in das schwere innere Tor zog. Sie schritt durch den gewundenen, engen Gang, zwischen dicken und hohen Mauern hindurch. Ihr Silbertalisman erhellte das Dunkel wie eine Fackel. Am Fuße der Wendeltreppe, die zu der Kammer über dem Schluß- und Schlüsselstein führte, machte sie halt. Sie war schon öfter dort hinaufgestiegen, um durch die geschnitzten Gitter aus Sandelholz die Landstraße zu beobachten. Aber nun war es anders. Hier bebte der Stein und sog das Licht in sich auf, und aus der Wachstube über ihr drang ein Gesang in einer fremden Sprache herab. Die Mauersteine schienen den

Klang aufzunehmen und weiterzugeben und im Rhythmus des Liedes zu schwingen.
Da wurde ihr plötzlich bewußt, daß sie weder Speer noch Schwert trug. Wie sollte sie sich notfalls verteidigen? In der Burg trug sie nie eine Waffe. Das war nicht notwendig. Sie war die Emirin, die Tochter Muley Abdul Hasans. Niemand in der Zitadelle würde ihr ein Leid antun, niemand außer Soraya – aber die griff zu anderen Waffen als zu Schwert und Speer.
Denk nach, hatte Farid zu ihr gesagt. Die einzige wahre Waffe ist der Geist, überlegte sie. Sie band sich mit angehaltenem Atem die Halskette um und versteckte den Talisman unter ihrem Kleid, weil dessen golddurchwirkte Seide nichts von diesem Licht durchließ. Sodann schlüpfte sie aus ihren gepunzten Lederpantoffeln und stellte sie beiseite, nahm das hauchdünne Tuch ab, ließ sich auf die flachen, kalten Treppenstufen nieder und streifte ihre goldenen Armreifen ab, knüpfte den schwereren Reif an ein Ende ihres Kopftuchs und steckte den anderen in die Spitze eines Pantoffels. Sie spürte, wie ihr die Füße auf dem kalten Stein erstarrten, empfand diesen so normalen Vorgang aber als tröstlich, da ja sonst nichts mehr normal war.
Sie nahm die Pantoffeln und das Kopftuch und schlich geduckt die Wendeltreppe hinauf. Als sie den Rücken an die Turmmauer preßte, spürte sie den Stein im Takt des fremdartigen Gesangs beben. Die Dunkelheit war nun mit Händen zu greifen. Das bißchen Ziegenkäse, das sie gegessen hatte, lag ihr wie ein Stein im Magen. Ihr Herzschlag dröhnte ihr wie der Wirbel der Kriegstrommeln in den Ohren. Alle Dschinn-Geschichten, die sie je vernommen hatte, fielen ihr wieder ein. Sie zwang sich, die Treppe weiter hinaufzusteigen. Eine Stufe und noch eine, immer höher in das fast stoffliche Dunkel hinauf.
Den Rücken an die Wand gepreßt, stieg sie die letzte Treppenkehre so langsam wie nur möglich empor. Sie bewegte sich wie ein Schatten, einer von vielen, die das dunkle Tor bevölkerten. Dann erstarrte sie, bewegte nur noch die Augen und sah zu der offenen Tür am Ende der Treppe hin.
Gegen das Licht der Wachstube hob sich dunkel die Gestalt eines

Soldaten ab. Er blickte in Fatimas Richtung, sah sie aber nicht, so sehr verschmolz sie mit der Wand... Im Schein eines zufällig durchs Oberlicht fallenden Sternenstrahls erkannte Fatima den Wächter. Es war Muneer ibn Ahmed, also einer von Boabdils Leuten. Loyal gegenüber Boabdil bedeutet loyal gegenüber der Sultanin Soraya, ging es ihr durch den Sinn.
Fatima wagte nicht zu atmen und stand wie versteinert. Ihre Angst hatte angesichts dieser realen, begreifbaren Gefahr nachgelassen. Das war jetzt etwas, was sie kannte und einkalkuliert hatte. Sie warf einen ihrer Pantoffeln die Treppe hinunter.
Muneer sah argwöhnisch hinab. Sein Blick ging aber weit an Fatima vorbei, dorthin, wo das Geräusch erklungen war. Dann sah er sich um, beinahe so, als ob er überlege, ob er seinen Posten verlassen und dem Geräusch nachgehen sollte.
Fatima warf den zweiten Schuh. Der Wächter kam eine Stufe herab, lauschte und wartete. Nun ließ Fatima den Armreif, den sie aus dem Pantoffel genommen hatte, folgen. Er schlug gegen die Mauer und sprang dann klirrend von Stufe zu Stufe ins Dunkel hinab.
Muneer stürmte nun los. Fatima wartete, am Boden kauernd, bis er fast an ihr vorbei war, und schleuderte dann das reifbeschwerte Tuchende nach seinen Beinen. Sie war mit der bescheidenen, aber durchaus tödlichen Bola meist sehr erfolgreich. Auch diesmal: Das Tuch wand sich um Muneers rechtes Bein, und als Fatima mit aller Kraft zog und so seine Bewegung umlenkte, stürzte er kopfüber die Treppe hinab.
Sie lauschte eine atemlose Sekunde lang, die ihr jedoch wie eine Ewigkeit vorkam. Von dem Wächter war nichts zu hören. Der Gesang in der Stube oben hielt an, und auf dem Treppenabsatz über ihr blieb alles still.
Da stieg sie zu Muneer hinab. Sein Kopf war grausig verdreht. Er hatte sich das Genick gebrochen. Fatima sah derlei nicht zum erstenmal. Er war schwer, kaum von der Stelle zu bringen. Fatima wiegte ihn sachte, um Schwung aufzubauen, bis sie ihm das Messer aus dem Gürtel ziehen konnte. Dann schnitt sie ihm mit kundiger Hand und kaltem Herzen die Kehle durch. Immerhin ein

schönerer Tod, als er ihn, bei seinen Verletzungen, sonst gehabt hätte.
Sie hob sein Schwert auf, das sogar noch weiter gefallen war, und machte sich zum zweitenmal an den Aufstieg. Als sie sich der nun unbewachten Stube näherte, gab es mit einemmal einen Knall, der im ganzen Tor widerhallte. Das massive Gemäuer schien sich zu heben, in seinen Grundfesten zu erbeben. Ein dumpfes Klagen erscholl, so als ob der Stein selbst vor Schmerz geschrien hätte. Fatima faßte das Heft des Krummschwerts, aber es gab ihr wenig Trost.
Denken! Das waren die Dinge, die sie nie hatte kennenlernen, mit denen sie nie etwas zu tun haben wollte. Fatima schloß die Augen und versuchte, ein Gebet zu sprechen, aber die heiligen Worte trösteten sie kaum. Ein Zittern lief durch die massiven Mauern und verebbte. Sie wußte, daß sie die obere Kammer betreten mußte. Sie hatte keine andere Wahl. Als Farid ihr gesagt hatte, er habe in ihren Sternen gelesen, aber nicht geahnt, daß es so bald geschehen würde, hatte sie ihn nicht verstanden. Aber jetzt verstand sie ihn. Das war es, was er gemeint hatte. Ihr Schicksal lag in dem Dunkel über ihr.
Fatima glitt sacht zur offenen Tür und spähte hinein. Durch die geschnitzten Fenstergitter aus Sandelholz und die Schießscharten fiel Mondlicht herein und formte auf dem Boden unheimliche Muster silberner Lichtlachen. In einem Kreis in der Raummitte stand, vom flackernden Schein kleiner Öllampen beleuchtet, eine Frau und... ihr gegenüber ein Wesen, das Sterblichen sonst nur in Alpträumen begegnet. Zwischen den beiden lag der große steinerne Schlüssel vom inneren Portal.
Mit einem Würgen im Hals starrte Fatima auf dieses Wesen, das man das Monster Ifrit nennt. Es ragte beinahe bis zum Dach empor und war nur entfernt menschenähnlich, sah wie ein von Kinderhand aus Lehm geformter Riese aus, hatte eine grünliche, feucht glitzernde Haut und Augen so gelb wie die eines tollwütigen Hundes. Da wußte Fatima, daß der Ifrit einer der bösen Dschinns war, die dem Satan in die tiefsten Tiefen der Erde folgen.

Die Frau wandte sich um und lächelte Fatima an. Es war Soraya.
»Du kommst zu spät«, spottete sie und wies auf den Schlüssel.
Fatima wußte nur zu gut, was sie meinte. Doña Isabel, die einst ihres Vaters Gefangene gewesen und dann seine Frau und Sultanin geworden war, hatte von Anfang an vorgehabt, Granada dem Feind auszuliefern.
Fatima fühlte das Amulett auf ihrer Haut brennen. Sie war keine Zauberin, konnte nicht, wie Suleiman, den Ifrit bannen. Sie war keine Astrologin, konnte nicht, wie Farid, die Bedeutung all dessen aus den Sternen lesen.
Denk nach, hatte Farid ihr gesagt. Sie mußte Zeit gewinnen. »Du brauchst dazu die Hand«, begann sie und spürte dabei das Amulett über ihrem Herzen pochen. »Du brauchst die Hand Fatimas«, sagte sie hastig. »Du brauchst die Hand Fatimas«, wiederholte sie und ließ sich die Worte auf der Zunge zergehen. Jetzt sah sie schon klarer, wie sie vorgehen mußte. Nein, sie war keine Zauberin wie Doña Isabel, die Sultanin, aber sie war Fatima, die Tochter Muley Abdul Hasans.
Sie legte vorsichtig das Schwert ab. Gegen den Ifrit würde es ihr nichts nützen, und für Soraya hatte sie ja das Messer. Jedenfalls mußte sie die Hände frei haben. Sie bewegte sich sehr langsam und überlegte schnell. Denk nach, hatte Farid zu ihr gesagt. Das war eine Prüfung. Irgendwo mußte es eine Antwort, eine Lösung geben.
Die Geschichten ihrer Kindheit fielen ihr wieder ein. Die Ifrit, besagten sie, sind böse und schlau, sind weder mit dem Speer noch mit dem Schwert zu besiegen und nur von ganz großen Zauberern zu beherrschen. Aber sie sind auch stolz, mögen Rätsel und stehen zu ihrem Wort. Man kann sie also überlisten.
»Ifrit«, begann Fatima so schroff, als ob sie mit ihrem Todfeind spräche, »du hast den Schlüssel nach Granada gebracht, aber nicht die Hand. Ich fordere dich auf, Ifrit, sogleich die Hand Fatimas hierherzubringen. Wenn du das nicht kannst, ich kann es!«
Der Ifrit lachte schallend.
»Das möcht ich sehen, Adamstochter, wie du diese Hand bringst!«

»Wenn ich es kann«, versetzte Fatima, »wirst du dann diese Hexe mitnehmen und auf der Stelle an den Ort zurückkehren, von dem man dich hierhergerufen hat?«
Der Ifrit lachte wieder. »Ja, Adamstochter, ich verschwinde und nehme sie mit.«
Fatima lächelte grimmig. Es sprach nicht viel dafür, daß ihr Plan gelingen würde. Aber etwas anderes war ihr nicht eingefallen. Sie löste die Halskette und ließ das Amulett über ihrer offenen Hand baumeln. Da glühte es taghell auf, wie zu mysteriösem Leben erweckt. Seine silbernen Spiralen überzogen ihre Hand wie mit Quecksilber, wie ein Handschuh, der ihr wie angegossen paßte. Mit der Farbe drang auch die Kraft in sie ein. Sie sickerte tief in ihr Gewebe, ihr Blut, und alle Furcht wich von ihr.
Sie streckte ihre Hand aus, wies dem Ifrit die energiesprühende silberne Tätowierung vor und sagte sanft: »Ich bin Fatima, gib mir den Schlüssel.«
Soraya schrie gellend auf, stürzte sich auf Fatimas Schwert, das an der Wand lehnte, faßte es und richtete es unbeholfen gegen sie.
Diese Frau hatte ihr Land verraten, indem sie von Doña Isabel zur Sultanin Soraya geworden war, und jetzt war sie als Sultanin Soraya willens, das Volk zu verraten, das sie aufgenommen hatte und verehrte. Aber Fatima hatte keine Angst vor ihr. Sie fühlte beinahe Mitleid mit diesem Weib, das sie mit furcht- und haßverzerrter Dämonenfratze anstarrte. Nein, Soraya hatte Angst vor ihr!
Soraya wußte das Schwert nicht zu gebrauchen. Es war zu schwer für sie, und sie hielt es linkisch und unsicher. Fatima zog das Messer aus ihrem Busen und warf es mit sicherer Hand. Die Klinge streifte die Sultanin an der Schulter, so daß sie aufschrie und das Schwert fallenließ.
Voller Panik bückte sie sich nach dem Messer, aber bevor sie es aufheben konnte, stand Fatima schon vor ihr und tippte ihr mit dem versilberten Zeigefinger an die Stirn. Da wimmerte die Verräterin auf und sank zu Boden. Ein Gestank brennenden Blutes erfüllte die Stube. Der Ifrit war verschwunden.
Der Schlüssel lag in der Mitte des Raums. Fatima fühlte das Silber des Talismans in ihren Adern fließen und ihren Leib aufzehren.

Sie hob den schweren Schlüssel mühelos auf und schob ihn durch das fein gearbeitete Sandelholzgitter über dem inneren Portal. Da fügte er sich, wie von selbst, wieder in den Schlußstein ein, den er seit dem Bau der Festung geziert hatte.

Fatima fühlte sich so müde, daß sie sich auf den Boden setzte und gegen die Wand lehnte. Von einem fernen Minarett ertönte der Ruf des Muezzins. Es war die Stunde des Morgengebetes. Sie starrte auf das magische Muster in ihrer Hand, das nicht mehr glühte, sondern nur noch das Licht der Dämmerung reflektierte. Das leise Geräusch sich nahender Schritte ließ sie aufblicken, und sie sah Farid auf der Schwelle stehen. Er schimmerte wie eine Alabasterlampe.

»Was oder wer bist du?« fragte sie. Sie empfand weder Furcht noch Hoffnung.

»Ich bin ein Diener des Einen«, erwiderte er, »und wurde gesandt, zu lehren, zu beobachten, zu prüfen. Diese letzte Probe war nicht mein Werk, aber notwendig für die Gläubigen von Granada.«

Sie zuckte die Achseln. Seine Worte bedeuteten ihr nichts. »Dann bin ich jetzt wohl die Sultanin?«

Farid lächelte. »Nein, weder Sultanin noch Königin. Du hast dich des Titels der Kalifin, der Beschützerin aller Gläubigen, als würdig erwiesen.«

Fatima erhob sich und bedeutete Farid, ihr nicht zu folgen, stieg hinab und wandelte durch den Garten. Die schneebedeckten Gipfel der Sierra röteten sich. In den Zypressen sangen die Vögel. In einem stillen Teich spiegelte sich das kunstvolle, vom Frühlicht in Glutrot und Bernstein getauchte Maßwerk des Portikus.

Sie betrat den Palast. Von der durch einen Säulengang gesäumten großen Terrasse blickte sie zu den Bergen hin und auf die Ebene hinab, und sah eine rote Staubwolke langsam nach Westen ziehen. Da wußte sie, daß die Ritter von Aragón und Navarra, León und Kastilien auf dem Heimweg waren.

LYNNE ARMSTRONG-JONES

Die sicher nicht mit Lord Snowdon, Ex-Mann Prinzessin Margarets, verwandte Lynne Armstrong-Jones ist ein Muster an Beharrlichkeit: Sie hat mir seit Beginn dieser Reihe etwa allmonatlich eine Story gesandt.
Als ich zu schreiben begann, riet mir mein erster Mann, doch auf keinen Fall zu viele Manuskripte an die Verlage zu schicken, weil er glaubte, die Lektoren würden mich, wenn ihnen mein Name auf so vielen untauglichen Texten begegnete, sehr schnell für eine, ja, hoffnungslose Versagerin halten und sich schließlich nicht einmal mehr die Mühe machen, noch irgend etwas von mir zu lesen, was zur Folge hätte, daß ich überhaupt nichts verkaufen würde.
Er hat sich geirrt. Ich habe inzwischen, als Herausgeberin, eine Menge Autoren kennengelernt, die sich wohl durch keine Ablehnung entmutigen lassen. Wenn ich ihnen ein Manuskript zurückschicke, reichen sie bald andere, oft nicht bessere Texte ein. Ich stöhne dann, lese sie aber dennoch – man kann ja nie wissen. Vielleicht schickt mir ja einer dieser hoffnungsvollen Autoren einmal eine Geschichte, die ich verwenden kann. Ihre Beharrlichkeit verdient Bewunderung und verdeutlicht mehr als alles andere ihren Willen, eines Tages Erfolg zu haben.
Jedenfalls hat es mich sehr gefreut, unter all dem Minderwertigen diese Geschichte von meiner »alten Freundin« Lynne Armstrong-Jones zu finden, die sich von so vielen Ablehnungen nicht hatte entmutigen lassen.
Wie sagt die Bibel? »Wer Ohren hat zu hören, der höre.« – MZB

LYNNE ARMSTRONG-JONES

Anfang

Amita verschnürte den kleinen Sack, in dem sie ihre Habseligkeiten verstaut hatte. Für sie gab es hier nichts mehr zu tun.
Sie seufzte. Der Abschied fiel ihr schwer. Dieses Turmgemach war viele Wochen lang ihr Studierzimmer gewesen.
Die junge Frau hob den Kopf, um dem Vogelgezwitscher zu lauschen, das durchs Fenster drang, lächelte bei dem Gedanken, mit welcher Freude sie im Frühjahr noch die Brut beobachtet hatte, und schritt langsam zum Erker und blickte hinaus.
Sie wußte sofort, daß das ein Fehler war. Wie weh ihr der Gedanke tat, daß sie nie mehr zurückkehren würde!
Oh, wie anders wäre es, wenn ich erfolgreich gewesen wäre, dachte sie, dann könnte ich nun ausziehen, um den Menschen zu helfen, und mit meinen Ideen und meiner Magie diese Welt zu einem wirtlicheren Ort zu machen. Aber jetzt habe ich das Gefühl, mit leeren Händen, als ein Niemand zu scheiden.
Sie senkte erneut den Kopf, in schmerzlichen Gedanken versunken.
Hinter ihr öffnete sich knarrend die Tür. Sie fuhr zusammen und drehte sich um.
»Verzeih, Liebe, daß ich dich erschreckt habe«, sagte die ältere Frau, die auf der Schwelle stand und aufmunternd lächelte. Der Abschied von einer so aufrichtigen und liebenswerten Novizin wie dieser betrübte sie sichtlich.
Als Amita das runzlige, liebevolle Gesicht der Mutter Oberin sah, konnte sie trotz ihrer Verzweiflung nicht umhin, ihr Lächeln zu erwidern. Oh, wie gern bin ich deine Schülerin gewesen, dachte sie, und wie ungern scheide ich von hier!
Aber nun ließ es sich nicht länger hinauszögern. Sie ging hinter der Oberin die Wendeltreppe hinab und verabschiedete sich von all

ihren Freundinnen, die sich am Tor versammelt hatten, um ihr die besten Wünsche mit auf den Weg zu geben.
Als Amita sich auf das Eselchen schwang, das sie in die nächste Stadt tragen sollte, stiegen ihr die Tränen in die Augen.
Die Oberin nahm ihre Hände und drückte sie. »Bitte, meine Liebe, sei nicht traurig! Nicht jeder von uns ist es bestimmt, Magierin zu werden! Denk daran, deine Stärken weiterzuentwickeln«, mahnte sie und fuhr dann sanfter fort: »So wichtig die Magie auch sein mag, verglichen mit der Intelligenz, Geduld und Güte, die du ja besitzt, ist sie unbedeutend. Meine Liebe, gebrauche diese heiligen Gaben, um unsere Welt zu einer besseren zu machen...«
Amita war nicht unempfänglich für die Wahrheit, die aus den Worten der Oberin sprach. Dennoch hätte sie in diesem Moment gern ein paar der Gaben für das Talent gegeben, das ihr fehlte! Aber sie schwieg, löste ihre Hände von der Mutter Oberin und ging, ihren Esel vorwärtstreibend.
Sie blickte kein einziges Mal zurück.
Für sie gab es nichts, was ihr die Freude und Erfüllung geben könnte, die ihr die Magie sicherlich – eine Weile geschenkt hätte. Sie dachte an ihre Mißerfolge, daran, daß die Illusionen, die sie erzeugt hatte, ebenso wie die einfachen Zauberkunststücke, die sie gelernt hatte, am Ende immer wirkungslos waren.
Die Oberin hatte gesagt, das käme eben immer mal wieder vor und bedeute keineswegs, daß sie weniger wert sei als andere Menschen.
Irgendwie, dachte Amita und seufzte erneut, habe ich trotzdem das Gefühl, weniger zu taugen als andere.
Nun sann sie darüber nach, welche Wege ihr Leben in Zukunft nehmen könnte. Auch das war ein Fehler. Keine der Möglichkeiten, die sie in Erwägung zog, erschienen ihr verlockend – oder auch nur erträglich.
Ihr war, als ob sie überhaupt keine Zukunft mehr hätte.
Es war schon erstaunlich, daß ihr Leben in wenigen Wochen so völlig auf den Kopf gestellt worden war. Zuerst das Gefühl, alles zu meistern... und dann die Stunde der Wahrheit, als ihre Schwächen zutage getreten waren!

Für mich hält die Zukunft nichts mehr bereit, es hat keinen Sinn, noch weiterzuleben, sagte sie sich.
Sie schüttelte zornig den Kopf und dachte: Werde ich nie Frieden finden? Ich weiß zwar nun, daß ich nicht weiterleben will, darf aber nicht danach handeln. Denn ich fühle mich, obwohl ich keine Zaubernovizin mehr bin, durch meinen Eid gebunden, nie jemandem absichtlich Schaden zuzufügen. Gibt es denn gar keinen Ausweg für mich? Damit ballte sie ärgerlich die Fäuste und trieb ihr Eselchen zu einem schnelleren Trab an.
Amita war so mit ihren Sorgen beschäftigt, daß sie die Frau, die schluchzend dahergelaufen kam und laut um Hilfe rief, weder sah noch hörte und überhaupt erst wahrnahm, als sie dem Esel in den Weg trat und ihn so zum Anhalten zwang.
Die Frau, Dara hieß sie, schluchzte etwas über ihren Mann, der Hilfe brauche, sah mit schreckgeweiteten Augen und tränennassem Gesicht zu Amita empor und flehte sie an, ihr zu ihrer Hütte zu folgen, drehte sich dann um und lief etwas schwerfällig, da sie augenscheinlich schon mindestens im fünften Monat schwanger war, dorthin zurück, woher sie hergekommen war.
Die Verzweiflung der Ärmsten ging Amita trotz der eigenen Sorgen so ans Herz, daß sie sogleich hinter ihr hertrabte.
Bei dem winzigen Häuschen angelangt, in dem die Frau verschwunden war, stieg sie ab und trat durch die Tür. Dort drin wirkte alles normal, bis auf...
Bis auf den Umstand, daß der Mann, der in der Mitte des Raumes stand, versteinert schien.
Amita ging auf ihn zu und sah ihn prüfend an. Er war tatsächlich in Stein verwandelt. Das war wahrscheinlich das Werk eines Magiers – offenbar eines sehr mächtigen.
Sie schüttelte den Kopf. »Es tut mir sehr leid, Dara, aber hier kann ich nicht helfen...«
Dara sah sie ungläubig an. »Aber du bist doch eine Zauberin. Das sehe ich doch an deinem Umhang! Bitte, es ist mir egal, ob du Novizin bist oder nicht... du mußt es wenigstens versuchen!«
Amita schüttelte wieder den Kopf. »Du hast mich nicht verstanden. Ich kann nicht. Mein Zauber ist wirkungslos.«

Ihre Worte drangen zu der verzweifelt weinenden Frau nicht durch. Amita erwog die wahrscheinlichen Folgen der kläglichen Versuche, die sie unternehmen könnte, um den bösen Zauber zu brechen...
Plötzlich leuchteten ihre Augen auf. Sie fühlte sich noch immer an ihren Eid gebunden, weder sich selbst noch anderen willentlich Schaden zuzufügen, aber es hinderte sie doch nichts daran zu versuchen, jemand anderen dazu zu bringen, sie von ihren Leiden zu erlösen!
Sie blickte sich rasch um, prüfte die Luft auf Spuren von Magie. Er war hier, irgendwo.
»Großer Hexenmeister, wo bist du? Zeige dich!«
Nichts.
Keine Antwort ist auch eine Antwort, dachte sie.
»Hexenmeister! Bist du feige? Was zögerst du, dich vorzustellen?« fragte sie und fuhr mit leicht verächtlichem Unterton fort: »Hast du etwa Angst vor mir?«
Da erwiderte der Unsichtbare mit dröhnender Stimme: »Und wer bist du, Kleine, daß du es wagst, so respektlos zu mir zu sprechen?«
Das war beileibe keine Frage.
»Nur eine Novizin, großer Hexenmeister, aber eine mit unvorstellbaren Kräften! Ich bin ganz anders ausgebildet als du: Ich verfüge über ungeheure Zauberkräfte und kann dir all deine Macht nehmen. Genau das werde ich tun, wenn du diesen Mann nicht wieder in seinen früheren Zustand bringst!«
Aber der Hexer lachte nur verächtlich und schwieg.
Ich muß ihn in Rage versetzen, dachte Amita und fing an, ihn zu verspotten: »Du bist ein aufgeblasener Sack! Du hast Angst, gegen meinesgleichen den kürzeren zu ziehen! Erlöse nun den Mann oder verteidige dich! Beeile dich... oder du bekommst meine ganze Wut und Macht zu spüren!« rief sie dreist und hoffte, ihn damit so wütend zu machen, daß er den Wunsch verspürte sie zu töten.
»Du junge Närrin«, polterte er mit so lauter Stimme, daß die Wände bebten. »Reize mich ja nicht!«
Jetzt oder nie, dachte Amita und verhöhnte ihn mit funkelnden

Augen: »Du fürchtest dich ja vor mir! Deine Macht ist nichts, verglichen mit der meinen.«
Da erhob sich ein Sturm aus dem Nirgendwo. Blitze zerrissen den Himmel und zuckten durchs Zimmer, von Wand zu Wand. Amita hörte die Frau aufschreien...

Amita lag bewegungslos da. Wo bin ich? dachte sie, im Jenseits? Es war alles so still.
Sie öffnete die Augen und setzte sich vorsichtig auf. Da sah sie Dara neben sich, die sich auch gerade aufrichtete. Sie lächelten einander zu. Dara begann sie zu fragen, was passiert sei, brach dann aber plötzlich ab, kroch auf allen vieren zu ihrem Mann, hob die Hände und streichelte sein Gesicht, immer wieder, als ob sie es nicht glauben könnte, was sie da spürte: warme Haut statt schrecklichem, kaltem Stein. Lächelnd wandte er sich zu ihr um, und sie umarmten sich.
Nach einiger Zeit sah Dara zu Amita hinüber und stammelte ein Dankeschön.
Aber die schüttelte nur den Kopf und wehrte ab: »Das ist nicht mein Verdienst!«
Dara kniete sich neben Amita auf den Boden und schimpfte: »Stell doch dein Licht nicht so unter den Scheffel! Es war ein wunderbarer Zauber!«
Amita schüttelte erneut den Kopf. »Das war kein Zauber«, sagte sie sanft. Dann schlug sie sich an die Stirn und füsterte: »Ich muß ihn eingeschüchtert haben!«
Dara klopfte Amita mütterlich auf die Schulter. »Egal, wie ihr Zauberer das nennt: Es war wunderbar! Du hast uns einen so großen Dienst erwiesen, daß ich gar nicht weiß, wie ich dir danken soll. Wir werden ewig in deiner Schuld stehen! Und denke daran: Du stehst ja erst am Anfang deiner Zauberinnenlaufbahn!«
Amita blickte an Dara vorbei zur offenen Tür hinaus. In der Ferne sah sie den Turm dunkel aufragen. Sie dachte an all die seltsamen und magischen Dinge, die sie dort gelernt hatte – und an all die wichtigen Aspekte des Lebens, die man ihr da nicht gezeigt hatte. Und sie fragte sich, was wohl mehr zählte.

Sie sah zu Dara hin, die wieder ihren Mann umarmte, und sagte: »Deine Formulierung war nicht ganz korrekt. Ich stehe am Anfang meines... Lebens!«

Amita lehnte die Einladung der beiden, mit ihnen doch zu Abend zu essen, freundlich, aber bestimmt ab. Als sie sich wieder auf ihr Eselchen schwang, faßte Dara ihre Hand und sagte sanft: »Nochmals unseren herzlichsten Dank, Amita. Wisse, wenn mein Kind ein Mädchen wird, so soll es deinen Namen tragen. Gott segne dich und beschütze dich auf allen deinen Wegen!«

Amita nahm von den beiden Abschied und trabte leichten Herzens auf ihrem Esel die Landstraße entlang, auf die Stadt zu. Auf einmal hörte sie ein Rotkehlchen fröhlich zwitschern. Da hielt sie an und lauschte. Ein Lächeln breitete sich über ihrem Gesicht aus. Seltsam, dachte sie, ich höre die Vögel nun zum erstenmal auf dieser Reise...

MORNING GLORY ZELL

Daß sich auch die neue Geschichte von Morning Glory um seltsame Biester und um Naturschutz drehen würde, hat mich nicht überrascht; sie hat ihre erste Story, die von der Notwendigkeit handelte, die Drachen vor dem Aussterben zu bewahren (was ja leider nicht mehr möglich ist), im vorigen Band veröffentlicht und, bevor sie diese zweite schrieb, eine Forschungsreise in die Südsee unternommen – um die »Nixe zu suchen«. Was sie, wie zu erwarten, gefunden hat, war die Manatis oder Rundschwanzsirene, eine inzwischen bedrohte Tierart. Hätte sie aber wirklich fischschwänzige Frauen entdeckt, stünden die Chancen, etliche Länder von deren Schutzwürdigkeit zu überzeugen, wohl besser als im Fall der Manatis.
Ich bin ein Anhänger des Naturschutzgedankens, meine jedoch, daß einige Naturschützer übers Ziel hinausschießen. Etwa wenn (soweit ich mich erinnere) eines der New-Age-Magazine dafür plädiert, den Pockenvirus zu »schützen« – und das wohl in allem Ernst. Ich habe leider kein so weites ökologisches Gewissen; ich glaube vielmehr, daß man etliche Arten schnellstmöglich ausrotten sollte, und bin daher für dieses Plädoyer, den Basilisken zu rehabilitieren, ganz unempfänglich.
Morning Glory schreibt derzeit ein Sachbuch mit dem Arbeitstitel ›Einhörner in meinem Garten‹. Ja, ein Sachbuch! – MZB

MORNING GLORY ZELL

Das kleinere Übel

Die Hexe lauschte dem klagenden Schrei der Statue, dem Klagen des Windes im Munde der versteinerten jungen Frau, in deren rückwärts gewandten Augen sich das Grauen über das Entsetzliche, das sie erblickt hatten, malte und für immer malen würde...
Oh nein, nicht für immer. Der Regen und der ständige Wind würden es tilgen, wie bei den anderen, zum Teil schon recht verwitterten Statuen, die in dieser Schlucht mit den gelblichweiß schimmernden Kalksteinwänden standen. Diese da drüben, beispielsweise, war bis zur Unkenntlichkeit ausgewaschen und zerstört. Jene hingegen, rechts, war wie neu und als ein zu Stein gewordener Greis zu erkennen. Ja: geworden. Denn sie alle waren einst Menschen gewesen. Das ist das wahrhaft Entsetzliche, dachte die Hexe, denn schlimmer als die Einsamkeit und das Klagen des Windes ist die Gewißheit, daß sie einmal Menschen wie wir waren, die ihren Geschäften nachgingen; aber am schlimmsten ist, daß uns hier das gleiche Los blühen könnte. Sie schüttelte sich vor Grauen, und ihr wallendes, meliertes Haar rieb knisternd am Kragen ihrer grünen Bluse. Nun wandte sie sich langsam zu ihrer Gefährtin, der Schwertkämpferin Valla, und sagte: »Hoffentlich bist du dir unserer Sache sicherer, als ich es im Moment bin.«
Valla erwiderte ungewöhnlich bedächtig: »Der Anblick dieses Tals stellt den Mut jedes Menschen von Fleisch und Blut auf eine harte Probe.«
»Fängst du an, es dir anders zu überlegen mit dieser Expedition?« fragte die Hexe und hob eine ihrer dunklen Augenbrauen.
»Andred, du stellst manchmal vielleicht Fragen!« versetzte Valla scharf und warf ihren roten Zopf über die Schulter zurück. Da ihr nicht entging, daß Andreds Braue oben blieb, fuhr sie ruhig fort:

»Ich habe mich den Initiationsriten des Artemet-Ordens unterzogen und der Göttin geschworen, ihr zu dienen, indem ich die letzten ihrer mythischen Kreaturen schütze, um sie vor der Ausrottung zu bewahren. Sie hat mein Gelübde angenommen. Das ist mein erster Auftrag. Ich wußte auch, daß es nicht leicht sein würde, einen Basilisken einzufangen und umzusiedeln, aber ich bin nicht im Begriff, die Flucht zu ergreifen und...«
Sie drehte sich jäh um, zog ihr Schwert und horchte. »Ach, nichts! Nur ein Kolibri!« meinte sie nach einer Weile und steckte ihr Schwert mit einem Seufzer der Erleichterung wieder ein.
Andred wies bedächtig in die Runde und fragte wie nebenbei: »Ist dir auch schon aufgefallen, daß es in diesem Tal von Tieren nur so wimmelt? Vögel und Kleintiere, wohin man nur schaut, und alle wirken recht furchtlos.«
»Gut für sie«, meinte Valla. »Aber es sind hier ja auch nirgendwo Tierstatuen zu sehen. Keine Vorgartenfiguren! Vielleicht war ja diese unkenntliche Masse dort drüben früher ein Bär!« fügte sie sarkastisch hinzu. »Aber warum sollte ein Basilisk nur Menschen angreifen?«
Nun war es an Andred, sarkastisch zu sein. »Vielleicht«, sagte sie gedehnt, »ist er schlauer als wir denken.«
Sie sahen einander lächelnd an. Ihre Kameradschaft, aus Streit geboren, war ja immer von freundschaftlicher Konkurrenz geprägt gewesen. Valla murmelte etwas von »im finstern Wald pfeifen«, und Andred meinte: »Nun, da wir ein Gefühl für die Lokalität bekommen und die Lage sondiert haben, sollten wir nach Marshby reiten und unseren ersten Arbeitgeber besuchen.« Sie lächelte verschmitzt und fuhr fort: »Normalerweise müssen wir ja mit Zähnen und Klauen gegen irgendwelche Leute kämpfen, wenn wir so ein armes Tier umsiedeln wollen, aber diesmal bezahlt man uns sogar dafür!«
Die beiden Frauen saßen auf und trieben ihre nervösen Pferde mit harter Hand und sanften Worten bergan in den pfeifenden Wind und auf den Paß zum nächsten Tal zu und hielten dabei Augen und Ohren offen, damit ihnen kein Laut, keine Bewegung ringsum entgehe, und machten einen weiten Bogen um die gut sichtbare

große Höhle, die als Schlupfwinkel des Basilisken galt. Die ganze Zeit verfolgte sie das protestierende Stöhnen der Statuen, die hier und dort in der trügerisch friedlichen Schlucht standen.
Als sie über den Paß ritten, erzählte Andred, daß die Basilisken hybride Zauberwesen seien, die in grauer Vorzeit von einem irren Magier erschaffen worden seien, aber ihren Schöpfer getötet und das Weite gesucht hätten, um sich auf eigene Faust zu vermehren. Gott sei Dank – oder leider – seien sie immer noch sehr selten.
»Mir will aber nicht in den Kopf, warum sich überhaupt jemand für solche Kreaturen interessiert!« rief da Valla mit der für sie so typischen Ungeduld.
»Einmal, weil sie inzwischen ihren Platz in der Natur haben. Zum anderen, weil wir sie in geschützter Umgebung beobachten wollen. Vielleicht entdecken wir, wie man die Versteinerung von Menschen rückgängig machen und so die Opfer der Basilisken erlösen kann.«
»Nun aber schnell, denn dieser eine armselige Haufen wäre schon ein trauriger Anblick, wenn man ihn so, wie er ist, zurückbrächte«, meinte Valla.
Beim Einritt in Marshby hatten sie das Gefühl, daß über der Stadt ebenso ein Fluch lastete wie über dem Basiliskental, aus dem sie kamen. Etwas Bedrückendes lag auf dem Ort. Die Bäume sahen krank und welk aus, und viele der prächtigen hochgieblign Häuser waren verlassen und wirkten mit ihren weit geöffneten Türen und leeren Fensterhöhlen irgendwie blöde. Von einer Straßenbiegung sahen sie weit ins Ariah-Tal hinein, bis zu jener Stelle, wo sich der Strom gabelt und sich anschickt, die fernen, kaum wahrnehmbaren Sümpfe beidseitig zu umfließen. Ein süß-metallischer Geruch lag in der Luft, der aber den allgegenwärtigen Pesthauch der Verwesung nicht ganz überdecken konnte. Die grünäugige Andred blickte in die Weite und bemerkte sanft: »Dieser Platz birgt Geheimnisse, an die man besser nicht rührt.«
Valla kniff die schmalen Lippen zusammen, sagte aber nichts, und so ritten sie schweigend zu dem stattlichen Gasthaus, in dem sie Quartier nahmen.
Als sie am nächsten Morgen im Speisesaal saßen, kam Zunftmei-

ster Bok, um ihnen seine Aufwartung zu machen. Er war eine beeindruckende Erscheinung, gutaussehend und charmant, und bat die beiden, die sich bei seinem Eintritt erhoben hatten, wieder Platz zu nehmen, und spendierte ihnen ein herrliches Frühstück. Dann führte er sie eilig ins Hüttenwerk hinüber und zeigte ihnen, wie das Bleierz verhüttet und das gewonnene Metall zu Barren gegossen wurde. »Das Blei hat die Stadt zu dem gemacht, was sie ist, ihm verdankt sie ihren Reichtum. Aus dem reinsten Erz fertigen wir Opfergaben für die Götter.«
Andred sagte: »Du bist ein sehr frommer Mann!« und wußte selbst nicht recht, warum ihre Bewunderung so ironisch klang.
Nun schwärmte der Zunftmeister beredt von der großen Zukunft, die sich dem Bergwerk eröffnen würde, sobald man der Bleizader ins Nachbartal folgen könne. »Wir haben viel gelitten«, schloß er und fragte drängend. »Wie schnell könnt ihr uns die Kreatur vom Hals schaffen?«
»Wir wollen uns morgen ans Werk machen. Heute gehen wir erst mal zur hiesigen Hebamme, um uns über einige kleine, aber wesentliche Details zu informieren!« erwiderte Andred.
Der Meister sprühte vor Verachtung und versetzte in vernichtendem Ton: »Die Hebamme! Aber das ist doch nur eine abergläubische alte Vettel! Die Zunft kann euch mit allem dienen, was ihr braucht, so daß ihr nicht auf ihresgleichen zurückgreifen müßt.«
»Soweit ich weiß«, bemerkte Andred kühl, »wurde sie vom Artemet-Orden ausgebildet.«
Der Zunftmeister stammelte: »Ich... wollte niemanden kränken, hohe Frau. Vielleicht sprechen wir nicht von derselben Hebamme.«
»Gibt es hier denn mehrere?« mischte sich Valla honigsüß ein.
»Möglicherweise...«, meinte er ausweichend und verstummte.
Beim anschließenden Stadtbummel waren die beiden Frauen voll des Lobes für die vielen kleinen Ladengeschäfte, die, blitzsauber und von Waren aus aller Welt überquellend, die Hauptstraße säumten. In den überall aufgestellten hölzernen Blumenkästen wuchsen aber seltsamerweise keine Blumen, sondern funkelte

eine Unzahl von Gußfigürchen und Skulpturen aus Blei, die Andred befremdlich an die schreienden Statuen im Basiliskental erinnerten. Plötzlich kam ein kleiner Mann, der einen Uniformrock trug, herbeigelaufen und flüsterte dem Meister etwas ins Ohr. Der sagte daraufhin mit höchst beunruhigter Miene und eindringlicher, aber leiser Stimme zu seinen Begleiterinnen: »Ich bitte um Entschuldigung, meine Damen, aber es ist ein ganz entsetzliches Unglück geschehen, das meine sofortige Anwesenheit vor Ort erfordert.«
»Mach dir um uns keine Sorgen, Meister«, erwiderte Valla, »wir finden schon allein zum Gasthaus zurück!«
»Dann werde ich mich, mit eurer Erlaubnis, zum Abendessen wieder zu euch gesellen«, versetzte er salbungsvoll.
»Aber gern, und, äh... könntest du uns drei Sträuße getrockneter Rauten mitbringen? Wir brauchen sie morgen, um deinen Basilisken zu bannen!« sagte Andred mit bezauberndem Lächeln. Da verbeugte er sich und eilte von dannen. Als er außer Hörweite war, fragte Valla ihre Gefährtin, was sie von dem Mann halte.
»Er ist so wie diese Bleiskulpturen: glatt, hart und hohl... Ein charmanter Kerl, dem man aber nicht über den Weg trauen kann.«
Darauf setzten die Zauberin und die Schwertkämpferin ihren Bummel fort und betraten den einen und anderen Laden und bestaunten dies und das. Valla faszinierten vor allem die exquisiten Figuren, die Artemet als vielbrüstige Mutter der Tiere darstellten. Als die beiden sich über ein besonders reizvolles Exemplar beugten, sagte der unterwürfig hinter ihnen stehende Krämer: »Darf ich die Damen darauf aufmerksam machen, daß die Figur aus reinem Gußleadium besteht und all dessen Eigenschaften aufweist, darunter auch die, im Dunkeln zu leuchten!«
Valla hatte das Figürchen eben für einen erstaunlich niedrigen Betrag erstanden, als eine kleine, drahtige Alte, die ihnen, wie Valla bemerkt hatte, schon seit einiger Zeit gefolgt war, in den Laden trat und die zwei Frauen mit einer krächzenden Stimme, die einem Raben ähnelte, ansprach: »Ihr Schwestern seid doch alle gleich! Ein Auge offen für den Tand dieser Welt und das andere vor ihren

häßlichen Seiten fest verschlossen... Ihr würdet sogar über Leichen gehen, um irgendwelchen Kram, nach dem es euch gelüstet, günstig zu ergattern.«
Valla wandte sich zu ihr um und fauchte sie an: »Wer bist du, daß du dir ein Urteil über unseren Orden anmaßt, ohne ihn zu kennen?«
Die Alte lachte höhnisch. »Wenn eine von euch tatsächlich eine Zauberin wäre, und das behauptet ihr ja beide, dann wüßtet ihr, wer ich bin. Aber ich weiß über euch Bescheid: ›An ihren Früchten sollt ihr sie erkennen...‹ Und welche Früchte trägt euer Orden?« Damit ergriff sie eine fein gearbeitete Artemet-Figur, hielt sie hoch und warf sie in den Staub. »Alles Tand! Und welchen Preis, meint ihr, müßt ihr dafür wirklich bezahlen? Ihr habt nicht mal den Mut, dieser Frage nachzugehen, aber ich werde euch einen Tip geben«, zischte sie und rückte ganz nahe an Andred heran, »seht euch um: Hier bezahlt man mit dem Leben dafür... und ihr genauso wie wir!«
Andred folgte dem Finger der Alten, der langsam die Runde machte, und erkannte unter den schönen Fassaden der Stadt, die von Erfolg und Reichtum kündeten, die tiefere Wirklichkeit, die Verfall und Verzweiflung war und, beispielsweise, in der Welkheit der Bäume und im gezwungenen, künstlichen Lächeln der wenigen Menschen, die auf der Straße waren, zutage trat. Und die Kinder... wo waren eigentlich die? Die Frage kam ihr wie von selbst über die Lippen: »Sag, wo sind denn die Kinder?«
»Nun gut, vielleicht taugst du mehr, als ich glaubte«, kicherte die Alte. »Dabei dachte ich, dir läge bloß daran, so exotische Zaubertiere wie deinen todbringenden Basilisken zu retten. Wieso interessierst du dich auch für ganz gewöhnliche Menschenkinder?«
»Alle Lebewesen sind Artemets Kinder. Wir sprechen für die unter ihnen, die nicht selbst für sich sprechen können«, sagte Andred, jedes Wort sorgsam abwägend. »Was willst du uns denn eigentlich sagen?«
»Euch sagen! Ich kann euch überhaupt nichts sagen. Aber wenn euch auch nur einer der Eide heilig ist, die ihr der Mutter des Lebens geschworen habt, müßt ihr mitkommen, damit ich es euch,

verdammt noch mal, zeigen kann! Ein Blick lehrt mehr als tausend Worte, so sagt man doch«, versetzte die Alte und sah sie herausfordernd an.
»Wir wollten aber zur Hebamme, um Rautensträuße zu holen... und sind mit dem Zunftmeister zum Abendessen verabredet«, erwiderte Valla ausweichend.
»Nein, wir kommen mit«, entschied Andred. »Hier stimmt was nicht, und ich muß mehr wissen, bevor ich den Orden in eine Unternehmung hineinziehe, die wir später bedauern könnten.«
Die Alte machte auf dem Absatz kehrt, stürzte aus dem Laden und verschwand in einem Durchgang. Die beiden jüngeren Frauen folgten rasch, hatten aber Mühe, den Anschluß zu halten, als sie durch die krummen Gäßchen zum hinteren Tor hastete und dann einen Weg nahm, der in immer wildere Gegenden und entlang reißender Flußläufe bergab führte. Der Geruch, den sie seit ihrer Ankunft in diesem Tal wahrgenommen hatten, wurde noch durchdringender und fast unerträglich. Sie krochen unter Zäunen hindurch und kletterten über eine Steinbrücke, deren Mittelstück in den Fluß gestürzt war. Als sie ans andere Ufer sprangen, versanken sie knöcheltief in stinkendem Schlamm. Dann erblickten sie es.
Sie schauten ungläubig, wollten nicht wahrhaben, was sie sahen. Aber ihren Nasen mußten, konnten sie trauen, und die sagten ihnen dasselbe wie ihre Augen: Das war der Tod. Ein so vielfacher Tod, daß er jegliche Bedeutung verloren hatte. Die Sümpfe und Feuchtgebiete in der Ariah-Gabel waren zu einem Land des Todes, zu einem einzigen großen Friedhof geworden. Schwarzes, fauliges Wasser schwappte gegen totes oder sterbendes Riedgras und absterbende Weidenbüsche, es säumte das Ufer mit gespenstischen roten Ringen, die eitrigen Geschwüren glichen... Ein Bild des Schreckens, wohin sie auch blickten! Tote Fische, krepierte Frösche, so weit das Auge reichte, und dazwischen verwesende Federhaufen, die vor kurzem noch Reiher, Enten oder Schwäne gewesen waren. Das blutrote Leichentuch bedeckte alle toten Tiere, die jenes schwarze Wasser berührte. Das Aas überzog den Boden wie ein scheußlicher Teppich. Selbst die Aasfresser – von Fliegen und

Käfern bis zu Krähen und Geiern –, die sich da ein Festmahl erhofft hatten, waren dem Tod anheimgefallen. Nichts rührte sich, und außer dem Plätschern des von schwarzen Zypressenstümpfen tropfenden Wassers war kein Laut zu vernehmen.
Nach einiger Zeit flüsterte Valla heiser: »Gibt es denn hier überhaupt kein Leben mehr?«
»Oh, wenn du dich gründlich umschaust, wirst du schon irgend etwas finden, aber ich würde das kaum Leben nennen«, krächzte die Alte und mahnte: »Auf, meine Damen, die Tour ist noch nicht zu Ende!«
Stumm wie zwei geprügelte Hunde schlichen sie hinter der alten Frau her, die sie nun zu einem riesigen schwarzen Rohr führte, aus dem, wie aus einer durchgetrennten Arterie, rotes Abwasser in das tote Sumpfland sprudelte. Es speiste einen scharlachroten Teich, der einer blutigen Wunde glich, breitete sich aus und verlor sich... außer dort, wo es am Ufersaum gerann, wo es in lebende Wesen kroch und ihnen den Tod brachte.
»Das ist die Quelle, die Quelle des Reichtums der Zunft und der Stadt und auch der Born des Leides, der Krankheit, Mißbildung und des Todes«, begann die Alte mit schriller Stimme. »Ich lebe nun schon seit fünfzig Jahren damit! Ich sah die Quelle zu dem werden, was sie ist! Ich habe versucht, die Gilde und die Leute in der Stadt zu warnen; sie wollten nicht auf mich hören, hatten nur für den Klang des Geldes ein Ohr. ›Was wird aus unserer Arbeit, was aus dem Handel?‹ jammerten sie immer. ›Ihr Narren‹, habe ich zu ihnen gesagt, ›was wird aus eurem Land, eurem Leben‹«, schloß sie mit brechender Stimme, »›und was aus euren Kindern?‹«
»Aber...«, hob Andred an.
»Sei still, Schwester«, unterbrach die Alte, »ich habe auch den Orden gewarnt. Man tat meine Warnung als Phantastereien einer Zurückgebliebenen ab, die eine ganz persönliche Fehde mit dem Zunftmeister austrägt. Man traut dort keiner, die ihre Ausbildung abbricht.«
»Hast du ihnen Beweise vorgelegt?« fragte Andred abwehrend.
Die alte Frau sah sie an. Bittere Tränen flossen aus ihren Augen

und vereinten sich zu roten Rinnsalen, die ihr runzliges Gesicht durchzogen. »Ist das hier nicht Beweis genug?« fragte sie leise.
»Machen wir, daß wir fortkommen«, sagte Valla auf einmal in die lastende Stille hinein. »Ich will nicht an diesem Zeug dort sterben!«
»Das geht nicht so schnell, meine Liebe. Das ist ein kumulativer Prozeß. Es dringt zuerst in die weichen Gewebe ein, dann in die Organe und schließlich in die Knochen. Wenn ihr rohe Kräuter eßt und destilliertes Wasser trinkt, scheidet ihr es aus und nehmt, bei kleinen Mengen, keinen Schaden. Was einen dabei zugrunde richtet, ist, diesem Gift täglich ausgesetzt zu sein.«
Sie hatten fast die Straße erreicht, als ein gellender Schrei sie aufblicken ließ. Auf der zerstörten Brücke sahen sie zwei Männer stehen, die, wie die Wächter im Hüttenwerk, eine Uniform trugen.
»Damit ist es entschieden!« rief die Alte fast jubelnd aus. »Das sind die Wächter des Zunftmeisters... sie haben euch schon entdeckt! Lauft um euer Leben! Sie werden euch eher töten als zulassen, daß ihr berichtet, was ihr hier gesehen habt!« Damit duckte sie sich hinter einen Abwasserkanal, ging gebückt weiter und verschwand hinter einem baufälligen Schuppen. Andred und Valla folgten ihr so schnell, wie es der weiche Boden erlaubte. Die Alte war überaus behend und kannte sich in diesem gottverlassenen Terrain so gut aus wie eine Ratte in der Kanalisation. Sie stiegen und krochen durch verdorrtes Gestrüpp, bis sie endlich auf einen Pfad stießen, der durchs hintere Tor in die Stadt führte. Als sie im Hof einer zwielichtigen Kneipe verschnauften, sagte die Alte hastig:
»Uns bleibt nicht mehr viel Zeit, aber ihr müßt noch einiges wissen. Ich heiße Eilethia und bin die Hebamme, aber das habt ihr wohl schon geahnt.« Sie grinste wie eine Totenmaske. »Das kam jetzt nicht überraschend, und wir sind auch nicht allein in unserem Streik gegen die Zunft. Wir schleichen uns zu einem Keller, wo ich die Kräuter hole, die ihr braucht. Wir können nicht zu meiner Hütte oder ins Gasthaus zurück, um euer Gepäck zu holen. Wenn der Zunftmeister euch fängt, bringt er euch zum Basilisken, damit

er euch auch in schreiende Statuen verwandelt. Er muß um jeden Preis verhindern, daß die Ordensoberen von der Sache Wind bekommen. Sie sind die einzigen, die dem Erzabbau hier ein Ende setzen könnten. Er wird euch eher töten, als dieses Risiko einzugehen... Er hat hier schon viel Schlimmeres getan, das könnt ihr mir glauben«, schloß sie.
»Du sagtest zuvor, wir müßten noch einiges wissen...«, begann Andred.
»Was ist mit den Kindern?« fragte Valla gleichzeitig.
»Ja, das solltet ihr wohl wissen«, antwortete Eilethia resigniert. »Aber nun folgt mir und vertraut auf meinen Plan! Ich werde euch zur Flucht verhelfen, vorausgesetzt...«
»Was?« fragte Andred.
»Vorausgesetzt, ihr versprecht mir, wenn ihr die ganze Geschichte kennt...«
»Nur Narren versprechen blind! Aber wir sind jetzt auf Gedeih und Verderb auf dich angewiesen, führe uns also«, versetzte Andred.
Sie folgten der unermüdlichen Alten durch düstere Gassen, Gärten, Höfe und gepflasterte Abwasserkanäle. Sie duckten und verbargen sich, und als sie sich wieder einmal niederkauerten, um sich auszuruhen, erzählte Eilethia ihnen die folgende Geschichte:
»Ich sagte, daß ich das seit fast fünfzig Jahren heranwachsen sah, seit meinen Jungmädchentagen. Oh, ich war damals ein richtiger Hitzkopf! Als ich bemerkte, wie die Tiere und Pflanzen dahinzusiechen begannen, habe ich versucht, alle hier aufzurütteln. Aber niemand wollte auf mich hören. Vor etwa fünfundzwanzig Jahren wurden dann die ersten... von ihnen geboren. Zuerst die kleine Whitlow. Sie hatte schöne blaue Augen, drei an der Zahl. Danach wurden jedes Jahr etwa drei solcher Babys geboren, ja, und seit einiger Zeit kommen jährlich nur noch drei oder vier normale, überlebensfähige Kinder zur Welt. Als es so schlimm wurde, daß man es nicht länger ignorieren konnte, hatte der Zunftmeister die Selektionsidee. Nun bleiben die normalen Kinder in der Stadt. Sie gehen in die Schule und werden Kaufleute und dergleichen. Aber die Unglücklichen, die mit irgendeiner Mißbildung geboren wer-

den, schickt man im zarten Alter zur Arbeit ins Bergwerk... damit die Eltern sie nicht mehr sehen und an ihr Leid erinnert werden. Äußerlich betrachtet, sind diese Kinder die Ungeheuer; aber in Wirklichkeit sind die Eltern, die es ja zu all dem haben kommen lassen, die Monster!«

Als die alte Frau geendet hatte, fragte Valla kritisch: »Warum bist du denn nicht fortgelaufen, um Hilfe zu holen?«

»Schwester, ich war die einzige Hebamme einer Stadtgemeinde mit aberhundert Einwohnern, und irgend jemand mußte ja diese Babies zur Welt bringen, außerdem hatte ich selbst Kinder. Der Zunftmeister gab mir zu verstehen, daß er meine ganze Familie dem Basilisken vorwerfen würde, wenn ich von außerhalb Hilfe holen würde. Ich hatte eine Verantwortung gegenüber diesen Kindern, verstehst du? Er hätte sie alle töten lassen, auch meine Kleinen!«

»Das wäre vielleicht am besten gewesen, bedenkt man, zu welchem Leben sie nun verdammt sind«, bemerkte Andred trokken.

»Nun, Schwester, jeder muß nach seinem Gewissen handeln, und ich glaube, daß ich für diese im Stich gelassenen Kleinen getan habe, was in meinen Kräften stand. Meine Kinder kamen gesund zur Welt und sind jetzt erwachsen. Mein Enkel Dalen ist Lehrer im Bergwerk, und nur mir erlaubt die Zunft, diese Bergleute ärztlich zu betreuen. Der Meister weiß genau, was passieren würde, wenn man in anderen Gemeinden mitbekäme, was wir unseren Kindern angetan haben. Und deshalb müßt ihr mir versprechen, dafür, daß ich euch zur Flucht verhelfe, der Welt draußen die Wahrheit über dieses Inferno zu berichten und die zu demaskieren, die aus Profitgier diesen Alptraum geschaffen haben!«

»Oh, wir dachten, daß wir über das Sumpfsterben Stillschweigen bewahren sollten... Aber darauf hast du unser Wort!« versetzte Andred und reckte entschlossen ihr Kinn.

»Nach dem, was wir gesehen haben, müßten sie uns schon töten, um uns daran zu hindern, es aller Welt zu sagen!« bekräftigte Valla.

»Schwestern, genau das hat der Zunftmeister vor. Was glaubt ihr

wohl, wie der Basilisk zu seinen Opfern kommt? Aber ich denke, wir können den Meister überlisten. Der Gastwirt wird seine beiden als Ordensschwestern verkleideten Töchter zum Südpaß führen, um eine falsche Spur zu legen. Ihr hingegen nehmt einen Weg, den zu überwachen ihnen nicht im Schlafe einfiele... durch die Mine und die Basiliskenhöhle! Mein Enkel wird euch heute nacht zum Steiger bringen, danach wird er über den Nordpaß ins Basiliskental schleichen und euch dort mit Pferden und Proviant versorgen... sobald ihr durch seid«, erklärte Eilethia fröhlich.
»Du meinst wohl: wenn... wir durchkommen?« fragte Valla.
»Ihr schafft es, da bin ich sicher! Der Orden würde nie unfähige Leute mit solch einer Mission betrauen!« bekräftigte die alte Frau.
»Für eine, die abgebrochen hat, bist du ganz schön loyal«, bemerkte Andred.
Die Alte errötete wie ein Schulmädchen. »Ich war zu dickköpfig für den Orden«, meinte sie nachdenklich, »aber ich weiß, was er wert ist, obwohl ich seinen Anforderungen nicht gewachsen war.«
»Die Göttin hat wohl eine wichtigere Aufgabe für dich gefunden«, sagte Andred mit sanfter Stimme.
Als sich die drei dem Förderturm näherten, erhellte das von den Nebeln des faulenden Sumpfes gelb gefärbte Licht des Vollmondes gespenstisch die Szenerie.
Ein leises Zischen, das aus dem Schatten des Turmes ertönte, ließ Andred und Valla wie zwei Katzen auf nächtlicher Jagd erstarren. Eiletha aber eilte mit einem Seufzer der Erleichterung ins Dunkel und kam bald darauf mit ihrem Enkel Dalen zurück, der sie erwartet hatte.
»Er ist das entschlossenste Mitglied unserer Verschwörergruppe«, stellte sie ihn vor, »und der Augapfel seiner Großmutter. Nicht wahr, mein Junge?«
Der große, angespannt wirkende junge Mann umarmte die alte Frau. »Oma, laß mich jetzt übernehmen. Die anderen erwarten dich an der Wegbiegung.«
»Nun werden unsere Pläne Wirklichkeit: diese Schwestern wer-

den unsere Sendboten sein! Gebt gut auf euch acht!« sagte Eilethia und umarmte Valla und Andred.
Und die beiden murmelten: »Die Göttin sei mit dir!«
Die erstaunliche Alte verschwand im Dunkel des Bergwerks. Dalen bat die beiden Frauen in einen Aufzugskorb, zog an ein paar Seilen, und sie glitten in die Tiefe; droben am Himmel segelten Wolken über den Mond.
Unter dem Knirschen und Seufzen der Rollen und Seile fuhren sie tiefer und tiefer in den Bauch der Erde ein, bis der Korb endlich den Grund erreichte und zum Stehen kam. Es war so dunkel, daß sie die Hand nicht vor den Augen sahen, und so still, daß ihnen die Ohren dröhnten. Als Dalen sich plötzlich räusperte, schreckten die beiden Frauen zusammen.
»Der Steiger Unterberg ist gleich hier«, erklärte er. »Ich hab ihm zuvor Bescheid gesagt... Er führt euch zur Basiliskenhöhle, und ich erwarte euch dann mit den Pferden vor dem Höhlenausgang.«
Nach einer Weile durchbrach das Echo näherkommender Schritte die Stille, und der Widerschein eines schaukelnden Lichts erhellte das Dunkel. Bald darauf kam ein zwergwüchsiger Bergmann um die Ecke und hob grüßend seine Fackel. Dalen rief ihm zu: »Ich wußte ja, daß auf dich Verlaß ist! Bei den Göttern, wir brauchen dich jetzt. Das sind die Priesterinnen...«
Als Dalen ihm die Lage erklärt hatte, bekräftigte der Steiger sein Hilfsangebot mit einem barschen: »Folgt mir nun, hohe Frauen, und verirrt euch nicht.«
Valla kam es bald so vor, als ob sie bereits eine Ewigkeit hinter dem Zwerg mit seiner schwankenden Fackel durchs Dunkel marschiert seien. Sie stolperte hin und wieder; die Anstrengungen der letzten Tage waren auch an ihr, die ein beträchtliches Durchhaltevermögen besaß, nicht spurlos vorübergegangen. Endlich vernahmen sie ferne Stimmen, hörten sie Gelächter, und kurz darauf traten sie in eine riesige Halle, in der gut fünfzig Menschen an langen Tischen saßen und ihr Abendessen einnahmen.
Als Steiger Unterberg sich räusperte, blickten sie alle von ihren Tellern auf und starrten die Priesterinnen an. Diese bemühten

sich, nicht zurückzustarren, aber die Szene war so bizarr, daß sie den Blick nicht davon lösen konnten. Es waren Bergleute beiderlei Geschlechts, jeden Alters und, was am schockierendsten war, alle mißgestaltet. Da gab es Gesichter, die wie zerdrückt aussahen, Gesichter, die mit Haaren oder Schuppen bedeckt waren und blinde Augen oder drei, vier Augen, zwei Nasen oder gar keine Nasen aufwiesen. Da war eine Frau mit einen Buckel und einem dritten Bein, sowie ein Junge, der statt Füßen Schwimmflossen hatte. Der Anblick war so schrecklich und zugleich so mitleiderregend, daß sogar die abgebrühte Schwertkämpferin Valla zutiefst erschrak und zu Tränen gerührt war.
Andred umklammerte den rosaroten Meditationskristall in ihrer Tasche, um sich zu konzentrieren, und sprach in das gespannte Schweigen hinein: »Die Göttin grüßt euch, Freunde. Dalen der Lehrer und der Steiger Unterberg sagten, daß ihr zugesichert habt, uns vor der Zunft zu retten. Wir sind euch zutiefst dankbar und versprechen, euch beizustehen. Die Welt wird von euch erfahren, und das Unrecht, das man euch angetan hat, wird gerächt werden. Das schwören wir beim Blut der Großen Mutter.«
Schweigen war die Antwort auf Andreds feierliche Erklärung. Dann flüsterte jemand: »Gut oder schlecht für uns, wer weiß? Zerbrich du dir nicht unseren Kopf, du Unbeteiligte.« Darauf erfolgte ein wüstes Gezeter. Alle schrien wild durcheinander und keiften sich gegenseitig an.
Der Steiger übertönte sie alle, indem er schrie: »Wir hatten unsere Versammlung, hatten uns geeinigt, ihnen zu helfen. Damit ist die Sache erledigt, schweigt nun und eßt!« Die seltsame Gemeinde verstummte, und alle widmeten sich wieder ihrer Mahlzeit, alle außer einem bleichen, kahlköpfigen Jungen, der die beiden Frauen anstrahlte und in seinen Haferbrei murmelte: »Schert euch nicht darum. Sicher, manche von ihnen sind beim Verstand ebenso zu kurz gekommen wie beim Aussehen. Wißt ihr, als wir das besprochen haben, da waren nicht alle einverstanden mit einer Hilfe von außen. Das Gerede über uns arme, mißhandelte Bergleute ist ja gut und schön, aber die Wahrheit ist doch die, daß man uns auch draußen wie einen Haufen von Ungeheuern behandeln würde.

Wir haben uns hier eingerichtet und leben eben unser Leben. Für einen Außenstehenden mag das wenig sein, aber wir sind so eine Art Familie, versteht ihr?«
»Aber was ist mit den Kindern... und mit euren Kindern?« platzte Valla los.
Der grauhaarige Zwerg zupfte sich verlegen am Bart und erwiderte dann: »Äh, ja... also genau das hat den Ausschlag gegeben, hohe Frau. Wir können doch unseren Kindern nicht das antun, was unsere Alten uns angetan haben, nicht wahr? Dann wären wir ja schlimmer als unsere Eltern, weil wir ja wissen, was wir tun.«
Die Menge schwieg betreten, aber respektvoll, als der Steiger die Frauen Platz nehmen ließ. Er befahl, daß man ihnen etwas zu essen brachte und ihnen Reiseproviant einpackte. Als die Tische abgeräumt waren, stellte er ihnen die Begleiter vor, die sie zur Höhle des Basilisken bringen sollten. Dann rollte er auf einem Tisch eine Karte aus und zeigte ihnen die Route, die sie durch das Gewirr krummer Strecken und tiefer Schächte nehmen sollten. Valla lauschte aufmerksam, weil sie nicht die geringste Lust hatte, sich in diesem schwarzen Labyrinth zu verirren. Andred war offenbar mehr an dem Gespräch mit einem augenlosen Mädchen interessiert, das auch mit von der Partie sein sollte, und Valla fragte sich insgeheim, wie ein Mensch ohne Augen wohl ihr Führer sein könnte. Aber als das Mädchen – Keelar hieß sie – später einen allgemeinen Streit über den richtigen Weg durch ein Gewirr von Strecken und Stollen kurz und bündig und – wie sich zeigte – richtig schlichtete, dämmerte der Schwertkämpferin, daß in diesem Leben Augen nicht unbedingt von Vorteil waren.
Der Marsch durch die Mine war wie ein Alptraum. Valla hatte das Gefühl, lebendig begraben zu sein. In diesen unebenen, niedrigen Gängen kam man nur gebückt und stolpernd voran. Das zehrte an den Kräften. An den Nerven zehrte die Stille, die da unten herrschte, eine Stille, die nur von Tropfgeräuschen verseuchten Wassers, vom Rascheln lediger Schwingen oder vom irren Kreischen irgendeiner kleinen, aber wenigstens unsichtbaren Kreatur durchbrochen wurde. Valla fühlte sich auch, trotz

guter Vorsätze, durch ihre groteske Eskorte genervt, insbesondere durch die rasselnde Stimme einer Frau namens Blenth, die keine Nase mehr hatte, und durch die Art, wie Colly, der Mann ohne Beine, plötzlich neben ihr auftauchte: ganz geräuschlos, ohne daß sie gehört hätte, wie sein Körper über den Boden schleifte. Sie hatte Andred im Verdacht, ähnliches zu empfinden, aber zu stolz zu sein, das zuzugeben.
Als sich plötzlich die Luft veränderte, wußten sie, daß sie am Ende des Tunnels angekommen waren. Valla fragte: »Ist das die Höhle des Basilisken?«
»Die Hintertür, Fräuleinchen, wir sind ja Nachbarn...«, krächzte Blenth boshaft und wohl wissend, wie ihre Stimme auf die nervöse Schwertschwester wirkte.
In der Höhle nahmen sie aus einem Versteck ein paar Fackeln und betrachteten dann in ihrem Lichtschein die versteinerten Bergleute, die hier standen, arme Kerle, denen der Basilisk aufgelauert hatte.
»Die wollten hier Wasser holen. Das ist die einzige Quelle in der Nähe, die gutes Wasser hat. Ein gefährlicher Ort, und wir gehen auch keinen Schritt weiter. Ihr, hohe Frauen, müßt weiter, aber allein.« Von den Höhlenwänden hallte es wider: allein... allein... allein...
Die beiden Frauen schulterten ihre Bündel und nahmen von ihren Gefährten Abschied. Andred umarmte erst Keelar und dann Colly, und ihm flüsterte sie etwas ins Ohr, das ihn erröten und hell auflachen ließ. Valla schritt unruhig hin und her, bis die drei im Schlund des dunklen Stollens verschwunden waren, und sagte dann: »Ich glaube, ich könnte mich nie an sie gewöhnen... Was hast du Colly zugeflüstert?«
Andred betrachtete angestrengt ihre Stiefelspitze und blickte die Freundin dann von der Seite an. »Daß es klug von ihm gewesen sei, die Levitation zu erlernen. Die beherrschen sonst eigentlich nur die Magier fünften Grades.«
Valla sah sie verblüfft an. »Ah, darum hat er sich so geräuschlos bewegt!«
Andred zog die Karte heraus, die Steiger Unterberg ihnen gegeben

hatte, legte sie auf den Boden und steckte links und rechts davon Fackeln in den Sand, um sie in deren Schein studieren zu können. Dann öffnete sie ihren Reisesack, holte die sorgsam verstauten Rautensträuße heraus und sagte zu Valla: »Und nun deinen Schild, Schwester!«
Valla nahm ihren kleinen Rundschild ab, den sie schräg über dem Rücken trug, und zog ihn behutsam aus seiner weichen Lederhülle. Der hochglanzpolierte Metallschild zeigte ihr kantiges, mit Sommersprossen übersätes Gesicht, ihr straff zurückgekämmtes, für den Kampf zum Knoten gebundenes Haar. Er war ein ausgezeichneter Spiegel.
»Jetzt aber nichts wie weg!« drängte sie, sprang auf die Füße und machte sich marschbereit.
Die beiden bemühten sich, genau nach der Karte zu gehen. Aber sie waren doch schon zu lange durch dunkle Stollen marschiert und nun, so kurz vor dem gesuchten Ausgang, wurden sie wohl aus Erleichterung und Vorfreude leichtsinnig und nahmen eine falsche Abzweigung. So mußten sie überrascht feststellen, daß sich der Stollen, in den sie gekrochen waren, zu einer Höhle weitete. Andred entzündete eine Fackel, um sich orientieren zu können. In ihrem Licht erkannten sie, daß sie sich in einer riesigen Halle befanden. Da drang ein schreckliches Hecheln und Rasseln an ihr Ohr, und ein fürchterlicher Gestank stach ihnen in die Nase. Als sie nach links blickten, sahen sie, dicht neben einem gewaltigen Stalagmiten, den Basilisken. Er war so groß wie ein Dobermann und von grünlichschwarzer Farbe, hielt sich, wie ein Hahn, auf zwei Beinen und war am Hals gefiedert, sonst aber, wie ein Drache, mit Schuppen bedeckt. Sein bläulicher Kehllappen baumelte schwer herab. Der ebenso bläuliche, ihm tief ins Gesicht hängende Kamm ging im Nacken in einen schuppigen, gezackten Grat über, der sich den ganzen Rücken entlangzog. Die schaurige Kreatur hatte ledrige Fledermausflügel und einen langen Schuppenschwanz, den sie nun so über den Rücken vorstreckte, daß der todbringende Schwanzstachel über ihrem Kopf zuckte. Am gespenstischsten aber war das Gesicht mit den riesigen Augen, das einer Dämonenfratze glich. Es waren Augen, die niemand je er-

blicken möchte! Sie glühten so giftig wie der kranke Mond über den grünlichgelben Nebeln des toten Sumpfes.
»Wir dürfen ihm nicht in die Augen sehen!« mahnte Valla entsetzt. Andred erwachte aus der Trance und blies in den schon glimmenden Rautenstrauß, bis eine Flamme herausloderte, und sofort erfüllte bitterer, beißender Rauch die Halle. Der Basilisk zischte drohend und schritt steifbeinig auf die beiden zu, rasselte dabei mit dem Schwanz und schwang den todbringenden Stachel. Um seinem stieren Blick auszuweichen, wandten sie dem wütenden Wesen den Rücken zu, verfolgten aber, eng aneinandergelehnt, in dem als Rückspiegel dienenden Schild ängstlich jede seiner Bewegungen. Der Basilisk ließ sich durch das seltsame Verhalten seiner Feindinnen jedoch nicht beirren und kam immer näher. Die zwei Frauen, die in ihrer unnatürlichen Verteidigungshaltung verharrten, spürten, wie sich ihnen die Nackenhaare sträubten.
Wenn sein Atem uns streift, werden wir zu Stein, auch ohne seinen hypnotischen Blick, dachte Valla und hielt verzweifelt nach einem Fluchtweg Ausschau, sah jedoch, daß der Pfad vor ihnen in einem jener infernalischen Gänge verschwand, deren sie schon so viele durchkrochen hatten. Er führte vermutlich in die nächste Halle. Aber gäbe es daraus ein Entkommen? Und zurück? Das Biest erwischt uns noch vor dem Ausgang, überlegte Valla. Sie fühlte kalte Panik in sich aufsteigen. Der Rauch hatte offenbar die Kräfte der Hexe genauso gelähmt wie die des Basilisken. Die Freundin und Lehrerin Andred, auf die sie sich so verlassen hatte, konnte nun also nur noch Rautenrauch fächeln und beten...
Als das Biest sie fast erreicht hatte, rief Andred: »Den Spiegel... schnell, weis ihm den Spiegel!«
Valla fuhr rasch herum und hielt dem schon gefährlich nahen Basilisken den kleinen Rundschild jäh vor die Augen. Das Monster blieb wie vom Blitz getroffen stehen und betrachtete murmelnd und gackernd sein noch nie gesehenes Spiegelbild. Andred steckte den glimmenden Rautenstrauß in ihren Sack und übergoß ihn mit Wasser. Eine Rauchwolke stieg auf, löste sich aber in der zugigen Höhle schnell wieder auf, und der Basilisk sank mit glasigen Augen und vor sich hin murmelnd und gackernd zu Boden.

»Nichts wie raus hier!« rief Valla ihrer Gefährtin zu. Aber die Magierin schien sie nicht zu hören und schritt wie abwesend zum Lager des Basilisken, das aus nichts als einem Haufen trockener Blätter bestand. Sie beugte sich darüber und hob vorsichtig etwas auf.
»Das war's, nun können wir gehen!« sagte sie in jener pedantischen Art, die sie mitunter an den Tag legte und mit der sie Valla zur Verzweiflung bringen konnte. »Mir kam soeben die Idee, wie wir zu Forschungszwecken einen Basilisken im Tempel halten, aber den zur Abschreckung hier lassen könnten, damit die Zunft wenigstens für eine Weile gehindert wird, die Mine in dieses Tal vorzutreiben.« Damit hielt sie Valla ein grünlichschwarzes, eiförmiges Objekt unter die Nase.
»Aber das ist ja ein Ei! Dann ist das also ein Weibchen!« staunte Valla.
»Genau! Wenn wir es richtig anstellen, können wir unseren eigenen Basilisken großziehen. Ich habe aber ein Ei im Nest gelassen.«
»Andred, jetzt aber los!« drängte Valla. Nun überließen sie die gebannte Basiliskin sich selbst, flohen von dem gefährlichen Ort und erreichten ohne weitere Zwischenfälle den Ausgang.
Als die beiden aus der Höhle traten, begrüßte sie das Licht des frühen Morgens und der jubilierende Gesang der Vögel. Ein Wiehern lenkte ihre Blicke zu einem überhängenden Felsen, unter dem Dalen sie mit drei Pferden erwartete. Valla hatte plötzlich das Gefühl, noch nie einen schöneren Mann gesehen zu haben.
Als sie zum Tal hinausritten, sagte Dalen: »Großmutter hat ja nie daran gezweifelt... aber ich bin doch sehr erleichtert, daß ihr diesem bösen Basilisken entkommen konntet!« Die Schwertkämpferin erwiderte rasch und bestimmt: Nach allem, was sie im Nachbartal gesehen habe, halte sie das Tier trotz seiner Schrecklichkeit für eine wirksame Waffe, die der Region zugute käme. Vielleicht wollte sie den Wortwechsel nur als kleinen Flirt herunterspielen, denn ihre Stimme klang fest und aufrichtig, als sie versicherte:
»Für mich sind Basilisken letzten Endes das kleinere Übel.«

KIER NEUSTAEDTER

Bei einer meiner Lesungen – es sind ihrer so viele, daß ich mich an keine genauer erinnere – sprach mich Kier Neustaedter an und erzählte mir, daß sie zu schreiben beabsichtige. Weil ich das bei jeder derartigen Gelegenheit gut ein dutzendmal zu hören bekomme, war ich nicht geneigt, es allzu ernst zu nehmen. Ich informierte sie jedoch über die Anthologie, die ich vorbereitete, und gab ihr unser Merkblatt mit den Richtlinien für Autoren. Einige Zeit später schickte sie mir diese Story – eine Geschichte, die ich zu meiner Überraschung und Freude wirklich gebrauchen konnte.
Was jedoch verdeutlicht, daß man bei derlei schriftstellerischen Absichtserklärungen nie weiß, ob sie nur so höflich dahingesagt oder ernst gemeint sind.
Kier schreibt, sie sei »31, weiblich, verheiratet«, habe ab dem neunten Lebensjahr mit ihrer Mutter in Mexico gewohnt und sei von deren zweitem Mann adoptiert worden. Mit siebenundzwanzig sei sie in die Vereinigten Staaten zurückgekehrt... um ihren leiblichen Vater kennenzulernen, einen guten Ehemann zu finden, noch einmal auf die Schule zu gehen und zu schreiben; all das habe sie dann auch getan. Das ist Kiers erste, aber, bei ihrer Entschlossenheit und Beharrlichkeit, sicherlich nicht ihre letzte Veröffentlichung.

KIER NEUSTAEDTER

Und Sáavüld tanzte

Die Bewohner des Ozeans spielten in der sonnenglitzernden See. Sie schossen durch die munteren Wellen, die sich durch das Watt von Selleffe brachen, sprangen, in Schleier juwelengleich funkelnder Wassertropfen gehüllt, hoch in die meerkühle Luft und drehten und überschlugen sich und klatschten auf die salzigen Fluten, daß es nur so spritzte. Die grau und weiß, blau und schwarz schimmernden Delphine, die sich da flüchtig gegen den leuchtenden, azurblauen Himmel abzeichneten, zwitscherten lustig. Die Mearen lachten das dröhnende Lachen der Tiefe, wenn sie aus den Wogen stiegen, ihre vier Gliedmaßen ausbreiteten und wie rote, goldene und grüne Kreuze unter der Himmelskuppel schwebten. Weiter draußen vergnügten sich die Orkas und noch weiter draußen die Wale, die Riesen der Meere mit ihrem weithin sichtbaren Blas.
Aber dieses Spiel war auch Arbeit. Die Delphine und Mearen jagten bei ihrem Herumtollen riesige Thunfisch- und Makrelenschwärme aus dem seichten Wattenmeer in die offene See hinaus, den wartenden Orkas und Walen direkt vors gefräßige Maul.
Die Schlickgründe von Selleffe stiegen seit langem unaufhaltsam aus dem Meer. Im Norden lagen sie schon zu weiten Teilen trocken und hoch über der Flutlinie. Die Mearen hatten Tannenzapfen und Kokosnüsse, Früchte, Gräser, Samen, Blumen und kleine Tiere zu den ständig wachsenden Nordlandküsten gebracht. Die vier Völker des Ozeans beobachteten mit Interesse, wie diese Pflanzen und Tiere sich ihrem neuen Lebensraum anpaßten. Von Zeit zu Zeit aber drängten die Riesen der Meere ihre Freunde, die Mearen, auf Handelsfahrt zu gehen. Dann schwammen diese zur Küste des Großen Südkontinents, den die Landbewohner Salem nennen. Sie führten die Schätze der Tiefe mit sich – Perlen, Koral-

len, riesige Fische und Häute von Nordmeersäugern – und tauschten sie gegen größere Landtiere, die sie auf Flöße verluden und dann vorsichtig zur Nordküste verfrachteten.
Die Landbewohner hatten immer wieder versucht, mit ihren ovalen, lederbespannten Coracles oder ihren größeren Klinkerbooten gen Norden zu fahren, waren aber jedesmal von den Riesen der Ozeane zurückgeschlagen worden, und das so oft, daß sie die nördlichen Regionen bald für eine verfluchte Weltgegend und die Wale für die ihnen zur Warnung gesandten Diener eines Meeresgottes hielten. So war dieser von den vier Meervölkern beschützte, von Landbewohnern nie betretene Neukontinent in Frieden gewachsen und gediehen.
Die Mearen hatten früher selbst auf dem Festland gelebt, sich aber dann, vor unzähligen Generationen, den Schoß der Mutter See zur Heimstatt erkoren. Nun war ihre Haut zäh und dick wie die der Delphine und herrlich rot, grün, blau und golden gefärbt. Ihr Haar war zum dicken, kurzen Fell geworden, das ihnen Kopf und Rükken, Brust, Bauch und Hintern bedeckte. Sie konnten ihre Füße mühelos nach vorn und hinten bewegen, aber nicht im rechten Winkel.
Einige Mearen beherrschen dennoch den aufrechten Gang. Zu ihnen gehörte die korallenrote Sáavüld. Sie war glücklich darüber, ohne Schmerzen an Land gehen und über die Erde wandeln zu können. Sie schwamm und tauchte und tollte im Meer wie die anderen, erstieg aber auch häufig die niedrigen Kegelinseln, die hier und da die Fluten teilten. Zum Beispiel an diesem Tag. Ihre Verwandten und Freunde ermunterten sie und lachten fröhlich, als sie so aus den schaumgekrönten Wellen an Land sprang. Sie ließ den glatten Pelz, der ihren rosigen Leib verschönte, an der Sonne trocknen, bis er weich und flauschig war, und winkte ihren Gespielen im Wasser. Die konnten ihr ja nicht folgen, weil ihre Fersen verkümmert und ihre Knöchel steif waren, sahen aber neidlos und glücklich zu, wie sie auf dem weichen Sandstrand des Eilands zu tanzen begann. Sie stampfte auf und wirbelte herum, sprang und warf die Beine hoch, exakt im Rhythmus der Walgesänge, die tief in ihrem Inneren erklangen.

So gern Sáavüld vor ihren Leuten tanzte, so sehr liebte sie es auch, sich in der Einsamkeit dem Tanz hinzugeben. Diese Einsamkeit hatte sie auf den Klippen vor der Nordküste Salems gefunden, die so steil waren, daß sie die Landbewohner ebenso abschreckten wie die Meerwesen. Sie aber hatte schon vor langer Zeit gelernt, sich dort aus der Brandung zu schnellen und sich an das von Wind und Wellen zernagte Kliff zu klammern, und genoß es, den schlüpfrigen Felsen zu erklimmen und sich dann auf der mit Steinen übersäten und von Büschen umgebenen winzigen Wiese auszuruhen, das jene Klippe krönte.
Hier, auf diesem mageren, harten Rasen war Sáavüld ganz für sich. Hier bewegte sie sich frei und ungehemmt, weil keiner ihre Fehler sah und niemand über ihre Verrenkungen lachte. So auch an diesem Tag. Sie tanzte in der Hocke und stampfte im Rhythmus der gegen den Fels tosenden Wogen, sprang auf und hoch in die Luft, drehte sich und landete breitbeinig. Nun aber lauschte sie, strich sich wie abwesend über ihr vom Wind gesträubtes Nackenfell und setzte plötzlich über die Hecke, ging dann suchend umher, stolperte und blieb wie angewurzelt stehen.
Da kauerte grinsend ein Landbewohner und hielt sich die Hand vor den Mund, um nicht laut herauszulachen. Sáavüld merkte, daß sie unwillkürlich ihre scharfen Zähne bleckte und das Gesicht zur wilden Grimasse verzerrte, und knurrte drohend. Der Mann erhob sich hastig und schüttelte den Kopf. Er war kleiner als sie, hatte einen seltsamen schlammbraunen Teint, dazu braune Augen und schwarzes, von einem Stirnband gebändigtes Lockenhaar, das ihm bis auf die Schultern fiel.
Er hob bedauernd die Hände und stammelte: »Bbbittte nichttt, iich hhhab ddich nnnicht ausgelacht. Du tanzsssst einfach gut, und iich wollte dich nicht ssstören...«
Da verrauchte ihr Zorn. Dieser verängstigte junge Mann war keine Gefahr und schien es wirklich zu bedauern, sie gekränkt zu haben. Sie streckte neugierig die Hand aus und strich ihm übers Haar. Er schreckte zurück, so scheu wie ein Reh. »Kkkannst du denn sprechen?« fragte er gedehnt.
Sáavüld fand diese Frage überaus komisch und antwortete mit

einem schallenden Gelächter, in dem das Meeresrauschen nachklang: »Aber natürlich! Ich war auf dem Markt in Mareetha und Jendana und habe mit deinesgleichen Waren getauscht. Weißt du etwa nicht, daß die Mearen menschliche Wesen sind? Sind wir einander nicht ähnlich?«
Er schüttelte den Kopf und nickte dann hastig. »Ja, ja!« keuchte er. »Höchst ungewöhnlich. Meine Mutter ist Seepriesterin, sie hat mich aber nie in derlei Geheimnisse eingeweiht. Sicher, wir sind einander so ähnlich, wie Mann und Frau es sein können.«
Sáavüld nickte und fragte: »Wie heißt du?«
Der Junge schien vor Verwirrung in tausend Stücke zerspringen zu wollen. Sáavüld fragte sich, ob er wohl einfältig sei oder eben, als Landbewohner, anders dachte und reagierte als ihresgleichen. Um ihm aus seiner Verlegenheit zu helfen, sagte sie daher: »Ich heiße Sáavüld, was ›Welle bei Sonnenuntergang‹ bedeutet.«
»Oh«, keuchte der Jüngling, »Sáavüld, das ist ein schöner Name. Man nennt mich Terrog. Terrog der Terror, wie meine Mutter immer sagt. Kennt ein Meerwesen Vater und Mutter?«
Was für eine seltsame Frage! dachte Sáavüld und erwiderte: »Aber sicher. Ihr Landbewohner denn nicht?«
Terrog der Terror ließ sich auf einen Stein nieder und schüttelte den Kopf. »Je... jedenfalls nicht die Kinder der Priesterin. Sie ahnt vielleicht, wer der Vater ist, oder weiß es sogar, aber nur sie, sonst keiner.«
Sáavüld setzte sich neben ihn und fragte: »Darf ich... dein Haar anfassen?«
Terrog sah sie verblüfft an. »Warum?«
»Weil es so anders aussieht als meines«, erklärte sie.
Er erwiderte mit leuchtenden Augen: »Es ist auch anders. Wenn du erlaubst, würde ich gerne deines berühren.«
Sáavüld nickte und streckte ihre rosige Hand erneut aus. Diesmal wich Terrog nicht zurück. Seine seidenweichen, von Öl glänzenden Locken fühlten sich eigenartig an. Nun strich Terrog ihr über den Kopf und den Rücken hinab.
»Wie der Pelz dieser Tiere, die ihr aus dem Nordmeer bringt«, meinte er dann.

Sáavüld lachte zustimmend. »Ja, so ähnlich.«
»Wo jagt ihr sie eigentlich?« fragte Terrog und rückte näher an sie heran.
»Sie jagen!« rief Sáavüld empört. »Nie und nimmer! Wir häuten nur die im Sturm oder sonstwie ums Leben gekommenen Tiere ab.«
Die Antwort schien ihn zu enttäuschen. Aber Sáavüld hatte anderes im Sinn: Terrogs krauses Brusthaar zu berühren. Sie fuhr mit dem Finger leicht durch das lockige Vlies und musterte seinen Gürtel und seine ledernen Beinkleider.
Fast zögernd strich er ihr über die pelzigen Brüste, den pelzigen Bauch. Sáavüld umklammerte seine Finger, bevor sie weiterwandern konnten. »Nein. So berührt man sich bei uns nicht... das tun nur Liebende.«
Terrog grinste sie an. »Aber warum nicht?«
Sáavüld war empört. »Weil man nicht gleich wissen kann, ob man einer Frau Liebhaber sein möchte.«
Terrog lachte. Es war ein jähes, scharfes Lachen, das Sáavüld an den Schrei irgendeines Vogels erinnerte. »Warum nicht? Ich habe dich tanzen gesehen. Du hast mir deinen Namen gesagt. Wir haben einander berührt und unsere Herkunft benannt. Warum also nicht?«
Sáavüld sah ihm tief in die braunen Augen. Sie sah Fröhlichkeit darin und eine Unerschrockenheit, die in ihr, der unerschrockenen Frau, die unbezwingbare Klippen bezwang, eine Saite erklingen ließ. Sie hatte noch keinen Mann ihres Volkes auserkoren. Warum nicht diesen, dessen kühner Blick ihr so unter die Haut ging?
Sie erwiderte sein Lächeln, und da lachte er wieder wie ein Vogel und faßte sie um die Hüften und legte sie ins Gras. Dann streifte er rasch seine schönen kalbsledernen Beinkleider ab und warf sie über einen Busch. Bevor er Sáavüld nahm, blieb ihr noch die Zeit, zu registrieren, daß er ähnlich gebaut war wie die Männer ihres Volkes. Ansonsten wurde sie bald enttäuscht. Terrog verschaffte sich sein Vergnügen schnell und brutal. Von der Zartheit und der Zärtlichkeit, die sie erwartet hatte, nicht die Spur. Innerlich auf-

seufzend, fügte sie sich in ihr Los, Terrog in die Kunst der Lust einführen zu müssen.
Zweimal kehrte Terrog noch zu ihr zurück, wies dabei aber alle ihre Versuche, ihn die Liebeskunst zu lehren, barsch zurück und murmelte nur: »Still jetzt! Als ob ich nicht tagtäglich genug mit herrischen Weibern zu tun hätte!«
Sie zog sich stumm zurück. Terrog stand auf und stieg in seine Beinkleider. Als er sich zum Gehen wandte, hustete sie erstaunt und erhob sich, um ihm zu folgen. Er drehte sich um und fragte: »Was willst du denn jetzt schon wieder? Ich habe dir doch gegeben, was du wolltest!«
»Ich?«
»Ja, du!«
Sáavüld schüttelte nur den Kopf. »Ich gehöre nun zu dir, wie du zu mir gehörst«, versetzte sie. »Sollen wir es deinem oder meinem Volk zuerst sagen?«
Terrog lachte. Es klang wie das Lachen der schwarzen Vögel. »Zu dir gehören? Zu solch einem Monster? Nicht im mindesten. Was immer die Bräuche deines Volkes sein mögen, es sind nicht die unsren. Außerdem warst du nicht einmal gut!«
Sáavüld war wie gelähmt. Terrog wandte sich um und verschwand im Gebüsch. Sáavüld, Tochter der Vier Völker und Kind des Meeres, setzte sich an den Rand des Kliffs und sann über ihr in Brüche gegangenes Leben nach. Nun würde kein Mann ihres Volkes sie mehr nehmen. Die Mearen vermählten sich fürs Leben, und sie hatte sich soeben vermählt. Aber den Männern vom Festland galten ihre Bräuche nichts, und er hatte sie als Monster bezeichnet! Sie, Sáavüld, die man den Sonnenuntergang über dem Meere nannte!
Sie streckte ihre herrlichen, korallenroten Arme aus. Wie rund sie waren, wie schön sich die Haut über der Fettschicht straffte, die ihr im Wasser Auftrieb gab! Sie befühlte ihr rundes Gesicht, zauste ihren weichen Pelz, der nicht etwa, wie bei vielen ihres Volkes, gesprenkelt, sondern ganz weiß war. Ach, dennoch hatte er sie ein Ungeheuer genannt und es abgelehnt, sich von ihr in die Künste der körperlichen Lust einführen zu lassen.

Von Sonnenuntergang bis Sonnenuntergang saß Sáavüld am Rande des Kliffs. Ihr Haß und Zorn nahmen Form und Kraft an. Vor ihr tat sich ein kleiner Pfuhl auf, in dem rotglühende Gesteinsschmelze blubberte. Sáavüld starrte wie gebannt in die Glut. Am nächsten Morgen erblickte sie neben sich einen stattlichen Lavatopf, über dem sich zusehends ein Wesen formte.
Es glühte im dunkleren Rot als die Schmelze im Pfuhl und sprach: »Nun, Sáavüld? Sinnst du auf Rache?«
»Ja!« schrie sie. »Nennt mich ein Monster, das Aas! Was kann ich tun, um mich zu rächen?«
Die Glutgestalt schwebte hin und her und seufzte. Das klang, als ob Wasser auf heißem Stein verzische. »Tanz für mich, Sáavüld, du Morgenrot und Abendglühen des Ozeans. Tanze, dann wird dir deine Rache zuteil!«
»Rache allein genügt mir nicht. Ich will ihn auch leiden sehen«, rief die Tochter der Mearen.
»Auch das sei dir gewährt«, versprach der Glutgeist. »Tanze nun für mich, Sáavüld!«
Die Tänzerin der Vier Völker erhob sich und streckte die Glieder. Dann kauerte sie sich nieder und trommelte in einem komplizierten Rhythmus auf den steinharten Fels. Eins... zwei... drei! Und die Erde antwortete ihr, bebte und hob und senkte sich. Sáavüld stand auf und stampfte auf den Boden. Da brachen von der Südspitze des Kontinents große Landmassen ab.
Die junge Frau sprang leichtfüßig hoch und drehte sich jäh in der Luft. Vor Salems Westküste erhob sich eine riesige Flutwelle, zog nach Süden, umrundete das Kap und toste die Ostküste empor. Sáavüld klatschte in die Hände, stampfte, warf die Beine hoch. Nun bebte der ganze Kontinent. Sáavüld spürte die Furcht und das Entsetzen, die jede Menschenseele Salems befiel. Tief im Süden zerrte ein armes Mütterchen seine fünf kostbaren Ziegen eine nach der anderen am Halsstrick auf das Strohdach ihrer Hütte; nur drei überlebten ihren Rettungsversuch. Das alte Weib klammerte sich an den First, das Gesicht aschgrau vor Angst, denn aus dem Gebirge im Norden sah sie die Wassermassen der Bergseen herabtosen.

Aus den Ostküstenhäfen liefen Fischerboote aus, mit verängstigten Menschen und ihren lächerlichen Habseligkeiten hoch beladen. Die nach Norden brausende Flutwelle erfaßte und überrollte sie. Kaum einer der Armen überlebte. Im Westen hatte die Woge die Boote an Land geworfen, die Strände mit geborstenen, zerschlagenen Schiffsplanken und zerschmetterten Leichnamen übersät. Hier und da rettete sich ein einsames Tier oder ein schlaues, zähes oder einfach vom Glück begünstigstes Menschenkind auf ein mit der Strömung nach Norden treibendes Boot, Dach oder Holzstück.
Sáavüld ängstigte sich, litt und starb mit ihnen allen. Die alte Frau sah das Wasser in ihr Tal herabschießen, die Hütte unter ihr zerschmettern, und krallte ihre Finger noch tiefer ins Strohdach, das nun zum Spielball der tosenden Fluten wurde und mal nach Osten, mal nach Norden und dann zur schroff abfallenden Küste gewirbelt wurde. Sáavüld sah sie über die Klippen stürzen, fallen und mit gebrochenen Gliedmaßen, tot, in den salzigen Fluten versinken.
Sáavüld zwang sich, den Blick von diesem Schreckensort zu lösen, hielt nach Terrog Ausschau und gewahrte ihn im Tempel des Meeres. Er kauerte auf dem Boden und starrte seine priesterliche Mutter an, die zu der furchtsamen Menge auf der Tempeltreppe sprach und schnelle Befehle erteilte. Sáavüld hörte sie rufen: »Nein, nein, ich habe keine Ahnung, womit wir die Meergötter erzürnt haben könnten. Aber es muß etwas Schreckliches gewesen sein. Geht in die Boote, vertraut euch den großen Meeresströmungen an und betet, fleht um Verzeihung. Ich und die Meinen bleiben als Sühneopfer hier.«
Sáavüld spürte Terrogs stummes Nein. Aber die Mutter scherte sich nicht um seinen Protest und band ihn an eine Säule. Wie hat die Meerpriesterin ihn gerade genannt? überlegte Sáavüld. Jedenfalls nicht »Terrog«. Er hatte sie demnach belogen, ihr einen falschen Namen gesagt, wohl aus Angst, daß sie ihn ausfindig machen und seiner Mutter erzählen könnte, was er getan hatte. Verblüfft über ihre Entdeckung, durchforschte sie sein Gedächtnis und fand darin kaum eine Spur von sich. In der Mutter Ge-

danken las Sáavüld, daß die ihn für einen Taugenichts hielt. Nun kamen seine Schwestern. Sie übersahen ihn verächtlich, traten neben die Mutter und boten der Göttin willig ihr Leben an, zur Sühne für eine ihnen verborgene Blasphemie. Der Jüngling aber duckte sich furchtsam, schrie wie am Spieß und versuchte seine Fesseln zu lösen, zerrte selbst dann noch an seinen Stricken, als er ausrutschte und fiel und die Erde bebte und schwankte.
Sáavüld war über seine kindische Haltung so erzürnt, daß sie noch wilder tanzte. Salem barst, der Weltboden versank. Im Norden hob sich der Meeresgrund und warf zahllose Ozeanbewohner an Land. Die Mearen versuchten, trotz ihrer Gehbehinderung, so viele wie möglich vor dem Tod zu bewahren.
Der Kontinent Salem sackte so jäh weg, daß Sáavüld für einen Augenblick in der Luft hing. Dann schwebte sie wie eine Feder in die Tiefe. Die Brecher kreuzten sich unter ihr und türmten sich brüllend auf, erwischten sie mitten im Fluge. Sie tanzte wie ein Kork auf der rauhen See. In der Ferne schrie »Terrog der Terror« entsetzt auf, als eine schaumgekrönte Woge über ihm brach. Seine Mutter und seine Schwestern, die neben ihm schwammen, hoben die Hände zu den Wogen empor, ihr Leben der zornigen Göttin anbietend, um sie zu besänftigen.
Eine Woge trug Sáavüld zu einem gischtbesprühten Eiland. Es war der letzte Rest ihres Kliffs, auf dem der Lavatopf aber noch rauchte und der schwebende Glutgeist noch wartete. Sie zog sich mit letzter Kraft an Land und brach dann erschöpft zusammen. Der Geist fragte mit einem Lachen, das sie an das Knistern eines Waldbrands erinnerte: »Zufrieden, meine Kleine?«
Aber Sáavüld schüttelte den Kopf. »Er hat nicht einmal begriffen, warum er sterben mußte, hat nichts dazugelernt. Er hat keine Sekunde daran gedacht, welche Schmach er mir angetan. Und all die anderen... die mit ihm sterben mußten!«
Der Glutgeist lachte von neuem. »Dann bist du über dein Rachewerk nicht glücklich, kleine Sterbliche?«
Da schüttelte die Mearin wieder den Kopf. Sie fühlte ja noch, wie die Ihren um das Leben der beim Seebeben gestrandeten Angehörigen der Vier Völker kämpften. »Ich habe meine Rache nicht be-

kommen. Er hat nicht begriffen, warum er starb, und mit ihm starben so viele andere...« In ihrem Herzen brannte die gleiche Verzweiflung, die all jene im Angesicht ihres sinnlosen, schrecklichen Todes gefühlt hatten. Sie stürzte sich, von all dem Leid überwältigt, kopfüber in den Lavapfuhl.
Der Glutgeist lachte. Es klang wie das Poltern zu Tal stürzender Felsbrocken. Aus dem Gluttopf stieg Sáavülds feuerrote Gestalt und fragte entsetzt: »Was ist geschehen?«
Der Glutgeist kicherte. »Du gehörst mir, Schätzchen, und wirst im Kern der Erde tanzen, um mich an die Zeit zu erinnern, da die Erde unterging.«
Sáavülds Geist schwebte bewegungslos viele Monde und Jahreszeiten lang über dem Eiland. Aber mit der Zeit vergaß sie das Vergangene, ja, sogar ihre frühere Gestalt, und tanzte voller Lust und Freude in den Glutwellen im Kern der Erde.

LINDA GORDON

Linda hat schon zwei Storys publizieren können; das ist ihr zweiter Auftritt in der Reihe ›Magische Geschichten‹, und sie hat vor, mehr zu schreiben, »weil mein Mann der Meinung ist, daß ich mich nicht mehr dem Diktat der Stechuhr zu unterwerfen brauche (Gott segne ihn dafür!)«. Sie wurde auch bereits beim Wettbewerb der »Autoren der Zukunft« mit einer »lobenden Erwähnung« ausgezeichnet. Meinen Glückwunsch!
Früher sagte man zu Recht, ein Autor benötige vor allem eins: eine berufstätige Frau. Nun, das gilt auch umgekehrt. Mir hat es eben mein berufstätiger Mann ermöglicht, das literarische Handwerk auszuüben. Damals, und noch Jahre danach, war mein vermarktbares Potential bedeutungslos und meine Schriftstellerei nichts weiter als das Hobby einer Frau, die sonst keine Talente besitzt. – MZB

LINDA GORDON

Stein des Lichts

»Ein bißchen Zauberglas reicht mir«, sagte Tanid und starrte auf Silkwyks Wesensstein, den er so in der ausgestreckten Hand hielt, daß das flirrende Sonnenlicht hellrotes und hellviolettes Feuer aus dessen pupurner Tiefe lodern ließ.
Silkwyk unterdrückte ihren Impuls, nach dem Stein zu greifen, und faltete bedächtig die Hände. Nur nichts überstürzen... sie hatte schon früher mit Männern zu tun gehabt und wußte daher genau, wie man mit ihnen umgehen mußte. »Du bekommst das Glas im Gegenzug zu meinem Stein«, versprach sie ruhig und nahm, um Tanid ihr Angebot schmackhaft zu machen, ein funkelndes Etwas aus ihrem Hüftbeutel. Tanid keuchte erregt. Seine Augen glühten vor Gier.
Silkwyk ließ das wie eine Träne geschliffene Zauberglas, das von magischem Feuer umhüllt schien, an der silbernen Schnur im Wind tanzen und kreisen. Aus dem flachen Mittelteil sprühte Licht in allen Farben des Regenbogens.
Tanid bekam große Augen. »Es war nicht leicht, großzügig zu sein, aber offenbar auch nicht umsonst«, flüsterte er und trat näher an Silkwyk heran.
Sie barg das Glas hinter ihrem Rücken und versetzte: »Also eine erzwungene Großzügigkeit?« Das war nicht gut, dachte sie, ohne darüber erstaunt zu sein.
Tanid schloß die Hand um den Wesensstein. »Wir beide wissen doch, was dieses Zauberglas von uns verlangt«, erwiderte er und reckte das Kinn. »Hältst du mich etwa für blöde, Frau?«
Silkwyk kniff die Augen zusammen. »Vielleicht haben alle, die von des Glases Kräften Kenntnis erlangten, auch von seinen Forderungen erfahren«, gab sie zurück und zog den Mundwinkel hoch. »Aber hast du das auch wirklich begriffen?«

Tanid kicherte. »Ich kenne die Kraft, die mich erwartet«, sagte er und hob die geschlossene Hand. »In diesem Glas werde ich meine Zukunft sehen können.«
Silkwyk nickte.
»Der Glücksgott wird auf mich herablächeln«, fuhr er fort; seine Augen funkelten wie von einem inneren Feuer. »Reichtum und Ruhm, alles, wonach mich gelüstet ... ich brauche es nur zu wünschen. Das Glas wird mir die künftigen Gaben der Götter offenbaren.«
»Aber was, wenn sie nicht deinen Hoffnungen entsprechen?« fragte Silkwyk, die wußte, daß die Götter den Sterblichen übel gesonnen sein konnten.
Tanid war einen Moment lang wie ernüchtert und runzelte die Brauen. »Daran hatte ich nicht gedacht«, murmelte er und musterte sie lauernd, warf dann aber den Kopf zurück und lachte schallend. »Versuch bloß nicht, mich hinters Licht zu führen«, warnte er und schritt, ohne sie aus den Augen zu lassen, ein paarmal hin und her. »Ich habe mir dieses Glas verdient. Ich habe den Hungernden von meinem Korn gegeben und den Obdachlosen eine Herberge, ich habe meine Soldaten ausgeschickt, den Bauern bei der Ernte zu helfen, und habe der guten Werke noch mehr vollbracht«, sagte er und wiederholte seufzend: »Ich habe mir dieses Glas verdient.
»Es weiß von deinen Werken«, versetzte Silkwyk mit unmerklichem Lächeln und starrte auf die aus seiner Faust lugende Spitze ihres Wesenssteins. »Bist du bereit, dieses Zauberglas zu empfangen, was immer es dir auch bringen möge?«
»Ich war freundlich und großzügig, als Gegenleistung für das Glas. Sprechen wir also nicht mehr darüber!«
»Wenn du das Glas hast, kannst du es nie mehr loswerden.«
»Warum sollte ich das wollen?«
»Du wirst für immer eins mit ihm sein.«
Er zuckte die Achseln. »Eine solche Macht als Teil von mir ... Ich könnte mir nichts Besseres wünschen.«
»Also gut«, erwiderte Silkwyk und streckte die Hand aus. »Gib mir meinen Stein.«

Er ließ den purpurnen Edelstein in ihre offene Hand fallen. »Nun mein Glas!«
Silkwyk hob die Silberschnur mit dem Anhänger und kicherte: »Wenn du es dir nicht ehrlich verdient hättest, könnte ich nun versucht sein, es mitsamt meinem Stein zu behalten.«
Tanid sah sie verblüfft an, hatte er doch nicht im Traum daran gedacht, daß sie ihn so hereinlegen könnte.
Aber da lachte sie und hielt ihm das funkelnde Geschmeide hin.
Er ergriff es hastig und trat beiseite, starrte auf das Glas in seiner Hand und lachte freudig auf, als sich darin, wolkengleich, vage Bilder zu formen begannen.
Silkwyk scherte sich nicht um sein entzücktes Kichern. Sie nahm ihren Wesensstein in beide Hände und konzentrierte sich ganz auf die von seiner Oberfläche ausgehende Wärme.
Nun war der Stein schon so elastisch, formbar wie ein geschältes hartes Ei.
Innere Feuer loderten auf, eine Kraft, deren Intensität wuchs, sich verdoppelte und verdreifachte, durchflutete Silkwyk; nun brannte tief in ihrer Brust ein Feuer, und es griff um sich, bis sich ihr vor Kälte die Haare am Körper aufrichteten. Ein dunkles Rot überzog ihr Gesicht, ihren Hals und Oberkörper.
Der bereits wachsweiche Wesensstein bebte und dampfte in ihren Händen.
Die Haut prickelte ihr wie von tausend Nadelstichen. Der Stein verdunstete nun, und sie saugte seine Dämpfe mit ihrem Leib auf.
Sie öffnete ihre meergrünen Augen; tief im Innern glomm ein zart lavendelblauer Funke. Sie wischte sich die schweißglänzende Stirn und wandte sich um zu Tanid.
Er hielt das Zauberglas in den hohlen Händen, betrachtete gebannt die Bilder, die über dessen blanke Oberfläche huschten. Plötzlich keuchte er auf, sein bisher so gefaßtes Gesicht verzerrte sich zu einer Maske des Entsetzens.
Da war sich Silkwyk sicher, daß er einen Blick in seine Zukunft warf.
»Nein!« rief er, und ein gar seltsames Lächeln zuckte über sein Antlitz. Dann entschlüpfte ein Laut seinen Lippen wie der eines

Menschen am Rande des Wahnsinns und er flüsterte: »Das kann und darf nicht sein!« Er versuchte, das Zauberglas auf den Boden zu schleudern, aber es haftete ihm fest an der Haut und löste sich nicht. »Bei den Göttern«, schrie er und taumelte zurück.

»Für immer eins mit dir«, erinnerte ihn Silkwyk.

»Nein!« Tanid wirbelte herum und sah sie mit fragenden Augen an. Er versuchte die wie ein Blutegel haftende Glasperle von seiner Hand zu reißen, aber sie war wie angenäht, ließ sich keinen Deut bewegen. Da erbleichte er, blickte Silkwyk entsetzt an und fragte verzweifelt: »Was geschieht mit mir?«

»Das hast du doch im Glas gesehen!«

Aber Tanid hörte ihre Antwort nicht mehr. Er wurde von Zuckungen erfaßt und begann, sich unwillkürlich im Kreise zu drehen, wie ein Hund, der nach seinem Schwanz hascht. Dann wirbelte er schneller und schneller herum, bis er unter ihrem Blick verschwamm. Er rief noch mit kaum hörbarer Stimme, wie aus weiter Ferne: »Habe alles getan... was ich für... das Glas tun mußte... nicht wahr?« und wurde dann zu einem Wirbelwind, unter dem es rot aufglühte.

Der Wirbel verwandelte sich in eine kleine Staubwolke, die sich jäh auflöste. Wo Tanid gestanden hatte, lag nun ein unregelmäßig geformter, burgunderroter Glasbrocken.

Silkwyk hob das verwandelte Glas auf und hielt es gegen die Sonne, und als sie es langsam drehte, warf es Strahlen roten, orangefarbenen und pupurnen Lichtes auf ihre Hand. »Ich hatte dir ja gesagt, daß es um deine Werke weiß!« murmelte sie.

Als sie den roten Karfunkel musterte, mußte sie unwillkürlich lächeln. »Du bist nun verängstigt und verärgert zugleich, aber du wirst dir deine Freiheit verdienen, so wie ich. Dann wird dein Herz lauter sprechen als dein Verstand.« Damit ließ sie den roten Wesensstein in den Beutel fallen, in dem sie zuvor das Zauberglas verwahrt hatte, und verließ die Lichtung. Daß des Steins farbiges Licht durch das Leder des Beutels schimmerte, scherte sie wenig.

NANCY JANE MOORE

Nancy Jane Moore hat zwei Interessenschwerpunkte: das Schreiben sowie Karate und die Kampfkunst, die ihr die zum Schreiben benötigte Disziplin und Selbstsicherheit geben. In Texas geboren, hat sie auch eine texanische Universität besucht, und fühlt sich bis heute als Texanerin, obwohl sie jetzt in Washington lebt und auch dort gern zu Hause ist.
Ich sage immer: Texas ist keine schlechte Heimat – sofern man weit genug davon entfernt lebt! Nichts für ungut, aber mir ist es in diesem Land so schlecht ergangen, daß ich nicht mehr vorurteilsfrei darüber reden kann. – MZB

NANCY JANE MOORE

Der neue Hauptmann

Ehe der Pfeil, der ihre Brust traf, sie zu Boden warf, konnte sie ihren Leuten noch den Befehl zum Rückzug zurufen. Dann ging rings um sie ein neuer Pfeilhagel nieder. Sie brauchte einige Sekunden, um zu begreifen, daß sie noch lebte. In ihrer Brusttasche mußte etwas das Geschoß aufgehalten haben! Sie riß es heraus, sprang auf und floh halb taumelnd, halb laufend ins nahe Wäldchen, das ihr wenigstens etwas Schutz bot.
Das ungewohnte Schwert an ihrem Gürtel verhakte sich im Unterholz, so daß sie fast gestürzt wäre. Als sie sich an ihrer Hellebarde abstützte, hörte sie jemanden halblaut »Faris!« rufen. Sie ging der Stimme nach und stieß so auf ihre Leute, die im Schatten der Bäume hockten. Hier schwirrten keine Pfeile mehr durch die Luft.
»Haben es alle geschafft?« fragte sie.
Ein junger Mann, ein Junge noch, schüttelte den Kopf und sagte: »Grimm ist gefallen.«
Die junge Frau neben ihm fragte: »Was nun, Faris?« und alle Augen richteten sich auf sie.
Eine gute Frage, dachte sie, aber mir fällt keine gute Antwort ein. Verdammt sollst du sein, Shaw... einfach zu sterben und mich mit der Verantwortung für das Leben dieser vierzehn Leute allein zu lassen. Nein, nun sind es nur noch dreizehn. Oh, Götter, ich hab erst seit einer halben Stunde das Kommando und bereits einen Mann verloren! Nur noch dreizehn, und am Anfang waren es dreißig...
Das Schwert des Anführers – Shaws Schwert – drückte ihr auf die Rippen. Sie versuchte, es zurechtzurücken. Über die Kunst der Menschenführung wußte sie nur das, was Shaw ihr eines Nachts, als die anderen schon schliefen, beim Wein gesagt hatte.

»Wie bringst du sie dazu, dir zu gehorchen?« hatte sie erstaunt gefragt, weil er die unerfahrenen Freiwilligen so schnell in die Truppe hatte integrieren können.
Worauf er geantwortet hatte: »Indem ich handle, als ob ich wüßte, was ich tue.«
Da hatte sie ihn mit großen Augen angesehen und gesagt: »Aber du weißt das doch wirklich?!«
Er hatte nur gelacht und sich noch einmal nachgeschenkt.
Faris schob das störende Schwert nach hinten, kniete sich nieder und winkte die Leute näher zu sich heran. »Man wird uns hier bald entdecken«, sagte sie. Damit hatte sie sicher recht. Das Wäldchen – von den Bauern, die den einst riesigen Forst dieses Tals gerodet hatten, wohl zum Holzeinschlag belassen – war winzig und ganz von offenem Gelände umgeben, von Wiesen und Äckern, die nun zum Schlachtfeld geworden waren.
»Das ist nur eine Frage der Zeit... Wenn irgendeine Abteilung der Invasionstruppen hier Deckung sucht, sind wir dran. Wir wissen nun, daß ihre Bogenschützen in den Hügeln im Süden stehen, müssen uns also in eine andere Richtung absetzen.«
Sie hatten, nachdem sie vom Heer der Stadt Escarpan abgeschnitten worden waren, versucht, sich zu diesen Hügeln durchzuschlagen, um so hinter den Großteil der feindlichen Streitkräfte zu gelangen. Aber dieser Versuch war ja wohl gescheitert.
»Was schlägst du vor, Faris? Geradewegs durchs Schlachtgetümmel zur Stadt zurück?« fragte Garon mit spöttischem Unterton. Er war, wie die meisten in ihrer kleinen Truppe, ein unerfahrener Soldat, ein Freiwilliger, der zu den Fahnen geeilt war, als die Kunde vom Fall der Südstädte Escarpan erreicht hatte. Er hatte trotz seiner Jugend schon ein vielversprechendes Unternehmen aufgebaut und war so von sich überzeugt, daß es selbst Shaw schwergefallen war, ihm Disziplin und Gehorsam beizubringen.
»Nein«, erwiderte sie, den Spott ignorierend, denn es war jetzt nicht die Zeit für eine Kraftprobe. »Das wäre glatter Selbstmord. Wir gehen nach Osten, dort sind die feindlichen Linien dünner.«

»Aber da ist die Steilwand, Faris. Hast du auch an sie gedacht?«
»Die ersteigen wir!«
Einige der Leute protestierten laut.
»Still«, zischte Faris. Als Ruhe eingekehrt war, fuhr sie fort: »Wir erklimmen sie und marschieren dann in weitem Bogen zur Stadt zurück.« Diese Felswand schützte die Ostseite Escarpans.
»Faris, wenn wir da hochklettern, sind wir für ihre Bogenschützen ein ideales Ziel!«
»Es wird bald Nacht. Und wir haben Neumond.«
In das nun folgende Schweigen hinein fragte jemand: »Wir sollen da im Finstern hochsteigen?«
Jemand ergänzte: »Wir haben keine Kletterausrüstung, nicht mal Seile.«
Wie wahr! Ihr Heer war mehr schlecht als recht ausgerüstet. Jeder von ihnen hatte eine Hellebarde – genauer: einen langen Stock mit einer Schwertklinge am Ende –, ein Messer, eine Wasserflasche und eine Art Uniform bekommen. Niemand hatte damit gerechnet, daß sie so weit von der Stadt abgedrängt würden.
Garon sagte laut: »Besser, man stirbt in den feindlichen Linien als beim Sturz von einem Felsen!«
Faris hätte am liebsten geschrien: »Hast du eine bessere Idee?«, meinte jedoch statt dessen ruhig, aber bestimmt: »Wir behelfen uns mit dem, was wir haben. Das ist unsere größte Chance. Laßt uns jetzt aufbrechen!«
Zu ihrem nicht geringen Erstaunen gehorchte die Schar fast ohne zu murren und begann, sich vorsichtig zum Ostrand des Wäldchens vorzuarbeiten.
Dort angelangt, übergab Faris, obschon mit einem unguten Gefühl im Magen, Jian die Führung des Haupttrupps, der keilförmig wie ein Gänseschwarm vorgehen sollte. Jian, vielleicht ihr bester Kamerad in der Truppe, war eine kluge und mutige Frau und von nun an ihre Stellvertreterin. Daß Faris ihr die Führung übertrug, erklärte sich einfach daraus, daß Shaw sie selbst auch immer nach vorn geschickt hatte. Sie begann nun zu verstehen, warum er sich stets von den anderen etwas abseits gehalten hatte.
Faris führte die Nachhut auf der südlichen Flanke, und einer der

vier altgedienten Soldaten übernahm die Nordseite. Sie verließen vorsichtig die Deckung und schlichen durch ein spätsommerliches Maisfeld, das bereits der Schnitter harrte. Faris ließ nach vorn durchgeben, jeder möge sich ein paar reife Maiskolben mitnehmen; es würde Abendessenszeit werden, bis sie einen sicheren Rastplatz fänden.
Sie kamen unbemerkt durchs Feld. Faris sah zu ihrem Ärger aber, daß einige ihren Befehl, den Kopf unten zu behalten, mißachteten. Hätte irgendwo in der Nähe ein Bogenschütze gelauert... aber da war offenbar keiner.
Jetzt stießen sie auf ein umzäuntes Weizenfeld. Jians Order, nun kriechend vorzurücken, befolgten die Leute mehr oder minder gut. In dieser Gangart mußten sie noch einige Zäune und Weizenfelder hinter sich bringen. Doch inzwischen bekamen sie hin und wieder Krämpfe in den Beinmuskeln. Und es wurde langsam dunkel.
Plötzlich gab es vorne einen Halt, und Jian ließ eine Nachricht nach hinten durchgeben: Voraus feindliche Einheiten, die wohl ihr Nachtlager aufschlugen. Faris kroch geräuschlos nach vorn.
Dann sah sie, daß sowohl nördlich wie südlich von ihrer Position Lagerfeuer entzündet wurden. Auf der Lichtung vor ihnen schienen sich zwei Truppen mit jeweils fünfzig Mann für die Nacht einrichten zu wollen – die Offiziere in einer kleinen Scheune und die Soldaten ringsum unter freiem Himmel.
Faris rief die Truppe zusammen. Als die Schar um sie versammelt im Weizen kauerte, sagte sie: »Wir stecken diese Scheuer an. In dem Chaos, das dann ausbricht, schlüpfen wir durchs Lager.«
»Da können wir ja gleich dort reinspazieren und sagen: Hier sind wir!« quengelte Garon.
Faris überhörte das einfach. »Wir bilden zwei Gruppen und umgehen sie beidseits, wenn sie mit Löschen beschäftigt sind«, befahl sie und wandte sich, mit dem furchtbaren Gefühl, nun jemanden für ein Himmelfahrtskommando bestimmen zu müssen, an Liam: »Du legst das Feuer. Wir treffen uns dann beim Wächterhaus am Fuße der Felswand. Du weißt, wo das ist?«
Er nickte, wie sie es erwartet hatte. Niemand sprach es aus, aber

alle wußten: Er hatte kaum eine Chance durchzukommen. Vielleicht hätte sie nach Freiwilligen fragen sollen. Aber sicher hätte auch er sich gemeldet. Und er war der Beste dafür, der Schlaueste von allen, würde es am ehesten schaffen, die Scheune auch wirklich in Brand zu stecken und lebend davonzukommen.
»Jian, du beziehst mit diesen fünf nördlich von hier Stellung und ich mit den übrigen südlich. Sobald das Ding brennt, stürmen wir los.«
Liam salutierte nachlässig und huschte, immer wieder Haken schlagend, auf die Scheune zu. Er nutzte jede Deckung, so daß sie ihn bald aus den Augen verloren. Nun klagten einige mehr oder minder laut über ihre Wadenkrämpfe. Besonders vernehmlich stöhnte Garon.
»Schschttt«, zischte Faris. Aber das Gemurmel hielt an. »Man hört es meilenweit!« mahnte sie. Aber da war es schon zu spät: Aus dem Dunkel des Waldrandes trat ein Posten und musterte argwöhnisch das Weizenfeld, in dem sie hockten. Wenn er sie entdeckte! Jian schoß geduckt vor, und Faris, die sich ihren Wadenschmerz verbiß, erhob sich zu voller Größe und brachte ihre Hellebarde in Anschlag.
»Halt!« rief der Posten. Mehr brachte er nicht heraus. Denn Jian stand schon hinter ihm und rammte ihm die Spitze ihrer Hellebarde in die Nieren. Faris war sofort bei ihm und schnitt ihm die Kehle durch, damit er sie nicht durch Todesröcheln verriet. Nun blieb ihnen nur noch sehr wenig Zeit, denn im Feldlager wurden die Wachposten immer in kurzen Abständen kontrolliert!
Plötzlich stach ihnen beißender Rauch in die Nase. Als sie zur Scheune hinüberblickten, sahen sie dort Flammen auflodern, die sich rasend schnell ausbreiteten und den Holzbau, der zu dieser Jahreszeit wohl bis oben mit trockenem, wie Zunder brennendem Heu gefüllt war, im Nu einhüllten.
Da brachen die Truppen aus ihrer Deckung und stürmten von jeder Seite auf die Lichtung zu. Etwas südlich der Scheune floß ein Bächlein. Dort werden sie Löschwasser holen! dachte Faris. Sie durchwatete mit ihrer Gruppe mühelos den jetzt nur wenige Fuß breiten, im Frühjahr aber immer mächtig anschwellenden Bach.

Als sie im Schutz der vereinzelten Bäume, die das Bachufer säumten, weiter vorrückten, sah sie auch tatsächlich etliche Soldaten mit Ledereimern hektisch zwischen der Brandstätte und dem Wasser hin und her laufen.
Plötzlich standen Faris und ihre Leute einer Schar von Feinden gegenüber, die von ihrem Lager südlich des Bachs hergeeilt waren, um herauszufinden, was es mit diesem Chaos auf sich habe. Faris schlitzte dem Anführer des Trupps mit der Klinge ihrer Hellebarde den Hals auf, bevor der auch nur seine Waffe erheben konnte, und rammte einem anderen Feind das stumpfe Ende so ins Gesicht, daß auch der, wenn auch nur betäubt, zu Boden ging. Aber als sie sich bückte, um ihn für immer außer Gefecht zu setzen, sah sie aus dem Augenwinkel, daß sich schon ein dritter auf sie stürzte, und zwar ein Riese von einem Kerl.
Er schlug mit der Hellebarde nach ihrem Hals. Faris parierte den Hieb, spürte aber, daß er stärker war als sie. Sie versuchte, ihm das Schaftende von unten zwischen die Beine zu stoßen, aber er wich geschickt nach links aus und schlug erneut nach ihr. Auch diesen Streich parierte sie, aber dabei zerbrach der Schaft ihrer Hellebarde. Sie ließ die nutzlos gewordene Waffe fallen, sprang so weit zurück, daß sie gerade außer Reichweite war, und zog das ihr ungewohnte Schwert. Als er wieder auf sie losging, offenbar überzeugt, daß sie noch weiter zurückweichen würde, hechtete sie plötzlich vor, tauchte unter dem nach ihrem Kopf zielenden Hieb weg und schlitzte dem Mann den Bauch auf. Er hackte im Fallen und schon sterbend noch einmal mit der Hellebarde nach ihr, aber es war ein kraftloser Schlag, den sie mühelos mit ihrem Schwert abfing. Die Waffe entglitt ihm. Faris hob sie auf und sah sich nach ihrem nächsten Gegner um.
Aber es gab keine Gegner mehr. Die drei Männer, die noch auf den Beinen waren, gehörten zu ihrer Gruppe. Die Feinde lagen ringsum auf dem Boden, tot oder sterbend. »Einer von ihnen ist abgehauen, Hilfe zu holen«, berichtete Garon.
Sie nickte. »Und die anderen von uns?«
»Einer ist tot«, sagte er und wies auf einen Leichnam, der hinter ihm lag.

»Und der andere Junge?« fragte sie. Von dem wußte niemand etwas. Da vernahm sie aus dem hohen Gras zu ihrer Linken ein Stöhnen. Sie stürzte dorthin und fand den Jungen, auf dem Rücken liegend, mit einer klaffenden Wunde im Unterleib.
Für ihn konnte sie nichts mehr tun, außer – ihm das Sterben zu erleichtern. Sie hob ihr Schwert, blickte ihm in die Augen und sah die Angst darin. Der da war eigentlich kein Soldat... war ein Ladengehilfe und fast noch ein Kind. Sie zögerte. Aber sie hatte ja keine andere Wahl. So schnitt sie ihm blitzschnell die Halsschlagader durch, und er sank in sich zusammen, die Augen noch immer vor Angst geweitet.
Faris versuchte, das Blut von ihrem Schwert abzuschütteln, wie Shaw das immer gemacht hatte. Aber es gelang ihr nicht, und so bückte sie sich, wischte ihre Klinge an der Uniform eines toten Feindes ab und steckte sie dann wieder ein. »Wir ziehen weiter«, befahl sie sodann, und die anderen gehorchten stumm.
Sie erreichten das Wächterhaus ohne weitere Zwischenfälle. Jian und ihre Leute, die um Minuten schneller gewesen waren, erwarteten sie schon dort. Aber warum waren sie nur zu fünft? Faris sah Jian an. »Wir haben unseren letzten Mann der Nachhut verloren. Einer der Feinde hatte ihn entdeckt und angegriffen. Er wurde verletzt, konnte dem Kerl aber den Garaus machen. Aber als wir ihn bergen wollten, war er schon tot.«
Nun waren sie also nur noch zu neunt... zu zehnt, falls Liam es schafft. Im Westen sahen sie den hellen Schein des offenbar noch nicht unter Kontrolle gebrachten Feuers. Hinter ihnen ragte die zehn Meter hohe Felswand auf, die bei Tag ja schon beeindruckend, aber in finsterer Nacht furchteinflößend war.
»Faris, könnten wir nicht hier kampieren?« fragte einer.
Sie sah ihn ungläubig an. Ein anderer murrte, er habe Hunger und sei todmüde.
»Wir können etwa eine Viertelstunde ausruhen und auf Liam warten«, sagte sie kühl. »Dann klettern wir hinauf.«
»Faris, das war ein langer Tag«, sagte Garon im Ton eines Mannes, der gewohnt war, seinen Willen zu bekommen.
»Er ist noch nicht zu Ende! Sie werden nach uns suchen, sobald sie

das Feuer unter Kontrolle haben. Der einzige sichere Platz für ein Nachtlager ist dort oben.«
»Die meisten von uns haben wenig Erfahrung im Klettern«, fuhr er fort. »Da muß etwas sein...«
Aber sie fiel ihm mit eisiger Stimme ins Wort: »Fünfzehn Minuten zum Ausruhen, dann klettern wir hoch!«
Garon wollte etwas erwidern. Da legte sie die Hand auf den Griff ihres Schwertes und sagte: »Wähle deine Worte mit Bedacht, Garon. Es könnten deine letzten sein.«
Ihre Blicke kreuzten sich. Alles hielt den Atem an. Nach einiger Zeit wandte Garon sich ab und setzte sich neben einen Kameraden. Die anderen atmeten auf. Faris machte auf dem Absatz kehrt und entfernte sich. Nun erst bemerkte sie, daß ihre noch immer den Schwertgriff umklammernde Rechte zitterte.
Gerade als sie den Befehl zum Aufstieg erteilen wollte, kam Liam fast lässig angetrottet. Er war rußgeschwärzt, aber unversehrt. »Mußte mich verstecken, solange sie alle herumrannten, um Wasser zu holen.«
»Gut gemacht, Liam«, sagte sie so ruhig, wie Shaw das wohl gesagt hätte. Keiner sollte merken, wie sie sich über seine glückliche Rückkehr freute.
»War ein Kinderspiel«, wehrte er ihr Lob ab. »Was ist, klettern wir endlich rauf?«
»Aber ja! Du führst die eine Gruppe auf dieser Seite hoch.« Liam nickte. Dann wandte sie sich an die Freiwillige Dylene, die ihr durch ihre Vernunft und Verläßlichkeit angenehm aufgefallen war. »Schon mal geklettert?«
»Ein bißchen.«
»Gut. Dann steigst du auf der Seite voran. Jian, du bringst die Nachhut hinter Liam rauf. Ich mach das hier. Noch irgendwelche Fragen?« schloß sie in einem Tonfall, der absolut keine weitere Frage zuließ.
Sie hing sich die Hellebarde über den Rücken und zurrte sie fest. Die anderen folgten ihrem Beispiel. Dann stiegen Liam und Dylene als erste in die Wand ein.
Der steile Felsen mochte ungeübten Augen spiegelglatt erschei-

nen, aber tatsächlich wies er zahlreiche Vorsprünge und Vertiefungen auf, die Händen und Füßen sicheren Halt gaben. Sowohl Faris wie Liam hatten die Wand schon ohne Seil bezwungen. Aber die meisten waren ja noch nie geklettert! Faris hörte, wie Dylene auf den Soldaten dicht unter ihr beruhigend einredete und ihn anwies, ihren Fuß zu ergreifen und dann in das Loch, in dem er steckte, zu fassen und sich dort festzuhalten.
Nun stieg ein anderer Soldat ein. Garon wäre als nächster dran, danach sie selbst. Sie sah, daß er schwitzte; vermutlich hatte er Höhenangst. Dann würde sie ihn wohl mit guten Worten, wenn nicht gar mit Drohungen hinauftreiben müssen. Jetzt war die Reihe an ihm. Er wandte sich um und blickte ihr in die Augen, fand aber keine Gnade. Achselzuckend machte er sich bereit.
»Paß auf, daß du guten Halt hast, dann gehe zum nächsten Loch. Gebrauche deine Beine sooft als möglich«, gab Faris ihm mit auf den Weg.
Er begann seinen Aufstieg vorsichtig, aber nicht so amateurhaft, wie sie befürchtet hatte. Als er einen Meter über ihr war, folgte sie ihm. Sie sah nach oben. Dylene hatte es fast geschafft, aber der Soldat unter ihr hing fest, krallte sich nur noch in den Fels und schluchzte: »Ich kann nicht. Ich kann nicht.«
Dylene stieg einige Fuß zurück und begann auf den verängstigten Mann einzureden: »Schau, hier ist ein guter Halt. Lös die linke Hand und greif danach. Du schaffst es!«
Er widersprach; sie ermutigte ihn. Plötzlich, mit dem Mut der Verzweiflung, machte er einen kläglichen Versuch, verlor dabei aber die Balance. Er suchte schreiend und um sich schlagend nach einem Halt, bekam Dylene am Bein zu fassen und riß sie, als er auch noch mit den Füßen abrutschte, mit sich in den Abgrund.
»Los, weiter«, schnauzte Faris die beiden über ihr an und stieg die paar Fuß hinab, um sich um die Abgestürzten zu kümmern. Der Mann war tot. Dylene, die halb auf ihm lag, war bei Bewußtsein, hatte aber offenbar starke Schmerzen.
»Kannst du dich bewegen?«
»Wohl nicht. Ich glaube, ich habe mir das Rückgrat gebrochen.«
»Versuche aufzustehen. Ich helfe dir beim Klettern.«

»Ich fühle nicht mal meine Beine, Faris. Ich habe wahrscheinlich innere Blutungen.« Daß ihr beim Sprechen Blut aus dem Mund lief, war ein schlimmes Zeichen. Auch wenn es gelänge, sie ins Lazarett in Escarpan zu schaffen, würde ihr das vermutlich nicht viel helfen.
»Versuch's«, wiederholte Faris, der das Herz im Leibe zerspringen wollte. Sie wollte niemanden mehr verlieren, vor allem nicht sie.
Aber Dylene sah sie mit dem stillen Blick eines Menschen an, der weiß, daß er nun sterben muß, und sich damit abgefunden hat.
»Laß mich nicht in ihre Hände fallen, Faris«, bat sie.
Faris verstand, was sie meinte. Zum zweiten Mal an diesem Tag zog sie ihr Schwert, um jemandem aus ihrer Schar das Leben zu nehmen. Als sie zögerte, sagte Dylene: »Bitte!« Sie schlug blitzschnell zu, zog das Schwert so ruckartig heraus, daß es häßlich krachte, steckte es in die Scheide und ging mit hängenden Schultern zur Felswand zurück.
Garon und die anderen hingen wie erstarrt an derselben Stelle wie zuvor und sahen zu ihr herab. »Klettert weiter, verdammt!« schrie Faris, und sie ließen sich das nicht zweimal sagen. Nun schafften es vollends alle. Aber sie waren nur noch zu acht.
Sie führte ihre reduzierte Schar in weitem Abstand vom Steilabfall die Hochebene entlang. Bei einer Gruppe kümmerlicher Bäume schlugen sie eine Art Lager auf, sammelten trockenes Holz und rösteten dann die mitgebrachten Maiskolben über einem kleinen Feuer. Mehr gab es nicht zu essen. Ein paar Leute ließen Flaschen mit Whisky herumgehen, was im Feld eigentlich verboten war, aber von ihren Kameraden dankbar begrüßt wurde. Faris setzte sich abseits und knabberte lustlos und aus purer Disziplin, weil sie ja essen mußte, um bei Kräften zu bleiben, an ihrem Mais. Und die anderen respektierten ihren Wunsch, allein zu sein.
Faris übernahm die erste Wache. Sie saß ruhig da und starrte in den nächtlichen Himmel, während die anderen schliefen. Als Liam gleich nach Mitternacht kam, um sie abzulösen, bat sie ihn, sich neben sie zu setzen, und blieb. Sie konnte einfach nicht schlafen.
Kurz vor dem Morgengrauen weckte sie die übrigen und mahnte

zum Aufbruch: »Wir marschieren zum Stadtrand, steigen die Mauer hinab und reihen uns in die Linien der Verteidiger ein.«
»So eine Verstärkung durch acht gute Soldaten dürfte ihnen auch genügen«, mäkelte Garon.
»Dann wären sie immerhin acht mehr«, versetzte Liam ruhig.
Als die Sonne aufging, sahen sie in dem weiten Tal unter sich die Schlacht neu entbrennen. Und schienen ihnen die Kämpfenden aus dieser Höhe auch wie Ameisen vorzukommen – sie wußten genau, daß der Kampf schreckliche Wirklichkeit war. Sie erkannten, daß die Invasoren ihren Ring immer enger zogen und daß ihre eigenen Truppen auf dem Rückzug waren. Es sah ganz so aus, als ob Escarpan nur die Wahl bliebe, sich auf eine Belagerung einzurichten. Aber da es noch nicht Herbst war, war das Korn auf den Äckern vor der Stadt noch nicht geerntet, und auch die anderen Feldfrüchte und das Obst nur zu einem kleinen Teil eingebracht. Faris hatte ja schon mit eigenen Augen gesehen, was mit den belagerten Städten geschah, denen die Lebensmittel ausgingen, und hegte infolgedessen wenig Hoffnung, daß Escarpan lange standhalten könnte.
Ja, sie führte ihre Leute in eine Stadt zurück, in der wohl der Tod ihrer harrte. Aber sie hatte keine andere Wahl. Sie waren ja Soldaten, und ihre Stadt brauchte sie, und sei es nur, um für sie zu sterben.
Nach einem etwa einstündigen Eilmarsch gelangten sie zu der Stelle, wo das Kliff bis an die Stadtmauer reichte. Faris und Jian traten an den Steilabfall und spähten hinunter. Eine Kriegerin, die hinter ihnen stand, sagte: »Seht nur!« und wies auf das Stadttor.
Und sie sahen, daß am Haupttor eine weiße Fahne aufgezogen wurde: zum Zeichen, daß die Stadt sich ergab. Das Tor öffnete sich, und heraus traten der Stadtkommandant und sein Stab. Die Schlacht war zu Ende. Sie hatten verloren.
Da wandten sich die sieben überlebenden Soldaten wieder an ihre Anführerin. »Was nun, Faris?« fragte eine Kriegerin. Es war die Frage, die alle bewegte, und sie sahen Faris an und erwarteten eine Antwort von ihr.

»Wir ziehen ab. Wir können für die dort unten nichts mehr tun«, erwiderte sie bedrückt.
»Was soll das heißen?« schrie Garon. »In diesen Mauern ist unser Heim, sind unsere Familien und Freunde!«
Sie blickte ihn erstaunt an – war das derselbe Mann, der ständig ihren Entschluß, in die Schlacht zurückzukehren, getadelt hatte?
»Wir können für die dort unten nichts mehr tun. Die Stadt ergibt sich. In einer Stunde werden die Invasoren plündernd und mordend über sie herfallen. Nichts von dem, was euch gehörte, wird euch dann bleiben.«
»Ich gehe nicht ohne meine Familie«, beharrte Garon.
»Ich auch nicht«, erklärte ein anderer Krieger. Eine Freiwillige nickte heftig, zum Zeichen, daß das auch für sie gelte.
Faris blickte stumm auf Escarpan hinunter. Sie sah einige Häuser brennen, vermutlich von den Angreifern mit Feuerpfeilen in Brand geschossen. Die Generäle der Invasionstruppen schritten aufs Tor zu, vor dem der Kommandant ihrer harrte. Sie hatte keine Familie, aber sie verstand ihre Sorge. Sie nickte.
»Wer gehen will, gehe am besten gleich. Geht, bevor die Übergabe erfolgt. Dann habt ihr etwas Zeit, den Euren zu helfen, wenn auch vielleicht nicht genug. Aber bleibt nicht in der Stadt mit ihnen, sondern bringt sie hier hoch. Dort unten ist niemand mehr sicher.«
»Du glaubst wohl nicht, daß sie die Besiegten schonen werden!«
Faris lachte bitter. »Das haben sie, wie die Boten berichteten, weder in Gathos noch in Lytalia getan.«
»Ich muß gehen«, sagte Garon. Er schritt zum Rand der Felswand und ließ sich hinab. Zwei Leute folgten ihm.
»Viel Glück«, rief Faris ihnen mit sanfter Stimme nach und wandte sich dann den übrigen vieren zu: »Geht keiner von euch runter?«
»Ich bin ohne Familie«, erwiderte ein Mann achselzuckend. Eine junge Freiwillige nickte, denn das galt auch für sie.
Liam und Jian, Berufssoldaten wie Faris selbst, blickten ihre Anführerin an. Jian sagte: »Du hast recht. Wir können für sie jetzt

nichts mehr tun und sollten unser Leben nicht unnütz aufs Spiel setzen. Wir werden für künftige Schlachten gebraucht.«
»Wo gehen wir also hin?« fragte jemand. Wieder sahen alle Faris erwartungsvoll an. Natürlich schauen sie mich an, dachte sie, ich habe ja hier das Kommando.
Auf einmal wußte sie, was zu tun war. »Wir marschieren nach Athely.«
»Athely? Aber wir haben gegen die in den letzten zehn Jahren x-mal Krieg geführt!« widersprach Jian.
»Das stimmt. Alle Städte haben, solange wir denken können, immer wieder gegeneinander Krieg geführt. Gerade deshalb hatten ja die Invasoren auch ein leichtes Spiel mit uns allen. Wir ziehen nach Athely, um sie zu warnen, und vielleicht, hoffentlich, schließen sie mit den anderen Städten Frieden und einen Bund, um gemeinsam gegen diese Eindringlinge zu kämpfen. Wie auch immer... für uns Soldaten gibt es dort viel zu tun.«
Schon bei Sonnenuntergang waren sie außer Reichweite von Freund und Feind. Da ihnen anscheinend niemand folgte, wagten sie es, ein Lagerfeuer anzuzünden. Sie setzten sich im Kreis und bereiteten sich aus mehreren Kaninchen, die ihnen über den Weg gelaufen waren, und reichlich frischen Kräutern ein Abendessen.
Als sie gesättigt waren, wischte sich Liam den Mund ab und sagte zu Faris: »Als dich gestern dieser Pfeil an der Brust traf, glaubte ich, nun sei es aus mit dir. Wie bist du nur heil davongekommen?«
»Ich weiß es nicht. Irgend etwas in meiner Brusttasche muß ihn aufgehalten haben«, erwiderte sie. »Gut, daß du mich erinnerst, ich hatte das völlig vergessen.« Damit griff sie in ihre Innentasche, holte ein kleines Etui heraus, besah es und zeigte dann allen das Loch, das der Pfeil darin hinterlassen hatte. »Meine Spielkarten!« rief sie und küßte das schmale Etui. »Sie haben mir das Leben gerettet...« Als alle lachten, fuhr sie fort: »Ich fürchte, heute abend wird es nichts mit dem Kartenspielen! Ich muß mir in Athely unbedingt ein neues Blatt besorgen.«
»Aber bitte kein gezinktes!« hänselte Jian, die mit Faris schon manche Partie gespielt hatte.

»Willst du damit sagen, daß ich falsch spiele?!« konterte Faris, scheinbar ärgerlich.
»Nein, Hauptmann, aber du hast eine verdammt glückliche Hand!« sagte Jian grinsend.
Faris war drauf und dran, das Geplänkel fortzusetzen, bremste sich dann aber jäh und fragte: »Hauptmann, sagst du?«
»Du bist jetzt unser Hauptmann. Du hast deine Sache gut gemacht.«
Da fiel ihr ein, was alles schiefgelaufen war, und ein Teil ihres Ichs hätte nun am liebsten laut protestiert: »Nein, das ist nicht mein Rang, meine Aufgabe, ich bin dafür nicht geeignet.« Aber sie hatte den Auftrag erledigt, so gut, wie es unter den Umständen möglich gewesen war, und konnte sich als Hauptmann nicht länger den Luxus leisten, den anderen mit ihrer Angst oder angeblichen Unfähigkeit zu kommen. Sie mußte bereit sein, auch weiterhin Verantwortung zu tragen.
»Euer Hauptmann? Ja, das bin ich wohl«, erwiderte sie ruhig.

VERA NAZARIAN

Vera Nazarian hat schon in der High-School zu schreiben (und zu publizieren) begonnen; ›Der Sternenkönig‹ ist ihre zweite Erzählung in der Reihe ›Magische Geschichten‹. Sie wird demnächst am Pomona College Russisch unterrichten, will aber weiterhin nebenher »viel schreiben«. Das dürfte sie wohl schaffen; nach meiner Erfahrung hat fast jeder, der trotz Vollzeitjob noch literarisch arbeitet, auch das Zeug dazu.
Übrigens: ›Der Sternenkönig‹ sei »D. L. K. gewidmet«, hat sie mir gesagt. – MZB

VERA NAZARIAN

Der Sternenkönig

Es war eine jener Nächte, in denen die Sterne ihre wahre Natur zu erkennen geben, in denen sie offenbaren, daß sie Menschenseelen sind. In dieser Nacht kam die Frau in die schlafende Stadt. Von Gestalt einer Statue gleich und unsagbar anmutig, schritt sie scheinbar federleicht einher, und doch war ihr, auch wenn niemand dessen gewahr ward, als ob sie die ganze Welt auf ihren Schultern trüge und bei jedem Schritt emporheben müsse.
Auf den ersten Blick wirkte sie jung, denn sie war so schlank wie eine Frau von zwanzig Wintern, wenn auch weit größer. Die Leute in der spärlich erhellten Schenke, die sie betrat, bemerkten, daß sie ein fadenscheiniges Gewand männlichen Schnittes trug, und vermerkten auch, daß ihr Gesicht, ihre Hände so fahl wie ein rauchiger Traum waren, so farblos, leblos, jeder Beseeltheit bar. Nur der elegische Blick ihrer blauen Augen sprach anders zu ihnen – er kündete nicht nur von großem Lebenswillen, sondern auch von einer unsagbaren Bürde und unendlicher Kraft.
So fiel sie allen auf.
Bald gingen Gerüchte über sie um, wie das in kleinen Städten ja immer geschieht. Die einen sahen in ihr eine Dame des Hochadels, die diese Verkleidung aus sehr persönlichen Gründen gewählt hätte. Andere, die unter ihrem faltenreichen Umhang die tödlichschöne Klinge hatten aufblitzen sehen, vermuteten in ihr eine Kriegerin aus dem Osten. Sie war wirklich wie jemand gekleidet, der schon bessere Tage gesehen, einem adligen Hause angehört hatte. Andere behaupteten, sie hätten prachtvolle Steine an ihren Fingerringen leuchten sehen, Steine so wertvoll, daß sie damit die ganze Stadt aufkaufen könnte, wenn sie nur wollte!
Die Frau hatte alte Augen. Es war wohl der elegische Blick, der sie so alt wirken ließ. Aber so richtig ergründen konnte das niemand,

da sie niemandem, auch im Gespräch nicht, länger als nötig in die Augen sah.
Als aber eines Tages jemand sie ihre Kapuze zurückwerfen und ihr Haar entblößen sah, überschlugen sich danach die Gerüchte. Denn sie hatte langes, wie aus feiner Seide gesponnenes Haar, so weiß wie der Tod.
Sie heiße Nellval, erzählte sie, und suche den Sternenkönig. Da lachten ihr viele ins Gesicht, und die Gerüchte erstarben, weil alle nun überzeugt waren, daß sie verrückt sei.
Sie hatten als Kinder die Geschichte vom »Sternenkönig« zu hören bekommen und konnten als Erwachsene über jemanden, der auch nur vorgab, an derlei Zeug zu glauben, nur mitleidig lächeln. Welcher vernünftige Mensch würde die Erzählung von jenem Königssohn, der seine Braut so unsterblich liebte, daß er sich nach ihrem Tod mit ihr lebendig in einem Turm einmauern ließ, für bare Münze nehmen, für wahr halten? Wer glaubte, daß er ohne Nahrung oder Trank noch über einen Monat an der Seite dieser schönen Leiche gewacht hatte?
Ja, die alten Legenden besagten, er habe über drei Monate lang in jenem Turm geschluchzt, geklagt und versucht, die Tote mit seinem Odem wiederzubeleben, bis er selbst nur noch ein Röcheln von sich gegeben habe. Als seine Seele nach drei Monden aus seinem vom Kummer verzehrten Leib geflohen war, sei überall im Lande Seltsames zu beobachten gewesen.
Die Sonne sei eines Morgens röter noch als eine Rose aufgegangen. Der große Strom, der zum Meer fließt, habe seinen Lauf geändert – ja, wahrlich! – und sich geteilt, einen Zwillingsbruder geboren. In den hohen Bergen im Westen sei, lange vor der Zeit, Schnee so gleißend hell wie Silber gefallen. Als die Menschen eines Nachts emporblickten, so die Legende, sahen sie ein Sternbild in Gestalt eines Mannes über dem schwarzen Himmelsabgrund funkeln.
Sie nannten das neue Gebilde aus Lichtpünktchen »Sternenkönig«: Die Gestalt streckte sehnsuchtsvoll eine Hand aus, trug einen Stirnreif aus größeren Sternen und schien zu weinen, denn die zwei Augensterne funkelten traurig und verschwommen, wie

von Tränen überfließend. Der Sternenkönig sah auf die Erde herab, und die Alten erzählten, seine Liebste habe durch ihr Leiden die eigentlich für die ganze Menschheit bestimmte Bürde urzeitlichen Leides auf sich genommen, in sich aufgenommen. Der Sternenkönig jedoch, so sagten sie, sei gar nicht tot und befreie alle Mühseligen und Beladenen, die ihn irgendwo auf dieser Welt fänden, von ihrem Kummer, ihrer Last...
»Sehr schön, nicht wahr?« meinte der Schankwirt, nachdem er der »armen« Nellval die Geschichte vom Sternenkönig in aller Ausführlichkeit erzählt hatte. »Da möchte man fast selbst in jenen Tagen gelebt haben, als die Leute sich solche Dinge ausdachten. Und daran auch noch glaubten!«
Nellval sah den Wirt mit alt-jungen Augen an. Auch er konnte ihren Blick nie so recht deuten. »Möchtest du noch mehr davon hören?« fragte er, zwischen Mitleid und Goldgier hin- und hergerissen.
Sie schüttelte verneinend den Kopf. »Ich möchte schon, aber ich habe keine Zeit, mein Freund. Ich muß weiter«, sagte sie sanft und freundlich und verließ die Schenke. Einige Blicke, leer die einen und mitfühlend die anderen, folgten ihr.
Nellval besuchte eine alte Hexe, die in der Stadt hauste, und fragte: »Wie finde ich den Sternenkönig?«
Die berechnende Vettel verzog keine Miene (obwohl auch sie schon von der Suche dieser Verrückten gehört hatte), fragte nur barsch: »Wieviel bist du bereit von dir selbst zu opfern, um ihn treffen zu können?« Dabei maß sie Nellval mit ihren schwarzen, wie Achate funkelnden Augen und hob die schmale Zigeunerinnenhand, so daß ihre unzähligen goldenen Armreifen klirrten.
Als aber die junge Frau aufblickte und ihr weißes Haar zeigte, verengten sich die achatschwarzen Augen in plötzlichem Begreifen.
»Der Sternenkönig... nimmt nicht jede Bürde auf sich«, flüsterte sie mit nun vertraulicher Stimme. »Auch er hat seine Grenzen und seinen Preis! Meinst du wirklich, du könntest...«
»Genug! Was ist dein Preis, Alte?«

»Was ist deine Bürde?«
Nellval erhob sich achselzuckend und wandte sich zum Gehen.
»Warte doch!« rief die Hexe und musterte mit vor Gier funkelnden Augen die kostbaren Ringe an Nellvals Hand. »Keine Fragen, meine Schöne, keine Fragen mehr, ich versprech's. Den da mit dem blauen Stein... gib ihn mir...«
Nellval zog den Ring gleichgültig vom Finger und ließ ihn in die runzlige Kralle der Alten fallen.
»Ahhh«, gackerte die Hexe und schloß die Finger um das funkelnde Kleinod. »Was du suchst, findest du nur auf einem Friedhof... wenn der Vollmond scheint und die weiße Sternblume erblüht.«
»Tatsächlich!« versetzte Nellval, und zum erstenmal schwang so etwas wie Sarkasmus in ihrer Stimme mit. »Aber... ich glaube dir.«
Am frühen Abend der nächsten Vollmondnacht brach Nellval zu einem uralten Friedhof auf, der weit vor der Stadt lag. Die Kinder und Halbwüchsigen, die ihr anfangs scharenweise folgten, um keck und ängstlich zugleich mit dieser von allen Verlachten ihr grausames Spiel zu treiben, blieben alle zurück, als die Dämmerung anbrach, und so schritt sie nun allein den Pfad entlang, der sich zwischen Hügeln dahinwand, und lauschte dabei dem Gesang der Vögel und dem rhythmischen Zirpen der Zikaden. Der Friedhof mit seinen halb in die Erde gesunkenen und von wilden Blumen und allerlei Büschen überwucherten Grabsteinen lag in einer weiten Lichtung, über der sich ein unaufhörlich seinen Rändern zuströmender Himmel wölbte, der am Horizont einen leichten Silberstreif zeigte und im Zenit so schwarz wie Tinte war.
Nellval verharrte eine Zeitlang reglos und schritt dann so leicht wie ein Schatten, aber von ihrer geheimnisvollen Kraft gestärkt zwischen den Gräbern auf und ab. Sie wandelte hin und her, bis der Mond endlich, rund und hell und vollkommen wie der Sonne Schatten, über dem Horizont aufstieg.
In diesem Augenblick begann der Boden rings um sie zu beben und zu wogen wie die sturmgepeitschte See, begannen die Grab-

steine zu schwanken und zu weichen. Aus der dunklen Erde der eingesunkenen Gräber wuchsen fahle Lotushände, wächserne Gesichter mit leeren oder fiebrig rot brennenden Augen. Die Toten stiegen empor, mit einem Stöhnen, das wie Sirenengesang klang. Sie kamen näher und streckten die Hände nach ihr aus.
Aber Nellval schob diese fahlen Hände ruhig, fast verächtlich mit ihrer Stiefelspitze beiseite, ohne sich von dem Mitleid, das sie tief in ihrem Innersten empfand, beirren zu lassen. Waren sie so nicht abzuweisen, brauchte sie bloß mit blanker und funkelnd scharfer Klinge ihr totes Fleisch zu berühren, damit sie verschwanden. Meist genügte aber der Blick ihrer elegischen Augen, um die rotäugigen Wesen abzuschrecken, so daß sie sich abwandten und in die schauerliche Erde zurücksanken. So schritt Nellval gelassen zwischen den Gräbern, den Büscheln silbernen Grases und den sanft klagenden Toten einher.
Als die Mondscheibe senkrecht über ihr in der mit Abertausenden von Sternen gezierten Kuppel des Nachthimmels schwebte, erschien ein silberner Schatten und hing wie ein Nebel über der Erde.
Nellval sah sich um und ließ den Blick über den Boden gleiten. Als der Mond den Zenit erreichte, sah sie, wie sich die kleinen, bleichen Blüten der Sternblume öffneten und ihr Herz dem Licht des fernen Planeten darboten. Die Zikaden verstummten, der letzte Nachtvogel hielt den Atem an, und die Toten versanken wieder im Reich des Vergessens.
Jede der spinnwebzarten Sternblumen, die zwischen diesen Gräbern wuchsen, schien das Licht je eines Sterns zu reflektieren und ihm in Form und Gestalt wie sein irdischer Zwilling zugesellt zu sein.
Nellval spürte etwas Zartes tief in sich zerreißen, als sie sah, wie sich die Sterne und ihre Gegenstücke, die Sternblumen, Mondlicht zuzuspielen begannen. Da fiel es ihr wie Schuppen von den Augen: Sie sah von jeder Sternblume einen Faden oder Strahl silberner Mondsubstanz zum entsprechenden Stern verlaufen, ein Band zwischen zweien, das die grenzenlose luftige Weite der Nacht überbrückte.

Plötzlich sah sie, wie sich am Himmel die Gestalt eines gekrönten Mannes bildete, dem erstarrende Sterne Zeichnung und Glanz gaben. Zwei große Sterne waren seine Augen.
Nellval spürte, wie sich die Luft voller Seelen und Energien füllte und daß ihr Blut prickelte. Sie warf ihre Kapuze zurück, so daß ihr weißes Haar wie ein Sternennebel wallte, wandte ihr fahles Gesicht zum Himmel empor und blickte dem Gekrönten in die Augen.
»O Sternenkönig«, rief sie mit hohler Stimme und wiederholte dann flüsternd: »O Sternenkönig...«
Ein Wimpernschlag (hatte ihr feucht werdendes Auge sie blinzeln lassen?) – und schon stand ein Mann vor ihr, mit beiden Beinen auf der Erde.
Sein Körper war halb Mensch-, halb Nachtgestalt. Mond- und Sternenlicht formten seinen Leib. Er war groß und schlank, majestätisch, und trug, wie ein Würdenträger, ein altmodisches, früher einmal sicherlich prachtvolles Gewand, das jetzt aber nur aus Nebelfäden gesponnen war.
Er trat einen Schritt vor; ringsum wogten Schatten aus flüssigem Silber. Nellval musterte die düster funkelnde Krone auf seinem seidigen Haar, musterte sein schwermütiges Gesicht.
Seine Stimme aber war so tief und fest wie die eines Sterblichen und so klangvoll und selbstbewußt wie die eines Mannes, der zu befehlen gewohnt war.
»Hier bin ich«, begann er. »Was wünschst du von mir?«
Seine Worte waren freundlich, hallten aber in der leeren, ewigen Weite der Nacht unmenschlich wider. (Sein Gesicht... oh, was für ein wunderschönes Gesicht!)
Nellval blickte ihn an... ihre Lippen zitterten. »Sternenkönig«, sagte sie langsam, beinahe wie gelähmt, »sieh mir in die Augen... Was siehst du darin?«
Augen aus Schatten und Sternen begegneten sterblichen Augen aus Schmerz, nur einen Wimpernschlag lang.
»Bitternis«, antwortete er. »Blut und Tod... auf deiner Seele. Zorn kocht in dir, ein Kessel voll giftigem, heißem Haß. Ja, tief unter der Oberfläche deines so ruhigen äußeren Schattens. Du

bist nur noch ein Schatten, Frau, nichts geht dir mehr unter die Haut. Du trägst eine Schützhülle aus leutseliger Teilnahmslosigkeit.«
»Ach ja! Meine schwerste Bürde, du hast es erraten... ist meine Teilnahmslosigkeit!« rief Nellval. Ihre Stimme, von plötzlichem Sarkasmus und alter Qual gefärbt und rauh von Atemnot, klang so hysterisch, daß ihr Herz einen Sprung tat. Sie faßte sich an die Brust und starrte ihn an. Sein Gesicht war unbewegt. »Was sonst siehst du darin, o Sternenkönig? Wie tief ging denn dein Blick? Meine Augen...«, sagte sie und trat auf den geisterhaften, dennoch so körperlich-wirklichen Mann zu, bis sie ihn beinahe berührte. »Siehst du auch meine Eltern, meine Brüder unter all den armen Toten? Und mein Kind, dessen Enthauptung durch diese Verrückten ich ohnmächtig mit ansehen mußte? Oder...«, funkelte sie ihn an, »die Augen meines Liebsten, so kalt und gleichgültig, als er sich einer anderen zuwandte? Die zuckenden Hände des Mannes am Galgen, der mein Bruder war und an meiner Seite gekämpft hatte? Oder die Bettler in den schmutzigen Straßen und Gassen jener Stadt, die ihre gemarterten leeren Augenhöhlen zu mir emporheben, wenn ich ihnen traurig eine Münze in die abgemagerte Hand fallen lasse?«
Es war, als ob ihr die Stimme brechen wolle. Aber sie zwang sich weiterzusprechen: »Und was ist mit dem Schmerz, dem entsetzlichen Schmerz derer, die ich getötet oder irgendwie verletzt habe? Ja, ihre Augen, ihre Qualen verfolgen mich! Die Augen des Königs, den ich... verriet. So wie er litt, er, den ich liebte und verfolgte... in meinem verdammten, besitzergreifenden Wahn, seine Furcht, seine Augen...«
»Genug!« sagte der Sternenkönig voll unsäglichem Verständnis. Und er fügte flüsternd hinzu: »Dein Haar... ist weiß wie ein Traum!«
Nellval starrte in sein Gesicht, das weder alt noch jung, weder geisterhaft noch wirklich real war. Auch sie flüsterte, als sie drängend sagte: »Dann verstehst du also, was auf mir lastet.«
Er lächelte sie mit wächsernen Lippen mitfühlend an.
»Wirst du... mich erlösen, Herr der Sterne?« fragte sie.

Schweigen. Und mit ihr wartete die ganze Nacht auf seine Antwort.
Da sprach er die Worte: »Brich zuerst das Siegel, das dein Herz zum Schweigen bringt. Weine... o Frau!«
Sie erschauerte, ließ eine jähe Erinnerung an etwas weit, so weit Zurückliegendes aufkommen... »Ich kann nicht. Es... würde mir zu weh tun«, wehrte sie ab, der törichten Hilflosigkeit ihrer Worte wohl bewußt. »Ich... weine nicht mehr. Ich... fühle nichts.«
»Ich kann deine Bürde nicht auf mich nehmen, wenn du deine Seele nicht öffnest!« donnerte er, daß es vom Nachthimmel widerhallte und die Sterne erzitterten.
»Du hast recht... Infizierte Seelen muß man wohl ebenso öffnen wie infizierte Wunden, um sie reinigen zu können. Also gut!« Da ließ Nellval (die so vielerlei gewesen, deren frühere »Leben« den Schmerz so vieler beinhalteten und nun nur noch ein wirres Knäuel in ihrem tiefsten Inneren waren) zum erstenmal seit vielen Jahren wieder Erinnerungen zu. Dabei sah sie ihm in die Augen... sah in die unergründlichen Augen des Sternenkönigs und versank darin.
Sie schwebte im Meer der Schmerzen aller Menschenwesen. Für einen Moment nur erfuhr sie die unsägliche Qual, die keines Sterblichen Hirn sich ausdenken kann. Im nächsten Moment flog sie schon, wie eine Luftblase, aus dieser Schmerzensee, voller Angst um ihr Leben...
Als sie keuchend zu sich kam, wirkten seine gelassenen, unirdischen Augen nicht mehr wie saugende Abgründe, sondern erinnerten an dunstverhangene und unergründliche Sphären. »Wer bist du wirklich?« fragte sie. »Was bist du?«
»Wer ich bin? Ich bin du«, erwiderte er, und seine Augen füllten sich mit Tränen.
Da hielt die silberne Nacht den Atem an und lauschte dem stummen Weinen des Sternenkönigs, dem riesige, im Sternenlicht funkelnde Zähren über die Wangen rollten, ein Strom so unaufhaltsam wie der Gang der Jahreszeiten. Sein Gesicht zuckte kein einziges Mal, war so gelöst wie das eines Wesens, das gelernt hat, alles, aber auch alles zu akzeptieren.

Dann versiegten seine Tränen. Stille trat wieder ein.
Nun fühlte Nellval, wie ein riesiges Etwas von ihr genommen und ihre Seele um vieles leichter wurde. (Sein Haar, dachte sie, ist jetzt sogar weißer als meines... oder ist es nur so unendlich fahl wie zuvor?)
Sie war frei. Ein Nichts erfüllte sie jetzt, eine große, leere Blase aus Luft und Nichts, aus verschwommenen Mondlichtträumen und Gedanken so sanft wie Seide.
Der Sternenkönig sprach: »Ich habe deine Bürde von dir genommen.« Dann begann er zu schimmern, spinnwebzart, und verschwand.
»Warte!« schrie Nellval mit pochenden Schläfen. »Warte, Herr der Sterne! Du hast mir mit der Bürde auch die Erinnerung genommen.« Ihre Stimme wurde schwächer ob der Starre der Nacht. »Ich habe... nichts mehr.«
»Das ist eben der Preis!« sprach er, kaum hörbar noch.
Aber Nellval streckte ihre fahle, starke Menschenhand aus, griff nach dem schwindenden Schattenwesen, bekam es zu fassen und rang mit ihm – eine seltsam lange Spanne der Zeitlosigkeit. Sie rang mit einem Universum aus Silber und Sternen und Nacht, das sich so heiß, aber so eigenartig lieblich und sanft anfühlte, daß sie es (diesen so merkwürdig Vertrauten) nun streichelte, statt es (ihn) zu umklammern. Da begriff sie pötzlich, ohne das Warum zu wissen, wer und was der Schattenmann ist und gewesen war, und begann sich zu erinnern...
Vogelgesang füllte den alten Turm. Der junge, ach so magere König löste die eingesunkenen, rotgeweinten Augen von dem lilienweißen Leichnam einer jungen Frau, der mit Rosenblütenblättern und einer Flut duftenden, rostroten Haares, ihrem eigenen Haar, bedeckt war. Tod.
Er konnte nichts tun. Gar nichts. Er mußte sich mit der Tatsache abfinden. Mit ihrem Tod.
Seine Augen waren leergeweint. Die Sonne schien schon im dritten Monat so herein. (Während des zweiten Monats hatte er vergessen, was Sonne und Tag ist, und nur noch Dunkel gesehen.)
Warum hatte sie gehen müssen? Warum, o Götter? Sie war ja

nicht mal schön gewesen. Oder vom Glück so begünstigt, daß die Götter Grund gehabt hätten, neidisch zu sein und sie dafür zu strafen... Oder ihn. Er war immer demütig gewesen. Doch... ein demütiger König. Warum nur? O Götter!
Dieser Augenblick der Krise ließ ihn mit einem Gefühl der inneren Leere zurück. Als er den einst geliebten Leib der einst lebenden Frau erneut ansah, begriff er plötzlich, daß auch dieser Körper, dieses Ding... unwichtig, bedeutungslos war.
Nichts war jetzt mehr wichtig. (Er sah, daß sich Fliegen auf dem Leichnam niederließen, der endgültig zu stinken begann... oder war ihm der Gestank bisher entgangen?)
Der König, oder der, der einst ein König gewesen war, legte sich auf den kalten Steinboden und sah gleichmütig zum Fenster hinaus, beobachtete das Werden und Vergehen des Tages, sah von neuem jede Nuance des rotgoldenen Morgens und Abends und jede auch noch so geringe Veränderung der Dinge, und sein leeres, sterbendes Herz nahm alles willig und gelassen auf...
»Das war nur eines meiner Leben... Eines von vielen«, sprach der Sternenkönig zu Nellval in der kurzen Spanne ihrer kämpfenden Umarmung.
Da begann sie auf einmal zu weinen, so bitterlich zu schluchzen, daß es sie schüttelte, und hielt den Sternenkönig dennoch so fest wie einen Traum. Er schloß seine sanften Schattenhände um sie und sagte: »Ja, die Einsicht in all die Sinnlosigkeit und die daraus folgende Apathie haben mich zuerst getötet und mich dann gelehrt, die Dinge anders zu sehen, mich um andere zu kümmern.«
»Aber du hast dich um so viele gekümmert!« schluchzte die jungalte, weißhaarige Frau mit der einst schwarzen Seele. »Ich habe sie in deinem Inneren gesehen, und sie waren alle genau wie ich, keine Spur besser dran, alle verletzt...«
»Wir bestehen letztlich nur aus Schmerz.«
»Und du, bist du nur ein flüchtiger Sterngeist, Ausgeburt meiner Sehnsüchte und Träume? Mein Gewissen? Du, der du mir meine Bürde und meinen Haß ›genommen‹ und mir dafür neues Erinnern geschenkt hast?«

»O nein, kein Traum«, erwiderte er. »Ich bin früher ein Mann gewesen. Aber was ich jetzt bin, weiß ich nicht. Im Augenblick, könnte man sagen, bin ich... du.«
Nellval weinte unaufhörlich. »Du hast so viele Bürden auf dich genommen«, stöhnte sie, »so viele Bürden!«
Er ließ seine sanften Augen, aus denen aller Kampf gewichen war, auf ihr ruhen.
»So viele Bürden, Sternenkönig!« flüsterte sie. »Und was ist mit deiner eigenen?«
Flackerte jetzt Staunen in seinen betörenden, unsterblichen Augen auf? Nun blickte er sie wirklich an. »Meine? Was meinst du damit? Ich habe keine eigene Bürde mehr. Versteht du nicht, daß ich dir abnehme, was du nicht tragen kannst? Was die anderen nicht tragen konnten, ist nun meine Bürde.«
»Aber... wie kannst du so viele verkraften?«
»Warum nicht? Wer sonst auf dieser Welt, welcher Gott oder welche Götterschar«, lachte (ja, lachte!) der Sternenkönig schwermütig, »kann oder will denn meine eigene Bürde schultern?«
Nellval faßte im Nu einen Entschluß. »Ich habe nun wirklich nichts mehr... wofür es sich zu leben lohnte. Habe aber etwas über mich erfahren. Geh du für diesmal hin in Frieden, du, der du einst ein Mann warst... Von nun an werde ich deine Last tragen.«
Bevor er widersprechen konnte, streckte sie ihre Hand aus (wobei sie zufällig seine seidenweichen, seltsam süßen Locken berührte), nahm ihm die düstere Sternenkrone ab (die wie Todespein in ihrer Hand brannte!) und setzte sie sich selbst aufs weißhaarige Haupt.
Da brannte in ihr ein Feuer, und der kronenlose Schattenmann schenkte ihr einen so mitfühlenden, ehrfürchtigen und schließlich auch dankbaren Blick, daß ihr das schon durch so viele Schmerzen versehrte Herz endgültig brach.
Keiner weiß, ob sie damals starb oder nicht, aber sicher ist, daß sie verwandelt wurde. Er wiederum war wirklich verschwunden, war nur noch ein rauchfarbener Traum. Nellval war allein in der Nacht und stand zwischen dunklen, alten Gräbern, silbernen Sternblu-

men und schlafenden Toten. Der Mond berührte schon fast den Horizont, und am Himmel funkelte nur noch eine Trillion Sterne.

Nellval trug die alte Bürde wieder in sich. Irgendwie spürte sie, daß sie noch dazu, irgendwo tief in ihrem Inneren, eine andere trug. Und doch...

Nichts war mehr so wie zuvor. Die Bürden der Welt, so seltsam das auch schien, waren beileibe nicht schwer zu tragen. Ja, sie schienen ihr so leicht wie eine Feder, ein Nachtnebel... Wie ein klingender, leichter und silbriger Sternenhaufen, der am Himmel schwebt. Was ihr die Kraft gab, sie zu tragen, war der ständige Druck der Krone auf ihrem Haar, ein Gefühl der Pein so nah und doch so fern, das sie nie ganz berührte. Nellval wußte, daß es sie nur bei einem Anlaß berühren konnte... Nein, nicht wenn sie sich an ihre (bereits leichteren) Bürden aus Tod und Verrat und unerfüllter Liebe erinnerte, sondern nur, wenn sie sich für einen Moment voll Sehnsucht das verschwommene Traumbild ins Gedächtnis rief, das ihr der Sternenkönig von seiner Vergangenheit und dem Leben (seinem letzten) gegeben hatte, in dem er eine Frau... mit rostrotem Haar geliebt hatte. Denn Nellval hatte einst rostrotes Haar gehabt, war vor vielen, vielen Leben diese Frau gewesen, die da so stumm in jenem Turmgemach gelegen hatte.

Aber das war nun alles unwichtig. Sie war auferstanden, und die Welt lag wieder vor ihr. Sie hatte ihn befreit.

Die Sternenkönigin.

NINA BOAL

Nina ist keine Anfängerin mehr; sie hat das Darkover-Fanzine Moon Phases *verlegt und war kurzzeitig, mit Deborah Wheeler und Nancy Jane Moore, Herausgeberin von* Fighting Woman News. *»Mich hat der Umstand, daß ich schon meine erste Story (›The Meeting‹) bei* Free Amazons of Darkover *unterbringen konnte, schriftstellerisch erst einmal etwas verdorben«, sagt sie. Aber inzwischen habe sie ihren Teil an Ablehnungen kassiert (wer derlei nicht verkraftet, ist in dieser Branche fehl am Platz), und nun habe sie das »Gefühl, vom Schreiben über Darkover zum Schreiben in meinem eigenen Universum fortgeschritten zu sein«. Wie die meisten Autorinnen und Autoren arbeitet auch sie an einem Roman.*

Sie hat in Chicago Mathematik unterrichtet – besser sie als ich – und wird bald ins staatliche Schulwesen Baltimores überwechseln. »Ich habe auch meine Katzen«, sagt sie ergänzend, »aber weniger als früher und nur kastrierte und sterilisierte, weil ich für die Zucht keine Zeit mehr habe.« – MZB

NINA BOAL

Das Spiegelbild

Lady Halaine Eden starrte auf die verschleierte Gestalt, die auf Händen und Knien Zentimeter um Zentimeter auf sie zukroch. Noch ein Bittsteller, der ihrer Hilfe bedurfte! Noch ein Kranker, der sich ihr, der Regentin von Khedainie, zu Füßen warf, um von ihr geheilt zu werden.
Halaine war erschöpft, ihre Schultern schmerzten. Sie hatte an diesem Tag bereits zwanzig Menschen geheilt und einundzwanzig am Tag zuvor. In den fünf Jahren ihrer Regierung waren hier am Herd der Feuergöttin unzählige Kranke vor ihr erschienen. Sie hatte sich um jeden einzelnen von ihnen gekümmert, die einen geheilt – den anderen den Schritt ins nächste Leben erleichtert. Ihr Volk zu regieren und den Kranken zu helfen, war Sinn und Inhalt ihres Lebens, seit fünf Jahren schon.
Plötzlich fuhr ihr ein Schmerz so stechend durch den Kopf, als ob er ihren Schädel spalten wollte. Schatten zuckten vor ihren Augen. Der Traum... Ein grausiges Bild wollte sich in ihr formen. Aber sie ließ es nicht zu.
Ihr Magen verkrampfte sich. Der Alptraum, der in der Woche zuvor ihren Schlaf vergiftet hatte, verfolgte sie jetzt auch schon bei Tage. Warum? fragte sie sich gehetzt. Wie lange muß ich das noch ertragen? Sie hatte sich dieses Traumbild nie in Erinnerung rufen können; da standen die Schutzmauern davor, die ihr Bewußtsein immer sogleich um sich errichtete. Ich habe Tausende geheilt, kann ich denn nicht auch mich selbst heilen? dachte sie bitter.
Halaine nahm alle Kraft zusammen, unterdrückte das Zittern, das sie befallen hatte. Ganz ruhig, mahnte sie sich, beherrsche dich, du bist müde. Sie atmete ein paarmal tief durch und dachte dabei: Ich könnte mich selbst untersuchen... später. Nun mußte sie sich erst einmal um diesen letzten Kranken kümmern.

In Shal'lus heiligem Herd spielten sacht die orangeroten Flammen. Halaine faßte sich an den dröhnenden Kopf und tröstete sich: Nur dieser eine noch, und dann ein dampfendheißes Bad! Sie zog ihre verkrampften Schultern hoch und ließ sie wieder fallen, holte aus einer der tiefen, aufgenähten Taschen ihres purpurnen Wollkleides ein braunes Lederetui, entnahm ihm einen kleinen runden Spiegel und hob ihn hoch empor. Es war ihr Heilspiegel; Shal'lu hatte ihn ihr vor Jahren gegeben.
Nun richtete sie ihn auf der Göttin Herd und flüsterte ein Gebet. Das Licht des heiligen Feuers entfachte an dem Spiegel eine blaue Flamme, die ihn knisternd umtanzte. Da sah Halaines inneres Auge kurz einige der Menschen wieder, denen sie an diesem Tag geholfen hatte: den durch die Auszehrung bis auf die Knochen abgemagerten alten Mann und diesen jungen Sänger, dem ein Keuchhusten die Stimme ruiniert hatte, das Kind mit dem Herzfehler und dem schon blau angelaufenen Gesicht... Ihr Dank und ihr glückliches Lachen hallten in ihr wider. Sie würden die Alpträume verscheuchen, die Müdigkeit hinwegfegen. Nur dieser eine noch! sagte sie erneut zu sich.
Halaine wandte sich dem in ein härenes Tuch gehüllten Bittsteller zu, der fromm vor ihr kniete, und fragte sanft: »Sag an, was ist dein Begehr?«
Da vernahm sie die gedämpfte Stimme einer Frau, die sprach: »Ich bin nur eine Söldnerin, habe von meinem letzten Kampf eine Wunde davongetragen. Ich dachte zuerst, sie würde von selbst heilen.« Die Verschleierte verstummte und fuhr dann fort: »Aber nun sieht es so aus, als ob ich der Göttin Hilfe bräuchte.« Mit bitterem Unterton schloß sie: »Die Wunde hat sich entzündet und eitert... und eitert.«
Halaine spürte eine Woge des Mitleids in sich aufsteigen, als sie auf die Kniende blickte, und überlegte, welcher Schicksalsschlag denn diese unglückliche Kriegerin gezwungen haben mochte, sich in dieser Zeit relativen Friedens als Söldnerin durchzuschlagen. Sie selbst hatte, als Kind der Herrscherfamilie, auch die Künste des Schwertkampfes erlernt, machte aber kaum noch Gebrauch davon, da ihr jetzt eine ganze Armee zu Gebote stand und sie ihr Leben

den Regierungsgeschäften und der Heilkunst im Dienst der Feuergöttin geweiht hatte.
»Hör«, sagte Halaine sanft zu der Söldnerin, »um dich heilen zu können, muß ich sowohl deine Seele wie deinen Leib besehen.«
Wieder spürte sie diesen stechenden Schmerz, der ihr den Schädel spaltete und sie für einen Moment wanken ließ. Der Traum kroch in ihr Bewußtsein, wollte sich zum Bilde formen, aber sie stieß ihn zurück und richtete, mit der Kraft der Verzweiflung, wieder ihre Abwehrmauern auf. Dann biß sie die Zähne zusammen und zwang sich, den Ritus fortzusetzen. »Ist die Seele krank oder niedergedrückt, läßt sich der Leib nicht heilen«, intonierte sie. »Leg nun deinen Schleier ab und sieh in Shal'lus Spiegel.«
Die Kriegerin ließ das Tuch fallen, hielt aber die Augen gesenkt. Halaine musterte ihre Reithose und Bluse, die einst wohl prächtig gewesen waren, nun aber mit Flicken besetzt waren und vor Schmutz starrten; der linke Ärmel der Bluse war sogar mit Blut befleckt. Neues Unbehagen beschlich Halaine. Diese Kriegerin hat etwas mir Vertrautes an sich, sann sie, ich kann es aber nicht einordnen... Sie schob den Gedanken weg und konzentrierte sich, nahm Shal'lus Spiegel in die Hände, hielt ihn der Kriegerin unter die gesenkten Augen und murmelte: »Sieh dich selbst darin.«
Des Spiegels Flamme flackerte und knisterte. Über das kleine Rund legte sich dichter Rauch. Daraus formte sich ein Bild, das eine Verbannte zeigte, eine dunkelhaarige, in ferne Lande vertriebene Frau. Sie mußte sich als Söldnerin verdingen, denn sie hatte nur gelernt, ein Schwert zu führen. Die Aufträge waren dünn gesät. Andere Bilder erschienen... eine Schenke, in der eine Schwertkämpferin fröhlich mit einem rothaarigen Jüngling zechte... die Kammer in einer elenden Hütte, durch die der Wind pfiff, die Kriegerin mit einem Säugling an der Brust; sein Wutschrei wurde zum Wimmern, da ihre Brüste keine Milch gaben... Eine winzige, in Lumpen gehüllte Leiche, die der Erde übergeben wurde...
Die Kriegerin sah auf und bannte Halaine mit ihren nachtschwarzen und vor Zorn sprühenden Augen. »Ja, du kennst mich«, hob sie mit brüchiger Stimme an. »Ich bin Danlyn, deine Zwillings-

schwester.« Lächelnd fügte sie hinzu: »Auch wenn es immer hieß, wir seien so verschieden wie Tag und Nacht.«
Halaine entzog sich dem Blick der dunklen Augen. Meine Schwester! tobte sie innerlich. Sie kochte vor Zorn und spürte zugleich eine seltsame Furcht. Wie kann sie es wagen, so einfach daherzukommen und in mein Haus einzudringen! »Du wurdest für deine Verbrechen zu Recht verbannt!« rief sie wütend aus. »Durch deine Rückkehr verwirkst du dein Leben.«
»Für wessen Verbrechen?« fragte Danlyn rauh. »Ja, ich weiß, ich habe einen Sohn geboren und ihn Hungers sterben lassen«, sagte sie mit schleppender Stimme, »aber das erste Verbrechen, das, dessentwegen... ich in Verbannung ging, hat jemand anderer begangen.« Ihre Stimme wurde schneidend. »Um meines Sohnes wie um meiner selbst willen bin ich nun zu Shal'lus Herd zurückgekehrt, um den wahren Schuldigen zu finden!« Damit faßte sie blitzschnell in den abgetragenen Lederbeutel an ihrem Gürtel. Halaine konnte keinen Finger rühren und sah sie nur in starrem Staunen an. »Shal'lu hat auch mir etwas geschenkt«, fuhr Danlyn fort. »Erinnerst du dich? Sie machte jedem, der ihre harte Schule bestand, ein Geschenk. Ich erhielt das meine am selben Tag wie du das deine... wir sind ja Zwillinge, oder?« Sie schwieg und atmete schwer. »Sieh nun in meinen Spiegel!« befahl sie dann.
Blaugrüne Flammen loderten rings um Danlyns Spiegel. Irgend etwas zwang Halaine hineinzublicken, mochte sie sich innerlich auch noch so sträuben. Daß die Schwester auch einen Spiegel besaß, war ihr entfallen... Nein! schrie ihr Bewußtsein, gegen neues blankes Entsetzen kämpfend, das ist weder die Zeit noch der Ort dazu! Die erbarmungslose Kraft faßte sie jedoch mit stählernem Griff, zwang sie, ihren nun schwarzen und toten Spiegel vor sich auf den Boden zu legen.
Der mit dichtem Rauch verschleierte Spiegel, den die Kniende ihr vorhielt, reflektierte ihre Augen so fahl, wie er Danlyns Augen dunkel zeigte. Bilder, die Halaine tief in sich begraben hatte – Gifte aus einer alten, nie behandelten Wunde –, sickerten daraus hervor. Sie sah sich, ihre Schwester in der Schwertkunst wie in der Wissenschaft ausstechend. Die Flamme an ihrem Heilspiegel

schien heller zu lodern als die an Danlyns. Aber Danlyn war als erste aus der Mutter Schoß gekommen. Danlyn, nicht sie, war die Erbin. Danlyn würde dereinst Khedainie regieren. Eine bockige, kindliche Stimme rief: Nein, das ist unfair!
Der Rauch wogte und waberte, gab den Blick in die Schatzkammer der Burg frei. Ein blondes Mädchen von fünfzehn Jahren nahm aus einer Schatulle eine Handvoll Rubine und ließ sie sinnend durch ihre Finger gleiten. Wenn ich die nun stehle, dachte es, Danlyn die Schuld zuschiebe und Vater dann bei der Gerichtsverhandlung überzeuge, daß sie das tat... Sie lachte, ihres Triumphs gewiß. Danlyn würde enterbt und sie, Halaine, zur Thronfolgerin ernannt. Ich bin besser als sie, begabter, geschickter, klüger, hämmerte es in ihr, und verdiene Khedainie so, wie es mich verdient. Nur ein Zufall der Geburt trennt mich von der Macht... und ich werde nun diesen Fehler der Natur korrigieren.
Der Rauch über dem Spiegel wirbelte, und die flackernden Flammen färbten sich orangerot. Das Bild änderte sich: Eine Dienerin kam in die Schatzkammer getrippelt, um dort Staub zu wischen. Blankes Entsetzen packte die junge Halaine. Wenn sie mit den Steinen in der Hand ertappt würde, war ihr eine schwere Strafe sicher! Sie ergriff zitternd einen massiven Messingleuchter, hob ihn empor und warf ihn der Dienerin mit aller Kraft an den Kopf. Nun lag die Dienerin stumm und starr in einer Blutlache.
Halaine starrte in den Spiegel. Ein wütendes Feuer raste in ihrem Schädel. »Nein!« schrie sie. »Ich wollte sie ja nicht töten, nur bewußtlos schlagen! Ich bin keine Mörderin!« Das Feuer wurde zum heulenden Wirbelwind. Rauchgraue Finger wuchsen daraus und faßten Halaine, würgten sie und zogen sie in seinen Rüssel. Vertrautere Bilder tauchten aus ihrem Unterbewußtsein auf. Mein Traum! schrie es in ihr. Aber noch verbarg ein dichter Rauchschleier ein letztes Bild.
Ihr Verstand wehrte sich gegen den Alptraum; ihre Gedanken sangen gegen diesen Mahlstrom des Unheils an. Ich habe für ihren Tod, für meine Schuld bezahlt. Ich habe die Wunden so vieler meiner Leute geheilt und behandele täglich mehr, protestierte sie

innerlich und suchte, tiefer in den flammenden Spiegel hineinzusehen. Wer würde sich denn um diese Kranken kümmern, wenn man mich verurteilte und verjagte?
»Wer?« krächzte sie wütend in den wirbelnden Rauch. »Sag mir, wer träte an meine Stelle? Wer?«
Sie schlug die Pforte ihres Bewußtseins zu, schloß es hermetisch ab gegen den Spiegel, gegen ihren dräuenden Alptraum, und rief mit schriller Stimme: »Ohne mich müßten Tausende der Meinen sterben.«
Eine betäubende Stille breitete sich aus. Danlyns Spiegel flammte nicht mehr.
»Deshalb also wurde ich verbannt!« flüsterte Danlyn. »Erst jetzt erfahre ich die Wahrheit... die ich zu ahnen begonnen hatte.« Sie ließ sich auf die Fersen nieder, lehnte sich zurück. »Ich wußte nur, daß ein Verbrechen so arrangiert wurde, daß man mich für einen schrecklichen Mord verantwortlich machte. Ich habe mich vor Gericht nicht von diesem Verdacht reinwaschen können, sogar unsere Eltern konnte ich nicht von meiner Unschuld überzeugen. Ich glaubte, ja, ich wollte in all den Jahren der Verbannung glauben, daß irgendein besonders schlauer Dieb das getan hatte.« In Danlyns schwarzen Augen glitzerte eine Träne, eine einzige nur. »Aber du, meine eigene Zwillingsschwester, du warst es!«
Heiliger Zorn erfüllte Halaine. Sie warf Danlyn einen flammenden Blick zu. »Du hast in mein Innerstes geschaut und meinen Alptraum gesehen. Nun sieh mich noch einmal an. Führe dir all das Gute vor Augen, das ich Khedainie brachte. Ich habe dem Land Wohlstand und Frieden geschenkt«, sagte sie und reckte ihr Kinn. »Und ich helfe dem Volk mit meiner Heilkunst, jedem Todkranken... selbst dir. Jedem, der in meine Burg kommt und vor Shal'lus heiligen Herd tritt.« Sie starrte auf Danlyns zerlumptes Gewand. »Glaubst du denn, du könntest mich ersetzen? Was weißt du schon vom Heilen, nachdem du all die Jahre für Geld getötet hast? Oder willst du, nur um dich zu rächen, Krieg und Zerstörung über ein friedliches Land bringen?«
Danlyn sah zu ihrer Schwester empor; ihre Augen waren wie stille Wasser. »Ich strebe nicht nach deiner Macht«, sagte sie ruhig. »In

meiner Zeit als Söldnerin habe ich manches gelernt. So auch, meinen Spiegel statt des Schwertes zu benutzen.«
Ihr Blick irrte über die Backsteinwände des Tempels. »Als ich dich aufsuchte, da sann ich wohl noch auf Rache«, murmelte sie gedankenverloren. »Ich dachte, die Vergeltung würde meiner Wunde Heilung und meiner Seele Ruhe bringen.«
Sie zuckte die Achseln. »Nun, da ich deine Seite der Geschichte kenne, kann ich der Rache entsagen. Die Seele meines Sohnes wird in Frieden ruhen, wie alle anderen Seelen auch, und dann in seinen neuen Leib eingehen.« Jetzt ließ sie ihren linken Arm kreisen und lächelte sanft. »Meiner Schulter geht es gut. Die Wunde eitert nicht mehr. Shal'lu ist wirklich eine Heilgottheit.« Sie steckte ihren wieder blitzenden Spiegel in die Gürteltasche. »Shal'lu hat mir Frieden geschenkt«, sagte sie und blickte ihre Schwester voll Mitleid an. »Ich kann nur hoffen, daß auch du Frieden findest.«
Halaine war über Danlyns Blick so empört, daß sie am ganzen Leibe vor Zorn bebte. Wie kann sie es nur wagen, sich über Shal'lu und ihre Gaben lustig zu machen?! dachte sie und schrie: »Ich, Herrin von Khedainie und Hüterin dieses Herdes, befehle dir, dich sofort zu entfernen!« Halaine spürte, wie ihr das Herz wild gegen die Rippen schlug und in ihrem Schädel etwas summte und kratzte. Sie kämpfte dagegen an, wollte verhindern, daß dieses Bild sich enthüllte. Oh, wenn es ihr doch nur gelänge, das Brüllen in ihrem Inneren zu ersticken!
Danlyn stand auf und verbeugte sich. »Lebe wohl, Schwester!« sagte sie, machte dann auf dem Absatz kehrt, verließ den Raum und ging mit hallenden Schritten zum Burgtor hinab.
Halaine bückte sich, um ihren Spiegel aufzuheben. Kalte Schauder faßten sie mit Eisesfingern. Sie starrte auf den Teppich zu ihren Füßen und sah: Das letzte Traumbild war enthüllt und Wirklichkeit geworden... der Heilspiegel, den Shal'lu ihr gegeben hatte, war in viele tausend winzige Scherben zersprungen.

JENNIFER ROBERSON

Jennifer Roberson hat seit ihrem Debüt im ersten Band dieser Reihe enormen Erfolg gehabt; sie konnte sieben ihrer Cheysuli- oder ›Verwandler‹-Romane veröffentlichen und außerdem drei Bände ihrer ›Schwerttänzer‹-Serie – deren Protagonisten, Tiger und Del, wir in unserem zweiten Band vorstellen durften.
In ihrer persönlichen Erscheinung entspricht Jennifer – sie ist schlank, zart gebaut, hat eine leise Stimme – nicht im mindesten meinem Bild von einer Schwertkämpferin. Sie ist verheiratet und hat, glaube ich, auch einige Liebesromane geschrieben. Letzteres sei ihr vergeben – solange sie für uns weiterhin so hochkarätige Fantasy wie diese schreibt. – MZB

JENNIFER ROBERSON

Schlafende Hunde

Er klopfte nicht, bat auch nicht um Einlaß, sondern trat einfach die Türe auf.
Die Rüden bellten los, alle drei, und die Hündin, die vor kurzem geworfen hatte, sprang so abrupt von ihrem Lager am Herd auf, daß ihre Welpen quietschten und quengelten... Die Katzen blickten den Eindringling nur verdrießlich an und rührten sich nicht; nur eine oder zwei sträubten die Schwanzhaare und miauten warnend, aber ihr zarter Laut ging natürlich in dem Höllenlärm unter, den die Hunde machten.
»Platz, ihr Herren«, befahl ich zweien von ihnen. »Und du, meine Dame, legst dich zu deinen Kleinen. Ich kümmere mich schon um den Mann.«
Ich saß da und wartete. Die Rüden legten sich nieder. Die Hündin blieb noch mit gesträubtem Fell stehen und trottete dann zu ihren Welpen zurück. Sie leckte eines nach dem anderen sauber, warf sie wie Orakelknochen durcheinander und nahm mit einem allerletzten Grollen neben ihnen Platz. Im Nu hingen sie alle sechs an ihren Zitzen und begannen mit sichtlichem Behagen zu saugen.
Nun erst wandte ich mich dem Mann zu. »War nicht abgeschlossen, die Tür«, bemerkte ich.
»Ich brauche deine Hilfe«, sagte er. »Sofort.«
»Sie war nicht abgeschlossen«, wiederholte ich.
Er winkte ungeduldig ab. »Jetzt gleich, bitte.«
Ich blickte an ihm vorbei zur offenen Tür, ins Dunkel hinaus, und hielt nach dem Gefolge Ausschau. Ein Mann wie er kommt nicht ohne Begleiter! Aber er war allein, hatte nur diesen Sturm mitgebracht und diesen Regen, der in meine Hütte hereinpeitschte, gegen sein Cape schlug, ihm das dunkle Haar so anklebte, daß die Form seines Kopfes deutlich sichtbar wurde.

Sein Umhang triefte. Auf dem gepflasterten Boden in Türnähe, wo er stand, bildete sich eine Pfütze, die sich schnell ausbreitete und schon fast bis zu den handgewebten Teppichen reichte, in die ich soviel Arbeit gesteckt hatte... da sie meine Hütte zum Heim werden lassen sollten. Was Zeitvertreib gewesen, war Teil meines Lebens geworden.
»Wo brennt es?« fragte ich.
»Eine schwere Geburt«, erwiderte er knapp. »Du bist die Zauberin. Ich will, daß du ihre Schmerzen stillst, damit sie sicher gebären kann.«
Zauberin. Ich seufzte. »Warte draußen!« sagte ich zu ihm.
Er starrte mich ungläubig an, da ihm das Wasser aus den Haaren und dem Cape tropfte. »Draußen?«
»Und schließe die Tür hinter dir!«
Seine Augen waren schwarz; das machte die Dunkelheit in meiner Hütte. Er war durchnäßt, durchgefroren und besorgt, und zu verwirrt, um ernstlich zu protestieren. Daher drehte er sich einfach um, ging hinaus und zog die Tür hinter sich zu.
Da streichelte ich der schwarzen Katze, die so warm und schwer in meinem Schoß lag, den seidigen Rücken, entschuldigte mich bei ihr für die Unruhe, packte sie und setzte sie auf den Teppich, neben ihre Tochter, die selbst Junge hatte. Keine der beiden beklagte sich. Draußen war es kalt und naß, und sie waren im Trockenen und hatten es warm.
Ich hüllte mich in mein Cape und nahm meine Tasche, und schon war ich draußen. Als ich zusperren wollte, sah ich, daß der Türriegel gebrochen war – mein Besucher war zu stürmisch gewesen –, und so sicherte ich die Tür eben mit einem Stein.
Er erwartete mich am Zaun, neben sich zwei Rappen, die beide ihr Hinterteil dem schrägen Regen zukehrten. Sie dampften nur so vor Schweiß, ließen den Kopf hängen und hatten die Augen geschlossen. Er hatte sie wohl hart hergenommen!
»Hier«, sagte er, reichte mir meinen Zügel, wandte sich zu seinem Pferd, schwang sich in den Sattel und stieß sein durchnäßtes Cape beiseite; im Schein des Kaminfeuers, das aus meinem Fenster fiel, funkelte einer seiner Sporen flüchtig auf. Für einen Mann und in

der Eile, in der er war, bewegte und hielt er sich sehr anmutig...
Er war der geborene Reiter, und ein geübter dazu; seine Pferde
waren außergewöhnlich prächtige Tiere.
Weniger anmutig als er, zwängte ich den Fuß in den Steigbügel,
stieg auf und faßte die glitschignassen Zügel. »Erstaunlich, daß
du selbst kamst«, sagte ich. »Hast du denn keine Leute für derlei
Botendienste?«
»Keineswegs«, erwiderte er steif. »Aber ich bin selbst gekommen,
weil sie es wert ist und weil ich keine Zeit vergeuden wollte.«
»Lobenswert!« Aber eigentlich gar nicht seine Art, nach dem, was
man so hörte. Er galt ja als ein Egoist und Taugenichts.
»Sie ist es wert«, wiederholte er und ritt an.

Hell klangen die Hufeisen, als wir über die schwere Zugbrücke aus
Eisenholz ritten. Regentropfen sprenkelten das tristgraue Wasser
des Burggrabens, und die Fackeln im Torgang zischten und flacker-
ten in den Windböen. Er hatte kein Wort über den Regen verloren,
aber ich wußte, daß er ihm nicht angenehm war. Ein nächtlicher
Sturm war kein gutes Omen für die Geburt des ersten Kindes des
Königs, sei es nun ein Bastard oder nicht.
Aus dem Dunkel kam ein Stallbursche gerannt und faßte die Zügel. Als er mich sah, wurde sein Blick starr; er war viel zu jung, um
mich noch zu kennen... aber meine Geschichte ist hier ja sattsam
bekannt. Dafür hatte der alte König gesorgt, um sein Handeln zu
rechtfertigen. Der junge König, der nun neben mir abstieg, hatte
sich kaum dazu geäußert, aber auch keine der Behauptungen des
Alten in Frage gestellt. Mir war unklar, ob er sich aus Achtung vor
dem Toten oder aufgrund einer Art Übereinkunft so verhalten
hatte. Vermutlich aus Gleichgültigkeit, denn er machte sich wenig
Gedanken über andere.
Der Bursche hielt die Zügel krampfhaft fest, als ich von meinem
königlichen Reittier kletterte, und starrte auf mein Gesicht, vor
allem aber auf das Brandmal auf meiner Wange. Der König hatte
es mir, bevor er mich aus seiner Burg jagte, mit glühendem Eisen
einbrennen lassen. Damit es jedem, der mich sähe, von meinem
Vergehen künde.

Er hatte mir den Zutritt zur Burg untersagt; aber jetzt hatte man mich zurückgeholt. Vielleicht nicht in Ehren und jedenfalls ohne Fanfarenmusik. Aber ich war nach Hause zurückgekehrt.
Der Bursche führte die Pferde in den Stall. Der junge König, der neue König, blickte mich an, die schwarzen Brauen gerunzelt, und sagte ungeduldig: »Komm. Oder willst du hier die ganze Nacht im Regen stehen und glotzen?«
Glotzen. Natürlich glotzte ich. Zwanzig Jahre lang war ich nicht mehr in diesen Mauern gewesen! Aber ich hatte nichts von all dem hier vergessen. Und es hatte sich auch nichts hier verändert. Es war alles wie früher.
Nur, daß der alte König nicht mehr lebte und seine Befehle nicht mehr galten.
Ich tastete nach dem Zeichen auf meiner Wange und zog die Kapuze tiefer, wie um mein Gesicht vor dem Regen zu schützen, und wollte doch nur die Tränen in meinen Augen verbergen.
»Hier lang«, sagte er.
Zum Glück ging es nicht zum Palas; es wäre mir schwergefallen, ihn zu betreten, obwohl das alles schon so lange zurücklag. Er führte mich vielmehr durch einen Seiteneingang und einen stillen Flur, wohl, um eine Begegnung mit den Hofschranzen zu vermeiden, hielt endlich vor einem Raum in einem abgelegenen Teil der Burg, öffnete die Tür und bat mich voranzugehen.
Kaum war ich eingetreten, blieb ich wie vom Donner gerührt stehen und rief: »Ich dachte...« Aber da durchquerte er schon den Raum, kniete neben einem Bett nieder und sang sanft auf dessen Besitzer ein. Nicht wie ein Verrückter oder einer, der allzu tief ins Glas geschaut hat, sondern in einer Art, die mir bestens vertraut war, da ich selbst meinen Teil an dieser Gabe mitbekommen hatte.
Er wandte sich um und starrte mich an, und sein Blick sagte: Wage ja nicht, mich ob meines Tuns, meiner Gefühle zu schmähen! Was mir nicht im Traum eingefallen wäre, da ich ihn nur zu gut verstand.
Nun ja. Keine Frau, sondern eine Wolfshündin. Nichtsdestoweniger rettenswert.

Als ich mich dem Bett näherte, wurde er nervös. In seinen Augen war die Furcht zu lesen, ich könnte die Hündin erschrecken; aber diese Angst wich, als er das Mal auf meiner Wange sah. Aber etwas anderes leuchtete in seinen dunklen Augen auf: Erinnern und Dankbarkeit.
Beides blieb aber unausgesprochen. »Sie ist die beste«, sagte er knapp. »Die Frucht von zwölf Jahren Zucht, die einzige, die der Mühe wert war. Die anderen ihres Wurfs habe ich getötet, wegen ihrer Reizbarkeit. Das Vatertier starb letztes Jahr. Wenn sie eingeht, erlischt die Linie.«
»Ist das ihr erster Wurf?«
Er nickte. »Der zweite Zyklus natürlich, um die Welpen nicht zu verderben. Aber... du siehst ja, wie es ihr geht.«
In der Tat. Sie war völlig erschöpft – aber von den Welpen noch keine Spur! »Wie heißt sie?«
»Ceara.«
»Speer«, übersetzte ich und lächelte. »Ein stolzer Name für eine Hündin des Königs.«
»Verdient«, sagte er trocken. »Ich bezahle dich gut, wenn du sie rettest.«
»Über das Honorar reden wir später«, gab ich zurück. Ich stellte meine Tasche hin, streifte meinen durchnäßten Umhang ab, ließ ihn zu Boden fallen und rückte, sanft singend, wie er es getan, näher ans Bett heran.
Die Hündin warf mir einen düsteren Blick zu, protestierte aber in keiner Form. Sie war eindeutig zu müde dazu und sparte ihre Kraft für die Anstrengung auf, ihre Welpen zur Welt zu bringen.
»Was wirst du tun?« fragte er nervös.
»Du gehst wohl am besten raus«, erwiderte ich ruhig. »Solange du da bist, konzentriert sie sich auf dich, statt auf ihre Aufgabe.«
»Gebrauchst du Magie?« fragte er in einem Ton, in dem sich Furcht und Faszination die Waage hielten.
Ich sah ihn herausfordernd an. »Wieviel liegt dir an diesem Wurf? Und wieviel an dieser Hündin?«
Die Antwort konnte ich in seinem Gesicht ablesen – er den Dank in meinem. Stumm wandte er sich um. Sein Umhang schlappte

feucht, seine silbernen Sporen klirrten, und die Tür fiel klickend ins Schloß. Die Hündin winselte. Ich wandte mich ihr sofort zu, da mir bewußt war, daß es nicht leicht sein würde, diese Welpen lebend zur Welt zu bringen oder die Hündin am Leben zu erhalten. Es dauerte schon viel zu lange; sie waren vermutlich alle tot.
Ich sang ihr etwas vor, etwas aus der Geschichte des Königreichs, da mir nichts Besseres einfiel. Der Ton zählt, nicht der Inhalt. Sie hörte meine Stimme, den Klang meiner Versprechungen, lauschte und ließ sich tatsächlich beruhigen. Das ist das ganze Geheimnis meiner Zauberkunst; geduldige und einfühlsame Männer könnten das auch, aber nur wenige wollen es überhaupt versuchen. Geburtshilfe ob bei Mensch oder Tier, behaupten die meisten, sei Frauenarbeit.
»Kluges, tapferes Mädchen«, flüsterte ich der Wolfshündin zu und liebkoste sie. »Von Königen und Königinnen gezüchtet, Königen und Königinnen zu dienen... großes Herz, intelligent und treu bis in den Tod. Und so leicht zu gewinnen... ein freundliches Wort, ein Streicheln, ein stolzer Blick des Herrn...« Aber ich brach ab, da ich damit gefährlich nahe an Dinge kam, die besser unausgesprochen blieben.
Langbeinig und starkknochig, gut im Futter, straff, muskulös. Auf allen vieren würde sie mir gut bis zur Hüfte reichen, und auf den Hinterläufen aufgerichtet, könnte sie einem Mann die Vorderpfoten auf die Schultern legen und ihm direkt ins Auge sehen. Gegen den Wind, würde sie mit jedem Pferd Schritt halten.
Kampfgenossin, Jägerin, Kameradin. Eine vollendete Verteidigerin, fähig, Elch, Wolf oder Mann niederzuwerfen. Zum Kampf gegen wilde Tiere gezüchtet, für den gegen Menschen dressiert.
Aber nun war sie außer Gefecht gesetzt, aufs Lager geworfen. Ihr rauhes, silbergraues Fell war stumpf, und ihr Schwanz, dick wie ein Eichenast, lag schlaff auf dem Bett.
»Die Letzte deines Stammes«, sagte ich. »Soviel edles Blut durch eines Mannes Stolz vergeudet.«
Sie richtete sich auf und winselte, als ich ihr mit einer Hand in den Schoß griff und nach ihrem ersten Jungen fühlte. Ich fand es, drehte es, zog es heraus und untersuchte es im Kerzenschein.

Es war schon tot. Das nächste auch, das nächste und das nächste ebenfalls. Fünf totgeborene Junge zählte ich. Die Hündin klagte, winselte... und preßte das letzte heraus. Auch ihm riß ich den Hautsack auf, oben am Kopf, und streifte ihn dann sacht zurück, bis es ganz frei lag, reinigte ihm dann rasch und sacht Maul und Nase von Schleim und Flüssigkeit und rieb es mit Sackleinen zügig trocken. Und dieses nun begann zu atmen!
Aber noch wäre es verfrüht gewesen zu jubilieren. Ich kappte die Nabelschnur, bestrich den Stumpf mit Kräutersalbe und rieb dem Jungen, der Mutter Zunge so gut es ging imitierend, mit dem rauhen Stoff das Fell ab. Da wand es sich, winselte und hob suchend das Köpfchen mit den noch blinden Augen.
»Ein Welpe, Ceara«, sagte ich sanft. »Für einen hast du bestimmt genug Milch.«
Die Hündin jaulte und reckte den Kopf zu mir. Ich schob die toten Jungen beiseite und legte ihr das lebende behutsam an den warmen, straffen Bauch. Sie säuberte es mit ihrer langen Zunge, die wohl besser für diese Aufgabe taugte als mein Leinenstoff, und ermunterte es zum Saugen.
Da hörte ich die Tür aufgehen und Sporen klirren. Er war gekommen, die Früchte seiner jahrelangen Zuchtbemühungen zu sehen.
»Ceara ist erschöpft, dürfte es aber schaffen«, beschied ich ihn ruhig. »Sie hat die Nachgeburt ausgestoßen. Das letzte Junge hat sie recht leicht geboren. Aber alle anderen waren schon tot.«
»Eins!« versetzte er schneidend.
»Eins. Ein Rüde.«
»Nun, das ist immerhin etwas!« Er beugte sich, mit nun entspanntem Mund, über die Wolfshündin und sprach sanft auf sie ein. Sie sah, unsagbar müde und stolz, zu ihm auf, fuhr aber sogleich fort, ihr Junges abzuschlecken.
»Er wird sich wohl gut entwickeln«, sagte ich zu ihm.
Sein Mund wurde wieder hart, sein Blick dunkel. Er griff jäh nach dem Welpen, aber ich faßte sein Handgelenk, hielt es eisern fest. Da funkelte er mich an und schrie wütend: »Du willst mich täuschen! Willst mir einen Wechselbalg unterschieben!«

»Wechselbalg!« rief ich und starrte ihn an. Er befreite sich mit einem Ruck aus meinem Griff. »Bist du von Sinnen? Sie hat diesen Welpen geboren, kurz bevor du zurückkamst. Das ist absolut kein Wechselbalg!«
»Sieh sie dir an«, erwiderte er und zeigte auf die Hündin. »Ceara gehört zum besten Wolfshundstamm dieses Königreiches und wurde von einem Halbbruder gedeckt. Willst du dich etwa hier hinstellen und mir erzählen, das da sei ein Wolfshundwelpe?!«
Ich sah mir den Kleinen nun näher an. Er hatte ein kurzhaariges, hellbeiges Fell, war aber an der Schnauze und den Läufen schwarz gezeichnet; auch Ohren und Schwanzspitze waren schwarz. Da verbiß ich mir ein Lächeln. Das war kein Wechselbalg. Kein verwandelter Welpe. Sondern ganz einfach der Sohn einer jener Doggen, die dem König als Wachhunde dienten.
»Nein!« erwiderte ich, ohne mit der Wimper zu zucken. »Aber ich würde dir raten, deine Hundezwinger besser zu überwachen. Oder Leute anzustellen, die das tun. Deine Hündin hat dir wohl einen Bastard geworfen.«
»Wechselbalg«, zischte er. »Weißt du, was das bedeutet?«
Ich seufzte, bemüht, nicht vollends die Geduld zu verlieren. »Es bedeutet zweifellos, daß du diesen Welpen töten lassen und allen, die auch an dem Wurf interessiert sind, erzählen wirst, sie seien sämtlich tot zur Welt gekommen.«
»Natürlich. Wie sonst wäre die Linie rein zu erhalten?« erwiderte er ungeduldig. »Am besten tu ich's sofort... eh sie sich zu sehr an ihn hängt! Ich laß sie dann im nächsten Zyklus wieder decken«, fügte er mit grimmiger Miene hinzu und schloß: »Der Hundejunge, der das verpatzt hat, bekommt eine ordentliche Tracht Prügel!«
»Natürlich«, sagte ich im gleichgültigen Ton. »Du bist der König, bist Cearas Herr... und kannst nach Belieben verfahren.«
Er runzelte die Stirn. »Du erhebst keinerlei Einwand? Eine Frau, dachte ich...«
»...müßte dich bitten, das Junge zu verschonen?« ergänzte ich und fragte achselzuckend: »Was würde das schon nützen?«
Der König starrte auf die Hündin, die den einzigen Sprößling, der

ihr geblieben war, mütterlich umhegte, und blickte den Welpen, der so offenbar ein Bastard war, bitterböse an. Aber sein Blick verriet auch etwas anderes... Ja, dachte ich erstaunt, seine Brust birgt einen Rest von Menschlichkeit und Mitleid und vielleicht gar von Zärtlichkeit. Was immer auch sonst er sein mochte, er besaß das Talent seines Vaters und die Gabe seiner Mutter.
Er sah mich unsicher an und ließ seine Arroganz wie einen alten Umhang fallen. »Wenn ich ihn am Leben ließe und dir gäbe, müßte er kastriert werden. Niemand darf erfahren, daß er Cearas Welpe ist, und er darf keinesfalls Nachkommen haben.«
Ich jubelte innerlich, sagte aber ganz ruhig: »Ich kümmere mich darum, sobald er alt genug ist.«
Er nagte an seiner Unterlippe. »Das mußt du mir schwören.«
»Natürlich.«
Statt Unsicherheit verrieten seine dunklen Augen nun Argwohn. »Für eine Zauberin bist du zu entgegenkommend!«
»Tatsächlich? Was weißt du schon von Zauberinnen? Oder von mir?«
Seine Augenbrauen wurden zu einem einzigen Strich. »Alles«, sagte er, »was ich wissen muß! Man erzählt ja so mancherlei über dich, Madame. Daß einer sein krankes oder verletztes Tier bloß zu dir bringen muß und du es ihm kurierst mit Magie.«
Ich hob die Schultern. »Angenommen, das stimmt, würdest du es dann nicht auch für eine wohltätige Kraft halten?«
Er blickte wieder auf die Wolfshündin und ihren Sprößling. Sein arroganter Mund wurde hart. »Ich habe versprochen, dich für die glückliche Entbindung meiner Hündin zu bezahlen. Zauberei oder nicht... ich halte mein Wort.«
Da lachte ich und sagte: »Ich bin heute ebensowenig eine Hexe wie vor zwanzig Jahren, als ich dem König einen Sohn gebar.«
Er hob mit einem Ruck den Kopf. »Darüber spricht man hier nicht!«
»Wirklich?« erwiderte ich und runzelte die Brauen. »Bist du taub, Herr, oder stellst du dich einfach taub gegenüber dem Gesang der Harfenspieler, dem Geflüster deines Gesindes und dem Getratsch im Dorf?«

Da verfärbte er sich und entgegnete: »Oh, mein Vater hat mir alles erzählt, Madame. Daß dein Schoß unfruchtbar war, bis du dich der Hexerei zuwandtest. Daß du ohne Beilager, nur durch Zauberei, mit einem Sohn schwanger wurdest.«

Ich schöpfte ruhig Atem. »Dann wärst du... ein Dämonensohn, ein Zauberwerk, die zum Leben erweckte Puppe einer Hexe?«

Er schlug mich ins Gesicht. Der Ring an seiner Hand riß mir die Wange auf, daß das Blut herablief.

Dann starrte er mich an. Starrte mit weit offenen Augen auf das Blut und auf das Brandmal in meinem Gesicht. »Er hat gesagt, du seiest eine Hexe.«

»Was ich berühre, das heile ich. Es ist eine echte Gabe, und ich mache von ihr Gebrauch. Nenn es Hexerei, wenn du willst.«

»Er sagte...«

»... so manches, dessen bin ich gewiß, und mit gutem Grund.« Ich fühlte, wie sich in mir etwas drehte. »Irgendwann hat er mich und meine Gabe zu hassen begonnen, da ich ihn nicht kurieren konnte.«

»Ihn... kurieren!« rief er und sah mich starren Blickes an. »Was meinst du damit, Madame?«

»Daß meine Gabe in einer... Sache versagte. Ich konnte ihn nicht kurieren«, erwiderte ich. Das Blut tropfte mir vom Kinn. »Er war unfähig... ein Kind zu zeugen. Eine Speerwunde machte ihn impotent. Es war unser Geheimnis, niemand hat davon erfahren. Aber es kam die Zeit, da er einen Sohn brauchte. So wandte sich seine Gemahlin, um ihm diesen Sohn schenken zu können...«

»... der Zauberei zu.«

»Nein!« erwiderte ich und schüttelte den Kopf. »Meine Gabe hatte versagt, daher wählte ich einen anderen Weg. Ich suchte mir einen Mann.«

»Metze!« schrie er mit zornrotem Gesicht.

»Auch das nicht, so wenig wie Hexe.« Ich fühlte mich plötzlich so matt, daß ich erschrak. »Oh, das ist eine alte Geschichte, mein Herr, und deiner Aufmerksamkeit nicht wert. Wenn du erlaubst, werde ich nun Cearas kleinen Bastard an mich nehmen und in mein Heim zurückkehren.«

»In diese elende Hütte!«
Ich bückte mich, hob meinen durchnäßten Umhang auf und warf ihn mir über die Schultern. Den Welpen, den würde ich in Sackleinwand packen und in der Tasche tragen; bis zu mir war es ja nicht allzu weit.
Da sprach er mit fester Stimme: »Du wurdest aber wegen Hexerei verstoßen und verbannt.«
»Irgendeinen Grund mußte er ja angeben.«
Er zischte durch die Zähne. »Warum nicht den wahren?«
Ich zögerte. »Wenn du älter und selbst verheiratet wärest, würdest du das vielleicht verstehen. Der König liebte seine Königin. Sie war Jungfrau, als sie heirateten, und sie liebte ihn so sehr, wie er sie liebte. Als er ihr nicht mehr beiwohnen konnte, schwor sie ihm, daß ihr das nichts ausmache.« Ich schluckte mühsam. »Das stimmte auch. Aber... er brauchte einen Sohn. Daß er kein Kind zeugen konnte, vernichtete ihn, als König und als Mann. So hat ihm seine Königin, um seine Ängste zu lindern und seine Not zu beheben, diesen Sohn gegeben.«
Da setzte er sich so unbeholfen aufs Bett, daß sich seine Sporen ineinander verhakten.
»Ehebrecherische Königinnen˙ exekutiert man«, fuhr ich fort. »Aber er liebte mich zu sehr, um mich dem Henker zu übergeben.«
»Und daher«, sagte er schaudernd, »daher hat er dich der Hexerei bezichtigt, verstoßen und verbannt.«
»Jeder wußte ja, daß ich eine Heilerin war. Heiler beschuldigt man oft der Hexerei, wenn ihnen Patienten sterben... oder irgend jemand erkrankt«, versetzte ich seufzend. »Mich als Hexe zu bannen, war milder, als mich hinrichten zu lassen.«
Er starrte auf das blutüberströmte Mal. »Aber wenn man glaubte, ich sei durch Hexerei gezeugt...«
»Nein. Das nicht. Ich wurde nicht dieser Empfängnis beschuldigt, sondern der Heilkunst wegen Hexerei. Auf deine Zeugung durfte ja kein Schatten und auf dich kein Makel fallen.«
»Warum hat der König dann diesen Mummenschanz veranstaltet?«

»Ehrgeiz«, erwiderte ich. »Dem Oberhundewärter ist die Tatsache, daß er mein Lager teilte, so zu Kopf gestiegen, daß er sich auf einmal zu Höherem berufen glaubte und sein Geheimnis, für eine Menge Goldes, einem hochgestellten Adligen verriet, der gleichfalls nach mehr Macht strebte und wußte, wie er es anstellen mußte, um sie zu erlangen.«
»Ein Hundewärter!«
Da mußte ich beinahe lachen. »Hätte ich doch besser einen Edelmann genommen? Verzeihe den Fauxpas, aber ihn kannte ich am besten, da ich einen Großteil meiner Zeit in den Zwingern verbrachte, um die Hunde zu dressieren. Aus meiner Zucht stammt übrigens auch Cearas Urgroßmama.«
Aber Ceara war im Augenblick nicht sein Thema. »So hat der König dich der Hexerei beschuldigt, um die Wahrheit zu verheimlichen?«
Ich fing mit dem Finger einen Blutstropfen auf, der von meiner Wange fiel. »Die Wahrheit hätte die Flammen des Aufruhrs nähren können. Zur Niederschlagung einer Rebellion sind Könige bereit, etwas zu opfern.«
»Dich«, präzisierte er mit tonloser Stimme.
»Ich habe auch etwas geopfert: dich!«
Er runzelte die dunklen Brauen. Sein Haar war, wie meines, noch immer feucht, trocknete aber zusehends und lockte sich schön am Hals. Er hatte meinen Teint, aber seines Vaters kräftige, kühne, stattliche Statur. »Was ist aus ihm geworden? Aus meinem...« Er brach ab und korrigierte sich: »Aus dem Hundewärter.«
»Man hat ihn ermordet.«
Empört und schockiert, riß er den Mund auf.
»Nicht der König«, erwiderte ich. »Der Adlige, der sein Wissen mit Gold gekauft hatte. Danach war er ihm nur noch im Wege.«
Er schloß langsam den Mund. Sein Blick war voller Erinnerungen an eine Kindheit, die von Geborgenheit, Sicherheit und der Aussicht auf spätere Macht gekennzeichnet gewesen war. Nun besaß er diese Macht. Und auch die Wahrheit.
»Hat es sehr weh getan?« fragte er.
Ich faßte nach dem Brandmal, zog aber die Hand wieder zurück, als

mir die blutige Schramme einfiel. »Es ist verheilt. So wird auch deine Wunde verheilen.«
Er erwiderte mit fester Stimme: »O nein, ich meinte, ob es dich schmerzte, um einer Lüge willen deinen Titel und Rang, dein Leben aufzugeben?«
»Auf meinen Sohn zu verzichten, war schmerzlicher für mich.«
Der König zuckte zurück, die Einsicht scheuend, und verbarg seine Augen hinter seinen dunklen Wimpern, damit ich ihm nicht ins Herz sähe.
Endlich erhob er sich und tat seinen Entschluß kund: »Ich möchte, daß du zurückkommst. Das liegt so weit zurück, daß sich niemand mehr daran erinnert.«
»Alle wissen darum«, erwiderte ich und schüttelte den Kopf. »Wenn du mich ins Schloß zurückholst, werden alle diese Lieder von neuem gesungen, alle diese Geschichten von neuem erzählt werden. Und die Wahrheit wird dir mehr schaden, dich um Thron und Titel bringen.«
»Ich bin der König, Madame. Zum Regieren geboren und geschult wie ein Jagdhund zur Jagd.«
»Du bist der Sohn eines Hundewärters und einer ehebrecherischen Königin, die man Hexe schimpft«, hielt ich dagegen. »Die Adligen lassen sich von deinesgleichen nicht befehlen. Die Wahrheit wäre ein Affront für sie und das, was sie hochhalten. Du würdest ihr Selbstwertgefühl verletzen. Bastard würden sie dich nennen, Hundewärtersohn, Gemeiner«, sagte ich und hielt dann inne, um Atem zu schöpfen und um ruhiger fortzufahren: »Sie würden dich vom Thron stoßen und dich zum Tor hinauswerfen. Dich wie eine Promenadenmischung töten... und den an deine Stelle setzen, der im folgenden Machtkampf obsiegen würde. Ist es das, was du willst?«
Er erwiderte grimmig: »Ich will die Sache in Ordnung bringen.«
»Sie könnte nicht besser in Ordnung sein, nach all der Zeit, nach all der Pein«, versetzte ich und zwang mich zu lächeln. »Man soll schlafende Hunde nicht wecken!«

Er war König genug, um das zu wissen. Aber er war, nach so vielen Jahren, mehr als nur ein König. Er war auch mein Sohn. »Wolltest du das mir denn für immer verschweigen?« fragte er.
»Es war an dir, zu mir zu kommen.«
An seinem Mund zuckte ein Muskel. »Ich kam um Cearas willen.«
»Ist das so wichtig? Sie brachte dich zu mir.«
»Ich könnte wiederkommen. Aber dann um meinetwillen.«
Das Herz hüpfte mir in der Brust, in Hoffnung und Vorfreude und vor Dankbarkeit darüber, daß meine Gebete erhört worden waren. »Du bist in meiner Hütte stets willkommen.«
Er lächelte. Es war das erste Mal, daß ich ihn lächeln sah, und sein Lächeln glich dem seines Vaters, den ich nicht geliebt, aber ob seiner Liebe zu den Hunden gemocht hatte. »Dann willst du also deinen Lebensstil beibehalten?«
»Schlafende Hunde, mein Herr und Gebieter!«
Ceara richtete sich auf ihrem Lager auf. Ihr Junges schlief, satt und zufrieden, an ihren Bauch gekuschelt. Sie sah ihren Herrn an, winselte und peitschte mit ihrem schweren Schwanz die Bettdecke. Das brachte ihn sogleich an ihre Seite.
Er beugte sich über sie und fuhr ihr mit den Fingern sacht durchs borstige Fell, streichelte ihr den Kopf, kratzte sie hinterm Ohr und kraulte sie am Kehlfleck, worauf sie die Augenlider und den Unterkiefer sinken ließ und zufrieden gähnte.
Mit der anderen Hand berührte er sanft den Welpen und strich ihm über das samtige, beige und schwarz gefärbte Babyfell. Und in der Stille des Raumes hörte ich das Junge leise grunzen.
Plötzlich richtete er sich auf und sah mich an. »Ich werde diesen Welpen behalten«, sagte er entschlossen. »Um Cearas willen. Aber auch deinetwegen.«
»Meinetwegen?«
Aus seinen Zügen sprach wieder derselbe Grimm wie zuvor, zugleich aber auch ein Gutteil Selbstkritik. »Ich kann ihn doch nicht von ihr fortnehmen, von ihr verlangen, ihn aufzugeben, nur um meinen Stolz und mein Selbstwertgefühl zu schonen!« Damit trat er vor mich hin und berührte schüchtern lächelnd meine blutige

Wange. »Ich bin ein wenig alt für Lektionen, Madame, aber ich denke, von dir kann ich einiges lernen.«
»Alte Fuhrleute sind gute Wegweiser«, sagte ich und zog meinen Umhang zu. »Komme, wann immer du kannst... wenn die adligen Hunde schlafen. Und bring den Welpen mit. Ich würde gerne sehen, was aus ihm wird.«
Mein Sohn verzog angewidert das Gesicht. »Wer wüßte das zu sagen, bei solch einer Promenadenmischung?«
»Bastarde sind oft die besten«, beschied ich ihn gelassen. »Bei Hunden wie bei Königen.«
Es war das einzige Geschenk, das ich ihm machen konnte, nach so vielen Jahren. Aber sein lautes Lachen sagte mir, daß es genügte.

ELISABETH WATERS

Wer mich kennt, weiß, daß die Oper meine große Liebe ist und daß jeder, der mit mir lebt, dieses Faible bald entweder teilt oder wenigstens toleriert.
Letzten Winter sah ich eines Abends mit Lisa (Elisabeth Waters) ein Video einer meiner Lieblingsopern an: Orpheus und Eurydike, *mit Dame Janet Baker. Für mich ist Janet Baker eine der größten Sängerinnen der Welt und diese Aufführung von besonderem Reiz. Die alte Sage von Orpheus, der in die Unterwelt hinabsteigt und für seine tote Gemahlin Eurydike die Erlaubnis erwirkt, zur Erde zurückzukehren, hatte uns (zumindest mich) wieder in ihrem Bann, als Lisa beiläufig sagte, jemanden aus dem Himmel zurückholen zu wollen, sei nicht eben Ausdruck wahrer Gattenliebe. Ich maß ihrer Bemerkung keine große Bedeutung bei. Aber bereits ein paar Wochen später schickte Lisa mir die Story ›Shadowlands‹, die genau diese Idee zum Thema hat. Nah beieinander zu leben hat, wie gesagt, nur einen Vorteil... Aus Zeitmangel sende ich zugesandte Geschichten nur selten zur Überarbeitung zurück, sondern nehme sie an oder lehne sie ab. Aber diese Story schien mir so vielversprechend, daß ich Lisa immerhin viermal bat, sie umzuschreiben – bis sie endlich so war, wie ich sie mir vorstellte. Ich werde mir wohl nie mehr* Orpheus *ansehen können, ohne an diese Erzählung zu denken. Wetten, daß es Ihnen genauso ergehen wird! – MZB*

ELISABETH WATERS

Im Schattenreich

Oriana faßte des toten Gatten Hand, sah den auf der anderen Seite seiner Bahre wartenden Hausgeistlichen an und sprach: »Nein, ich will nicht, daß man ihn schon morgen bei Tagesanbruch beerdigt! Warum hast du es so eilig, ihn zu begraben?«
Der Priester seufzte. Er hatte seit Stunden mit ihr in der Kapelle bei dem Toten gewacht; nun war es spät, und er war müde. »Herrin, warum willst du mit der Bestattung noch warten? Es hilft dir nicht, wenn du dich weigerst, das Geschehene zu akzeptieren!«
Oriana schwieg, stand da wie eine schwarze Statue. Ihr einziges Zugeständnis an die Realität war, daß sie Trauerkleidung angelegt hatte: ein weites, schwarzes Kleid, mit einem einfachen schwarzen Strick gegürtet, und darüber viele Schichten schwarzer Schleier, die ihr bleiches Gesicht, ihr dunkles Haar und jede Kurve ihres schlanken Körpers, die das Kleid ahnen lassen könnte, verbargen. Sie kam sich vor wie ein wandelnder Schatten, und alles ringsum schien ihr fern und unwirklich.
Der Priester zwang sich zur Geduld und versuchte es erneut: »Du bist überreizt«, sagte er milde, »und es ist spät. Bitte, Herrin, geh zu Bett; schlafe, und morgen früh sieht alles nicht mehr ganz so schlimm aus.«
Diese Empfehlung war ihr nur allzu bekannt! »Nein«, erwiderte sie entschlossen, »letzte Nacht befolgte ich deinen Rat, aber glaube mir, heute morgen sah nichts auch nur einen Deut besser aus!«
»Eine Wunde braucht Zeit, um zu heilen...«, begann der Priester von neuem, aber wenig überzeugend.
Oriana überging das und sagte: »Aber, du hast recht, es ist spät. Du bist sicher müde. Es sei dir erlaubt, dich zurückzuziehen; ich bleibe bei meinem Mann. Ich bin nämlich noch nicht bereit... ihn dem Totenreich zu überlassen.«

Der Priester wollte protestieren, begriff aber, daß nun alle Mühe vergeblich wäre, schüttelte daher bloß den Kopf und verließ die Kapelle.
Oriana kniete neben ihrem toten Gemahl nieder, ganz die trauernde Witwe – nein, die liebende Gattin; sie weigerte sich strikt, sich als Witwe zu sehen – und lauschte den leiser werdenden Schritten des Geistlichen. Nun war es still. Alle anderen im Haus waren ja längst zu Bett gegangen.
Und die Mitternacht rückte näher.
Oriana blickte unverwandt in das Gesicht des geliebten Toten. Quaren sah wunderbar aus. Er hatte sich immer gut gehalten und war ihr nie alt vorgekommen, obwohl er doppelt so viele Jahre zählte wie sie.
Selbst jetzt, da er still und friedlich dalag, sah man ihm seine vierzig Lenze nicht an. Und die grauen Strähnen in seinem Haar? Vielleicht nur eine optische Täuschung, die durch den Widerschein des Kerzenlichtes auf die Silberstickereien seiner dunkelgrünen Robe ausgelöst wurde. Oriana schien es, als ob er im nächsten Moment die Augen aufschlagen und zu ihr sprechen könnte.
Quaren war während ihrer sechsjährigen Ehe nicht einen Tag krank gewesen. Daß er so plötzlich, von einer Stunde zur anderen, von ihr gegangen war, war Oriana unbegreiflich. Die Jäger, die ihr seinen Leichnam brachten, hatten von einem Reitunfall gesprochen, einem bösen Sturz, bei dem er unters Pferd geraten sei. Aber ihre Worte hatten für sie keinen Sinn ergeben. Ihr Mann lag vor ihr auf der Bahre, aber er konnte doch nicht tot sein.
Sollte er es aber wirklich sein, würde sie ihn zurückholen.

Es war totenstill im Haus; sogar der Priester hatte sich schlafen gelegt. Niemand käme ihr bei ihrem Vorhaben in die Quere. Quaren könnte noch von dem profitieren, was er sie gelehrt... Natürlich kannte hier jeder Minnesänger das Lied über Orpheus, der in die Unterwelt hinabgestiegen war, um seine Gemahlin zurückzuholen – wie man diese Reise in Wirklichkeit macht, wußten aber nur wenige Menschen. Das herauszufinden, war Quarens Anlie-

gen gewesen, und er hatte ihr soviel von seinen Erkenntnissen mitgeteilt, wie sie nur begreifen konnte. Sie erhob sich stumm, schritt geräuschlos zu der offenstehenden Tür, die Kapelle und Haus verband, schloß und verriegelte sie sacht und kehrte dann zur Totenbahre zurück.
Nun zog sie ein silbernes Messerchen, Quarens Ritualdolch, aus dem langen Ärmel ihres Kleides. Der Hausgeistliche wußte nicht um alle Riten, die in dieser Kapelle vollzogen wurden. Es wäre nicht das erste Mal, daß sie hier hinter verschlossener Tür ein Ritual zelebrierte, aber das erste Mal, daß sie es allein versuchte. Nun konnte sie nur noch hoffen, daß Quarens Unterweisungen gefruchtet hatten.
Sie schnitt ihm mit dem Dolch eine Locke aus seinem Haar und sich deren zwei aus dem ihren und flocht einen dünnen Zopf daraus, den sie um den Dolchgriff wand. Nun würde das Messer ihren Geist mit dem ihres Mannes verbinden und ihr helfen, ihn zu finden. Sodann umschritt sie die Bahre und blies dabei die Totenkerzen aus. Als es stockdunkel war in der kleinen Kapelle, legte sie sich so auf die Bahre, daß sie Quarens Leichnam gänzlich unter sich begrub, und ließ sich in Trance fallen.

Oriana fand sich in einem engen Tunnel wieder, der von wogenden Nebelschwaden erfüllt war. Rings um sie war es tief dunkelgrau. Als sie aber in dem leicht abfallenden Felsengang voranschritt, weitete und lichtete sich die Szenerie. Bald war es so hell, daß sie recht gut sehen konnte, ein sehr wünschenswerter Umstand, da sie nun an dem Ort war, wo die eben Verstorbenen, die noch nicht von der Welt und ihren Sorgen losgelösten Geister, weilten. Wenn sie Glück hätte, würde sie Quaren hier finden.
Nun lagen nur noch Nebelstreifen in der Luft. Da gewahrte Oriana zwei aus armdicken, runden Eisenstäben geschmiedete riesige Tore. Sie waren, wie viele der hinter dem zweiten Tor wartenden Wesen demonstrierten, leicht zu erklimmen – aber nicht zu übersteigen, da sie bis an die Decke des Ganges reichten.
Oriana ging zum ersten Tor und sah, daß es von innen verriegelt war. Zwischen seinen Flügeln klaffte jedoch ein Spalt, durch den

sie mühelos ihre Dolchklinge schieben konnte. Mit einem Ruck war der Riegel gelöst. Dann stemmte sie sich gegen das Tor und drückte mit all ihrer Kraft, bis ein Flügel so weit zurückwich, daß sie durchschlüpfen konnte. Sie ließ ihn krachend hinter sich zufallen und schritt, den Dolch mit beiden Händen festhaltend, rasch zum nächsten Tor.
Die Wesen auf der anderen Seite des Tores erwiesen sich als Menschen, nun, als menschenähnlich. Sie waren nackt, und ihrem Leib mangelte es an Kontur, den Details menschlicher Gestalt, so daß sie eher wie hellbraune Gliederpuppen wirkten. Aber ihre Gesichtszüge und Stimmen waren eindeutig die von Menschen.
»Wer bist du, daß du durch die dunklen Nebel wanderst, ehe der Tod dich noch gerufen?« fragte einer der Schemen.
»Diese Stätte wird dich mit Entsetzen erfüllen und zum Wahnsinn treiben«, sagte ein zweiter – nicht freundlich warnend, sondern eher hämisch.
»Du wirst hier ewig gefangen sein... wenn der Tod nicht geruht, dich zu befreien!«
Oriana sah einen nach dem anderen an. Diese Drohungen ließen sie kalt; ihr ferneres Los wäre ihr gleichgültig, wenn es ihr nicht gelänge, Quaren zu retten. Aber unter all diesen Gesichtern war das seine nicht zu entdecken.
»Was führt dich hierher?« fragte einer der Geister und blickte sie durchs Gittertor herausfordernd an.
»Ich suche meinen Mann«, erwiderte Oriana unerschrocken.
»Ihren Mann!« lachte der Geist. Es war kein freundliches Lachen. »Siehst du ihn hier irgendwo?«
»Nein«, erwiderte sie.
»Vielleicht ist er auf der Insel der Seligen«, meinte ein anderes Wesen sarkastisch. Oriana fuhr zusammen; sie fühlte sich sehr an den Ton erinnert, den ihre älteste Schwester ihr gegenüber meist angeschlagen hatte. Aber sie wußte ja, wie sie damit umzugehen hatte!
»Möglicherweise«, stimmte sie ruhig zu.
»Willst du etwa bis dorthin, um ihn zu suchen?« fragte ein ande-

rer Geist, der wohl auch der einer Frau war, und sah sie an wie einst ihre Schwestern, wenn sie sie hänselten.
»Ja«, erwiderte Oriana bestimmt, »das werde ich!«
Ihre Antwort schien die Geister sehr zu erheitern. Sie öffneten das Tor, verbeugten sich (vielleicht bogen sie sich auch nur vor Lachen!) und winkten sie hindurch. Oriana passierte sie ohne Verzug und war froh, daß Quaren nicht unter ihnen war. So eilig sie es auch hatte, ihn zu finden, es hätte ihr leid getan, wenn er zu solcher Gesellschaft verdammt gewesen wäre. Aber konnte er denn in so kurzer Zeit bis zur Insel der Seligen gelangt sein?

Das Hohngelächter war nicht mehr zu hören. Nun vernahm Oriana das träge Plätschern eines Stromes. Bald sah sie ihn vor sich liegen, diesen Fluß, von dem sie schon so viel gehört hatte, der viele Namen hat und den man, wie jedermann weiß, überqueren muß, um zur Insel der Seligen zu kommen. Oriana, die die Behauptung mancher Leute, daß es dort eine Fähre gebe und man daher den Toten Fährgeld mit ins Grab geben müsse, nie so recht geglaubt hatte, sah sich nun bestätigt: Eine Fähre oder Landestelle war weit und breit nicht zu entdecken.
Oriana blickte auf den Dolch in ihrer Hand und sah, daß er sanft glühte. Sie ging einige Schritte stromabwärts. Das Glühen wurde schwächer, aber wieder stärker, als sie zu ihrer Ausgangsposition zurückkehrte, und noch heller, als sie flußaufwärts weiterschritt. Sie achtete genau auf das Licht und hielt sofort inne, als es wieder zu schwinden begann. Nun war sie offenbar an der Uferstelle, die Quarens Aufenthaltsort am nächsten lag. Er mußte dort drüben auf der Insel sein, die durch die gespenstischen Flußnebel gerade noch zu erkennen war. Der Fluß war eigentlich kein Problem. Er wirkte unheimlich, wies aber keine gefährlichen Strömungen auf. Außerdem war sie nicht wasserscheu. Dennoch täte sie gut daran, diesen Fluß des Vergessens, wie man ihn ja auch nennt, so schnell wie möglich hinter sich zu bringen!
Schon beim ersten Schritt keuchte sie. Das Wasser war kälter als jedes Wasser, das sie in ihrem Leben gespürt hatte – wohl kälter, dachte sie, als alle Gewässer, die je ein Mensch zu Lebzeiten

spürte. Aber sie biß die Zähne zusammen, damit sie nicht aufeinanderschlugen, und watete fest entschlossen weiter. Schritt für Schritt für Schritt, ermahnte sie sich, los, weiter, du schaffst es, aber paß auf, daß dein Dolch nicht naß wird, und noch einen Schritt und noch einen und noch einen...

Am Waldrand setzte sie sich ins Gras. Sie war bis zu den Brüsten tropfnaß, aber das war unwichtig. Die Sonne, die dort so warm durchs Blattwerk schien, würde ihr Gewand bald trocknen. Es war alles so friedlich, schön, und sie war glücklich, da zu sitzen, das Spiel des Lichtes zu beobachten, das Laub rascheln zu hören. Die Vögel sangen, und die Eichhörnchen schwatzten. Es war einer jener Morgen, an denen man sich freut, zu leben.
Zu leben. Dieses Wort war ihr irgendwie unbehaglich. Aber warum? fragte sie sich, was stört mich denn daran? Als ihre Finger, die spielerisch den Dolch in ihrem Schoß entlangfuhren, den Zopf am Griff berührten, fiel es ihr plötzlich wieder ein: Quaren. Mein Mann ist tot, und ich bin hergekommen, um ihn zu retten.
Sie erhob sich und zog an ihrer feuchten Trauerkleidung, die ihr aber so am Körper klebte, daß es nicht auszuhalten war! Voller Unbehagen begann sie, die Schleier abzunehmen, ließ es aber, als sie zwei Lagen abgelegt hatte, dabei bewenden, weil das Licht der Sonne immer gleißender wurde. Die Lebenden sollten wohl nicht unverschleiert im Land der Toten wandeln... Tragen Witwen deshalb Schleier? Hat eine es schon vor mir versucht und es geschafft? sann Oriana. Sie nahm ihre abgelegten Schleier unter den Arm und trat ihren Marsch durch den Wald an, wobei sie sich vom sanften Ziehen des Dolches führen ließ.
Oriana konzentrierte sich so auf den Dolch, daß sie fast über den etwa acht, neun Jahre alten Jungen gestolpert wäre, der an einem Baumstamm lehnte und zwischen seinen Fingern ein Blatt drehte. Er trug eine kurze Tunika... so silberblau wie seine Augen und sein Haar, und war so seltsam bleich. Als sich Oriana sofort bei ihm entschuldigte, reagierte er so erstaunt, als ob er sie zuvor gar nicht wahrgenommen hätte.

»Was ist mit dir?« fragte er mit kindlicher Direktheit. »Du bist ja fast unsichtbar!«
Oriana dachte über seine Bemerkung nach. Für sich selbst wirkte sie ganz normal; aber, das mußte sie zugeben, sie sah ätherischer aus als er. »Das liegt vermutlich daran, daß ich nicht tot bin... Aber lebe ich noch?« Sie blickte auf den Dolchgriff. Der Zopf war, bis auf einige Silbersträhnen in Quarens Locke, noch pechschwarz. Wenn sie tot wäre, würde der Zopf anders aussehen. Dessen war sie sich irgendwie sicher.
»Du lebst? Wirklich?« staunte da der Junge. »Was machst du dann hier?«
»Ich suche meinen Mann.«
»Oh!« Er runzelte verblüfft die Stirn. »Müßtest du damit nicht warten, bis du auch tot bist?«
Nun lächelte Oriana zum ersten Mal seit Tagen. »Vielleicht ist etwas in meiner Erziehung versäumt worden. Haben dich deine Eltern gelehrt, wie man sich im Schattenreich benimmt?«
»Sie haben mir gar nichts beigebracht«, erwiderte er sachlich. »Ich bin schon als Säugling gestorben.«
»Das tut mir leid«, sagte Oriana.
»Warum? Viele Babys sterben. Und ich bin sowieso lieber hier.«
»Du bist lieber tot?« fragte Oriana mit ungläubigem Staunen.
»Aber sicher!« Für ihn war das offenbar keine Frage. »Sieh doch, ist dieses Blatt nicht schön?«
Das Blatt war wirklich schön. Ja, alles hier ist schön, staunte Oriana. Sie hatte immer gedacht, das Schattenreich sei düster und trist. Doch nein, es war von einer Pracht und Schönheit, die den Augen Sterblicher weh tat! Für einen Moment wünschte sie sich fast, auch tot zu sein, um all das in vollen Zügen genießen zu können; aber ihr Pflichtgefühl und die Liebe zu ihrem Mann behielten die Oberhand und bestimmten sie, ihre Suche eilends fortzusetzen. Sie bewunderte das Blatt in gebührender Weise und machte sich wieder auf den Weg, während sich der Junge erneut in die Betrachtung der unnatürlichen Natur und ihrer Schönheit und Glorie versenkte.

Sie fand Quaren in einem mit Steinplatten ausgelegten Hof. Er saß mit zwei anderen Männern auf einer Marmorbank, in eine Diskussion über eine schrecklich abstrakte philosophische Theorie vertieft. Alle drei trugen silberblaue Tuniken, wie der Junge. Die Fremden hatten silberblaue Haare und Augen. Quarens Augen und Haare waren noch dunkel, aber die grauen Strähnen waren verschwunden. Er sah viel jünger aus. Sein Gesicht glühte vor Begeisterung, wie das auch zu seinen Lebzeiten immer der Fall gewesen war, wenn er sich mit schwierigen philosophischen Problemen befaßt hatte. Oriana mußte sich eingestehen, daß er noch nie so glücklich ausgesehen hatte.
Bei seinem Anblick schwoll ihr das Herz im Leibe, und sie wäre am liebsten zu ihm geeilt, um ihn in die Arme zu schließen. Hat mein Marsch durch diesen Fluß mich vergessen lassen, wie sehr ich ihn liebe? staunte sie. Aber für den Moment genügte es ihr, ihn bloß wiederzusehen. Sie setzte sich auf eine Bank, sah ihm zu, wie er mit den beiden sprach, und genoß es, einfach so in seiner Nähe zu sein und ihn glücklich zu sehen.
Nach einer Weile hatte sich die Diskussion erschöpft. Die beiden Männer gingen auseinander. Quaren blieb gedankenverloren zurück. Nun setzte sich Oriana neben ihn.
»Quaren?« Er schien sie nicht zu hören. »Quaren?« Jetzt wirkte er so verblüfft wie einer, der aus nächster Nähe ein leises Geräusch vernimmt, aber die Quelle dieses Lautes nicht sieht.
Verblasse ich denn? fragte Oriana sich ängstlich. Vielleicht bin ich nur im direkten Sonnenlicht unsichtbar... der Junge war im Schatten und hatte doch Mühe, mich zu sehen.
Sie nahm einen ihrer abgelegten Schleier und verhüllte ihm damit das Gesicht. Ja, nun schien er wenigstens irgend etwas zu sehen, wenn er in ihre Richtung blickte. Da legte sie ihm den anderen Schleier auch noch über den Kopf.
Er blinzelte und sah sie an. »Kenne ich dich?« fragte er dann.
Oriana ertappte sich dabei, wie sie mit den Zähnen knirschte. Das war nicht die Art von Willkommen, die sie sich vorgestellt hatte! Nach all der Mühsal, die sie auf sich genommen, um ihn zu finden, könnte er sie ja wenigstens wiedererkennen, dachte sie und sagte:

»Ich bin deine Frau.« Sie nahm seine Rechte, legte sie auf ihre Linke, so daß ihrer beider Hände den Dolch umschlossen.
Der magische Zopf tat wohl seine Wirkung, denn Quarens Gesicht hellte sich in jähem Begreifen auf. »Oriana«, sagte er, runzelte dann aber die Stirn und fuhr fort: »Du bist nicht tot. Was tust du hier?«
»Ich kam, dich zu suchen«, erklärte sie, »und zurückzuholen.«
»Oh!« Diese Idee schien Quaren nicht sehr zu begeistern; ja, er starrte seltsam leer vor sich hin, wie benommen.
Das liegt wahrscheinlich an den Schleiern, überlegte Oriana, ich sollte ihn schnellstens hier rausbringen... jetzt kann ja noch alles mögliche schiefgehen, sagen jedenfalls die alten Legenden. Sie zog ihn an der Hand, und er erhob sich folgsam und ließ es geschehen, daß sie mit ihm den Weg zum Fluß einschlug.
Diesmal war niemand im Wald zu sehen. Sie schritten schweigend dahin, nur das Rascheln ihrer Schleier war zu hören. Quaren sprach erst wieder, als sie das Flußufer erreichten.
»Natürlich«, begann er. »Der Fluß. Ich erinnere mich nicht, daß ich diesen Weg schon gegangen bin... aber das sollte ich wohl auch nicht.«
»Ich erinnere mich gut«, erwiderte Oriana. »Er ist bitterkalt!«
Er kicherte leise. »Wer tot ist, spürt das nicht. Übrigens, wie bin ich eigentlich gestorben? Auch den Teil der Geschichte weiß ich nicht mehr.«
»Du bist gestürzt, unter dein Pferd geraten und von ihm erdrückt worden. Es ging alles sehr schnell.«
»Arme Oriana«, sagte er und tätschelte ihr tröstend die Schulter. »Das muß ein fürchterlicher Schock für dich gewesen sein.«
Oriana fühlte, wie ihr die Tänen in die Augen schossen und ihre Kehle sich zuschnürte. »Es war schrecklich! Ich kann ohne dich nicht leben!«
»Du meinst, das Herz wird dir plötzlich stillstehen?« schalt er sie sanft. Oriana kannte diesen Ton gut... er hatte ihn immer angeschlagen, wenn sie eine durch nicht belegbare Fakten gestützte Äußerung getan hatte. Er seufzte. »Ich habe dir wohl nicht soviel beigebracht, wie ich dachte.«

»Natürlich hast du mir viel beigebracht«, protestierte Oriana. »Warum wohl habe ich es bis hierher geschafft? Kommen denn andere Ehefrauen hierher, um ihre Männer zu suchen? Glaubst du etwa, es war leicht?«
»Nein«, erwiderte er bekümmert. »Nicht leicht. Leichter.«
»Leichter als was?« Weshalb klang seine Stimme so, als ob er von ihr enttäuscht wäre? Eigentlich müßte er froh sein, daß sie ihn so liebte, genug liebte, um ins Schattenreich hinabzusteigen, ihn zu suchen; daß sie den Mut und die Entschlossenheit besaß, alle Hindernisse zu überwinden, um ihn zu finden.
»Leichter als alles, was du sonst hättest tun können.«
»Nun«, überlegte Oriana laut, »es wär mir wohl leichter gefallen, mich zu erdolchen. Aber das hätte mich nicht hergebracht, oder?«
»Nein!« versetzte er rasch. »Wenn du dich selbst töten würdest, wärest du doch noch bis zur dir vorherbestimmten Todesstunde an die Erde gefesselt.« Er legte nun auch seine andere Hand auf die ihre und bat: »Tue es nicht, Oriana!«
Sie dachte an die Geister im Tunnel und schauderte. »Ich werde es nicht tun«, erwiderte sie bestimmt. »Niemals.« Sie drückte seine Hand, umklammerte sie krampfhaft. »Aber ich will nicht ohne dich leben.«
Da lächelte er. »Das ist schon besser.«
»Was?« Nun begriff Oriana erst, was sie gesagt hatte: nicht »ich kann nicht«, sondern »ich will nicht«. Sie sah ihn an und sprach: »Nun habe ich die Wahl, dich mitzunehmen... das kann ich, nicht wahr?«
»Ja«, sagte er kategorisch. »Das kannst du. Sogar gegen meinen Willen...«
»...oder dich hierzulassen und allein zurückzugehen«, sagte sie und spürte, wie sich ihr Magen verkrampfte. Aber sie zwang sich, diesen Gedanken zu Ende zu denken: Dieser unglaublich kalte Fluß, der einen so eigenartig betäubt, und dann dieser Tunnel und diese fürchterlichen Geister... oh, ich kann mir schon vorstellen, was sie sagen werden, wenn ich allein zurückkehre...
Sie betrachtete den vorbeiziehenden Strom. Er war hier klarer als

auf der anderen Seite und funkelte im Sonnenlicht wie mit tausend Edelsteinen. Das Gras prangte in einem für Lebende unvorstellbar reinen Grün, und jeder einzelne Grashalm schien voller Energie... Oriana fühlte sich plötzlich fehl am Platz, wie Schmutz auf einer Buchseite, wie ein dunkler Fleck in der Landschaft. Die Schleier, die sie trug, erschienen ihr unerträglich schwer und schwarz.

Da fiel ihr ein, mit welcher Selbstverständlichkeit jener Junge, dem sie im Wald begegnet war, seinen Zustand akzeptiert hatte. Er sei lieber tot als lebendig... ob wohl alle im Schattenreich so empfanden wie er?

Oriana drehte sich um und sah Quaren in die Augen. »Du möchtest lieber hierbleiben als auf die Erde zurückkehren.« Das war eine Feststellung, keine Frage. Aber er nickte trotzdem.

»Du nicht auch?«

Da blickte sie zu den Bäumen hin, die in dem reinen, jenseitigen Sonnenlicht hellgrün schimmerten. Sie wußte genau, was er meinte. Niemals in ihrem Leben hatte sie sich etwas so sehr gewünscht wie dies: in diesem Land des Lichtes zu bleiben. Aber sie war hier nur ein Schatten, und dieses schöne Licht tat ihr weh.

»Ich wünschte, ich könnte das alles richtig sehen. Warum nennt man dieses helle, strahlende Land denn Schattenreich?«

»Das wirst du erkennen, wenn die Zeit gekommen ist.«

Oriana nickte und unterdrückte ein Schluchzen, das in ihrer Kehle aufstieg. »Wenn meine Zeit kommt.« Sie sah trotz ihrer Schleier, wie ihre herabfallenden Tränen im Sonnenlicht in allen Farben des Regenbogens funkelten. »Aber das könnte noch viele Jahre dauern.«

Quarens Antwort war ihr kein Trost. »Ja. Gut möglich.«

»Und ich müßte diese ganze Zeit allein durchstehen... das will ich nicht!«

»Ist es dir lieber, mich ins Leben zurückzuschleifen, damit ich erneut sterben kann... womöglich an einem langwierigen Leiden, das so furchtbar ist, daß wir beide uns wünschen würden, ich wäre tot geblieben?«

»Du hast nur Angst zurückzukehren«, warf sie ihm vor.

»Nein, ich habe keine Angst«, sagte er ruhig. »Ich weiß, wie es dort ist, und weiß, wie es hier ist. Ich bin gestorben, Oriana. Mein Platz ist nun hier. Ja, du könntest mich in die äußere Welt zurückbringen, aber ein Teil von mir würde immer hier bleiben, da ich nun einmal dieses hier kennengelernt habe.«

Oriana brach erneut in Tränen aus. Er hatte recht! Sie könnte ihn nach Hause holen, würde jedoch für den Rest ihrer Tage mit einem Mann leben, den es anderswohin zöge. Das zeigte die alten Legenden in neuem Licht. So gesehen, war es vielleicht doch richtig gewesen, daß Orpheus seine Gemahlin nicht ins Reich der Lebenden hatte zurückbringen können!

Wenn es ihr schon schwerfiele, noch zufrieden mit dem Erdenleben zu sein, wieviel schwerer müßte das dann Quaren fallen, der ja wüßte, daß er nicht wirklich zu den Lebenden gehörte! Daß sie ohne ihn unglücklich sein würde, war kein Grund, ihn gegen seinen Wunsch mitzunehmen.

»Du hast recht. Dich zurückzuschleppen, das wäre kein Akt wahrer Gattenliebe«, seufzte sie und umklammerte seine Hände. »Aber du wirst mir so fehlen!«

»Du weißt ja, wo du mich finden kannst.«

Oriana lächelte gequält. »Auf der Terrasse, im philosophischen Disput.« Daraufhin nahm sie ihm mit bebenden Händen ihre Schleier ab. »Vergiß nicht, daß ich dich liebe!« Sie lehnte sich vor, drückte ihn mit dem freien Arm krampfhaft an sich, ließ ihn dann abrupt los und nahm ihm den Dolch aus der Hand. Für einen Moment leuchtete die silberne Ritualwaffe noch heller als die Sonne.

Dann war alles verschwunden.

Es war dunkel und kalt und der Stein unter ihr hart. Allmählich, als ihre Augen sich an das Dunkel gewöhnten, erkannte Oriana, wo sie war. Sie lag auf dem Boden der Kapelle; auf der anderen Seite des Raumes stand die Bahre, auf der noch Quarens sterbliche Hülle ruhte. Orianas Gesicht war tränennaß, ihre Schleier überall verstreut, wie von einer Böe verweht, und ihre Hand hielt Quarens Dolch umklammert.

Sie setzte sich auf und trocknete sich mit dem Saum ihres Kleides das Gesicht. Dann stand sie auf und ging zur Bahre hinüber. War es Einbildung oder lag auf des Toten Antlitz wirklich ein Frieden? Sie blickte auf den Dolchgriff und sah, daß zwei Zopfstränge braun waren, der dritte aber silberblau aufleuchtete. Da lächelte sie und steckte Quaren den Dolch zwischen die gefalteten Hände. Dann sammelte sie ihre Schleier ein und schloß die Kapellentür auf, damit der Priester hereinkönnte, um das Begräbnis vorzubereiten.

MERCEDES LACKEY

»Misty« Lackey war der Erfolg wohl genauso hold wie den anderen Autorinnen, die in dieser Anthologie-Reihe ihr Debüt gaben: Ihre Heldinnen Tarma und Kethry sind seit ihrer Premiere in der Story ›Schwertverschworen‹ (›Windschwester‹, dritter Band der ›Magischen Geschichten‹) auch bei jedem weiteren Auftritt begeistert begrüßt worden.

Mercedes hat vor einigen Jahren ihren Romanerstling Arrows of the Queen *und zwei Folgebände publiziert, die das Motiv der Zauberei mit einem anderen, bei jungen Frauen sehr beliebten Fantasy-Element verbanden: dem des menschlich fühlenden Pferdes. Mir ist diese Art von Schwärmerei eher fremd, vielleicht weil ich auf einer Farm aufgewachsen bin und dort einfach Pferde zu genau kennengelernt habe. Aber ich spreche da für eine Minderheit, wie der Erfolg ihrer Romane über Valdemars Herolde und ihre Gefährten zeigt.*

Die Schwertkämpferin Tarma und die Zauberin Kethry traten gleich nach dem Abenteuer, von dem ›Schwertverschworen‹ erzählte, in ›The Oathbound‹ und ›Oathbreakers‹ auf. Nun hat Misty eine weitere Roman-Trilogie beendet – sie spielt in einem früheren Lebensabschnitt Valdemars und heißt: ›The Last Herald-Mage‹. Ich sehe sozusagen mit mütterlichem Stolz auf ihre Bücher, aber auch auf die vielen anderen der jungen Autorinnen, die in dieser Reihe ihren Einstand gaben oder noch geben werden. – MZB

MERCEDES LACKEY

Die Entstehung einer Legende

Eine braungraue und grünbraune, staubbedeckte Landschaft – soweit Tarmas und Kethrys Blicke reichten, dazu ein dicker Staubschleier in der Luft und hinter den beiden eine graue Staubwolke, die der Hufschlag der Pferde aufgewirbelt hatte. Felder, Pachthöfe und Bäume. Und weitere Felder, Farmen, Bäume. Aber keine wild wachsenden Bäume, sondern in säuberlichen Obstgärtchen oder als Windschutz gepflanzte Bäume, die so ordentlich und bieder wirkten wie diese Bauern, die sie hegten und pflegten. Ein sauberes Land, sorgsam regiert. Hier gab es für ausländische Söldnerinnen nichts zu tun.
Grund genug, es so schnell zu verlassen, wie die Kräfte von Höllenfluch und Eisenherz es erlaubten!
Andererseits, dachte Kethry »die Zauberin der Weißen Winde«, hat es auch keinen Sinn, in so zivilisierten Gefilden die ganze Nacht durchzureiten, denn wer weiß, wann wir wieder ein richtiges Bett sehen, wenn wir erst in Regionen sind, die unserer Zauber- oder Schwertkünste bedürfen.
Kethry wischte sich mit dem Ärmel die schweißnasse Stirn ab, schob ihr Weissschwert Gram zurecht, das sie über dem Rücken trug, und putzte sich den Straßenstaub aus ihren entzündeten Augen. Die Sonne hing wie eine pralle rote Tomate über dem Horizont und wirkte so selbstzufrieden wie die Bauern, auf die sie herabschien. »Wie weit ist es bis zur nächsten Stadt?« fragte Kethry mit erhobener Stimme, um das dumpfe Dröhnen der Hufe auf dem steinharten Boden zu übertönen.
»Hä?« fragte ihre aufgeschreckte Gefährtin, die Shin'a'in-Schwertschwester Tarma, rieb sich die müden, eisblauen Augen und tätschelte ihre granitgraue Stute, die bei ihrem jähen Erwachen zu schnauben und zu niesen begonnen hatte.

»Ich habe dich gefragt, wie weit es bis zur nächsten Stadt ist«, erklärte Kethry geduldig und versuchte, sich mit den Fingern ihr schweißnasses, bernsteinfarbenes Haar hinter die Ohren zu kämmen. An so hochsommerlich heißen Tagen wie diesen beneidete sie Tarma um ihre Zöpfchenfrisur, die vielleicht nicht wirklich kühler war, aber wenigstens so wirkte. Tarma mußte sich nicht ständig sorgen, daß sich ihre kräftigen, schwarzen Haare lösten und ihr in Augen und Mund gerieten und den Nacken erhitzten.
»Bin wohl eingenickt... tut mir leid, Grünauge«, erwiderte Tarma verlegen und nahm die Landkarte aus der vor den Sattel gebundenen wasserdichten Tasche. »Mmm... die nächste ist Viden; wir dürften sie etwa bei Einbruch der Dunkelheit erreichen.«
»Viden? Oh, verdammt...«, versetzte Kethry angewidert und rollte die Ärmel ihres naturfarbenen Leinengewandes höher auf. »Ausgerechnet Viden. Und ich hatte mich so auf ein Bad und ein Bett gefreut!«
»Was stört dich an Viden?« fragte Tarma, die zu Kethrys Empörung nicht die Spur erhitzt wirkte und nicht einen Schweißtropfen auf ihrer dunkelgoldenen Haut hatte, und das, obwohl sie ein Lederhemd und Reithosen trug. Sicher, Tarma stammte aus der Dhorisha-Ebene, wo es noch viel heißer wurde als hier, aber trotzdem...
Wie ungerecht es doch im Leben zuging!
»Mich stört Videns Oberherr«, erwiderte Kethry. »Lord Gorley, ein mieser kleiner Despot, der eine Bande Ex-Sträflinge, den Abschaum der Menschheit, angeheuert hat und mit ihr die Stadt beherrscht.« Sie zog ein verdrießliches Gesicht. »Er achtet aber genau darauf, die Grenze des Erträglichen für die Kaufleute von Viden nicht zu überschreiten, und so zahlen sie ihm das verlangte Schutzgeld und ignorieren ihn im übrigen. Aber Reisenden, die dort übernachten, greift er tief in die Tasche. Er bemäntelt das nicht mal, spricht nicht beschönigend von Fremdensteuer, sondern schickt bloß seine Jungen, sie zu erleichtern. Beim Höllenfeuer!«
»Alle Wetter!« erwiderte Tarma und zuckte gelassen die Achseln.

»Nun, wir sind ja gewarnt. Dann machen wir am besten einen Bogen um den Ort... oder könnten wir, ohne gleich Schwierigkeiten zu bekommen, dort wenigstens zum Abendessen haltmachen?«

Mit mir an eurer Seite... dürftet ihr bei dem kurzen Halt kaum Probleme bekommen, gab der wölfische Kyree, der neben Eisenherz hertrottete, den beiden zu verstehen. Kethry mußte trotz ihrer Enttäuschung lächeln. Beim Anblick Warrls, der mit seinen Schultern Tarma bis zur Hüfte reichte, und einen Kopf so groß wie eine riesige Melone und dementsprechend lange Zähne hatte, konnte sie sich kaum vorstellen, daß irgendeiner von des Lords Schlägern Lust hätte herauszufinden, wozu dieser Kyree fähig sei. Nicht mal zu dritt würden die sich dazu stark genug fühlen!

»Das könnte möglich sein«, erwiderte sie. »Nach allem, was ich so gehört habe, strengen die sich ungern mehr als nötig an. Bis die einen großen Trupp beisammen haben, der uns Ärger machen könnte, haben wir gegessen, bezahlt und der Stadt adieu gesagt!«

In der dunklen Schankstube mit ihren massiven, rohen Steinwänden war es weit kühler als auf der Straße draußen. Der Barde Leslac, der in der kühlsten und dunkelsten Ecke des Raumes saß, nippte an seinem lauwarmen Ale und beglückwünschte sich selbstgefällig zu seiner weisen Planung. Es gab in diesem Ort nur die eine Schenke – die beiden mußten hier vorbeikommen, wenn sie essen und trinken wollten. Er hatte sie fast um einen halben Tag geschlagen und so genug Zeit gehabt, sich dieses komfortable Plätzchen auszusuchen, von dem er unbemerkt alles beobachten könnte, was nun einfach geschehen mußte.

Er verfolgte nun schon seit knapp zwei Jahren das Treiben zweier freischaffender Söldner – beides Frauen (was ungewöhnlich war), die eine Zauberin und die andere eine der mysteriösen Shin'a'in aus der Dhorisha-Ebene (was unerhört war) – und hatte anhand des gesammelten Materials eine so wahrhaft meisterliche Ballade über sie verfaßt, daß er nun bei seinen Auftritten auf den Dorfplätzen nicht länger mit Abfällen beworfen wurde und in den Schenken ein willkommener Alleinunterhalter geworden war.

Aber er wollte, brauchte mehr solcher Balladen. Seine Recherchen wiesen zudem ein Manko auf, das er endlich beheben mußte.
Es war ihm nämlich noch nie gelungen, die zwei Frauen einmal von Angesicht zu Angesicht zu sehen.
O ja, er hatte sich sehr darum bemüht! Aber sie hatten ihre Route so oft überraschend geändert, daß er erst, wenn sie schon längst weitergezogen waren, an die Schauplätze ihrer Aktionen gelangte und bloß noch die Augenzeugen befragen und im übrigen sein Pech hatte verfluchen können, wieder einmal zu spät gekommen zu sein. Aber kein Barde, der seine Saiten wert war, würde Berichte aus zweiter Hand für die ganze Wahrheit nehmen. Vor allem nicht, wenn sie so schmucklos waren! In den Erzählungen dieser dummen Bauern war nie von feurigen Gesprächen, spritzendem Blut die Rede, ja, wenn man sie hörte, hätte man fast glauben können, die beiden Frauen gingen womöglich dem Kampf aus dem Wege. Das (durfte und) konnte nicht sein...
Diesmal würde er sie aber nicht verfehlen! Sie mußten nach Viden kommen – denn in Viden gab es ja diesen miesen, kleinen Lord.
Leslac war überzeugt, daß die zwei in die Stadt kämen. Wie hätte es anders sein können? Hatten sie es sich denn nicht zur Aufgabe gemacht, hilflosen Frauen beizustehen, denen Unrecht geschah oder geschehen war? Es mußte in Viden doch irgendeine Frau geben, die von Lord Gorley vergewaltigt worden war, und sicherlich brauchte Gorleys Gemahlin einen starken, rettenden Arm. Der Barde stellte sich das schon lebhaft vor: Wie Tarma ein rundes Dutzend von Gorleys Männern anging, dann einen nach dem anderen mühelos und mit triumphierendem Lachen erledigte... wie Kethry sich mit Gorleys Zauberer (der Lord hatte bestimmt einen in seinem Dienst) in einem Magier-Duell von titanischen Dimensionen maß. Es gab da unzählige Möglichkeiten, die eine reizvoller als die andere...
Und er, Leslac, würde zur Stelle sein, um alles das für immer und ewig festzuhalten.

Tarma ließ sich seufzend auf die glatte Holzbank niedersinken und dachte: O verdammt, ich wünschte, wir könnten hier übernach-

ten... Noch einen Tag in dieser Hitze, und wir sind so verschwitzt, daß uns die Leute auf gut eine Meile gegen den Wind riechen! Wenn ich wenigstens mal diese blöden Stiefel ausziehen könnte. Meine Füße sind schon wie gekocht...
Sie stemmte beide Ellbogen auf den hölzernen Tisch und rieb sich mit den Fingerknöcheln den Staub aus den Augen.
Schritte näherten sich. Dann erklang eine tiefe, etwas furchtsam klingende Stimme: »Was darf es sein, meine Damen?«
Tarma blinzelte den kräftigen Schankwirt an, der in respektvoller Entfernung zu ihrer Rechten stand. Schürze sauber, Hände sauber, Tisch sauber... schön, resümierte sie, dann können wir zumindest anständig essen, bevor wir uns verdrücken!
»Keine Damen, Wirt«, erwiderte sie mit einer Stimme, die ob all des Staubs, den sie an diesem Tag geschluckt, noch rauher klang als sonst. »Bloß zwei müde Söldnerinnen, die in Ruhe etwas Speis und Trank zu sich nehmen wollen.«
Das tilgte nicht die leicht besorgte Miene aus seinem glänzenden, runden Gesicht. »Und das Ungetüm da?« fragte er und wies mit dem Kopf auf Warrl, der hechelnd neben Tarma auf dem Steinfußboden lag.
»Der? Der will nur zwei Pfund Fleischabfälle und Knochen... aber mehr Fleisch als Knochen, bitte, aber keine Hühnerknochen. Dazu eine große Schüssel kaltes Wasser. Und einen halben Laib Gerstenbrot.«
Mit Honig, präzisierte die Stimme in ihrem Kopf.
Honig... bei der Hitze? staunte Tarma.
Ja, beschied Warrl.
»Mit Honig, einen Honig-Sandwich«, ergänzte sie da und schalt: Du wirst dir das Fell verkleckern, und wer säubert dich dann wieder?
Ich nicht! versetzte Warrl und sah gekränkt zu ihr hoch.
Der Wirt lächelte zaghaft. Tarma grinste zurück.
»Dieses Biest ist ein Leckermaul«, sagte sie entschuldigend und fragte: »Was gibt es heute zu essen?«
»Hammeleintopf, gegrilltes oder gekochtes Huhn und Eierkuchen mit Zwiebeln. Käsebrot oder Gerstenbrot. Ale oder Wein.«

»Was ist kühler?«
Der Wirt lächelte nun offener. »Der Wein. Wir lagern ihn tiefer im Keller, weil er wertvoller ist und leichter verdirbt.«
»Dann Eierkuchen, Käsebrot und Wein«, sagte Tarma und sah Kethry fragend an, die auf der andern Seite des winzigen Tisches saß und ohne großen Erfolg versuchte, sich ihr langes, bernsteinfarbenes Haar hochzuknoten, um sich Hals und Nacken zu kühlen. Als Kethry nickte, fuhr Tarma fort: »Weißwein, wenn du hast. Für zwei.«
»Ihr bleibt über Nacht?« fragte der Wirt mit erneut besorgter Miene.
»Nein«, erwiderte Tarma und blickte ihn mit erhobenen Brauen an. »Ich rede ungern schlecht über anderer Leute Heimat, aber deine Stadt, Wirt, genießt bei Reisenden einen bösen Ruf. Wir könnten sicher jedem, der versuchen sollte, uns auszunehmen, seine Gelüste austreiben, würden dabei aber in deiner sauberen Schenke eine gottsallmächtige Schweinerei anrichten.«
Der Wirt seufzte sichtlich erleichtert auf. »Genau was ich dachte, Schwertkämpferin. Ich habe zu meiner Zeit einige Söldner gesehen... und ihr wirkt noch handfester als die meisten von ihnen. Aber wenn ihr euch mit Gorleys Rabauken anlegen würdet, ginge hier so viel zu Bruch, daß mich das weitaus mehr kosten würde als die entgangene Übernachtung.«
Tarma sah sich in der Schankstube um und stellte leicht erstaunt fest, daß sie, bis auf diesen schäbigen, gelockten Sänger in der Ecke, die einzigen Gäste waren. Aber vor dem mußten sie sich nicht in acht nehmen! Er war zu dünn, um Kämpfer zu sein – konnte also nicht zu Gorleys Truppe gehören –, und hatte zu dunkles Haar und einen zu dunklen Teint, um von hier zu stammen. Außerdem war er, nach seinem Blinzeln zu urteilen, wohl etwas kurzsichtig. Alles in allem: keine Gefahr.
»Fehlt es dir deshalb ein wenig an Gästen?« fragte sie. »Weil die Reisenden ausbleiben?«
»Nee... weil heute kein Markt ist, darum. Wir haben nie viel mit Übernachtungen verdient, haben oben nur drei Schlafkammern. Die meisten übernachten in Lyavor oder in Grant's Hold. Wir

leben seit jeher von der örtlichen Kundschaft. Ich bring euch jetzt euren Wein, ja? Wollt ihr den Eierkuchen kalt oder aufgewärmt?«
Tarma erschauerte. »Kalt, kalt... dieser Tag war heiß genug, und staubig dazu!«
»Dann bin ich gleich wieder da...«
Damit verschwand er eilends durch die Tür am Ende des Raumes, die wohl in die Küche führte. Tarma ließ nun den Kopf wieder auf die Hände sinken und schloß die Augen.

Leslac runzelte die Stirn. Er war enttäuscht.
Er hatte sich die beiden größer vorgestellt, diese Kriegerin vor allem. Sauberer, nicht so schäbig. Aristokratisch. Die Zauberin in Seide und die Schwertkämpferin in schimmernder Wehr... nicht in hausbackener Robe aus selbstgewebtem Tuch beziehungsweise in schlichtem Lederwams. In seiner Phantasie hatten sie eine kühne, herausfordernde Haltung gehabt, waren sie leuchtende Kriegerinnen des Lichtes gewesen!
Nicht zwei müde, staubbedeckte, gebeugte... gewöhnliche Frauen; nicht Frauen, die sich die rotgeränderten Augen rieben oder sich mit ihrem widerspenstigen Haar abplagten.
Nicht Frauen, die einen Kampf lieber vermieden.
Er musterte sie trotz seiner Enttäuschung, um irgendein Zeichen zu entdecken, das auf künftige legendäre Taten schließen ließe – ein Zeichen, das der Wirt sicher bemerkt hatte. Der hatte doch geglaubt, daß sie Lord Gorleys Männer sehr wohl besiegen könnten... und dabei seine Schenke in Klumpen hauen würden!
Nachdem er sie eine Weile beobachtet hatte und der Wirt, der ihnen Essen und Trinken auftischte, hinausgegangen war, begann Leslac wieder zu lächeln. Nein, diese beiden Frauen waren keine leuchtenden Kriegerinnen des Lichtes... sie waren etwas weitaus Besseres!
Gleich Engeln, die Menschengestalt annahmen, verbargen auch Tarma und Kethry ihre Stärken, offenbar, um ihre Feinde in Sicherheit zu wiegen. Aber die Zeichen waren da; der Wirt hatte sie erkannt, ehe er, Leslac, sie auch nur geahnt hatte. Ja, sie verrie-

ten sich selbst, durch die Leichtigkeit ihrer Bewegungen ebenso wie durch ihre Wachsamkeit: Sie legten die Waffen nicht ab, ließen die Hand stets in der Nähe des Schwertgriffes und blickten abwechselnd vom Essen auf, um sich argwöhnisch umzusehen. Und nicht zu vergessen: Ihre Waffen zeigten deutliche Spuren intensiven Gebrauchs, harter Kämpfe.
Sie hatten zweifellos vor zu bleiben... wollten aber Lord Gorley nicht durch einen langen Aufenthalt in der Schenke auf sich aufmerksam machen.
Leslac beglückwünschte sie insgeheim zu ihrer Schläue.
Aber genau in diesem Moment erhob sich vor der Schenke ein Lärm, kam Lord Gorley höchstpersönlich, so betrunken wie rotgesichtig, hereingestolpert, und das nicht, ohne beide Türpfosten zu rammen.
Leslac hätte fast ein Triumphgeschrei ausgestoßen, verbiß es sich aber und drückte sich wieder in seine Ecke. Nun würde geschehen, was mitzuerleben er von so weit angereist war! Die zwei Frauen hatten jetzt keine Möglichkeit mehr, den Kampf zu vermeiden.

Tarma nippte gerade an ihrem Rest Wein, als der Betrunkene zur Tür hereingetaumelt kam und Warrl auf den Schwanz trat.
Warrl jaulte auf und gab einen Schrei von sich, der mehr Überraschung als Schmerz ausdrückte, aber Tarma doch kurz lähmte und betäubte. Als sie wieder denken konnte, beugte sich der Betrunkene bereits über sie und hüllte sie in eine Wolke schaler Weindünste ein.
O Herrin der Morgenröte! dachte sie, das hat mir nun gerade noch gefehlt...
»Iss dass dein Hund?« Der Typ war massig, massig bis fett; seine Nase war von einem weinroten Netz geplatzter Äderchen überzogen, die von allzu vielen Abenden wie diesem zeugten... Abenden, an denen er schon vor Sonnenuntergang betrunken auf seinem schweren Arsch gehockt hatte. Das bärtige Gesicht war von Wein und Zorn gerötet und das braune, lockige Haar verschwitzt und fettig.
Tarma seufzte. »Wenn er überhaupt einem gehört, dann mir«,

sagte sie besänftigend. »Tut mir leid, daß er dir im Wege war. Aber darf ich dich zu einem Glas einladen, zur Entschuldigung sozusagen?«
Der Wirt war seltsamerweise verschwunden, aber der Rest in ihrer Flasche mochte noch für ein Glas, oder für deren drei, reichen...
Der Mann wollte sich aber nicht beruhigen lassen. »Ich mag deinen Hund nicht«, grollte er. »Und dein Gesicht auch nicht!«
Er torkelte ein, zwei Schritt zurück, zog sein Schwert, ehe Tarma auch nur blinzeln konnte, und hieb nach ihr.
Natürlich ungestüm. Sie brauchte nur eine Handbreit zu rücken, um der Klinge auszuweichen. Aber das brachte ihn erst recht in Rage! Er warf sich auf sie und schlug mit dem Schwert wild um sich, als ob er die Luft in Stücke hauen wollte.
Tarma rollte sich von der Bank und erhob sich auf die Zehen. Aber er folgte ihr, war ihr so dicht auf den Fersen, daß ihr kaum noch die Zeit blieb, sich mit einer Rolle vorwärts aus der Reichweite seiner Klinge zu bringen und unter einer anderen Holzbank Schutz zu suchen.
Als er nach ihr trat, sah sie Warrl unter dem Tisch liegen und sie angrinsen.
Du gemeiner Flohsack, du bist schuld daran! fuhr sie ihn stumm an und wich des Trunkenen Tritt aus, verlor dabei aber ihre Deckung. Sie rappelte sich hoch und wich gleich wieder einem gefährlichen Hieb aus.
Ganz und gar nicht, erwiderte Warrl kühl, *das war reiner Zufall.*
Sie stellte sich hinter einen Tisch, aber der Betrunkene hieb den schweren Holztisch mit einem Schlag mitten entzwei und drang von neuem auf sie ein.
Bei der Herrin Zorn, dachte sie, ich wage es nicht, das Schwert zu gebrauchen. Wenn ich ihn damit zufällig töte, haben wir die ganze Stadt oder seine Freunde am Hals.
In der Spanne zwischen Abtauchen und Wegtauchen blickte sie sich suchend um und griff sich in ihrer Not einen Besen, der in einer Ecke neben der Küchentür lehnte.

Weil der Kerl sowohl mit der flachen wie mit der scharfen Klinge nach ihr hieb und sie den Winkel wählen konnte, in dem sie seine Waffe abwehrte, war sie ihm nun ebenbürtig. Beinahe.
Er war noch immer besoffen wie ein Schwein und fuchsteufelswild. Und er war, im Gegensatz zu ihr, aufs Töten aus.
Sie konterte, parierte und konterte wieder... parierte die hoch daherkommende Klinge und schlüpfte unter ihr hindurch, bis sie hinter ihm stand.
Und versohlte ihm mit dem Besenstiel den dicken Hintern.
Das war ein Fehler. Denn es machte ihn nur noch zorniger, und der Zorn ließ ihn nüchtern werden. Seine Hiebe wurden kontrollierter und weit kraftvoller...
Tarma sah sich nach Hilfe um. Aber Kethry, die in der geschützten Ecke neben dem Kamin stand, hielt sich nur den Bauch vor Lachen.
»Du könntest mir beistehen«, zischte Tarma und tauchte unter einem Hieb weg und stieß dem Betrunkenen den Besen in den Bauch. Leider nur das Besenstroh, denn anderenfalls wäre dieser Zweikampf damit beendet gewesen.
»O nein, ich denk ja nicht daran«, brüllte Kethry, der die Tränen nur so übers Gesicht liefen. »Du kommst alleine gut zurecht.«
Jetzt reicht es mir, dachte Tarma.
Sie parierte den nächsten Schlag und stieß dem Besoffenen wieder den Besen in den Wanst, aber diesmal das harte Ende.
Da traten dem Kerl die Augen aus den Höhlen. Er klappte vornüber, ließ sein Schwert fallen und hielt sich den feisten Bauch.
Tarma war im Nu hinter ihm und gab ihm einen gewaltigen Hieb auf den Hintern. Er torkelte quer durch den Raum...
... stolperte und fiel mit dem Kopf auf den Kaminbock. Da war ein häßliches Schädelknacken zu hören.
Eine Stille so lastend wie diese Hitze draußen senkte sich herab, und Tarma fühlte, wie ihr der Magen wegsackte.
»O verdammt!« sagte sie, ging zu dem reglosen Trunkenen und stieß ihn leicht mit dem Fuß an.
Kein Zweifel. Er war mausetot.
»O verdammt, verdammt! Dreimal verdammt!«

Nun tauchte der Wirt so still und überraschend neben ihr auf, wie er zuvor verschwunden war. Er sah sich das heillose Durcheinander in seiner Schenke an... und musterte dann eingehend den am Boden Liegenden.
»Bei den Göttern«, rief er und schluckte, »ihr habt Lord Gorley umgebracht!«

»Mit deinem Gemahl, Lady, war es wohl nicht weit her. Aber jetzt taugt er leider noch weniger«, sagte Tarma müde. Der Wirt hatte zu ihrem, ja, milden Staunen nicht die gerufen, die in Viden die Vertreter des Gesetzes mimten, sondern seine Schenke zugesperrt und einen seiner Männer geschickt, Lady Gorley zu holen. Tarma hatte nicht vor, das Weite zu suchen... so sie es nicht mußten. Ihre Pferde waren müde und sie auch. Vielleicht könnten sie sich ja irgendwie aus der Sache herausreden.
Vielleicht.
Die Lady war ohne Begleitung gekommen, was Kethry veranlaßte, die Brauen zu runzeln. Und sie war kaum besser gekleidet als die Frau eines wohlhabenden Kaufmanns, was wiederum Tarma überraschte.
Schade, daß man sich nicht unter anderen Umständen kennengelernt hatte. Tarma hätte gern mehr über sie gewußt. Die Lady gab sich ruhig, strahlte aber eine selbstverständliche Autorität aus, wie eine Shin'a'in-Schamanin. Ihr kantiges Gesicht, ihr ergrauendes Haar zeugten von einer großen Schönheit – einer Schönheit, die nicht zerstört, sondern nur in etwas Charaktervolleres als schlichte Hübschheit umgewandelt worden war.
Sie blickte eine lange Zeit gelassen auf den Leichnam ihres Herrn und Gemahls hinab. Tarma hätte zu gerne gewußt, was dabei in ihrem Kopfe vorging.
»Ich muß euch sicher in beidem zustimmen«, erwiderte Lady Gorley. »O der arme Mann! Ich werde ihn nicht vermissen. Keiner wird ihn vermissen, um offen zu sein. Aber das bringt uns allesamt in eine schwierige Lage. Ich weiß, daß ihr hättet fliehen können, weiß es aber auch zu würdigen, daß ihr es nicht versucht habt...«

»Natürlich nicht«, beschied Kethry sie kurz und bündig. Sie hatte ihrer Gefährtin gesagt, daß ihr verdammtes Weissschwert Gram einen Atemzug nach Lord Gorleys letztem Hauch aufgeleuchtet hatte. Das konnte nur bedeuten, daß die Lady durch seinen Tod in Gefahr käme und daß Gram von ihnen beiden erwartete, ihr beizustehen.

»Nun gut«, sagte Lady Gorley. Sie wandte sich von der Leiche wie von etwas Nebensächlichem ab und blickte Tarma an. »Ich muß euch eine Kleinigkeit erzählen. Kendrik ist in den letzten Jahren mehr und mehr der Flasche verfallen und dabei selbst... mehr und mehr verfallen. Die Videnser gingen dazu über, mit ihren Sorgen zu mir zu kommen, und als Kendrik die Bande anheuerte und die Leute hier erpreßte, habe ich das erbeutete Geld wieder aus seiner Schatulle genommen und es ihnen heimlich zurückgegeben. Niemand ist so zu Schaden gekommen, und niemand hat profitiert.«

»Und was war mit...«, begann Tarma und fuhr nach einem höflichen Gehüstel fort: »Verzeihung, Milady, aber derlei Abschaum ist ja gewöhnlich der Schrecken junger Frauen...«

Sie erwiderte mit einem zarten Lächeln: »Seine Leute befriedigten ihre sexuellen Bedürfnisse, ohne Gewalt anzuwenden. Kendrik wußte... daß ich derlei nicht dulden würde, und auch, daß ich für sein leibliches Wohlergehen sorgte. Eine Woche ohne anständiges Essen und ohne seinen Wein, und schon respektierte er meine Wünsche! Und einmal, als er unbedingt mit einem Mädchen aus Viden durchbrennen wollte... nun, da zeigte sich, daß seine einschlägigen Fähigkeiten nicht mehr ganz auf der Höhe seiner Erinnerung waren. Als ich die Maid heimlich aus seinem Bett holte und zu ihren Eltern zurückbrachte, war sie jedenfalls so jungfräulich wie zuvor.«

»Darum also...«

»...hatte keiner von uns ein Interesse daran, an diese Dinge zu rühren«, mischte sich der Wirt ein und nickte dazu so heftig, daß Tarma fast fürchtete, der Kopf fiele ihm herunter. »Alles war ja soweit in Ordnung. Wir warnten die Reisenden; wenn sie es jedoch vorzogen, unsere Warnungen in den Wind zu schlagen...«,

meinte er achselzuckend. »Schafe sind zum Scheren da, heißt es, und Narren desgleichen, meine ich.«
»Worin besteht dann das Problem?« fragte Tarma und begriff einen Atemzug später, was ihr Problem war. »Ach so... diese Schläger. Ohne den Sold Kendriks und ohne seine harte Hand...«
Lady Gorley nickte. »Genau. Sie werden mir nicht gehorchen. Ganz im Gegenteil, und sie sind für mich genauso eine Gefahr wie für mein Volk. Wir sind Bauern und Händler und wären für sie eine leichte Beute. Es würde uns schlimm ergehen, wenn ich sie behielte, und furchtbar, wenn ich sie einfach entließe.«
Tarma schürzte sinnend die Lippen. »Bei allem Respekt, hohe Frau, aber ich habe keine Lust, nur von meiner Gefährtin unterstützt, zwei Dutzend Bösewichtern entgegenzutreten und sie binnen eines einzigen Tages aus der Stadt zu jagen. Aber vielleicht fällt uns ja etwas ein, wenn wir gemeinsam nachdenken...«

»Ihr habt bis zum Mondaufgang Zeit«, sagte die Lady und gab Tarma einen Beutel, in dem es leise klirrte. Die Kriegerin öffnete ihn, sah im Licht, das durch die Hintertür der Schenke zu ihnen in den Hof fiel, daß über die Hälfte der Münzen, die er barg, aus purem Gold waren, und verstaute ihn dann sorgsam in ihrer Satteltasche. »Mehr Zeit können wir euch wirklich nicht geben. Es tut mir auch leid, daß ich euch für eure Ungelegenheiten nicht... großzügiger entschädigen kann.«
»Das wird genügen«, versicherte Tarma. »Also... du weißt, was du zu tun hast. Bei Mondaufgang schlägst du Alarm und schreist Zeter und Mordio, bietest dem, der dir unsere Köpfe bringt, fünfzig Goldmünzen an und läßt sie laufen. Wenn die Bande das Wort ›Gold‹ hört, wird sie keine Zeit aufs Nachdenken verschwenden, sondern uns einfach nachsetzen. Dir ist hoffentlich klar, daß dich das etliche Pferde kostet... Sie werden jedes gute Roß nehmen, das in deinen Ställen steht!«
Lady Gorley zuckte die Achseln. »Sei's drum... lieber Pferde als Menschenleben! Aber könnt ihr eine Spur so legen, daß sie euch auf den Fersen bleiben, euch aber nicht erwischen können?«

Tarma lachte schallend. »Du fragst eine Shin'a'in, ob sie so eine Spur legen könne? Keine Bange, Lady! Alle, die nicht schon vorher aufgeben, weil ihnen die Pferde zusammenbrechen, werden, bis sie der Verfolgung müde sind, genügend Muße haben, es sich zwei- oder dreimal zu überlegen, ob es denn wirklich ratsam sei, nach Viden zurückzukehren. Sie werden sich sicher denken können, daß du sie auf keinen Fall wirst behalten wollen. Sie werden an des Königs Männer denken, die du inzwischen zu Hilfe gerufen haben dürftest… und auch an die guten Reisigen der Nachbarn. Und sie werden dann so weit von Viden entfernt sein, daß sie die ganze Sache einfach abschreiben und sich etwas anderes suchen.«

Der Wirt nickte beifällig. »Die Schwertkämpferin hat recht, hohe Frau. Sie sind hier hereingeschneit, von der Aussicht auf leichte Beute angelockt, und ziehen Leine, wenn sich das Blatt wendet.«

»Was machen wir mit dem Verseschmied dort?« fragte Tarma und wies mit dem Kopf zur Tür. Der Barde hatte sich so gekonnt unsichtbar gemacht, daß sie ihn erst jetzt entdeckten, wo es nichts mehr zu verheimlichen gab.

»Ich schließe ihn hier ein und lasse ihn erst ziehen, wenn er keinen Schaden mehr anrichten kann«, erwiderte der Wirt. »Soweit ich die Musikanten kenne, müßte er ein Schluckspecht sein. Ich werde ihn so weinselig machen, daß er den Hintern nicht mehr hoch kriegt.«

»Sehr gut… und die Götter seien mit euch!« sprach Lady Gorley und trat von den nervös schnaubenden Pferden zurück.

»Auf denn, Grünauge«, sagte Tarma und schenkte ihrer Gefährtin ein schiefes Lächeln.

Kethry seufzte und erwiderte ihr Lächeln. »Ich werde ihnen den Weg weisen und sie mit Geschick an der Nase herumführen. Aber das heißt, daß wir, verdammt noch mal, auf Monate hinaus kein richtiges Bett sehen werden!«

Tarma stupste Eisenherz mit den Hacken. Das Schlachtroß seufzte genauso schwer, wie Kethry geseufzt hatte, gehorchte jedoch und trabte mit klirrendem Zaumzeug die Straße hinab, die zur Stadt

hinausführte. »Grünauge, ich hab doch nicht gesagt, du solltest sie weisen und bannen, uns beiden zu folgen?«
»Wem dann?«
»Erinnerst du dich an dieses Großmaul namens Rory Halfaxe? Den, der ständig versucht hat, dich in sein Bett zu zerren? Der ist nun in Lyavor und will in Gegenrichtung zu unsrer bisherigen Route weiterziehen. Wenn wir umkehren und ihm folgen würden... könntest du dann wohl diesen Weiszauber auf ihn übertragen?«

Leslac ließ den Kopf hängen und stierte niedergeschlagen und verstört vor sich hin. Er goß sich noch einen hinter die Binde, ohne aber den Wein, den er schluckte, zu schmecken, und dachte: Oh, Götter des Glücks, warum tut ihr mir das an?
Er konnte es nicht glauben, was er da mit eigenen Augen gesehen hatte – er konnte es einfach nicht glauben...
Zuerst diese Farce, ja, diese Farce mit dem Besen! Er stöhnte und barg das Gesicht in den Händen. Wie sollte einer denn daraus ein Heldenlied machen? »Der Besenstiel aufblitzt in ihrer Hand...« So etwa? Oh, Götter, sie würden ihn schon allein mit ihrem Gelächter zum Tor hinausjagen, bräuchten ihn nicht erst mit faulen Tomaten und Kürbissen, Kartoffeln, Äpfeln und Birnen einzudecken.
Dann... daß Lord Gorley durch einen dummen Zufall zu Tode kam! O Götter, Götter, Götter...
»Das mir«, stöhnte er düster in seinen Becher, »und das mir! Das darf doch nicht wahr sein!«
Und dann, als ob das nicht schon gereicht hätte, dieses Komplott der Gorley-Witwe mit den anderen zwei, den Schlägertrupp schlicht von Viden fortzulocken, ohne mit ihm auch nur einmal die Klingen zu kreuzen.
»Ich bin ruiniert«, gestand er dem Wein, »ganz und gar ruiniert. Wie konnten sie mir das nur antun? So benimmt man sich nicht als Held oder Heldin. Was soll ich nun tun? Oh, warum konnte es nicht so ablaufen, wie es sich gehört?«
Ja, so, wie es sich gehört, dachte er und frohlockte.

Die Idee, die ihm da gekommen war, erschien ihm genauso brillant wie das Licht der Morgensonne, das in sein Kämmerchen im zweiten Stock der Schenke fiel.
So, wie es sich gehört!
Er griff mit fiebriger Hand nach Feder und Pergament und begann zu schreiben:

>»Die Kriegerin und die Zauberin ritten in Viden ein,
>das Unrecht zu beenden und auch die bittere Pein...«

MARY FENOGLIO

Gute Chancen, in diese Anthologie aufgenommen zu werden, haben Storys, die mit jener Humorlosigkeit oder gar Verbissenheit brechen, die in der Fantasy dieser Art oftmals anzutreffen sind. Die folgende Geschichte hat meine Lachmuskeln gereizt aus irgendeinem Grunde, was all die Lügen straft, die mich humorlos nennen. Meine Lachmuskeln sind nicht leicht zu erreichen – über Slapstick kann ich nun mal nicht lachen –, aber sie sind durchaus vorhanden.
Mary Fenoglio sagt, sie »habe die Heirat einer Tochter überlebt« und sei nun eine Schwiegermutter von fünfzig Jahren. Ihr großes Ziel sei, Mitglied der SFWA zu werden – »...und danach sieht man weiter«. – MZB

MARY FENOGLIO

Brandopfer

Was Kallina als erstes empfand, als sie wieder zu sich kam, waren Schmerzen. Jeder Muskel schmerzte. Auch die kleinste Bewegung tat ihr weh, und das Atmen fiel ihr unsäglich schwer. Sie zwang sich, ganz still zu liegen, und versuchte, sich zu erinnern, wo sie war und wie sie dahin gekommen war. Unter ihrer Wange fühlte sie derbes Stroh, das faulig roch. Das war kein sauberes Stallstroh, sondern ein modriges Zeug und so dünn gestreut, daß es die Eiseskälte des Steinbodens kaum abhielt. Als sie sich mühsam aufzusetzen suchte, war ihr, als ob sich um sie herum alles drehte; und so legte sie sich, benommen, von Übelkeit erfaßt, wieder hin und schloß die Augen. Die Schmerzen konzentrierten sich in einem massiven, hämmernden Kopfweh; ihre Zunge kam ihr dick geschwollen vor und fühlte sich staubtrocken an. Was hätte sie nicht für einen Schluck klaren, kühlen Quellwassers gegeben!
Obwohl jeder Muskel weh tat, gelang es ihr, sich aufzusetzen und sich mit dem Rücken an die Mauer zu lehnen. Als sie keuchend und mit geschlossenen Augen dasaß, vernahm sie, wie sich in dem eisernen Schloß ein Schlüssel drehte und Schritte näher kamen. Anscheinend die zweier Männer, der eine leichtfüßig schreitend und der andere tapsig schlurfend. Kallina behielt die Augen fest geschlossen.
»Ist die es?« hörte sie eine rauhe und ihr fremde Stimme. Jemand faßte sie mit harter Hand am Kinn und drehte ihren Kopf nach oben; heißer, stinkender Atem stach ihr in die Nase. Kallina hob die Lider und bohrte ihren blauweiß flammenden Blick in die verschlagen wirkenden Augen ihres Kerkermeisters. Da gab der andere Mann Antwort, und ihr Herz hüpfte vor Freude beim Klang der vertrauten Stimme. Es war Lanzal!
»Schon möglich. So dreckig, wie sie ist, könnte sie es wohl sein.

Dennoch schwer zu sagen. Aber da sie mein Pferd hatte, kann doch eigentlich kaum ein Zweifel daran bestehen, oder? Sie sieht etwas mitgenommen aus. Was ist passiert?«
»Sie hat sich wie eine Wildkatze gewehrt. Wir mußten sie zu dritt festhalten. Aber ich wußte ja, daß irgendein hoher Herr nach dem Pferd und der Dirne, die es gestohlen hatte, suchen würde und wir sicher ein Belohnung bekämen.«
»Sicher«, erwiderte der andere, ein großer Mann, mit einer Stimme, die an das Rascheln trockenen Laubs erinnerte. »Du meinst, zusätzlich zu dem Geld, das du dir schon aus meiner Satteltasche nahmst?«
»Welches Geld? Und welche Satteltasche? Ich weiß nicht, wovon Ihr sprecht, Herr! Wenn irgendwas fehlen sollte... da habt Ihr die Diebin! Durchsucht sie, aber seht nicht mich an. Ich hab Euch einen Dienst erwiesen, und daher...«
»Erspar mir deine Beteurungen! Ich bin sehr in Eile. Bringen wir sie hinaus«, erwiderte Lanzal. Seine dunklen Augen unter seiner zerzausten, rotbraunen Mähne blickten drohend.
Kallina hatte sich hochgerappelt und stand schwankend da. Ihre Augen in ihrem spitzen Gesichtchen leuchteten. Sie hob herrisch das Kinn und befahl dem Gefängniswärter hoheitsvoll: »Ja, schaff mich hinaus.«
»Du hältst den Mund, du Miststück!« knurrte der Kerkermeister und schmetterte sie mit einem beiläufigen Schlag mit seinem Handrücken an die Wand. Aber schon im nächsten Moment zappelte er röchelnd und mit hervorquellenden Augen in Lanzals eiserner Faust, die ihm unerbittlich die Kehle zudrückte.
»Geh ein bißchen behutsamer mit ihr um! Sie ist ja noch ein Kind, ein recht zierliches zudem«, grollte Lanzal und wandte sich dann an Kallina, die reglos am Fuß der Wand lag: »Kannst du aufstehn?« Sie nickte stumm und erhob sich mühsam.
»Mach schon, mach doch, wir haben nicht bis morgen Zeit«, drängte Lanzal und sandte den röchelnden Kerkermeister mit einem letzten Faustdruck zu Boden. »Komm, ich trage dich!« Aber Kallina stieß seine ausgestreckten Hände beiseite und taumelte zur Tür. Lanzal folgte ihr kopfschüttelnd.

»Da ist schon Gazir«, bemerkte er, als er hinter der schwankenden Frau in den Hof hinaustrat. »Du kannst sicher allein aufsteigen«, fuhr er fort, ergriff die Zügel des stolzen Fuchshengsts, schwang sich elegant in den Sattel und sah dann zu Kallina hinab, die vor Zorn bebte: Sie war viel zu zerschlagen und steif, um sich hinter ihn zu schwingen, und das wußte er auch. Er streckte seine große, harte Hand aus, packte sie am Unterarm und hob sie wie eine Feder hinter sich aufs Pferd. Kallina setzte sich zurecht. Es war gut, irgendwie natürlich, so zu sitzen. Sie waren schon manche Strecke so zusammen geritten.

Der Rotbraune, froh, wieder unterwegs zu sein, legte mit seinem weiten, raumgreifenden Schritt Meile um Meile zurück, und Kallina schlummerte, von des Tieres leichtem Gang gewiegt, süß an Lanzals breitem Rücken. Als sie endlich anhielten, rollte sie schlaff zu Boden und blieb reglos liegen.

Lanzal sprang beunruhigt aus dem Sattel, hob die zierliche Maid auf, trug sie in den Schutz einiger Bäume unweit ihres Weges und bettete sie, die so recht wie ein erschöpftes Kind schlief, ins Gras, deckte sie mit einem Wolltuch zu und begann, ein Lager für die Nacht aufzuschlagen.

Essensgeruch, aber mehr noch das Geräusch fließenden Wassers ließ Kallina wach werden. Sie hatte zwar schon aus Lanzals Wassersack getrunken, lechzte aber so nach kühlem, frischem Wasser, daß sie sogleich aufstand und dem Rauschen und Plätschern nachging.

»Heda, sie lebt ja!« rief der am Feuer sitzende Lanzal fröhlich, als Kallina unsicheren Schritts vom Fluß zurückkehrte.

»Aber nur so eben«, erwiderte sie. »Ich fühle mich so zerschlagen und sterbe vor Hunger! Ich würd mir gern saubere Sachen anziehen, aber ich hab leider keine.« Sie blickte Lanzal bekümmert an, und er grinste.

»Gegen die Schmerzen kann ich dir kaum helfen; du hast wohl eine ordentliche Tracht Prügel gekriegt. Aber da ist was zu essen, und zum Anziehen dürfte ich auch noch etwas für dich haben. Komm und iß erst mal, dann schauen wir weiter!«

Er sah ihr zu, wie sie die schlichte, aber gute Kost gleich einem

ausgehungerten Straßengör hinunterschlang, und musterte sie dabei eingehend. Sie war klein und zierlich, hatte leuchtendblaue Augen und ein Gesicht so scharf und spitz wie ein Füchslein. Ihre wilde Mähne war so verfilzt und schmutzig, daß ihre Haarfarbe nicht zu erkennen war; aber ihre verschmierten Hände waren schlank und zart, und sie hatte eine Hoffnung wie jemand, der es gewohnt ist, daß ihm seine Umgebung mit Ehrerbietung begegnet. Sie hatte ihm keine Erklärung dafür gegeben, warum sie mit den Zigeunern gereist war, aus deren Hand er sie befreit hatte. Er war eben noch rechtzeitig gekommen, um sie vor den Schlägen des Anführers der Bande zu bewahren, aber sie hatte auch auf seine allerdirektesten Fragen geschwiegen. Sie war störrisch und ungehorsam, hatte ihm bei ihrem dritten Lager sein Pferd gestohlen und ihn zu Fuß zurückgelassen, so daß er ihr nur mühsam hatte folgen können. Hätte er sie nicht aus dem Kerker geholt, in den man sie als Pferdediebin geworfen hatte, wäre sie zu langer Haft oder Schlimmerem verurteilt worden – und trotzdem war sie allem Anschein nach nicht bereit zu reden.
»Willst du mir nicht endlich sagen, wer du bist und was du hier draußen so allein tust?« fragte Lanzal mit einemmal und sah sie mit seinen dunklen Augen bohrend an. Er hatte ihre Geheimniskrämerei offenbar endgültig satt.
»Warum quälst du mich so mit Fragen?« murmelte Kallina und strich sich die Haare glatt. »Kennst du mich denn nicht schon lang genug, um mir zu vertrauen?«
»Dir vertrauen!« brauste er auf. »Soll ich einer Maid vertrauen, der Zigeuner blutunterlaufenen Auges nachsetzten, die mir bei der erstbesten Gelegenheit meinen Hengst stahl, mir bisher nur ihren Namen anvertraute und sonst nichts von sich preisgeben will? Und das, nachdem ich sie aus dem Gefängnis befreit und gar vor einem frühen Tod bewahrt habe? Dir vertrauen?«
»Ich kann dich gut verstehen«, erwiderte Kallina und setzte ihren Teller ab. »Aber hör, wenn ich dir sagte, wer ich bin, würdest du mir ja doch nicht glauben. Du hast mein Wort, daß ich keine Diebin oder gar eine Schwerverbrecherin bin! Ich muß nur erst nach Hause zurückkehren, und danach kann ich dir alles erzählen. Aber

bis dahin mußt du mir einfach vertrauen. Soviel kann ich dir jetzt schon sagen: Wenn du mir hilfst heimzukommen, wirst du es nicht bedauern.« Sie blickte ihn mit ernsten, bittenden Augen an.
»So hab ich's mir gedacht«, schnaubte Lanzal. »Ich werd froh sein, wenn ich dich nicht mehr sehen muß, darauf kannst du Gift nehmen! Von jetzt an hast du Ruhe vor mir. Ich hab's satt, dir die Würmer aus der Nase zu ziehen. Solange wir in dieselbe Richtung wollen, reiten wir zusammen. Wenn unsere Wege sich trennen, trennen sie sich: Dann gehst du deinen und ich meinen. Einverstanden?«
Kallina nickte heftig, und ihre hellen Augen funkelten. Wir haben denselben Weg, ja, mein Freund, dachte sie, du weißt es nur noch nicht.
»... könntest wenigstens saubermachen und aufräumen«, hörte sie ihn murmeln. Er streckte sich so lang, wie er war, unter seinen Decken aus – und schlief im Handumdrehen ein. Kallina ließ ihren Blick über den wüsten Lagerplatz, das schmutzige Geschirr und das ringsherum verstreute Gepäck schweifen und zog ein verdrießliches Gesicht.
»Zum Kuckuck!« sagte sie halblaut zu sich selbst. »Mich verlangt nach einem Bad im Fluß, für das hier habe ich jetzt keine Zeit.« Sie murmelte mit sanfter Stimme einige Worte, und schon begann es sich zwischen den halb ausgepackten Satteltaschen zu rühren: die herumliegenden Kleidungsstücke und Gerätschaften verstauten sich von selbst höchst ordentlich in den Ledertaschen, und die Pfannen und Teller packten sich blitzsauber in ihre Weidenkörbe. Zurück blieben nur ein feines, halbwollenes Hemd und ein Stück weicher Seife aus Lanzals Packen. Kallina lächelte zufrieden, warf einen prüfenden Blick auf den Krieger, der leise zu schnarchen begonnen hatte, und eilte schließlich zu dem schnell strömenden, eiskalten Wasserlauf hinab.
Lanzal schlug jäh die Augen auf; er hatte es sich zur Gewohnheit gemacht, nie tief zu schlafen, auch bei großer Erschöpfung nicht. Er sah sich rasch um – von Kallina keine Spur. Da fluchte er und setzte sich kerzengerade hin. Daß Gazir friedlich in seiner Nähe

graste, beruhigte ihn etwas. Er erhob sich dennoch und versuchte, sich Gewißheit zu verschaffen. Oh, Kallina hatte gut aufgeräumt, war also nicht überstürzt abgehauen, sobald er eingeschlafen war! Als er eben nach ihr rufen wollte, sah er eine zierliche Gestalt den Hang vom Fluß her heraufkraxeln. Aber das konnte nicht Kallina sein: Keine wilde Mähne um den Kopf, keine schmutzigen Lumpen, die um einen dünnen Körper flattern – und doch: dieser Gang, diese Art, den Kopf zu halten ...

»Kallina!« rief er, und die winzige Gestalt hob grüßend die Hand. Als sie näher kam, gewahrte Lanzal, daß es wirklich Kallina war ... Sie trug eines seiner Hemden; es reichte ihr beinah bis zum Knie. Von ihrer Mähne zeugten nur noch triste Reste: Sie hatte sie sich mit seinem Messer abgesäbelt. Mit ihrem tüchtig geschrubbten, von dem eiskalten Wasser und der Seife geröteten Gesicht, in dem nun unzählige Sommersprossen leuchteten, sah sie noch jünger aus, als er sie geschätzt hatte. Sie stand vor ihm, wie verloren in dem viel zu großen Hemd, und lächelte.

»Jetzt fühle ich mich besser«, verkündete Kallina, »und durchaus reisebereit.«

»Ich nicht«, erwiderte Lanzal barsch und wandte sich ab, um seine Bestürzung über ihre augenscheinliche Jugend und Verwundbarkeit zu verbergen. Welche Umstände hatten wohl dazu geführt, daß dies Kind so fern seiner Heimat war und so ganz allein? Jemand anderes Verantwortung aufgehalst zu bekommen, war wirklich das letzte, was er brauchen konnte! »Gazir ist ermüdet; er braucht Ruhe und gute Weide. Wir brechen erst dann auf, wenn ich es sage ... klar?« Er fixierte sie mit seinen durchdringenden Augen, bis sie verlegen nickte.

»Da wir nun zusammen reiten, werd ich nicht wieder versuchen, ihn wegzunehmen. Es ist eben so, daß ich nach Hause zurückkehren muß und dafür nicht mehr viel Zeit habe«, sagte sie. Lanzal hob befremdet die Augenbrauen.

»Nicht viel Zeit?« fragte er. »Warum sollte es für deine Rückkehr eine Frist geben?«

»Das kann ich dir jetzt nicht erklären«, antwortete Kallina mit bedauerndem Lächeln. »Aber ich bin wirklich in Eile.«

»Nun gut, aber die Zeit, die uns bleibt, sollten wir zum Ausruhen nutzen«, sagte Lanzal streng. »Ab unter deine Decke und Augen zu! Wir machen uns früh auf den Weg.«
»Ich kann jetzt aber nicht schlafen«, erwiderte sie und sah ihn verständnisheischend an. »Weil ich schon geschlafen hab. Ich setz mich eben für eine Weile ans Feuer.«
»Wie du willst. Aber verhalt dich bitte ruhig, weil ich nämlich schlafen will.« Damit drehte er ihr den Rücken zu und schlief im Nu ein.
Als Lanzal noch vor dem Morgengrauen erwachte, sah er Kallina vor dem längst erloschenen Feuer sitzen. Sie war der Kälte wegen ganz in sich zusammengekrochen und schlief wie ein Stein. Er schnaubte wütend und erhob sich ächzend, nahm die schlafende Maid hoch und bettete sie warm. Sie lächelte, als er sie zudeckte, wachte aber nicht auf.
Ein grauer und trüber Morgen begrüßte Kallina, als sie die Augen aufschlug. Dicker Nebel stieg vom Fluß auf, kroch über den Boden, wirbelte um die Baumstämme und machte Gazir, der unweit friedlich graste, zum Gespensterroß, das mit jedem Schritt und Tritt fahle Schwaden aufrührte. Gedämpft noch klang der Vogelgesang, aber ein rötlicher Schimmer am östlichen Himmel kündigte einen herrlichen Tag an.
Kallina sprang geschwind auf; ihre schmerzenden Muskeln mahnten sie jedoch, sich etwas gemächlicher zu bewegen. Jetzt wollte sie das Frühstück bereiten, um Lanzal zu beweisen, daß auch sie ihren Teil leisten könne. Sie nahm die Büchse mit Flint und Zunder und versuchte, Funken zu schlagen. Aber was Lanzal so leicht von der Hand gegangen war, wollte ihr nicht gelingen. Daher bereute sie es bald, daß sie das Feuer in dieser Nacht hatte ausgehen lassen.
»Zum Kuckuck!« murmelte sie. »Er wird bald aufwachen. Ich hab ja nicht geahnt, wie schwer es ist, so ein simples Feuer anzumachen. Das ist zu blöd!« Sie blickte sich vorsichtig nach Lanzal um; von ihm war Gott sei Dank noch nicht mehr zu sehen als sein zerzaustes, rotbraunes Haar, das unter seiner Wolldecke hervorlugte. Kallina stand auf, atmete ein paarmal tief durch und sagte sich innerlich die Formel des Feuerzaubers vor. Dann streckte sie

ihre schlanke, kleine Hand aus, wies mit dem Zeigefinger auf die kalte Asche und wiederholte diese magischen Worte mit halblauter Stimme. Sogleich schoß eine helle, heiße Flamme auf, und im Handumdrehen hatte sie ein lohendes Feuer entfacht. Kallina nickte zufrieden. »Das gefällt mir schon besser«, sagte sie zu sich selbst und machte sich mit Töpfen und Pfannen zu schaffen.

»Was, in aller Heiligen Namen, bedeutet dieser Gestank?« schrie Lanzal, sprang auf und schüttelte seine Decken von sich. Kallina stand mit gerötetem Gesicht und ebenso verschwitzt wie verblüfft vor dem mächtigsten Lagerfeuer, das er je gesehen hatte, und hielt mit jeder Hand eine rauchende Pfanne über die Flammen.

»Das wird dein Frühstück!« bellte sie zurück. »Das heißt, wenn es mir nicht alles anbrennt. Ich hab ja nicht gewußt, daß Kochen so kompliziert ist. Dabei sieht es so einfach aus. Ich weiß wirklich nicht, was ich falsch gemacht hab.«

»Am besten schmeißen wir das Zeug in den Fluß«, sagte Lanzal beim Anblick der traurigen Reste in den rauchenden Pfannen, »und hoffen, daß es die Fische nicht vergiftet.«

»Was essen wir dann?« fragte Kallina, der, wie bei ihrer Jugend nicht anders zu erwarten, heftig der Magen knurrte.

»Charque, im Sattel«, erwiderte er kurz angebunden und begann das Lager abzubrechen. Nachdem Kallina unter Lanzals wachsamem Blick die Pfannen blitzblank gescheuert hatte, verstaute sie sie in den Geschirrkörben und saß hinter ihm auf. Gazir trabte sofort los.

Als Kallina dann mißmutig auf ihrem zähen Dörrfleisch herumkaute, gelobte sie sich, es beim nächsten Mal besser zu machen. Es hatte sich ja, als ihre Talente in anderen Bereichen offenbar geworden waren, niemand mehr auch nur die geringste Mühe gemacht, ihr das Kochen beizubringen. Daß ich eine große Köchin werde, dachte sie, ist, bei all meinen übrigen Fähigkeiten, doch nur eine Frage der Zeit.

Sie ritten fast den ganzen Tag, jeder mit seinen eigenen Gedanken beschäftigt und keiner sonderlich gesprächig. Spät am Nachmittag gab Lanzal das Zeichen zum Halt.

»Nun ist es nicht mehr weit bis zu meinem Schloß«, meinte er, als

Kallina zu Boden glitt und wild umherhüpfte, um das Blut in ihren Beinen wieder zirkulieren zu lassen. »Ich möchte in aller Stille und bei Dunkelheit heimkehren. Als ich gen Süden ritt, erreichten mich von zu Hause immer wieder Gerüchte über einen Kerl, der mir seit geraumer Zeit nachstellt. Er will sich offenbar meine recht ausgedehnten Ländereien, die an die seinen grenzen, aneignen und glaubt, den Weg dazu gefunden zu haben. Er hat meine Abwesenheit genutzt, sich die Gunst der örtlichen Behörden zu erkaufen. Ich brauch eine Weile, um die Lage sondieren und einen Plan schmieden zu können, bevor ich ihm ans Leder geh.«

Kallina nickte geistesabwesend und überlegte, was für sie daraus folgte. Wenn Lanzal in einen Streit um Grund und Boden verwickelt würde, könnte sie womöglich nicht binnen der gesetzten Frist nach Hause zurückkehren... und dann wäre ihr ganzes Martyrium umsonst gewesen. Aber vielleicht würde er ihr ja ein Pferd borgen und sie allein weiterziehen lassen. Nein, das war unwahrscheinlich, da er anscheinend meinte, sich um sie kümmern zu müssen. Wenn er wüßte, was sie schon durchgemacht hatte... nun, sie hatte schon mal ein Pferd gestohlen und würde es vermutlich wieder schaffen. Wenn man sich das in den Kopf gesetzt hat und die Augen offen hält, findet sich immer ein Weg.

Nun war ihr wohler ums Herz!

Sie packte das Kochgeschirr aus und machte sich munter ans Werk. Als Lanzal von einem nahen Bach mit Wasser zurückkehrte, sah er zu seinem Staunen, daß das Lagerfeuer schon heftig loderte und Kallina bereits überaus emsig war.

»Im Feuermachen bist du ganz groß, das muß man dir lassen«, sagte er lächelnd. »Aber du brauchst nicht zu kochen. Ich hab unterwegs oft für mich was gebrutzelt. Paß auf, ich bin mit dem Abendessen fertig, ehe du anfängst...«

»Ich hab schon angefangen«, versetzte Kallina gereizt, »und komme prima zurecht. Man muß nur wissen, wie es geht... oh, verdammt!« Das Fett in der Pfanne stand in hellen Flammen, die ihr Hände und Gesicht zu versengen drohten. Da rannte sie aus dem Lager, um das brennende Fett über einem Sandhügel auszugießen und die Lohe mit Sand zu löschen.

»Hast du dich verbrannt?« fragte Lanzal besorgt. Als er sah, daß dem nicht so war, fuhr er sanfter fort: »Nur gut, daß du dir deine Haare geschnitten hast. Sonst hätte es übel ausgehen können! Aber es ist wohl besser, wenn ich von nun an koche. Wie kommt es, daß ein Mädchen deines Alters keine blasse Ahnung davon hat, wie man so ein warmes Mahl zubereitet? Meine Schwestern konnten in deinem Alter alle schon kochen oder kannten sich zumindest in der Küche gut genug aus, um den Mägden die nötigen Anweisungen zu geben.«

»Du meinst also, ich seh wie eine Küchenmagd aus?« fragte Kallina heftig und scheuerte wütend die Pfanne aus.

»Ich weiß nicht, wie du aussiehst... Am ehesten wie ein verirrtes Kätzchen!« erwiderte er. »Du willst mir ja nicht sagen, wer oder was du bist. Aber das eine ist gewiß, daß du aus vornehmem Hause bist. Wohl gewohnt zu befehlen, aber nicht gewohnt zu gehorchen. Verzogen und dickköpfig. Das ist alles, was ich über dich weiß.«

»Ich bin keine Magd«, antwortet Kallina ingrimmig. »Und bin weder verzogen noch dickköpfig. Und ich werd kochen lernen. Das hat nie jemand von mir erwartet, das ist alles. Was ich mir vornehme, das schaffe ich, auch so was Simples wie das!«

»Also gut«, sagte Lanzal, als er ihre entschlossene Miene sah. »Manche Frauen kriegen den Bogen aber nie raus, hab ich zumindest gehört. Und wer hat das nicht von dir erwartet?«

Kallina würdigte ihn keiner Antwort. Sie runzelte die Braue und konzentrierte sich ganz darauf, das Abendessen doch noch zuwege zu bringen. Als sie dann soweit war, rief sie Lanzal zum Essen.

»All die Zeit und Mühe... und das ist nun das Resultat?« fragte er mißmutig und musterte, was sie ihm da reichte. »Ich wäre jetzt lieber ein Pferd, dann könnte ich mit Gazir zu Abend essen.« Sie warf ihm einen vernichtenden Blick zu und kostete. Aber als ihre Geschmacksnerven das Produkt so vieler Mühe testeten, malten sich rasch hintereinander Erstaunen, Enttäuschung und Abscheu in ihrem lebhaften Gesicht. Sie kaute kurz, schluckte schwer, setzte ein saures Lächeln auf und krächzte tapfer: »Köstlich!«

Lanzal sah sie stumm und staunend an, schüttete seine Portion in

die Pfanne zurück und nahm sich aus seinem Korb Dörrfleisch und einen Kanten hartes Brot. Kallina aß ihren Schlag zur Hälfte auf, murmelte dann etwas von »wahnsinnig sättigend« und vermachte den Rest den wilden Tieren.
»Ein Fall von Tierquälerei«, stichelte Lanzal. »Vielleicht hätten wir es vergraben sollen.« Bevor sie etwas entgegnen konnte, fügte er hastig hinzu: »Ich wasche ab.« Danach legten sie sich nieder, um sich vor dem letzten Teil ihrer Reise noch etwas auszuruhen.
Lanzal schlief tiefer, als er es gewollt hatte. Kallina schlief so fest wie immer, wenn ihr müder junger Leib neue Kräfte schöpfen mußte. So kam es, daß keiner von ihnen die Pferde, deren Hufe mit Lumpen umwickelt waren, näherkommen hörte. Gazir jedoch witterte sie. Er hob den Kopf und wieherte leise: Es war der Geruch ihm vertrauter Männer und Pferde, nicht der von Fremden, von Feinden. Er wurde auch nicht nervös, als sich ihm ein Mann näherte und ihm die Hand über die Nüstern legte, um ihn zu hindern, noch einmal zu wiehern oder zu schnauben. Da krochen noch drei Männer in dieses Lager herein, das ein sonderbares, weil kein Holz verzehrendes Feuer erhellte. In seinem Schein sahen sie die beiden Schlafenden. Lanzal schlugen sie mit Keulen bewußtlos; Kallina rollten sie aus ihren Decken – und starrten sie dann entgeistert an.
Empört sprang sie hoch und starrte zurück. Sie war aufgeplustert wie eine vom Nest gejagte Glucke – das Stoppelhaar gesträubt und Lanzals Hemd über ihrem spatzendünnen Körper gebauscht. Mit ihren eisblauen Augen funkelte sie die düsteren, stummen Kerle, die sie umringten, herrisch und unerschrocken an und stemmte die Hände in die Hüften und musterte einen nach dem andern.
»Was soll das?« fragte einer von ihnen unsicher. »Von 'nem Mädchen hat man uns nichts gesagt. Was wird nun mit dem Gör?«
»Genau«, pflichtete ein anderer bei. »Bloß Lanzal sollten wir uns schnappen. Das gibt Ärger, sag ich, kein Vertun!«
Dann hob ein allgemeines Kopfschütteln und halblautes Ratschlagen an, und fast ehe Kallina wußte, was geschah, warfen sie den noch erschlafften Lanzal dem scheuenden Gazir quer über den

Rücken und donnerten mit ihm davon. Als sie im Dunkel der Nacht verschwunden waren, fand sich Kallina allein mit Lanzals Gepäck und dem prasselnden Feuer.
»Was nun?« dachte sie und raufte sich die Stoppelhaare. »Wenn ich je versucht war... nur ein klitzekleiner Zauber... Ach nein, ich kann nicht! Ich geb nicht auf, so kurz vor dem Ziel. Es muß einen anderen Weg geben. Ich muß einfach nachdenken.«
Sie versteckte Sattel und Gepäck in einem riesigen, hohlen Baum, hing sich den Beutel mit dem Rest Dörrfleisch und den Wassersack um und nahm dann entschlossen die Verfolgung ihrer nächtlichen Besucher auf. Gegen Morgen vernahm sie hinter sich auf der Straße das Gerumpel eines Wagens. Mit einem Satz war sie in den Büschen. Als sie dann durchs Gezweig spähte, sah sie bloß eine alte Bäuerin näherkommen, ein Weiblein, das auf dem hohen, schmalen Sitz eines klapprigen Karrens hockte, der von einer genauso klapprigen Mähre gezogen wurde. Kallina lief erleichtert auf die Straße, hielt die Alte an und erzählte ihr eine solch herzzerreißende Mär von ihrer grausamen Herrin und warum sie der davongelaufen sei, daß sie im Nu aufsteigen durfte, um in die Stadt mitzufahren. Sie mußte sich den Platz im hinteren Teil des Karrens zwar mit einem quiekenden Schwein und etlichen Hühnern teilen, die das Weib auf dem Markt verkaufen wollte, kam dafür aber doch ein bißchen schneller voran als auf Schusters Rappen.
Als sie in das Gewirr der engen Gassen einfuhren, sprang Kallina ab und eilte zu Fuß zum Stadtplatz, wobei sie achtgab, möglichst wenig aufzufallen. Als sie dort ankam und sah, daß sich vor einem düstergrauen, abweisenden Bau, der statt Fenster Schießscharten hatte und mit einer schweren Eichentür gesichert war, ein kleiner Auflauf gebildet hatte, wußte sie, wo man Lanzal gefangenhielt! Diese Männer waren keine Marktbesucher – dazu war es zu früh, und dazu wirkten sie zu erregt. Sie blickten finster drein, verzogen böse den Mund und diskutierten mit ernster Miene in kleinen, sich ständig neu bildenden Gruppen. Kallina wußte, daß sie über Lanzal sprachen und daß es, dem Ausdruck ihrer Gesichter nach, nicht gut um ihn stand.
Verdammt! dachte sie, wenn das so weitergeht, komme ich nie

nach Hause. Dieser rothaarige Riese steckt in großen Schwierigkeiten. Was soll ich nur tun? Sicher, ich hab meine eigenen Probleme, aber er wollte mir helfen, gestand sie sich ein, und ist dann geschnappt worden. Das hat er sich nicht selbst eingebrockt! Er hat sich sehr um mich gekümmert, ob ich das nun wollte oder nicht, und hat wohl ein Anrecht darauf, daß ich ihm jetzt helfe. Bloß wie?

Kallina sah überrascht den Mann in ihrer Nähe an, der mit lauter Stimme, ohne sich an jemand Bestimmten zu wenden, zu räsonnieren begonnen hatte: »Er ist ein guter Mensch, dieser Lanzal. Er hat für uns in dieser Stadt manche Schlacht geschlagen und viel Gutes getan. Was die da vorhaben, ist Unrecht, das sieht doch ein Blinder!«

»Was haben die denn vor?« fragte Kallina furchtsam. Da blickte er erstaunt auf sie herab.

»Was die wollen? Ihn hängen, kleines Fräulein, morgen. ›Weswegen hängen?‹ hab ich gefragt, als ich das hörte. ›Wegen Hochverrats‹, haben die gesagt. ›Mumpitz!‹ hab ich gesagt. Er hat den König nie verraten. Ich kenn ihn ja zeit seines Lebens und weiß das!«

Kallina war schon bei seinen ersten Worten erstarrt. Nun war sie so bleich, daß er besorgt die Hand nach ihr ausstreckte. Aber da richtete sie sich hoheitsvoll, königlich auf und sah ihn mit ihren blauen Augen kalt an.

»Bist du ein Freund von ihm?« fragte sie ruhig.

»Das bin ich, und das darf jeder wissen!« erklärte er.

»Hilfst du mir auch, ihn da rauszuholen, bevor sie ihn schuldlos hängen?«

»Gewiß, und ich kenne andere, die mitmachen werden«, erwiderte er eifrig.

»Gut!« sagte Kallina entschieden. »Ich glaub, ich hab schon einen Plan. Können wir uns irgendwo unbelauscht unterhalten?«

»Ja, in meinem Haus. Es ist nur ein paar Schritte von hier, und da wird uns niemand stören.«

Sie begaben sich in das Häuschen des Mannes und blieben da für den Rest des Tages. Ein eiliges Kommen und Gehen begann. Männer jeden Standes und Alters schlüpften herein und huschten wieder von dannen. Als Kallina am Abend auf die Straße hinaustrat, trug sie ein riesiges Tablett. Es war mit einem sauberen Linnen bedeckt, unter dem man Geschirr und Besteck klappern und klirren hörte. Offenbar wollte sie jemandem das Nachtessen bringen. Ihr neuer Freund sah ihr von der Schwelle seines Hauses nach, als sie, die stattliche Last vor sich balancierend, behutsam die Straße zum Kerker hinabschritt.

»Heda, Mädchen!« rief der bullige Wächter sie an, als sie auf das schwere Eichentor zutrat. »Wo willst du denn hin?«

»Ich bring Lanzal sein Abendessen!« erwiderte sie gelassen.

»Sieh mal an! Und wer bist du, wenn ich fragen darf?«

»Seine Nichte, mit Verlaub. Wir waren zusammen unterwegs, und er hat sonst niemand, der ihm seine Henkersmahlzeit bringen könnte«, antwortete sie. Dabei füllten sich ihre Augen mit Tränen, die nur zum Teil gekünstelt waren. Als der Wächter mit seinen schmutzigen Händen das Tuch zurückgezogen hatte, leuchteten seine Augen gierig auf.

»Das ist aber ein feines Abendessen!« meinte er dann. »Könnte aus des Königs eigener Küche stammen, so gut sieht das aus.«

»Ehrlich?« Kallina lächelte leicht und zeigte dabei ihre hübschen Grübchen. »Es reicht wohl auch für dich und... alle, die da drin sind.« Sie blickte neugierig an ihm vorbei ins Wachlokal und sah da zwei riesige Kerle, die sich die Zeit mit Würfeln vertrieben. »Aber vielleicht ist ja das Abendessen für euch schon unterwegs. Was viel Beßres zudem als das hier.«

»Nein, nein, einer von uns wollte noch in die Schenke, um Eintopf zu essen. Da gibt's nämlich meist Eintopf, jedenfalls langt unser Geld nur dafür. Aber wenn das da auch für uns drei reicht...«

»Ich habe reichlich gekocht«, erwiderte Kallina. »Zudem weiß ich genau, daß ihr mir das einfach abnehmen könnt, wenn ihr wollt, so daß Lanzal überhaupt nichts davon bekäme. Bedient euch also, und laßt es euch schmecken!«

»Aber ja, bleibt genug für ihn«, brüllte einer der Männer aus der Wachstube. »Der Kerl in der hintersten Zelle hat keinen

Schmacht, schätz ich!« Die drei lachten grölend. Kallina schoß das Blut ins Gesicht, aber sie hielt ihre Zunge im Zaum.
Sie häuften den Löwenanteil des dampfenden Mahls auf Holzteller, die sie irgendwo beschafft hatten, und fielen heißhungrig darüber her. Kallina huschte durch den kurzen, schmalen Gang zu Lanzals Zelle. Er döste auf einem mit einer Kette an der Wand befestigten Brett und sah deprimiert vor sich hin. Als er sie gewahrte, stand er augenblicklich auf und kam zur Tür, umfaßte mit seinen großen, starken Händen die Gitterstäbe, neigte sich zu ihr herab und sah sie mit leuchtenden Augen und breit lächelnd an.
»Wenn das nicht die Kleine ist!« rief er entzückt. »Wie schön zu sehen, daß du wohlauf bist. Ich hab dagelegen und die ganze Zeit überlegt, wie es dir wohl ergangen sei, so allein im Dunkel der Nacht.«
»Ich fürchte mich nicht im Dunkeln«, versetzte sie keß. »Hab ich dir nicht immer und immer wieder gesagt, daß ich für mich selbst sorgen kann? Ich wußte nur nicht, daß ich mich auch noch um dich kümmern müßte.«
Da richtete Lanzal sich auf und runzelte die Stirn.
»Du hast deine scharfe Zunge nicht verloren«, bemerkte er düster. »Aber wie bist du hier hereingekommen und warum?«
»Ich bring dir das Nachtessen. Hab den ganzen Nachmittag auf die Zubereitung verwendet. Als dein Henkersmahl sollte es etwas ganz Besonderes sein!« antwortete Kallina laut und fügte, näherkommend, leise hinzu: »Daß es dein letztes Mahl werde, glauben jedenfalls die da draußen.«
Lanzal lüftete das Tuch und starrte auf die restlichen Speisen.
»Das würde es wohl auch, wenn ich es äße«, murmelte er. »Aber was ist das eigentlich?«
»Hammelfleisch, Kartoffeln und Zwiebeln«, erwiderte Kallina ganz entrüstet. »Die dort draußen haben auch ihre Portion bekommen und lassen es sich schmecken.«
»Hoffentlich vergiften sich diese Kerle damit«, lästerte Lanzal, »dann könntest du ihnen den Schlüssel abnehmen, und ich...«
Ihre Miene ließ ihn verstummen. »Kallina! Du hast doch nicht etwa! Du würdest gewißlich mit mir hängen, wenn du...«

»Gift? Ich? Gift ist die Waffe des Meuchelmörders«, erwiderte sie in gekränktem Ton. »Willst du nun dein Abendessen oder nicht?«
»Danke, nein, mir liegt schon genug im Magen! Essen die Wächter das denn wirklich...«
»Scht!« zischte Kallina. »Ja doch! Wir werden in wenigen Minuten aus dem Kerker hinausspazieren, uns auf Gazir schwingen und uns aus dem Staub machen.«
»Du meinst, denen wird davon so schnell übel werden?« grinste er.
Sie sah ihn mit ihren eisblauen Augen durchdringend an.
»Ist das dein Dank für meine Mühe?« fragte sie spitz.
»Du wirst Dank genug bekommen«, versicherte er, »so dein Vorhaben... was immer es sei... gelingt und du mir diesen Schlüssel auch beschaffen kannst.«
»Schlüssel? Den brauchen wir nicht«, erwiderte Kallina leichthin, trat von der Zellentür zurück und stellte das Tablett mit dem so schnöde zurückgewiesenen Mahl auf den Boden. Sie schloß kurz die Augen, murmelte etwas so schnell und leise, daß Lanzal es nicht verstehen konnte, faßte die Tür und öffnete sie schwungvoll. Die quietschte dabei so laut in den Angeln, daß die beiden erstarrten und lauschten. Aber nichts, keiner der Wächter stieß einen Schrei oder Alarmruf aus. Da krochen Kallina und Lanzal mit angehaltenem Atem zur Gangtür und spähten in die Wachstube.
Die drei Kerle saßen noch immer, wo Kallina sie verlassen hatte, waren aber wie erstarrt. Der eine hatte seine Gabel halbwegs zum Mund erhoben, der andre stierte auf seinen Teller, und der letzte grinste blöde ins Leere.
»Was ist mit ihnen?« fragte Lanzal, der seinen Augen nicht trauen wollte. »Sie sehn aus, als ob sie von etwas oder jemandem verhext wären...« Er blickte zu dem jungen Mädchen an seiner Seite hinab, als ob er sie jetzt zum erstenmal sähe, vergaß ihr spitzes junges Gesicht, den wüsten Haarschnitt und sah tief in ihre verblüffend blauen Augen. »Wer bist du?« fragte er ruhig und ganz anders als je zuvor.
»Wir haben keine Zeit für Erklärungen«, drängte Kallina. »Bald

erlischt der Zauber, dann werden die Kerle wild wie Hornissen sein. Sobald es geht, werd ich dir sagen, was du wissen willst, ehrlich.«

Sie traten geschwind auf den Platz hinaus. Als ihre Augen sich an das Dunkel gewöhnt hatten, sahen sie im Schatten der Kerkermauer Gazir stehen, dazu Kallinas Kollaborateur mit zwei, drei anderen Helfern. Ein schneller Händedruck in der Runde, ein geflüstertes Versprechen, zurückzukehren, um Vergeltung zu üben, und schon saß Lanzal im Sattel, und Kallina schwang sich hinter ihn. Auf Lanzals sachten Schenkeldruck setzte sich das stattliche Roß in Bewegung und überquerte den Platz. Weil die meisten Einwohner beim Abendessen saßen, gelangten sie auch unbemerkt zum Tor. Als sie endlich vor der Stadt waren, hielt Lanzal, wandte sich halb und sah Kallina an.

»Du wählst den Weg, Kleine«, sprach er. »Ich hab dir meinen Dank versprochen... Am besten kann ich mich wohl revanchieren, indem ich dich nach Hause bringe.«

»Nach Norden«, erwiderte sie und schmiegte sich an seinen Rükken. »Im Norden liegt mein Zuhause.«

Er nickte, drehte Gazir genau nach Norden und gab ihm sanft die Schenkel. Da fiel der Fuchshengst in seinen leichten, wiegenden Schritt. Lanzal ritt eine Weile stumm dahin, räusperte sich dann und sagte zögernd: »Früher oder später find ich sicher heraus, wer du bist. Ich kann warten. Aber eins sollten wir gleich klären. Für den Rest unserer Reise... übernehm ich das Kochen.«

Kallina grinste seinen breiten Rücken an und erwiderte: »Ich hatt es sowieso schon langsam satt!«

DOROTHY J. HEYDT

Ihr Debüt im Bereich der Fantasy hat Dorothy J. Heydt in Band III der ›Magischen Geschichten‹ (›Windschwester‹) mit einer Story über die Antike und die klassische griechische Zauberin Cynthia gegeben. Sie hat seither noch drei oder vier Cynthia-Abenteuer publiziert – nach meiner Leserpost zu urteilen, dürften es ruhig weit mehr werden.
Früher oder später wird sie aus den Geschichten wohl einen Roman machen; ich wenigstens werde mich freuen, sie alle in einem Werk versammelt zu wissen.
Dorothy zieht, wie die meisten unsrer Autorinnen, nebenher einige aufgeweckte und intelligente Kinder groß. Sie wachsen so auf, wie es sich gehört: als echte Leseratten. – MZB

DOROTHY J. HEYDT

Rattentod

»Mach das Fenster auf«, flüsterte Cynthia.
»Nein, nicht«, bat die Bierwirtin. »Sonst entfleucht ihr Geist.«
»Er entflieht sowieso«, erwiderte Cynthia. »Wir lassen ihn besser ungehindert von dannen ziehen als in dem Gestank hier schmoren.«
Da entriegelte der Junge die Fensterläden und stieß sie weit auf. Holz knirschte auf rauhem Backstein, mildes Licht fiel ein: das mattgoldene Licht des Spätnachmittags. Der Geruch des Todes wurde durch den von Seetang und faulendem Fisch überlagert.
»So ist es besser«, seufzte die alte Hexe erleichtert. »Leb wohl, Cynthia. Oh, hätten wir einander doch schon früher kennengelernt, dann hätte ich dir viel mehr beibringen können. Aber ich hab dich gelehrt, was ich wußte. Du mußt häufig üben, ja? Ich hab dir den Feuerzauber gezeigt und das Tintenfaß und die Verwandlung...« Sie verstummte. Ihr Gesicht erstarrte und wurde seltsam leer. Cynthia schloß die Augen. Die Schankwirtin, die Tochter der Alten, brach in Tränen aus.
»Fahr wohl, Xanthe«, sprach Cynthia und seufzte. Feindinnen waren sie einst gewesen und Freundinnen dann geworden. Aber Feinde und Freunde gleichermaßen zu verlieren, das war der Lauf der Dinge... Was sind wir und was nicht? Der Mensch ist nur der Schatten eines Traumes, dachte sie und sagte laut: »Komm, hol Wasser und Linnen, dann helf ich dir, sie aufzubahren, bevor ich gehe. Ich muß heut abend noch mehr Krankenbesuche machen.«
Sie wuschen den zerbrechlichen, alten Leichnam und hüllten ihn in ein Leintuch, das die Wirtin aus ihrer Truhe genommen hatte; es mochte zu einer Mitgift gehört haben – hätte aber auch Diebesgut sein können.

»Wie spät ist es?«

»Sonnenuntergang«, sagte Cynthia. Durchs offene Fenster strömte rötliches Licht herein. »Nicht wahr? Wir haben doch sicher nicht die ganze Nacht hier zugebracht.«

»Und der Mond ist im letzten Viertel«, bemerkte die Schankwirtin. »Sie wird mit dem Tidenwechsel hinausgehen.«

»Wohin?«

Die Wirtin zuckte die Achseln und grinste schief. »Derlei Dinge hat sie mir nie gesagt.«

Xanthes Enkel, der kleine Perikles, folgte Cynthia die wacklige Treppe hinab zur Schankstube. »Du willst doch nicht etwa jetzt da rausgehn? Es wird Nacht.«

»Keine Angst«, antwortete sie. »Ich komme seit Tagen hierher, die Leute kennen mich schon. Die einen halten mich für eine Hexe, die anderen für eine Ärztin... also jedenfalls für jemanden, mit dem sich wohl keiner anlegen würde. Ich habe kein Geld, und um meiner Schönheit willen wird mich auch niemand niederschlagen.«

»Sei dir nicht so sicher«, sagte Perikles und grinste. Er mochte dreizehn oder vierzehn Lenze zählen und war klein für sein Alter, aber recht aufgeweckt. »Wenn du lächelst, und ich hab dich schon lächeln gesehen, bist du nicht annähernd so übel, wie du glaubst. Aber wenn du partout raus willst, sollte ich dich wohl lehren, wie man mit einem Dolch umgeht.«

»O darin hab ich Erfahrung! Mach dir also um mich keine Sorgen«, erwiderte Cynthia. Aber nun ertappte sie sich dabei, daß sie mit geschlossenen Augen gegen den Türrahmen lehnte... »Entschuldige«, sagte sie und wischte sich eine Haarsträhne aus dem Gesicht. »Mir geht es gut, Perikles. Ich bin nur müde. Vielleicht besuche ich dich morgen.«

Als Cynthia in die Gaststube trat, beendete Xanthes Schwiegersohn die zähe Diskussion, die er mit einigen neapolitanischen Matrosen geführt hatte, und schenkte ihr einen Becher Wein ein. Aber ihr Geld dafür wies er lächelnd zurück.

In der Schankstube war es dunkel und stickig. Auch hier hätte man besser die Läden geöffnet – aber da hätten wohl die meisten Gäste

protestiert. Die waren nämlich sozusagen beim Frühstück, stärkten sich für die kommende Nacht: Es waren Straßenräuber, Einbrecher, Strichjungen und Prostituierte aller Art. Sie schenkten Cynthia ebensowenig Beachtung wie sie ihnen: Man kannte sie, wie gesagt.
Den Fremden bemerkte Cynthia nur, weil er sie anstarrte. Als sie aus den Augenwinkeln seinen leuchtenden Blick auffing, wandte sie leicht den Kopf und musterte ihn gründlich, ohne ihn aber direkt anzusehen.
Ein dunkelhaariger, schwarzbärtiger Typ, der schielte und vierzig Jahre alt sein mochte und sie halb lächelnd anstarrte. Einer, den sie... der sie kannte? Als Kind hatte sie, ihr Haar unter einem Turban verborgen, oft im Hafen von Alexandria gespielt, als Junge unter Jungen, bis die Zeit und ihr rasches Wachstum das unmöglich machten. Und sie unkenntlich, oder nicht? Woher kannte der Mann sie also – wenn er sie kannte?
(Ein dunkler, schielender Bursche mit einem irritierenden kleinen Lächeln, der ein Cape trug, das viel gekostet haben mußte, jetzt aber verschmutzt und am Saum von Ratten zernagt war. Irgend etwas glitzerte an seinem Hals...)
Cynthia trank ihren Wein aus und stellte den Becher langsam ab. »O danke, nichts mehr. Ich muß noch andere Patienten besuchen.« Damit wandte sie sich zum Gehen. (Der Kerl setzte ein breites Lächeln auf und entblößte seine langen, gelben Vorderzähne. Irgend etwas schien ihn zu amüsieren. Das Ding an seinem Hals war aus gehämmertem Kupfer. Es bestand aus einem Kreis und einem Dreieck – ein Zeichen, das sie schon früher gesehen hatte, sie erinnerte sich dunkel daran. Sie schlug ihren Umhang um ihre Schultern und trat auf die Straße hinaus.
Die Schatten der westlichen Berge waren über die Insel gefallen, oben am Himmel leuchtete Hesperus. Erst geh ich zu Daphne, dachte Cynthia, denn Daphnes Mann, ein Hafenarbeiter, war an der Seuche erkrankt und würde in dieser Nacht oder am nächsten Tag sterben. Bis zu ihrem Haus war es nicht weit; sie konnte den direkten Weg nehmen, eine enge, von Ratten bevölkerte Gasse, oder einen Umweg machen: drei Seiten eines Straßengeviertes und

sodann am Kai entlang. Hier waren zwei Häuser so weit nach rechts geneigt, daß auch sie sich nach rechts neigen mußte, um zwischen ihnen hindurchgehen zu können... und hier waren zwei Stufen, die verfault aussahen, aber noch heil waren, und da war auch schon der Hafen.
Am Kai lag ein Schiff vertäut, das am Morgen noch nicht dagewesen war. Langer Bug, elegante Linien, vielleicht ein alexandrinischer Segler? (Womöglich war der rattenhafte Typ in der Kneipe doch ein alter Bekannter gewesen!) Sie ging längsseits bis zur Laufplanke, auf der Schauerleute in zwei Reihen zwischen Deck und Kai hin und her pendelten und die Ladung aus Weinamphoren sowie Kupfer- und Rohglasbarren löschten.
O ja, das war bestimmt ein ägyptisches Schiff: Auf dem Schandeck hockte nämlich eine Katze! Das exotische Tier leckte sich eifrig die Pfoten und kratzte sich die Ohren.
»Hallo, Katze«, grüßte Cynthia. Die blickte sie an und streckte sich auf das Anderthalbfache ihrer Normallänge. Als Cynthia sie nun mit »Pscht, pscht« lockte, sprang sie mit einem Satz auf die Planke, schlüpfte zwischen den Beinen der Schauerleute durch und ließ sich mit einem tiefen, behaglichen Schnurren von ihr die Ohren kraulen.
Cynthia hatte seit Jahren keine Katzen gesehen. Im alten Ägypten, vor der Eroberung Alexandriens, waren sie heilige und den Göttern geweihte Tiere gewesen, auf deren Ausfuhr die Todesstrafe stand. Sogar jetzt, unter der aufgeklärten Herrschaft der Ptolemäer (die keinem in seine Geschäfte dreinredeten, solange für die königliche Schatzkammer etwas dabei heraussprang), hatten nur wenige Exemplare dieser Art den Weg in andere Länder gefunden, bislang jedenfalls.
Die nun um sie herumstreichende Katze hatte ein goldbraunes Fell, das in den letzten Strahlen der untergehenden Sonne rötlich aufschimmerte, und eine dünne schwarze Linie rund ums Maul. Wenn sie gähnte, zeigte sie ein beeindruckendes Gebiß, und dann erinnerte sie an eine kleine Löwin.
»Guten Abend«, grüßte der Kapitän, der etwas erhöht an der Reling stand. »Was führt Euch hierher?«

»Ich bin Ärztin«, erwiderte Cynthia. »In dieser Stadt wütet eine Seuche.«
Der Kapitän schlug das Zeichen gegen das Böse. »Welcher Art?«
»Das weiß ich noch nicht«, antwortete sie. »Ich bin ihr in diesem Monat erstmals begegnet, hier in diesem Viertel. So ein Hafen ist ein Seuchenherd, wie Ihr ja wißt; da sind nun einmal die Schiffe, die aus fremden Ländern Krankheiten einschleppen... das soll nichts gegen das Eure sagen, mein Herr, Ihr seid eben erst eingelaufen... und dann leben die Menschen hier so dicht gedrängt, daß sie einander anstecken. Aber diese Krankheit ist etwas Neues. Die schwarzen Flecken an den Leisten, in den Achselhöhlen, die steifen, geschwollenen Gelenke... so was hab ich nie zuvor gesehen, nicht einmal davon gelesen.«
»Überstehen sie es oder sterben sie daran?«
»Die meisten sterben. Bisher hab ich nur zwei Überlebende, beides gesunde junge Frauen ohne Kinder. Sie helfen mir nun, die übrigen zu pflegen.«
»Oh«, sagte der Kapitän. »Da ist etwas, was Ihr wissen solltet. In den Häfen laufen Gerüchte um, die Karthager wollten Siziliens Hellenen zwingen, ihnen einige Städte zwischen hier und Lilybäum, dem westlichen Vorgebirge Siziliens, zu überlassen. Es heißt auch... aber das ist natürlich nur Wirtshausgerede, sie hätten einen Hexer angeheuert, der mit Schwarzer Magie schaffen solle, was sie mit Waffengewalt nicht erreichten.«
Cynthia war wie vom Donner gerührt. »Sagen die Gerüchte auch, wie dieser Mann aussieht?«
»Nein, nichts.«
»Aber er ist einer von ihnen? Ein Phönizier?«
»Vermutlich.«
Das war es also, was sie am Hals des rattengesichtigen Kerls in der Schenke gesehen hatte: Kreis für Kopf, Dreieck für Kleid und, von seinem Brusthaar halb verborgen, die kleinen Arme, die Hände mit den gespreizten Fingern – das Symbol Tinnits, des reizlosen Oberhaupts all dieser sauertöpfischen Götter der Phönizier. »Ich glaube, den hab ich gesehen. Danke für diese Nachricht, Kapitän. Leb wohl, Mieze.« Sie kraulte der Katze noch mal die Ohren –

das bringt Glück! – und machte sich auf den Weg zurück zur Taverne.
»Alles Gute«, rief der Kapitän ihr nach.
Im Schatten der windschiefen Kneipe blieb sie unvermittelt stehen. Denn durch die Schenkentür kamen eben drei Männer heraus. Zwei gingen in die eine Richtung davon, einer in die andere: Und der eine war der rattenhafte Karthager. Er lächelte noch immer und verschwand, ohne von ihr Notiz zu nehmen, im Dunkel der Gasse. Cynthia folgte ihm geräuschlos.
Plötzlich blieb er stehen, mitten in einem Quadrat roten Lichts, das die Abendsonne, die an einer Stelle zwischen den Hausdächern einfiel, auf dem Pflaster bildete. Er zog sich splitternackt aus, faltete seine Kleidung zu einem kleinen Bündel, barg den Tinnit-Anhänger darin und legte den Packen am Fuß einer Mauer nieder, wo es aus dem Licht und aus dem Weg war. Dann blickte er zum dunkler werdenden Himmel auf, warf eine Kußhand zu ihm empor und murmelte einige Worte. Und schwand. Das einzige Lebewesen, das nun in dem Lichtfleck zu sehen war, war eine langschwänzige Ratte.
Sie war größer als alle Ratten, die Cynthia je gesehen hatte, und heller gefärbt, was bei dem rötlichen Licht jedoch nicht genau zu beurteilen war. Die Ratte strich sich mit den Vorderpfoten kurz über die Schnurrhaare, ließ den Schwanz vor- und zurückschnellen, huschte dann aus dem Licht und durch ein Loch in der Mauer außer Sicht.
Gestaltwandel, dachte Cynthia. Xanthe hatte ihr die Worte dafür beigebracht – wenn sie sich doch bloß daran erinnern könnte! Es waren dieselben wie für jede Art von Verwandlung; man mußte sich dabei jedoch die Gestalt vorstellen, die man anzunehmen wünschte. Ein Terrier, ja das wäre das Geeignete: etwa zwei Jahre alt, mit hübsch scharfen Zähnen, klein genug, um der Ratte durch das Loch in der Mauer zu folgen, groß genug, um ihr den Garaus zu machen. Cynthia stellte sich einen Terrier vor und sprach die magische Formel.
Nichts. Es geschah nichts. Cynthia biß sich auf die Lippen. Hatte ihr Gedächtnis sie getrogen? Eher nicht. Xanthe hatte sie sorgsam

gedrillt, es ihr wohl nie übelgenommen, sie, die Lehrermeisterin, besiegt zu haben...
Mit Hilfe von Arethusas Ring besiegt. Das war des Rätsels Lösung – sie hatte nicht bedacht, daß das Geschenk der Quellnymphe und Schutzherrin von Syrakus womöglich auch gegen den eigenen Zauber schirmte! Sie zog sich den Ring ab, legte ihn zwischen ihre Füße und sprach erneut die magischen Worte.
Kurz nach ihrer Ankunft in Syrakus hatte sie einen Fluxus gehabt, bei dem all ihre innern Organe zu einem zähen Brei schmolzen, der bei kleiner Hitze vor sich hin blubberte (köchelte sozusagen) und aus seinem Gefäß zu schwappen drohte. Nun schien ihr ganzer Leib in Fluxus zu sein – Arme, Beine und Rumpf schienen gleich Wasser zu fließen... und sie spürte, daß sich ihr Rücken wie Sauerteig unter der Hand eines Bäckers streckte, sich in einem langen, biegsamen Schwanz reckte.
Ihr Gesicht lag im Dunkel; sie sah nichts. In einem Anfall von panischer Angst tastete sie umher und suchte verzweifelt nach einem Weg ins Freie... Etwas klirrte gegen einen Stein, und sie war durch. (Ich vergaß, mich auszuziehen, fuhr es ihr durch den Sinn.) Da war ja das Loch in der Mauer – genau von ihrem jetzigen Maß. Sie sprang hindurch und den engen Weg hinter der Mauer entlang, immer auf der Fährte der Ratte.
Die Welt war, wie nicht anders zu erwarten, voller kräftiger und aggressiver Gerüche: Gerüchen nach Fisch, Schlamm, Fäulnis, Salz, modrigem Stroh, auch nach Essen... gekochten Linsen mit Zwiebeln beispielsweise, aber zwischen all diesen Odeurs schlängelte sich eine Duftspur so dick wie ein Seil hindurch: der muffige Gestank der Ratte.
Zuerst glaubte Cynthia, auch ihr Sehvermögen sei besser. Was für ihre menschlichen Augen stockdunkle Nacht gewesen, war nun kühle Dämmerung, hell genug, um ihr zu erlauben, sich zwischen all den Häusern und in dem unebenen Terrain ihren Weg zu suchen. Aber sie sah nicht mehr ganz so scharf – am Rand ihres Gesichtsfeldes war alles etwas verschwommen –, und das Licht der untergehenden Sonne war grau statt rot.
Sie hörte jede Maus piepsen und jede Grille zirpen, sie hörte die

Menschen in ihren Häusern murmeln und die Ratte nicht weit
voraus mit kratzenden Klauen rennen...
Erst jetzt fiel ihr auf, was sie dagegen nicht hörte: die eigenen
Schritte. Auf ihren Pfoten, die doch auf Steinen klicken und auf
Holz hätten kratzen müssen, huschte sie geräuschlos dahin. Sie
blickte an sich herab. Ihre Vorderpfoten waren stumpf und rund,
und Krallen waren nicht zu entdecken. Sie hob eine Pfote, winkelte sie an; da sprangen scharfe, nadelspitze Krallen aus ihren
Zehen. Ein langer Schwanz peitschte ihre Flanken; ihr Rücken war
lang, geschmeidig. Xanthe hat recht, ich hätte mehr üben sollen,
dachte sie, ich hab ja gemeint, mir einen Terrier vorzustellen, muß
aber abgeschweift sein, so daß ich statt zum Hund zur Katze geworden bin...
Es hätte aber auch schlimmer kommen können! (Die Ratte hatte
sich auf die Hinterbeine gestellt, reckte sich an einer Hauswand
hoch und suchte mit den Vorderpfoten den Rand eines Fensterladens nach irgendeiner schwachen Stelle ab. Aber vergeblich, und
so ließ sie sich auf alle viere fallen und rannte an der Mauer entlang – auf eine Tür zu, die knapp eine Schnauzenbreit weit offen
stand.) In Ägypten hatten sich die Katzen, indem sie in den Kornspeichern die Mäuseschar niederhielten, ja nicht nur ihren Lebensunterhalt, sondern auch einen Platz im Pantheon gesichert.
So eine Ratte war sozusagen nur eine große Maus... Nur daß die
da eine beunruhigend große Ratte und sie selbst als Katze ja weit
kleiner als der Hund war, in den sie sich doch hatte verwandeln
wollen. Es würde nicht leicht sein, das Biest zu packen und es zu
schütteln, bis ihm der Hals brach. Ich glaub schon, daß ich es töten
kann, überlegte sie... aber es wird jetzt mehr ein Kampf von
gleich zu gleich sein.
Nun erst erkannte sie das Haus, jedoch weniger am Aussehen als
an dem Geruch, den es verströmte – einem Gemisch aus dem Duft
scharf gewürzter Muschelsuppe, frischen Brots und glasiger Zwiebeln, aus schwerem Krankengeruch und dem Gestank der auf dem
Herd kokelnden Schwefelkerze: Es war Daphnes Haus. Mit ihren
feinen Katzenohren vernahm Cynthia, wie der Kranke in seiner
Kammer mit vom Fieber verwirrter und gereizter Stimme phanta-

sierte und wie Daphne alle Göttinen und Götter abwechselnd anrief und daraufhin besänftigend auf ihren Mann einsprach.
Die Ratte hatte bereits die Nase durch den Türspalt gesteckt; wo ihr Kopf durchpaßte, würde auch ihr Leib durchgehen. Also sprang Cynthia mit einem Satz auf sie und bekam sie mit den Krallen auch lange genug am Rücken zu fassen, um sie wieder ganz nach draußen zu zerren.
Die Ratte überschlug sich zweimal, flog an die gegenüberliegende Hauswand und landete auf allen vieren. Mit einem einzigen Blick ihrer großen schwarzen Augen maß sie ihre Gegnerin und knurrte: Größer, aber schwächer. Cynthia sandte ein stummes Stoßgebet zu Bast empor, die in den alten Tagen, als die Menschen noch an sie geglaubt hatten, sowohl eine Kriegsgöttin wie eine Katze gewesen war, und duckte sich zum Sprung.
Für eine Anfängerin war es wirklich ein guter Sprung... aber die Ratte wich seitlich aus, so daß Cynthia sie verfehlte und auf der Nase landete. Bevor sie sich wieder aufrappeln konnte, schloß das Biest sein Gebiß um ihr Genick.
In ihrer Kindheit hatte Cynthia sich vor Rattenbissen gefürchtet, weil sie leicht schwären und lange nicht verheilen – und weil ihr Vater, wenn sie ihn dann um Zugpflaster bat, zu schnell zur Rute griff, um ihr das Spiel im Hafen ein für allemal auszutreiben. Da jetzt ein dickes Katzenfell ihren Nacken schützte, war der Biß der Ratte bloß ein schmerzhaftes Kneifen. Sie buckelte und schüttelte sich wie ein kretischer Stier. Die Ratte verlor den Halt und flog über ihren Rücken. Cynthia taumelte herum und nahm das Biest an, als es erneut angriff, und schlug ihm ihre Krallen in die Weichen und warf es auf den Rücken.
Wieder attackierte das Untier, und wieder ließ Cynthia es Salto schlagen. Es landete einen Steinwurf von ihr entfernt auf seinen Pfoten, glotzte sie, auf dem Hinterteil sitzend, böse an und rang um Atem.
Cynthia hatte schon oft eine Katze mit einer Maus spielen gesehn: Boing, boing, boing – bis die Maus immer schwächer wurde oder jemand kam und dem armen Ding mit einem Stein den Schädel einschlug. Es geschah aber durchaus, daß die Katze des Spieles

müde wurde und die Maus davonkriechen ließ, zum Sterben oder Sichberappeln – je nachdem. Auf lange Sicht funktionierte das bestens: Was die eine Katze verschonte, schlug die andere tot, und zusammen hielten sie die Zahl der Mäuse gering. Aber das war ein anderer Fall: Dieses Biest mußte sie hier und jetzt töten... um zu verhindern, daß es die Seuche verbreitete. Sie war schließlich die einzige Katze in ganz Syrakus!
(Bis auf die Schiffskatze; aber um die zu holen, hatte sie nicht die Zeit. Und wer weiß, ob sie der das alles begreiflich machen konnte?)
Sie sprang, mit geblecktem Gebiß und ausgestreckten Krallen. Die Ratte duckte sich, aber nicht schnell genug. Cynthia warf sie zu Boden und suchte mit den Zähnen ihr Genick. Die Ratte wand sich, trat wild um sich und riß sich wieder los. Aber Cynthia schmeckte den durchdringenden Geschmack von Blut: Sie hatte das Biest also verwundet. Nun stob die Ratte zwischen den Häusern davon. Cynthia sprang hinterher und riß das Maul auf, um »Hellas und Alexander!« zu schreien, brachte jedoch statt des Schlachtrufs nur ein Miauen hervor. Ein Trost immerhin, daß sie mit der sensiblen Katzennase der Duftspur des Biests folgen konnte, notfalls bis zum Lilybäum!
Der Anblick, der sich ihr hinter der nächsten Ecke bot, ließ sie jäh innehalten: Auf einem von Unrat überquellenden und unsägliche Gerüche verbreitenden Mülleimer, der dort an der Hauswand lehnte, huschte, schnüffelte und wühlte ein Dutzend feister Ratten herum. Der Blutgeruch, der in der Luft lag, kam von diesem Kutterkübel. Die Ratte, der sie folgte, mußte also eine von diesen zwölf sein – aber wie sollte Cynthia sie unter ihnen herausfinden? Wenn sie sich unter die Biester mischen könnte, würde sie ihre Feindin am Geruch erkennen können. Aber die dunklen Gesellen beabsichtigten wohl nicht, ihr das zu gestatten, waren sie doch zusammengerückt und blickten ihr, Schulter an Schulter auf dem Müll aufgereiht, mit gebleckten Zähnen und funkelnden Augen entgegen.
Aber nicht lange... da drehte sich eine Ratte zu ihrer Nachbarin und begann, sie zu beschnüffeln und immer wieder zu beschnüffeln

und dann gierig abzulecken. Bald zwängte sich eine andere von hinten zwischen die zwei und leckte und schnappte: Zähne blitzten, eine Ratte quiekte. Wie ein Fischschwarm auf einen Köder stürzten sich ihre Gefährtinnen auf sie, und das verwundete Tier, das jetzt aus einem zerfetzten Ohr frisch blutete, riß sich gilfend los, bevor sie es bei lebendigem Leibe auffressen konnten, und suchte hastig das Weite. Schöne Freunde hast du, dachte Cynthia, als sie hinter der Ratte hersauste, wenn du ihre Hilfe am nötigsten hast, fallen sie über dich her. Ich hab auch Menschen dieses Schlags gekannt.
Die Hafengassen lagen schon hinter ihnen. Nun ging die wilde Jagd nach Südwesten durch ein besseres Viertel. Cynthia hatte zwar die längeren Beine, gewann aber nur mählich an Boden, da die Ratte um ihr Leben lief. Da keine von beiden für Langstreckenläufe gebaut war, ermüdeten sie beide zusehends. Da fiel Cynthia der alte Witz ein: Als ich in Persepolis war, sah ich einen Schakal einen Hasen jagen, aber es war so heiß, daß beide im Schritt gingen. Ja, dazu könnte es bei uns auch bald kommen! dachte sie.
Daß die Ratte sich endlich am Rand des Arethusa-Brunnens stellte, war vielleicht kein Zufall, jedenfalls passend. Cynthia näherte sich ihr behutsam: Es ging nicht an, die Quelle zu verunreinigen, indem sie das Biest hineinschleuderte. Sie hob ihre Pfote, um die Ratte mit einem Schlag wegzufegen, aber die sprang hoch und grub ihr die Zähne in den Ballen – Schmerz schoß durch ihr Vorderbein. Cynthia zuckte zurück, aber die Ratte ließ nicht los, war einfach nicht abzuschütteln. Die Schmerzen machten ihr das Denken schwer, aber...
Es war, als ob sie unter Wasser, in einem Sack, traumlangsam ein Logikproblem überdächte. Wenn die Ratte nicht abzuschütteln war, warum sie dann nicht näher heranzerren? Sie zog das Biest zu sich heran, ganz langsam, um genau zielen zu können, und biß ihr tief in den Hals.
Nach einem Dutzend Katzenherzzschlägen quiekte die Ratte und gab Cynthias Ballen frei. Cynthia ließ nicht locker. Die Ratte schlug um sich und versuchte, mit ihren kleinen Krallen im Bo-

den Halt zu finden, vergebens. Cynthia hatte nicht die Kraft eines Hundes, um das Biest zu schütteln, bis ihm das Genick brach, fühlte jedoch zwischen Pein, Wut und Verzweiflung, daß sie es stundenlang so festhalten könnte. Wenn sie das bis morgen früh durchhielte, vielleicht käme dann jemand vorbei und würde ihm mit einem Stockhieb den Garaus machen.
Aber dann ging alles viel schneller. Die Ratte tat einen letzten verzweifelten Satz, und als Cynthia sie wieder zu Boden warf und ihr dabei den Leib verdrehte, gab es einen lauten Knacks, und die Ratte erschauerte und erschlaffte.
Nun begann die Haut der Ratte wie Hefeteig Blasen zu werfen. Cynthia ließ das tote Biest fallen und sprang in gänzlich unkatzenhafter Panik rückwärts. Der Ratte fielen sämtliche Haare aus, der Schwanz schrumpfte und die Hinterbeine wurden länger und größer. Cynthia hatte immer wieder von Verwandelten gehört, die nach dem Tod ihre ursprüngliche Gestalt wiedererlangt hatten, und auch Xanthe hatte ihr davon erzählt, aber kein Mensch hatte ihr gesagt, daß dies so langsam vor sich ging.
Die tote Ratte hatte bereits die Größe eines neugeborenen Kindes und schwoll zusehends weiter an. Vielleicht sollte ich sie jetzt, bevor sie zu schwer wird, überlegte Cynthia, zum Strand schleifen und ins Meer stoßen; andererseits, wenn der punische Hexer hier in Syrakus Verbündete hat, wäre es nicht schlecht, ihn zur Warnung liegen zu lassen, blutüberströmt und mit der Bißspur einer großen Katze am Hals!
Außerdem schauderte ihr davor, dies Ding erneut zu berühren. Die Pfote tat ihr höllisch weh. Sie setzte sich nieder und leckte sie eine Zeitlang, erhob sich sodann und machte sich humpelnd auf den Rückweg. In einer verschwiegenen Gasse, im Schutz der Dunkelheit, würde sie sich zurückverwandeln.
Da blieb sie mit erhobner Pfote wie angewurzelt stehn. Wie konnte sie sich rückverwandeln, ohne der menschlichen Sprache mächtig zu sein? Das Lösewort war zwar einfach, bestand nur aus vier Silben, war aber für Katzenzungen unaussprechlich. Den Versuch mußte sie aber machen! So miaute sie kläglich ins Dunkel der Nacht, bis von den umliegenden Häusern ein »A-ma-wa-wa«

widerhallte und irgendwo ein Fenster aufging und jemand einen lädierten Nachttopf nach ihr warf.
»Dort drüben«, rief jemand, vom Trunke heiser. Ein Grüppchen von fünf, sechs Männern, mit drei lodernden Fackeln bewehrt, näherte sich. Suchten sie etwa nach ihr? Aber nein, sie kehrten von einem Fest heim und hatten so viel des teuren Würzweines genossen, daß Cynthia sie mühelos witterte. »Da ist sie!« sagte der Mann an der Spitze, kauerte sich neben Cynthia und besah sie im Schein seiner Fackel. »Ich hab euch ja gesagt, daß es 'ne Katze ist.« Als er sie unterm Kinn kraulte, schnurrte sie wohlig.
»Meine Mutter hatte mal 'nen Kater«, fuhr der Trunkene fort. »Sie nannte ihn ›Thot-Autolykos‹, den König der Diebe, und ich nannte ihn ›Stinker‹. Die hier sieht genauso aus. Hallo, Stinker, willst du zu einem Fest? Du trinkst wohl keinen Wein, aber Fisch kannst du haben. Tintenfisch in Hummersauce? Oder gegrillte Spatzen in Sardellenpaste? Ja? Für meinen Freund Stinker ist mir nichts zu gut...«
Da verlor er die Balance, fiel der Länge nach hin. Er schlug um sich, hielt die Fackel höher – und nun sah er, was hinter Cynthia auf dem Boden lag. Seine Gefährten lachten schallend, als er mit sich überschlagender Stimme etwas rief, bis sie gewahrten, worauf er wies. Sie schrien entsetzt auf, halfen ihrem Kameraden auf die Beine und stürzten dann allesamt in wilder Flucht davon. Cynthia verstand sie nur zu gut. Sie leckte sich erneut die Pfote, umging die zuckende Leiche in weitem Bogen und trottete gemächlich zum Arethusa-Brunnen.
Sie tauchte ihre schmerzende Pfote ins Wasser, um sie zu kühlen, und sah, wie ein glitzernder Tropfen ins Becken fiel. O Arethusa, hilf mir, flehte sie in ihrem Herzen. Aber eine Antwort wurde ihr nicht zuteil.
Eigentlich hatte sie das auch nicht erwartet... Die Götter hatten die Menschenwelt längst verlassen. Ja, früher war Arethusa sofort herbeigeeilt, wenn ihrer Stadt Syrakus Gefahr drohte, um über die Grenzen zwischen den Welten hinweg mit ihren Schutzbefohlenen zu sprechen. Aber das war lange her.
Immerhin hatte sie Cynthia den Ring geschenkt, der zumindest

ein wenig von seiner Kraft bewahrt zu haben schien. Vielleicht könnte sie mit seiner Hilfe den Zauber lösen und sich zurückverwandeln – so sie ihn denn fände. Sie kletterte langsam zur Straße hoch und hinkte ins Hafenviertel zurück.
Als sie durch die Tür schlüpfte, hörte sie, wie Daphne inbrünstig Apollon dem Allheiler, seiner Schwester Artemis und Arethusa Dank sagte. Ihr Mann war auf dem Weg der Genesung. Wie Cynthia gehofft hatte: Der Pestzauber hatte seinen Initiator nicht überlebt. Was schadete es, wenn die stummen Götter den Dank erhielten, der ihr – oder Xanthe gebührt hätte? Sie bedurften jetzt beide nicht des Ruhmes.
Sie würde nun nach dem Ring suchen, wenn sie auch wenig Hoffnung hatte, ihn wiederzufinden – vermutlich hatte ihn längst irgendein Passant entdeckt und an sich genommen. Wenn ihre Suche vergeblich wäre, würde sie eben zurückkehren und ihr Leben fortan als Katze fristen.
Wenn man es philosophisch betrachtete, wäre das nicht mal so ein schlechtes Leben. Sie könnte sich ja an den Geschmack roher Mäuse gewöhnen, und wenn nicht, wäre es auch egal. In Alexandrien hatte es einen Haufen Katzen gegeben, die menschliche Nahrung bekamen, ja oft sogar bessere als viele Menschen; als Kind hatte sie eine Katze gehabt, die Obst und Käse und Knoblauchbrot fraß (und alles sonst, was sie selbst aß und der Katze vorenthalten wollte). Die Leute würden sie hinter den Ohren und unterm Kinn kraulen und ihr über den Rücken streichen. Was nie jemand gemacht hatte, solange sie ein Mensch gewesen war.
Sie könnte vielleicht bei der gutherzigen Daphne leben oder auch die abenteuerliche Reise hoch ins Epipolai-Viertel machen und in Xenokleias Kornspeicher unter den Mäusen aufräumen. Es gab hier natürlich keine Artgenossen. Wenn ihr mal nach Jungen wäre, würde sie nach Alexandria zurückkehren; aber vielleicht verzichtete sie auch darauf (eingedenk des Stachels so eines Katers und seines rüden Paarungsstils).
Aber sie fand den Ring, angelockt vom moschusartigen Menschenduft der darauf gefallenen Kleidungsstücke: Sie rochen

nach Müdigkeit, Angst und auch dem Hammeleintopf, den sie viele Stunden zuvor zum Abendessen gehabt hatte.
Sie rochen auch ein wenig nach anderem... Cynthia-Katze war klar, daß Cynthia-Mensch zu lange ohne Liebhaber gewesen war und sich, wenn sie auch nur einen Funken Katzenverstand gehabt hätte, auch jemanden, notfalls den kleinen Demetrios, zum Geliebten genommen hätte. Sie hatte es aber nicht getan. Menschen verhalten sich so seltsam und so unvernünftig, ihr Leben ist so kompliziert, daß es jeder Katzenlogik spottet, dachte sie. Vielleicht sollte sie doch eine Katze bleiben und ein Schiff nach Alexandria nehmen, wo die Scheuern vor Mäusen und die Straßen vor Katern nur so wimmelten, wo man seine Jungen einige Monate lang hätschelte und sich dann einfach, wenn die Zeit gekommen war, von ihnen trennte und seiner Wege zog...
Während ihr diese Gedanken durch den Kopf gingen, schnüffelte sie aber die Kleidungsstücke durch, bis sie den Ring fand. Er fühlte sich kalt an und roch scharf nach Mensch, nach Eisen und Eis. Sie versuchte nun, ihn sich über die Pfote zu schieben. Weil sie aber viel zu breit war, hob sie ihn mit der Zunge auf und nahm ihn ins Maul.
Wieder fühlte sie den Fluxus, das Wogen und Wandeln des Fleisches – wie die unheimliche Metamorphose des punischen Hexers, nur viel schneller. (Er mußte inzwischen fast wieder Mannsgröße haben, und es würde für die punischen Spione und die übrige Menschheit eine böse Überraschung sein, wenn sie ihn am Morgen fänden.)
Der Tag brach an. Die frische Morgenbrise erhob sich und strich feuchtkalt über ihre nackte Haut. Cynthia nahm den Ring aus dem Mund, steckte ihn an den Finger und zog sich schleunigst an. Die Kleidung des Hexers ließ sie einfach liegen – mochten Diebe sie verhökern oder Mäuse drin nisten! Das Tinnit-Medaillon aber hob sie vorsichtig am Band auf, trug es mit ausgestrecktem Arm zum Strand und warf es ins Meer, damit niemand mehr es mißbrauchen konnte.
Nichts kündete mehr von ihm als einige kleine, sich kreisförmig ausbreitende Wellen, die von den Wogen bald ausgelöscht wur-

den. Cynthia kehrte dem Werk dieser Nacht den Rücken und ging zu dem ägyptischen Schiff zurück.

Die Schauerleute waren noch bei der Arbeit. Sie eilten nun aber mit Ölkrügen und Salzfischkisten schwer beladen die Planke hoch und hasteten sie sodann ohne Last wieder hinab. Das Schiff würde bald beladen sein, bei der nächsten Tide auslaufen. Die Katze saß am Bug und leckte sich die Vorderpfote. Cynthia sah sich ihre eigene Hand an, konnte aber keine Bißspur entdecken. »Nun bin ich aber platt!« sagte sie. »Wo hast du denn deine Wunde her? War ich irgendeine Katze, oder war ich du?« Die Katze hörte auf, sich zu lecken, und starrte Cynthia mit ihren großen, topasblauen Augen an, gähnte herzhaft und wandte sich wieder ihrem Pfötchen zu. Wie hat doch der Dichter gesagt? »Von Katzen hat noch nie jemand eine klare Antwort bekommen...«

Cynthia kraulte sie zum Abschied hinterm Ohr und wandte sich, um die Kliffstraße zum Epipolai hochzusteigen. Der Sonne rotes Rund hatte eben den grauen Horizont durchbrochen.

BOBBI MILLER

Wenn es in dieser Reihe so etwas wie Dauerthemen gibt, zählt der Wolf sicher dazu; jedenfalls stelle ich fest, daß ich alljährlich mehrere Wolfsgeschichten in meine Bände aufnehme. Diesmal sind es ihrer drei: Bobbi Millers ›Wolfsjagd‹, Mary Choos ›Wolfsläuferin‹ und ›Die Schwarze Wölfin‹ von Gemma Tarlach. Ich habe diese oft verleumdeten Tiere schon lange in mein Herz geschlossen, vielleicht weil das schönste Mitglied unsres Haushalts Wolfsblut in den Adern hat – ich meine unsere Hündin Signy, die eine Kreuzung aus deutschem Schäferhund, Malamut und Wolf ist – und lieber und treuer und weit scheuer ist als jeder normale Hund. Man kann wohl allgemein sagen, daß diese prächtigen Tiere sich weniger durch Wildheit als durch ihre Scheu auszeichnen. Wer noch immer an die Fabel vom »großen bösen Wolf« glaubt, lese einmal Farley Mowats herrlichen Tatsachenroman ›Never Cry Wolf‹ – dem die (auf ihre Art ganz gute) Verfilmung auch nicht ansatzweise gerecht wurde – oder den noch besseren ›A Wolf in the House‹, der ebenfalls aus seiner Feder stammt.

Signy hat nur einen großen Fehler. Sie frißt nicht und liegt bloß jaulend im Garten, wenn Lisa und ich zugleich fort sind. Wenn wir beide verreisen, müssen wir sie »zur Oma heimschicken«, zu ihrer Züchterin, die auch Autorin dieser Reihe ist: Dana Kramer-Rolls. Signy geht liebend gern für ein paar Tage »zu Mammi heim«.

Ich weiß nicht, wieviel Erfahrung Bobbi Miller mit echten Wölfen hat; aber der Hinweis sei mir erlaubt, daß ich, fast als einziger Fantasy-Fan, kein Katzentyp, sondern ein Hundetyp bin. Sicher, ich mag Katzen – in Hunde aber bin ich vernarrt. – MZB

BOBBI MILLER

Wolfsjagd

Isabeau kniff ob des Nieselregens beide Augen zusammen, ging nach Jägerinart in die Hocke und maß mit dem Zeigefinger die Tiefe der Fährte. Sie pfiff leise durch die Zähne, zog sich langsam an ihrem Stab hoch und schob mit einem Schulterzucken den Köcher auf ihrem Rücken zurecht. Das verwitterte Grau ihrer Bluse und Reithose war eine gute Tarnung in dem Waldland. Ihr war kalt, trotz der Lagen wollener Unterwäsche und des mit einem Strick bestens gegürteten, schweren Anoraks. Ihre Hirschfellstiefel mit der Haarseite außen versanken knöcheltief im morastigen Waldboden.
Isabeau war schlank und bewegte sich mit der geballten Kraft der Kämpferin; selbst jetzt, da ihr Blick den Wald absuchte, war jede ihrer Bewegungen bedacht, entschieden und leicht. Sie spähte und streichelte dabei den Ebereschenstab. Der Sprühregen hatte alles durchnäßt, der Nachtfrost hatte einen eisigen Mantel übers Land geworfen; die Vegetation hatte, nun, da der Herbst endete, schon fast wieder all ihr Lebensblut verloren und sich grau gefärbt.
Aber der verräterischen Zeichen waren mehr: die helle Bruchstelle des bei schneller Flucht geknickten Zweigs, die an einem Dickicht hängenden schwarzen Haare...
Gegen den Wind gestemmt, ging Isabeau der Spur nach. Zwei Schritt voraus machte ihr Auge noch einen, tief im Schlamm eingegrabenen Abdruck aus.
»Dämonenscheiße!« murmelte sie, über die Maße dieses Trittsiegels erstaunt, und verzog den Mund zu einem dünnen, bitteren Lächeln. Das könnte das Ende bedeuten! Sie seufzte todmüde. Das Schicksal hatte ihr Gesicht gezeichnet: Die hohen Wangen waren hager, die Brauen ständig gerunzelt, vorgewölbt, und in den blaugrünen Augen glühte ein hartes, funkelndes Licht.

Immerhin, sie war gut vorangekommen, hatte den Felskamm, der sich nun am Horizont abzeichnete, schnell überwunden, war zügig in die mit hohem Gras bewachsene Ebene abgestiegen, hatte den morastigen See umgangen. Sie hatte in den toten Sümpfen zwar ihren Reisesack verloren und ihr Schwert an dem Dornendickicht, durch das sie sich einen Weg hatte bahnen müssen, stumpf gehauen, den Wald aber ohne weitere Zwischenfälle gleich nach Sonnenaufgang erreicht.
Als sie flüchtig über die Schulter zurückblickte, sah sie auf dem fernen Hügel eine Gestalt sich verschwommen abzeichnen.
Er hat sich also nicht abschütteln lassen, dachte sie und grinste schlau.
Die Stiefel sorgsam in die eigenen Abdrücke setzend, ging sie ein paar Schritt rückwärts und huschte so leichtfüßig in eine Höhlung im Unterholz, daß sie keines der den Boden bedeckenden Blätter mit der feuchten, dunklen Unterseite zuoberst kehrte. Sodann nahm sie Bogen und Köcher ab.
Sie wartete, und ihr Stab glühte.
Endlich erschien der Mann. Er blieb stehen, beugte sich vor und rang mit stechenden Lungen nach Atem.
»O verdammte Hündin«, zischte er und wischte sich den Schweiß von der Stirn, ohne zu ahnen, daß sie drei Schritte von ihm entfernt kauerte. »Dämonen lenken deine Füße!« Als er scharfen Blicks den Boden absuchte, entdeckte er die Wolfsfährte neben ihrem Abdruck. Er holte tief Luft, zwang sich, gleichmäßig zu atmen, und folgte weiter ihrer Spur – um schon beim nächsten Schritt zu erstarren, da sie sich in Luft aufgelöst zu haben schien.
Zu spät begriff er, daß sie ihn genasführt hatte.
Denn schon brach Isabeau aus ihrem Versteck hervor und stach mit dem Stab nach ihm. Der Mann sprang zur Seite. Aber die Stabspitze bohrte sich ihm in den Schenkel.
Der fängt sich aber rasch, vermerkte die Jägerin trocken, als er wieder Fuß faßte. Obgleich er einen schweren Pelzumhang trug, sah sie, wie breitschultrig und kräftig er war.
»Isabeau!« rief er, die vollen Lippen zu einem höhnischen Grinsen

schürzend, streckte die gespreizte Linke griffbereit vor und ließ sein riesiges Jagdmesser wirbeln.

Dann sprang er mit einem Satz auf sie los. Sie wich ihm aber mit einem Seitschritt mühelos aus und nutzte die Gelegenheit, seine Reichweite einzuschätzen. Er war ihr nur durch sein Körpergewicht überlegen; seine Bewegungen waren ungeschickt und wie zufällig.

Da ließ Isabeau ihn näher an sich heran, aber nicht zu nahe. Sie wich aus, drehte sich um sich selbst, bis sie ihm von Angesicht zu Angesicht gegenüberstand. Er griff stürmischer an und knurrte vor Zorn, als sie ihn erneut ins Leere laufen ließ. Mit dem vom Hexenfeuer leuchtenden Stock traf sie ihn hart am Ohr. Er heulte vor Schmerz und Überraschung auf. Bevor er wieder zur Besinnung kam, ließ sie den Stab auf seine Rechte sausen. Vom Zauberfeuer versengt und gelähmt, ließ er die Klinge fallen. Wieder schoß das Eberescheneholz vor und traf ihn am Knie. Als er zusammenklappte, hieb Isabeau ihm jäh aufs Kinn; da fiel er der Länge nach auf den Rücken.

Ein Gestank versengten Fleisches und schwelenden Fells stieg den beiden Kämpfern in die Nase. Der Mann rappelte sich auf die Knie und suchte, die Glut in seinem Umhang auszuschlagen. Als er den Kopf hob, begegnete er ihrem Blick.

»Du jagst den Wolf?« fragte sie nüchtern.

Der Mann schüttelte den Kopf und schluckte krampfhaft.

»Das ist gut«, versetzte sie und stieß seine Klinge mit dem Fuß außer Reichweite.

»Ich war Isabeau auf den Fersen«, erwiderte er mit einer Grimasse und reckte trotzig das Kinn. Er hielt sich seinen Schwertarm und fuhr fort: »Sie schien mir die ungefährlichere der beiden Dämonen und brächte zudem dasselbe Kopfgeld.«

Sie hielt sich kampfbereit, ließ ihn aber aufstehen.

»Leg den Fellumhang ab«, befahl sie barsch und trat einen Schritt zurück. Als er zögerte, hieb sie ihm mit dem Stock auf die Wange. Er schrie vor Schmerzen.

»Den Umhang«, wiederholte Isabeau mit zusammengepreßten Zähnen. Er löste mit ungeschickten Fingern die Fibel, die den Um-

hang vorn zusammenhielt, warf ihn beiseite und ließ seinen Blick zwischen Isabeau und ihrem Stab hin und her huschen.
»Jetzt die Stiefel!«
Amüsiert sah sie zu, wie er davonschlitterte, und malte sich aus, was er abends am Lagerfeuer zum besten geben würde – wenn er die Kälte überlebte. Seine Schauermärchen würden andere, und sei es nur für ein paar Tage, abhalten, sie zu verfolgen, und ihr die Zeit geben, ihre Aufgabe zu erledigen. Sie holte Köcher und Bogen aus dem Unterholz, wandte sich um und trottete dann, den nun kühlen Eberechenstab fest in der Hand, immer tiefer in den dunklen Wald hinein.
Gewaltige Eichen mit Stammumfängen von fünf Klaftern ragten stolz empor; um das bißchen Sonne und Regen, das ihre mächtigen Kronen durchließen, stritten sich Weißbirken und Eschen. Zwischen ihren dicken Wurzeln und auf dem gefurchten Boden, über den Isabeau schritt, sprossen zahllose Pilze. Es roch nach Mehltau, Schimmel und Verwesung.
Beim Anblick dieses wohl ältesten Teils des weiten Forsts fielen ihr die grausen Geschichten über Reisende, Jäger und Holzsammler ein, die hier spurlos verschwunden waren. Sie blickte schaudernd empor und versuchte, den Himmel auszumachen. Es war Mittag, die Sonne müßte im Zenit stehen... Aber wo sie ging, im Schatten der Baumriesen, war von Sonne nichts zu sehen, herrschte Dämmerlicht.
Bald nun kam Isabeau zu einer knorrigen Eiche, deren freiliegende Wurzeln einen Fels umklammerten, unter dem eine Quelle aufwallte. Die Wasser sprangen und plätscherten über Granitblöcke einen Hang hinab und vereinten sich an seinem Fuße zu einem kleinen Teich.
Isabeau verlangsamte ihre Schritte, spähte gespannt umher. Nichts entging ihrem huschenden Blick – auch der vor Alter schon braune, hoch im Stamm eingelassene Totenschädel nicht, der sie aus leeren Augenhöhlen anstarrte.
Sie machte einen Bogen um den Ort, schluckte und blickte über die Schulter zu dem Schädel zurück. Ja, sie war in altem Wissen genug bewandert, um zu sehen, daß ein sehr Mächtiger die Eiche mar-

kiert haben mußte – um das Waldstück als seines zu kennzeichnen. Mochte der Fanatiker die Stätte auch vor Zeiten verlassen haben... ihr flößte sie doch Unbehagen ein.
Lange nach Mittag, als der Himmel doch noch aufriß und die ersten Sonnenstrahlen durch die verfilzten Baumkronen fielen, entdeckte Isabeau das Häuschen, das sich, bemoost und altersschwach, in ein stilles Tal mitten im Wald duckte. Über Tür und Fenster lasteten Reetvorsprünge, unter denen Spatzen hervorflatterten. Aus dem steinernen Kamin stieg dünner, sich kräuselnder Rauch empor. Isabeau schlich im Schatten der Bäume vorsichtig näher und schlug einen Bogen ums Haus, nach seinem Bewohner Ausschau haltend.
Sie fand ihn nicht weit vom Eingang, beim Holzhacken. Ein Druide! Er wandte sich um, als er ihre Schritte hörte, und sah ihr entgegen. Seine zerlumpte, mit einem Strick gegürtete Kutte ließ erkennen, daß er schlank und breitschultrig war. Als er die Kapuze abnahm, staunte Isabeau nicht schlecht: Das war kein Greis, sondern ein Mann kaum älter als sie! Seine Gesichtszüge zeugten von brütendem Ernst. Schweres braunes Haar wallte von der steilen Stirn zurück und auf den Kragen. Seine Augen, von einer bernsteinfarbenen Glut heiß genug, um einem Löcher in den Leib zu brennen, fixierten die ihren.
»Eine Reisende?« fragte er halblaut, flüsternd fast. Er war eher klein für einen Mann, kaum einen Kopf größer als Isabeau. Als er ihren Bogen gewahrte, verbesserte er sich: »Oder Jägerin?«
»Beides gewissermaßen«, erwiderte Isabeau und sah, wie sein Auge staunend aufleuchtete, als er begriff, daß er eine Frau vor sich hatte. »Du sagst, es kommen ihrer viele hier durch?«
»Reisende kaum«, meinte er und kam näher. Die nun von den weiten Kuttenärmeln bedeckten Arme hatte er auf der Brust verschränkt. »Zu viele Jäger. Aber keine Hexen...« Er musterte ihren Stab und nickte, als er das weiße Ebereschenholz erkannte.
»Ich bin keine Hexe«, versetzte sie sanft, eingedenk des Schädels in jener knorrigen Eiche. »Ein Geschenk! Er leistet mir manchmal gute Dienste.«
»In was für seltsamen Zeiten leben wir doch.« Der Mann kicherte.

Seine Gesichtszüge wurden vorübergehend weicher, fast freundlich. »Eine Hexe, die keine ist, jedoch Hexenholz mit sich führt. Ein Druide, der keiner ist und dennoch in einer Druidenklause lebt... Übrigens, Laurent ist mein Name.«
Beide sahen zum Himmel hoch, als sich wieder graue Wolken vor die Sonne schoben und ferner Donner grollte. Ein Schwarm Krähen, der herabstieß und sich in dem Eichenwald am Rand des Tales niederließ, irritierte Isabeau mit seinem rauhen Gekrächze.
»Die suchen etwas«, meinte sie mit einem Blick auf die Vögel. Sie fühlte den Stab in ihrer Hand heiß werden.
»Es wird gleich regnen«, sagte Laurent mit wieder düsterer Miene. »Ich hab ein schönes Feuer im Kamin und heißen Eintopf. Sei mein Gast, bis der Regen vorüber ist.«

Die Stille kannte sie von früher her, von einer Schenke am Rande eines anderen Waldes. Die Luft war so reglos, so schwer, daß sie kaum atmen konnte. Das Licht da drin war, trotz des Kaminfeuers, genauso kühl und schattenlos gewesen. Das Rückgrat kribbelte ihr. Das war mehr als die Klause eines Druiden. So wie in jener längst vergangenen Nacht, da sie jene Schenke betreten hatte, wurde ihr auch jetzt klar, daß sie nicht selbst ihr Leben lenkte, sondern nach fremdem Willen eine Rolle zu spielen hatte.
An einer Wand des Raums stand ein Arbeitstisch, mit einem Haufen entrollter Pergamente am einen Ende und einem Mörser samt Stößel am anderen. Vom Deckenbalken hingen Bündel getrockneter Kräuter und Zwiebeln. Die Regale waren mit Steinkrügen vollgestellt, von denen einige vor allerlei Kräutlein überquollen. Auf dem Fußboden stand ein Becken mit Wasser, in dem Gemüse einweichte. Das war – bis auf die in der Ecke aufgehäuften Schlafpelze – fast die ganze Einrichtung.
Isabeau ließ ihren Blick nun auf einer Harfe ruhen, deren straffe Saiten im Schein des Feuers funkelten.
»Deine Sachen sind hier sicher«, bemerkte Laurent, als er sie zur freien Ecke gleich bei der Tür dirigierte.
Sie sah ihn abschätzend an, als er sich zum Feuer beugte. Als sie ihren Stab an die Wand lehnte, glühte der warnend auf.

Mit untergeschlagenen Beinen machte Isabeau es sich vor dem Kamin bequem, nahm den Laib Brot und die dampfende Schale entgegen, die er ihr reichte, und nippte am Eintopf, aber mehr seiner Wärme als seines Geschmacks wegen.
Nun faßte Laurent ihren Bogen und ihren Stock ins Auge und sagte kopfschüttelnd: »Dieser Stab muß ja eine interessante Geschichte haben!«
»Wohl keine so interessante wie ein Druide, der sich verleugnet«, erwiderte sie und wies mit dem Kopf auf die Heilkräuter und die Harfe.
Da lächelte er wieder.
»Keine so interessante. Ich habe mein Studium spät begonnen. Hier fand ich wenigstens Ruhe und Abgeschiedenheit.«
Isabeau hatte nie verstanden, was Männer und Frauen zu so einem Leben der Keuschheit und des Gebets bewegte. Aber das Bedürfnis nach Alleinsein kannte auch sie.
»Den Wolf suchst du also«, sagte er, leerte mit einem herzhaften Schluck seine Schüssel und riß sich von seinem Laib noch mal ein Stück ab. »Er tötet aus purer Mordlust. Er wird dich ebenso töten wie die andern, die des Wegs kamen.«
Sein sachlich kühler Ton ist nicht Ausdruck von Kälte, sondern von Vorsicht, beruhigte sich Isabeau.
»Er wird es jedenfalls versuchen«, sagte sie laut. Sie fühlte es wieder – diese Magie.
»Ja, das Biest ist alles, wofür man es hält... aber nicht ganz«, versetzte er und blickte ins Feuer. »Du hörst es nicht und siehst es nicht, bis es auf dir ist. Es läßt die Fallen zuspringen, die man ihm stellt, fängt sich aber nie darin...«
»Zauberei«, warf Isabeau ein.
»Du weißt mehr als die anderen«, sagte er stirnrunzelnd und sah ihr in die Augen.
»Warum hat es denn dich noch nicht getötet, wenn es so nach Blut dürstet?« erwiderte sie, ohne seinem Blick auszuweichen.
»Weil es mich nicht töten kann«, sagte er und warf in plötzlichem Begreifen den Kopf zurück. »Dich hat der Kaufmann Keth gedingt.«

»Du kennst ihn?«
»Zu gut, zu lang.«
»Er sagt, der Wolf schade seinen Geschäften. Und er glaubt, daß ich ihn ausschalten könne.«
»Das ist ein Pakt mit dem Dämon selbst. Welchen Preis bot er dir, der den Einsatz deines Lebens wert wäre?« fragte er und warf ihr ein zynisches Lächeln zu.
Sie schwieg eine lange Weile und zupfte an ihrem Brotlaib. Dann setzte sie sich kerzengerade auf, sah ihn an und sagte: »Meine Freiheit.«
»An Keth ist etwas, das sich dem Verstand entzieht. Ihm solltest du besser nicht trauen.«
Daß bei dem Wolf nicht alles mit rechten Dingen zuging, war ihr sogar klar gewesen, als Keth sie zu dem Handel beschwatzt hatte. Er war sich so sicher gewesen, daß sie auf sein Angebot eingehen würde – schließlich verfügte er ja über die nötigen Beziehungen, um die mit Kopfgeld ausgeschriebene Fahndung nach ihr abblasen zu lassen. Was sie hierhergebracht hatte, war der magische Stab oder besser die Suche nach der Hexe, die ihn gefertigt hatte. Sie wäre auch ohne Keths Angebot gekommen.
»Du kannst gern bleiben«, fuhr Laurent fort und nickte der jungen Frau in stillem Verstehen zu. Keine Fragen mehr. Sie brauchte ihm ihre Beweggründe nicht zu sagen; man muß im Leben einfach gewisse Dinge tun. »Es wird die Nacht über wie aus Kübeln gießen. Ich bin dankbar für die Gelegenheit, mich mit dir zu unterhalten und mal nicht nur für mich Harfe zu spielen.« Dabei kräuselte er aber die Lippen zu einem bitteren Lächeln, das seinen Worten widersprach.
»Ja, spiel mir etwas vor. Ich bin so müde und kann mich kaum noch bewegen. Der morgige Tag wird mich meinem Ziel näherbringen.«

Er war wohl tatsächlich dankbar, eine Zuhörerin gefunden zu haben, denn er nahm sofort sein Instrument und stimmte es. Seine Finger schienen mit den Saiten zu verschmelzen, seine Stimme wurde Teil der Harmonie. Er sang eine Ballade von zwei Brüdern. Der ältere der beiden war ausgelassen und stolz – die Harfe scholl

laut und disharmonisch. Der jüngere war in sich gekehrt und besinnlich – die Weise wurde weicher.
Der ältere war das Ebenbild seines Vaters, eines reichen und in seine Macht verliebten Herrschers – mächtige Akkorde erklangen. Sie gingen zusammen auf die Jagd – die Melodie flatterte wie ein flüchtender Vogel; sie becherten – die Musik wurde schneller; sie turnierten – ein Akkord wie Schwertergeklirr erscholl.
Isabeau lehnte sich zurück, ganz im Bann der Geschichte von dem Machtkampf eines Vaters und dem Los zweier Brüder, die darin verwickelt wurden.
Die Weise wurde feuriger: Der ältere Bruder veranstaltete zu Ehren des Vaters ein großes Bankett. Man trank, sang und aß, ließ immer mehr Speis und Trank auffahren. Aber die Gesellschaft wollte noch andres geboten bekommen: einen Zweikampf! Der Vater wünschte, daß der jüngere Sohn ihm seine Ergebenheit erweise, indem er mit dem älteren die Klingen kreuze. Die Gäste tobten vor Begeisterung und schlugen mit den Fäusten auf die Tafel, daß sie dröhnte.
Laurent sang nun inbrünstiger und ließ die Finger über die Saiten tanzen. Isabeau fühlte sich in die Festhalle versetzt, meinte die Hochrufe zu hören, den jüngeren Bruder in des Saales Mitte treten zu sehen.
Der ältere Bruder griff an; der jüngere jedoch rührte sich nicht. Sie waren, bei all ihrer Gegensätzlichkeit, doch Geschwister! Der ältere Bruder hatte das wohl vergessen. Dem jüngeren war es um so mehr bewußt. Die zwei Harmonien, kraftvoll die eine und ruhig die andere, verschmolzen zu einer traurigen Euphonie.
Der ältere Bruder, vom Vater angestachelt und vom Wein umnebelt, sprang mit funkelnder Klinge vor. Sein mächtiger Streich – in der Erwartung geführt, der andere wiche zur Seite – zerschnitt diesem das Herz.
Mit einem Schlag verstummte die Harfe. Welch untadelige Tempoführung, dachte Isabeau anerkennend.
Dann schlug Laurent eine grausige Weise an. Der gramgebeugte Vater verfluchte den überlebenden Bruder und verbannte ihn in die Welt der Dämonen.

Isabeau wußte, daß Laurent sein eigenes Lied sang.
»Fürwahr«, sagte sie, als er geendet hatte, »wir leben in höchst seltsamen Zeiten.«

Kaum war sie eingeschlafen, träumte ihr von einem Ungeheuer, das schwarz und mächtig war in der Nacht. Sie fühlte, wie es aus den Abgründen ihrer Träume nach ihr griff. Aber nicht sein Haß rührte sie an, sondern sein Leid so mächtig und so tief, daß ihre Seele mit ihm wehklagte.
Angstschreie, die die Stille der Nacht zerrissen, ließen Isabeau von ihrem Lager am Kamin auffahren. Sie stürzte zu ihren Waffen, die in einer Ecke lehnten. Mit einem Blick stellte sie fest, daß Laurent verschwunden war... Wieder erschollen diese Angstschreie, schwollen zu panischen Höhen an – und erstarben schlagartig.
Das klagende Heulen, das gleich darauf die Luft erzittern machte, riß Isabeau von der Tür zurück.
Als das erste Morgenlicht über den Himmel huschte, trat sie vors Haus. Drückende Stille empfing sie, und die Welt war wie gelähmt – keine Krähe krächzte, und keine Schwalbe flatterte unterm Reet hervor, kein Insekt summte, und keine Kröte hüpfte, sich vor dem beginnenden Tag zu verbergen, keine Wildkatze miaute sich in den Schlaf.
Isabeau sah, wie ihr Stab zu erglühen begann, so hell, daß er ihr einen Weg in den dunklen Wald leuchtete. Sie huschte tief gebückt und geräuschlos, auf den Fußballen, über den Waldboden, und ihren zusammengekniffenen Augen entging nichts.
Das Geheul erscholl erneut, rings um sie, wild und hungrig.
Es ließ sie innerlich frieren und verlangsamte ihre Schritte. Die aufgehende Sonne tauchte das Land in ein unheimliches Rotorange. Jeden Muskel angespannt, alle Sinne geschärft, arbeitete Isabeau sich vorsichtig voran und ließ ihren Blick von Baum zu Baum, von Busch zu Zweig springen. Dann roch sie ihn – den noch schwachen, süßlichen Geruch von Blut. Sie gelangte zur knorrigen Eiche. Das Grinsen, mit dem der Totenschädel sie begrüßte, ließ ihr das Blut in den Adern erstarren.
Als Isabeau den Leichnam sah, der zwischen den schlangenglei-

chen Wurzeln lag, und seine ringsum verstreuten, wie von Höllendämonen ausgerissenen Gliedmaßen erblickte, mußte sie sich übergeben. Der Tote war so verstümmelt, daß sie nicht sagen konnte, ob dies der Druide war oder nicht. Blut tränkte den Humus, färbte das Wasser der Quelle. Isabeau lehnte sich mit ihrem ganzen Gewicht an den Baumstamm und ließ sich zu Boden gleiten. Ihre Finger streiften etwa Scharfes. Hinabblickend gewahrte sie ein Jagdmesser, dessen Klinge am Heft abgebrochen war, und erkannte darin das Messer des Kopfgeldjägers, den sie tags zuvor barfuß, mantellos in den Wald gejagt hatte.
Er ist also nicht in sein Lager zurück, sann Isabeau, sondern hat weiter nach mir gesucht, um sein Gesicht zu wahren.
Das Wimmern des Stabes in ihrer Hand brachte sie in die Gegenwart zurück: Das Biest streifte hier noch irgendwo umher!
Ein Knacken ließ sie jäh herumfahren: ein dürrer Zweig, der unter einem schweren Schritt gebrochen war. Dann ein Stöhnen. Sie erhob sich, ging dem Laut nach – und blieb wie angewurzelt stehen: Denn nun fiel ihr der Druide, das Gesicht aschgrau, die Kutte zerfetzt und blutgetränkt, aus dem Unterholz entgegen.

Er fuhr aus dem Schlaf hoch und setzte sich mühsam auf, schrie vor Schmerzen und sank in seine Felle zurück.
»Halt still«, flüsterte Isabeau und wischte ihm den Schweiß ab, der ihm über die Wangen und den Hals rann.
»Mein Bein?« fragte er mit fliegendem Atem.
»Ich bin keine Heilerin«, sagte sie und musterte kopfschüttelnd ihre dilettantisch ausgeführten Nähte. Die Wunde war überm Knie am tiefsten – dort lag der Knochen bloß! – und zog sich im Zickzack bis zur Leiste hoch. »Sie schwärt. Ich hab die Heilkräuter benutzt, aber ich bin mir nicht sicher.«
»Das Biest wird dich töten«, stöhnte er. »Wird dich aufspüren...«
Er wand sich, die Augen vor Schmerzen verkniffen. »Ich kann nicht sterben. Und wünschte, ich könnte es.« Er fiel in einen unruhigen Schlaf.
Isabeau entspannte sich, räumte die Lumpen und Kräuter beiseite und überließ den Mann dem nötigen Schlaf. Sie lehnte sich zu-

rück, ließ die Schultern sacken und blickte sinnend zum Fenster hinaus. Die Wolken lichteten sich, zumindest vorübergehend, und der Wald erstrahlte im Sonnenglast. Isabeau hörte Zaunkönige unterm Reet zanken und sah Krähen am Rande der Lichtung niederstoßen.
Ihre Gedanken schweiften zu dem Wolf. Sie spürte seine Kraft und Wut. Mehr noch, nun vernahm sie sein Heulen, hörte die Einsamkeit und den Kummer heraus, ein Weh so groß, daß der Wald in die Klage mit einstimmte.
Ihr Blick wanderte zu ihrem Stock am Kamin. Er glühte im Schein des Feuers, leuchtete heller und heller und wurde mit einmal von Geflechten aus silberweißen Lichtfäden umtanzt. Er rief sie, rief sie...
»Persippany«, flüsterte Isabeau, die Augen wie beim Traumschlaf halb geschlossen.
Des Hexenfeuers Fadennetze formten sich zum Antlitz. Ätherische Gesichtszüge zuckten in den Wellen aus Hitze und Licht.
»Isabeau...«, sang die Stimme wie Wind im Sommerlaub. »Die Hexe... ist nah...«
»Ich weiß«, sagte Isabeau stirnrunzelnd und überlegte, warum die *andere* sich bemüßigt fühlte, Offensichtliches auszusprechen. Sie holte langsam und tief Atem und sah zum Druiden hin. Er schlief noch immer.
»Bald... Isabeau...«, fuhr Persippany fort, »finden wir diese Hexe... die uns Fallen stellt.«
»Wenn ich deinem Ruf nicht gefolgt wäre, dann wäre ich jetzt nicht hier«, erwiderte Isabeau; die quälende Erinnerung an jenen Abend verdunkelte ihr Gesicht. Sie sah, wie ihr Geist-Ich auf der Suche nach dem Hilfsbedürftigen die Schenke betrat – statt seiner aber die verstümmelten Leichen der Kinder fand, die kreuz und quer in der Schankstube lagen. Sie hätte das Weite suchen, sich umdrehen und, ohne sich noch umzuschauen, fliehen müssen. Aber davon hatte diese Stimme sie abgehalten. Diese Stimme der am Kamin lehnenden Persippany.
Das Imago hob den Kopf und lachte ein Lachen, das an das Bimmeln einer Kesselflickerglocke erinnerte. »Hör... ich lehre

dich... kämpfen... jagen... sehen. Vertrau mir, ich führe dich zur Hexe... die diese Kleinen ermordet... die den Fürsten verleitet hat... deine Familie zu töten... dich zu bestrafen... den Fürsten... der auf dich ein Kopfgeld ausgesetzt hat... zur Hexe... die mich hier gefangenhält.«
Isabeau hatte schon vor langer Zeit gelernt, daß sie besser nicht fragte, wie der Mord denn geschehen und warum das Wesen in diesem Ebereschenstab gefangen war. Oder, wer dies Wesen war. Persippany hatte ihr die Antwort immer verweigert und ihr überaus hitzig zu verstehen gegeben, wie leid sie diese Wißbegier war. Daher suchte sie die, die es wußte: die Hexe, deren Namen sie nicht kannte und die ihr immer einen Schritt voraus zu sein schien.
Als Laurent stöhnend die Augen öffnete, hatte die Sonne den Zenit bereits überschritten.
»Hast du Hunger?« fragte Isabeau und hielt ihm eine Schüssel voll Suppe an die Lippen.
»Geh besser weg von hier«, erwiderte er, wies die Schüssel zurück und richtete sich mühsam auf.
»Du wiederholst also deine Warnung. Warum?«
»Weil du dir mein Harfenspiel klaglos angehört hast«, erwiderte er und lächelte schwach. »Warum willst du bleiben?«
»Weil du dein Brot mit mir geteilt hast«, sagte sie und drückte ihn sanft auf sein Lager zurück. Er zuckte nicht mit der Wimper, als sie die Haut rings um seine Wunde abtastete.
»Das sieht schon besser aus.« Sie strahlte ihn an und richtete sich auf. »Der Schlaf hat dir gutgetan.«
»Schlaf?« fragte der Mönch mit bebender Stimme, und sein Gesicht rötete sich. »Die Sonne... geht schon unter?«
Isabeau nickte und faßte ihn, weil seine Erregung wuchs, am Arm, um ihn zu beruhigen.
»Isabeau, vergib mir...«, murmelte er, nun von wilden Zuckungen gerüttelt.
Plötzlich stieß er einen furchtbaren Schrei aus, schüttelte ihre Hand ab und zerfleischte sich, seiner noch frischen Wunden nicht achtend, die Brust.

Isabeau fuhr zurück, den Mund vor Schrecken weit geöffnet.
Laurent wälzte sich, schon kein richtiger Mensch mehr, von seinem Lager, kroch auf allen vieren zum Kamin und verwandelte sich. Er war nicht länger der Druide, sondern ein schwarzer Wolf, groß und geschmeidig und muskulös.
Isabeau starrte das Tier ungläubig an und kroch in sich zusammen, als ob sie sich verstecken wollte. Dann kochte Zorn in ihr hoch – Zorn darüber, daß sie vor der Wahrheit die Augen verschlossen und sogar die Warnung ihres Stabes in den Wind geschlagen hatte. Zorn darüber, daß sie sich von der Jägerin zur Gejagten hatte machen und in dieser Hütte hatte fangen lassen.
Sie stürzte sich auf den Stock, faßte das feurige Holz.
Der Wolf-Dämon beäugte sie, das Maul weit aufgerissen, zum Sprung bereit.
Isabeau fixierte seine bernsteinfarben glühenden Augen, hielt ihm den Stock waagrecht entgegen und rief das Hexenfeuer, Persippany. Es war kein zahmes Ding, sie nicht seine Herrin; nein, sein Feuer stand ihr nicht zu Gebot. Es war lebendig, verfolgte sein eigenes Ziel. Es brauchte bloß ein Gefäß, um seine Flammen zu entfesseln. Sie konnte nur hoffen, daß ihrer beider Ziele sich nun deckten. Dann spürte sie, wie es – ihrem Blute gleich – durch ihren Körper strömte, die Vereinigung von Willen und Kraft. Sie fühlte im Stab Hitze aufschießen und sah, wie das Biest vom grellen Licht blauer Flammen geblendet wurde.
Der Wolf-Dämon heulte, warf den Kopf vor und zurück. Er gewahrte das Fenster, beäugte wieder Isabeau und zog haßerfüllt die Lefzen nach hinten.
Dann sprang er mit einem enormen Satz durch die Fensterscheiben und verschwand im nahen Wald. Bloß sein klagendes Geheul kündete noch von ihm.
Isabeau stand starr und dankte Persippany, atmete tief durch, um sich zu fassen, und zog sich ihren schweren Anorak über den Kopf. Sie erwog, den Bogen mitzunehmen, verwarf den Gedanken aber, denn der Macht, der sie nachsetzte, war mit Pfeilen nicht beizukommen. So ergriff sie den Stab und trat in die Dunkelheit hinaus, um dem Wolf zu folgen.

Kein Laut war zu hören; es war, als ob der Wald den Atem anhielt.
Isabeau glitt geschmeidig, unermüdlich durch den Forst; das blaue Stablicht leuchtete ihr voran. Vorbei war die Zeit der Angst, Wut und Erinnerung, des Hasses. Es war Jagdzeit.
Sie erstarrte, als der Wolf erneut sein Geheul anstimmte, um sie noch tiefer in sein Territorium zu locken. Persippanys Pulsieren drängte sie weiterzugehen. Da wußte die Jägerin, daß ihrer beider Magien der Hexe Werk waren und sie zueinander hinzogen.
Als Isabeau die knorrige Eiche vor sich aufragen sah, hielt sie inne.
Da explodierte das Stabfeuer, und ein Baum unweit der Eiche ging in Flammen auf. Isabeau taumelte unter der Druckwelle zurück und bemühte sich verzweifelt, den Zauber einzusetzen. Sie fuhr herum und sah, aus den Augenwinkeln, den Wolf durchs Unterholz auf sie zu huschen.
Wieder versprühte der Stab sein Feuer und hielt damit den Dämon in Schach.
Er heulte Isabeau aus dem Dunkel an. Sie aber stand wie ein Fels und schirmte sich mit dem Stabzauber. Plötzlich war der Dämon vor ihr und begann, sie zu umkreisen und mit gefletschten Zähnen nach ihr zu schnappen. Sie drehte sich mit ihm im Kreis und spürte das Feuer wieder auflohen.
Aber der Wolf hatte die Macht des Stabes schon kennengelernt und die Lektion nicht vergessen... Den Stock nicht aus den Augen lassend, verlangsamte er seinen Schritt, blieb endlich stehen und wartete. Isabeau kauerte sich hin, angespannt, abwehrbereit, und blinzelte ungläubig... hatte das Biest sein Gesicht denn zu einem Lächeln verzogen?
Jäh sprang der Wolf, lautlos und blitzschnell. Isabeau hielt ihm reflexartig den Stab entgegen und beschwor die Flamme. Persippany schoß einen bläulich leuchtenden Feuerpfeil ab, der haargenau ins Menschenherz traf, das noch in des Dämons Brust schlug. Der mitten im Sprung getroffene Wolf heulte auf, zuckte grotesk und schlug schwer auf dem Boden auf. Er war nun so still wie der Wald ringsum.

Aber nicht tot, das wußte Isabeau wohl. Nur das Herz des Mannes starb, seine Seele wurde frei. Der Dämon aber war noch am Leben.
Schon stand er wieder auf den Pfoten.
Der Zauber flammte empor, und blendendhelles Feuer streifte den Wolf. Er fuhr herum und wich zurück, zog einen größeren Kreis.
Isabeau drehte sich auf den Zehen mit.
Wieder lohte das Hexenfeuer. Isabeaus Hände und Handgelenke glühten unter seiner Macht. Aber Persippany schlug ihre eigene Schlacht.
Mit grollendem Knurren, das die Luft beben ließ, griff der Dämon wieder an und warf Isabeau im Vorbeistürmen mit einem gewaltigen Stoß auf den Rücken.
Sie rappelte sich mühsam an ihrem Stock hoch und verbiß sich ihre Schmerzen.
Das blaue Feuer schoß erneut auf, und stärker noch. So stark, daß es ihr Brust und Arme marterte und sie an sich halten mußte, um nicht laut aufzuschreien.
Da schlug das Feuer dem Dämon ins Gesicht und durchbohrte ihm die leblosen Augen. Er wand sich verzweifelt, um der Gewalt der Flamme zu entkommen. Isabeau gab sich dem Feuer gänzlich hin und setzte so den Zauber frei.
Das Feuer wuchs und wuchs, bis es den Wolf vollständig einhüllte. Er zuckte und tanzte vor Schmerz und Wut, einer Wut, die ihn wie eine Woge durchflutete. Als die Flamme endlich, endlich erlosch, waren von ihm nur noch verkohlte Reste zu sehen.
Isabeau hustete. Ihre Lungen gierten nach Luft, die Arme brannten ihr. Die höllischen Schmerzen brachten sie auf die Knie.
Dann riß eine Art Flüstern sie aus ihren Gedanken. Auf ihren Stab gestützt, stand sie unsicher auf und musterte mit schmalen Augen die schimmernde Erscheinung, die ihr entgegentrat.
»Keth...«, zischte sie durch die zusammengebissenen Zähne, »wir haben dich erwartet.«
»Ich habe gut getan, dich anzuheuern«, höhnte der Mann, die Arme über der Brust verschränkt. »Du hast dein Los verdient.«

Persippanys Flamme ließ den Stock lohen. Diesmal schlug Isabeau die Warnung nicht in den Wind.
»Hüte dich, Hexe!« schrie sie. »Dieser Wald ist nicht länger dein Reich. Um mich zu hindern, dich ausfindig zu machen, bräuchte es schon mehr als nur einen deiner Dämonen!«
Die Erscheinung schwand. An ihre Stelle trat ein Wesen, das weder Mann noch Frau noch überhaupt ein Mensch war: das Gesicht von Haß verzerrt und die flache Nase zwischen gelbe Äuglein hochgedrückt, die aus einem Paar wulstiger Lippen ragenden Zähne zu Reißzähnen gefeilt und den Körper vom Alter gebeugt... Es trug einen Umhang und war von einem Feuer umtanzt, das weder Licht noch Hitze gab. Mit einmal glitt es die knorrige Eiche hoch und stellte sich auf den alten Totenschädel.
Isabeau sprang vor. Aber nicht rasch genug. Etwas schien ihr das Bewußtsein zermalmen zu wollen.
Ich hab dich! lachte es, ein rauhes, uraltes Lachen. *Ich hab dich immer gehabt! Seit der Nacht in der Schenke, Isabeau, o Isabeau!*
Es kroch in sie hinein, in ihr hinab, und drängte das Hexenfeuer zurück. Ihr Herz hämmerte, ganz als ob es zerspringen wollte. Die Kraft warf sie der Länge lang hin. Der Eberenschenstab flog durch die Luft und bohrte sich, eine Armlänge von ihr entfernt, in den Boden.
Der Hexe Zauber schlug grausam, unerbittlich auf Isabeau ein.
Da wandte sie den Kopf, suchte im Geiste Halt bei Persippany und streckte die Hand aus. Sie sah das vertraute Gesicht um den Stab tanzen, bittend zu ihr herblicken. Aber die Flamme brauchte ein Gefäß, ein Medium. Und sie konnte es nicht erreichen.
Isabeau stirbt! höhnte das Hexenwesen, und sein häßliches Lachen hallte von den Felsen wider.
Aber schon sprühte der Stab Zauberfeuer und hüllten blaue Flammen den Totenschädel ein. Die Hexe lachte schrill auf vor Schreck und Staunen.
Warum, Persippany? klagte die Hexe laut, als das Feuer die Eiche erfaßte und zu verzehren begann. Dann schwand die Erscheinung.

Nun wußte Isabeau, daß das Wesen im Ebereschenstab nicht nur von Haß, nein, auch von Liebe erfüllt war. Und daß die Liebe ihm ein eigenständiges Leben verliehen hatte.
Sie blieb noch lange, nach Atem ringend, liegen. Die Nacht senkte sich um sie. Der Stab kühlte ab, schlief.

Was hat die Hexe zu Keth geführt, als der seinen Sohn verfluchte? dachte Isabeau. Aber diese Frage kann wohl nur der höchste Orden beantworten...
So rückte sie mit einem Achselzucken Köcher und Bogen zurecht und schwang spielerisch ihren Stock. Als sie damit gegen einen Stein stieß, zuckte sie zusammen. Ihre Hände, obwohl mit Heilkräutern aus Laurents Regalen buchstäblich verpackt, waren ja noch überaus empfindlich.
Das sind keine wirklichen Verbrennungen, tröstete Persippany, *sie heilen schnell.*
Laurent... Ihre Gedanken wanderten zu dem Wald zurück, der schon einen Tagesmarsch hinter ihr lag. Sie lächelte zart, als sie sich den Druiden vorstellte. Zumindest war er nun frei. Keth auch. Und die Hexe war nicht mehr Herrin des Forstes.
Die Sonne brach durch die Wolken. Der Winter wird sich wohl noch einen Tag Zeit lassen, dachte sie froh. Sie war noch immer eine Gesetzlose. Und sie war sich nicht sicher, ob der Stab die Hexe vernichtet oder ihr nur die Macht über den Wald genommen hatte.
Aber das war ihr im Augenblick auch herzlich egal.

CARL THELEN

Carl Thelen habe ich bei einem der Kurzgeschichten-Workshops, die ich alle zwei, drei Jahre bei mir zu Hause abhalte, kennengelernt; seine Story (die kürzeste dieser Anthologie) beweist, daß man das Schreiben, das ja nicht lehrbar ist, durchaus erlernen kann.

Carl verdient sich sein Brot als Programmierer, interessiert sich aber fürs Tischlern, Schmieden und ähnliches. Er will »aus dieser Tretmühle aussteigen und hauptberuflich schreiben«.

Leider können aber nicht mal fünf Prozent der Autoren von ihrer Arbeit leben. Ich wünsch dir also viel Glück, Carl! Einen guten Anfang hast du gemacht. – MZB

CARL THELEN

Perle

»Die flachlegen?« fragte der kleine Stämmige ungläubig und ließ seine Klingenspitze um die Kehle des alten Weibes tanzen.
»Ja, Bert...«, erwiderte der kleine Hagere. »Sagt man denn nicht, daß du die Frauen, die du ausraubst, immer auch vergewaltigst?«
»Aber, Louie, das ist doch keine Frau, sondern eine alte Vettel! So eine Oma aufs Kreuz zu legen, das wär... wie... wie... Ach, leer ihr die Satteltaschen, und damit basta!«
Die Frau hatte langes, weißes Haar und eine runzlige Haut – hielt sich aber gerader als jeder der zwei Strauchritter und überragte sie beide. »Nennt mich Carissa und nicht ›alte Vettel‹, wenn es euch nichts ausmacht«, sagte sie gelassen.
Louie überhörte das, zerrte die Packtaschen von ihrer braun-weiß gescheckten Stute, leerte sie kurzerhand auf die Landstraße aus und musterte die Beute: etwas Brot und Käse, diverse Münzen und ein glatter weißer Stein, der ungefähr kopfgroß war und von innen heraus schwach glühte... Bert ließ vor Staunen fast sein Schwert fallen und rief: »Louie, weißt du, was das ist? Perlmutt! Das muß die größte Perle der Welt sein!«
»'ne Perle? Die erste, die ich seh«, versetzte Louie ehrfürchtig, hob sie auf und streichelte sie sacht.
»Sei vorsichtig damit, Louie! Perlen sind zerbrechlich. Steck sie wieder in die Satteltasche, und dann ziehn wir Leine.«
»Ich an eurer Stelle, meine Herren, nähme die nicht mit«, warnte Carissa ruhig.
Bert lachte. »Gib dir keine Mühe, du altes Miststück... Der Trick zieht bei mir nicht!«
»Welcher Trick, Bert?« fragte Louie.
»Ja, daß die Leute, die man so ausraubt, sagen: ›Nimm das nicht!

Da liegt ein Fluch drauf!‹, oder so ähnlich, bloß damit man Angst kriegt und die Finger davon läßt. Die versuchen es jedesmal!«
Da lachten die beiden und stiegen auf die Stute, die unglücklich wieherte und sehnsüchtig zu ihrer bisherigen Besitzerin blickte. »Seid auch mit Bernstein vorsichtig«, meinte Carissa. »Sie beißt, wenn sie wütend ist.« Aber Bert und Louie überhörten auch das und ritten mit triumphierendem Gelächter in die hereinbrechende Nacht hinein.
Als die beiden hinter einer Wegbiegung verschwunden waren, stieß Carissa einen kleinen Seufzer aus und ging in den nahen Wald, um sich aus Zweigen und Magie ihr Bett zu bereiten, und dann einfach abzuwarten.

Bert und Louie schlugen beim weichen Licht des Vollmonds ihr Lager auf, aßen das geraubte Brot, den geraubten Käse und spülten beides mit geraubtem Ale hinunter. Bernstein hatten sie unweit an einen Baum gebunden, den Sattel und die Taschen neben ihr auf den Boden gelegt. »Was meinst du, Bert, wieviel die Perle wert ist?« fragte Louie und wischte sich die Krümel vom Mund.
»'ne Menge.«
»'ne Menge?«
»Ja, 'ne ganze Menge.«
»'ne ganze Menge«, wiederholte Louie staunend. »Das ist echt 'ne Menge!«
»Damit könnten wir uns ein Schloß kaufen, mit Dienern und Sklaven... und Weibern.«
»Weibern, die nur uns gehör'n... Mann!«
»Jetzt leg dich aufs Ohr«, kommandierte Bert und rollte sich in seine Decke. »So weit von der Straße, stört uns niemand... und wir haben einen langen Ritt vor uns.«
Louie starrte staunend auf die glühende Perlmuttkugel, die aus der Satteltasche ragte. »Sag mal, Bert, ist die größer geworden?«
»Natürlich nicht, du Idiot! Perlen wachsen nicht. Jetzt halt die Klappe und sieh zu, daß du schläfst.« Louie, zu dessen Fehlern es gehörte, daß er anderen stets aufs Wort glaubte, war beruhigt und schlief bald so tief und schnarchte bald so laut wie dieser.

Die Perle jedoch hatte anderes im Sinn. Sie ruckte und zuckte und rollte endlich aus der Satteltasche, wurde im Handumdrehen größer, glühte nicht mehr weiß, sondern gelb, und nun schon grün. Binnen weniger Minuten hatte sie sich in eine kleine, sicher vier Meter lange Drachin verwandelt, die sich nun neugierig umsah. Bernstein grüßte sie leise wiehernd und tänzelte auf sie zu, soweit es der Haltestrick erlaubte. Die Drachin kroch zu ihr, beschnüffelte sie und biß sie mit ihren scharfen Zähnen los. Darauf tötete sie Bert rasch und geräuschlos, indem sie ihm Gift ins Ohr träufelte, und fiel heißhungrig über ihn her. Als sie ihn verschlungen hatte und sich Louie zuwandte, war sie schon fast satt und unsicher, ob sie auch ihn ganz verputzen könnte. Aber dann doch lieber eine halbe Leiche übriglassen als eventuell Hunger leiden... wer weiß, wann ich wieder was zu beißen kriege! dachte sie und sagte sich: Friß, solang du kannst!

Eben da träumte Louie mal wieder von irgendeiner wilden, willigen Marketenderin, der er tief in die Augen und in den Ausschnitt sah – die ihm aber, wie das leider oft in seinen Träumen geschah, jäh eine derbe Ohrfeige gab, die ihn vom Hocker fegte und... weckte. Statt in die aufregenden blauen Augen einer Frau blickte er jetzt in schmale, gelbe Drachenlichter! Da schrie er so gellend, daß es wohl meilenweit zu hören war, und sprang auf und rannte in einem Tempo davon, das die Drachin so einem Menschenwesen nie zugetraut hätte.

Wenig später trotteten Bernstein und die Drachin zu Carissa ins Lager. Ihre Herrin herzte und küßte sie beide und sprach: »Ach, Perle, ich hab dich schrecklich gern... Aber was muß ich nicht alles anstellen, um dich satt zu kriegen!«

JESSIE D. EAKER

Jeder macht Fehler. Mein Vater sagte immer: »Es hat nur einen vollkommenen Menschen gegeben. Was sie mit dem gemacht haben, ist in der Bibel nachzulesen.« Lisa drückte das einfacher aus: »Wäre ich unfehlbar, wär ich Papst.« Und meine Lehrerin in der zweiten Klasse pflegte zu sagen: »Wenn keiner Fehler machte, bräuchte man keine Radiergummis.«

Auf diese Autoritäten gestützt, gestehe ich, daß ich so fehlbar bin wie jeder andere und fehlbarer als manche andere. So habe ich im vorigen Band Josepha Sherman (da ich bis zum Manuskriptversand weder eine Biographie erhalten noch eine Veröffentlichung von ihr zu Gesicht bekommen hatte) irrtümlich als Amateurin vorgestellt. Damit hatte ich insofern recht, als sie, wie die meisten Autoren, nicht vom Schreiben lebt. Ich hätte aber ihre bisherigen Publikationen erwähnen sollen und bitte um Entschuldigung für mein Versäumnis. Und weil ich Jessies Vita noch nicht hatte, als ich die Vorspänne für diesen Band entwarf, rettete ich mich in die Formulierung: »...jeder stelle sie sich so vor, wie er mag. Ich weiß bloß, daß sie drei Köpfe hat.« Aber dann kam Jessies Biographie doch noch, und das hat mir eine Blamage erspart: Denn Jessie D. Eaker ist ein Mann, Programmierer von Beruf, und hat öfters bei Kleinverlagen publiziert; aber dies ist seine erste Veröffentlichung in größerem Stil... Er hat drei Söhne und sagt, zu dieser Story habe ihn die Geburt seines jüngsten Kindes inspiriert.

Jessie und seine Frau haben sich im »Fernen Westen« ein Häuschen gekauft, wo sie ohne Hund und Katze, aber mit einer Schildkröte wohnen, die für Besuche schwärmt. Das ist wirklich mal ganz was Neues! – MZB

JESSIE D. EAKER

Der Name der Dämonin

»Drück noch mal!« murmelte die Hebamme.
Freya, vom Gebären ganz erschöpft und verschwitzt, klammerte sich an die Arme der neben ihr kauernden Freundinnen und stemmte sich von ihrem Lager hoch, atmete tief ein und preßte, vor Anstrengung stöhnend, mit all der ihr verbliebenen Kraft. Die anderen Frauen aber hielten erwartungsvoll den Atem an und blickten gebannt auf die Kreißende. Bis auf das Stöhnen der Gebärenden erstarb jeder Laut in der Kammer. Es war, als ob die Welt in Erwartung des Kommenden stillstünde...
Freya fiel in die Kissen zurück. Als die Hebamme das Neugeborene hochhielt, fing es zu schreien an.
Die Hebamme inspizierte das Kind rasch und legte es Freya auf den Bauch, wo es sich sogleich wand und drehte. Die Frauen flüsterten nun aufgeregt miteinander. Es war ein Mädchen!
Freya stützte sich auf, um ihr Töchterchen zu betrachten. Das ist also das kleine Wesen, das mein Leben verändert hat, sann sie und mußte unwillkürlich lächeln.
Sie brannte trotz ihrer Erschöpfung darauf, das Kind nun auch in die Arme zu nehmen. Aber zuerst mußte es gesegnet werden, mußte man der Göttinmutter für die glückliche Geburt danken, und dafür, daß es ein Mädchen war. Die Hebamme schnitt die Nabelschnur durch und reichte das Kleine der schon wartenden Priesterin Lyris. Aber die runzelte die Stirn und schritt zum Fenster hinüber, stieß die Läden auf und besah sich im Licht der Abendsonne das Gesicht des Kindes. Eine leichte Brise blähte ihre Robe. In der Kammer wurde es still.
»Was ist?« fragte Freya. »Stimmt etwas nicht?«
Lyris schüttelte den Kopf. »Es tut mir leid, mein Kind«, begann sie, gab Freya die Kleine zurück und zeigte auf einen schwarzen

Fleck auf deren Stirn. »Das ist das Mal der Dämonin Gilou. Noch ehe morgen die Sonne aufgeht, wird sie holen kommen, was sie so als ihr Eigen bezeichnet hat.«

Die anderen Frauen waren fort. Nur die Priesterin war geblieben, um die junge Mutter zu trösten – und zu bewegen, sich in ihr Los zu schicken.
»Ich bin eine Kriegerin!« schrie Freya. »Ich werde ihr mein Kind nicht kampflos überlassen!
»Du kannst der Dämonin nicht wehren«, warnte Lyris. »Wenn du dich ihr in den Weg stellst, riskierst du auch dein Leben.«
»Ich schwöre bei der Göttinmutter, daß ich ihr meine Tochter nicht so einfach überlasse! Ob Mensch oder Dämon, mein Schwert schlägt dem einen so leicht wie dem anderen den Kopf ab.«
»So begreif doch!« rief die Priesterin entnervt. »Dein Stahl kann Gilou nichts anhaben. Du erreichst damit nur, daß sie zornig wird und dich auch mitnimmt!« Kopfschüttelnd fügte sie noch hinzu: »Am besten, du kümmerst dich nicht mehr um das Kind... säugst es gar nicht erst, und läßt der Dämonin ihren Willen.«
»Fluch über dich! Wenn du mir nicht beistehst, muß ich mir eben allein helfen!«
Die Priesterin zuckte resigniert die Achseln. »Du bist eine sture Frau, Kriegerin! Ich werde tun, was in meinen Kräften steht. Aber das ist sehr wenig.« Sie verstummte, sann und fuhr nun also fort: »Ich werd dich im höchsten Turm des Tempels bergen. Das kann die Dämonin zwar nicht abwehren, aber doch aufhalten... bis kurz vor Tagesanbruch, jener Zeit also, da ihre Lebenskraft am schwächsten ist. Damit gewinnst du aber bestenfalls ein paar Stunden.«
Nun, da ihr die nötige Unterstützung zugesagt war, schwand Freyas Zorn. Zweifel trat an seine Stelle. Was sollte sie tun, wenn das Schwert, auf das sie stets vertraut hatte, ihr den Dienst versagte? Wie eine Dämonin besiegen... deren bloßer Name die Mütter weinen und die Säuglinge greinen machte? Die Priesterin hatte sicher recht – die Auflehnung würde sie das Leben kosten. Aber für dieses Kind hatte sie so teuer bezahlt, und sie würde nie

mehr ein Kind haben können. Sie hatte keine andere Wahl. Sie mußte kämpfen. »Gibt es denn keine Waffe, mit der ich dieser Dämonin etwas anhaben kann? Keine Möglichkeit für mich, sie zu töten?«
Die Priesterin lachte. »Kann man Berge töten? Kann man das Meer töten? Nein, mein Kind. Eine Dämonin kann man nicht umbringen.«
Freya schüttelte den Kopf. »Aber es muß doch ein Mittel geben... Jede Macht hat ihre Grenzen. Selbst Dämonen müssen ihre Kraft von irgendwoher erhalten.«
»Sicher«, gab die Priesterin zu. »Eines Dämons Macht gründet auf seinen Namen. Je mehr Namen er hat, desto mächtiger ist er. Die Dämonin hat drei: Gilou ist ihr erster und bekanntester, Abyzu ihr zweiter. Aber ihren dritten, ihren Machtnamen, kennt niemand. Wüßten wir ihn, könntest du ihn auf einen Stein oder dergleichen schreiben und das als Amulett dem Kind umhängen. Dann würde die Dämonin sterben, sobald sie das Kind berührt. Aber diesen Namen kennen nur sie und ihre Herrin... Gilou wird sich hüten, ihn dir preiszugeben!« Die Priesterin erhob sich, um ihre Vorbereitungen zu treffen. »Ich wünschte, ich könnte mehr für dich tun. Aber ich werde die Göttinmutter bitten, dir beizustehen. Ob du jedoch mehr erreichen kannst, als bloß dein Leid zu mehren, weiß ich wirklich nicht.«

Freya erwartete das Nahen des Todes.
Sie lag auf einem niedrigen Sofa im höchsten Turm des Tempels und ruhte sich aus, um ihre Kräfte für den baldigen Kampf zu schonen. Das Gemach, in dem sie wartete, war rund und nur mit dem Sofa und einem Lämpchen möbliert. Das Sofa hatte sie an die Wand gegenüber der einzigen Tür des Raums gestellt. Die ging nach Norden und war von innen verriegelt. Nach Ost und West zeigten hohe Fenster mit breiten, ungefähr in Kniehöhe angebrachten Fensterbrettern. Dort pflegten die Priesterinnen bei Sonnenaufgang und Sonnenuntergang zu beten.
Ein frische vormorgendliche Brise drang durch die offenen Fenster herein. Freya erschauerte und zog ihren Umhang fester um sich

und ihr Kind. Sie hatte die halbe Nacht am Ostfenster ausgeharrt, auf die schlafende Stadt hinabgesehen, den langsamen Tanz der Sterne beobachtet und gefleht, die Sonne möge bald aufgehen.
Gedankenverloren spielte sie mit dem Amulett an ihrem Hals. Lyris hatte es ihr umgehängt, dabei geflüstert, es sei der Göttinmutter geweiht und werde sie vor der Dämonin schützen, und hatte sie zum Abschied geküßt und dann allein gelassen.
Inzwischen hatte Freya einen Plan entwickelt. Er war ihre einzige Hoffnung. Sie tastete nach dem Dolch, den sie an der Hüfte barg. Sie hatte ihn in ihr eigenes Blut getaucht und als Schreibfeder gebraucht. Mißlänge ihr Plan – würde sie ihn gegen sich selbst richten.
Das Kind schlief friedlich in ihrem Arm. Sie hatte es ein wenig gestillt. Es hatte eifrig an ihrer Brust gesaugt, war aber wohl noch zu klein, um viel zu trinken. Daß es dabei ihre Finger fest umklammert und mit seinen noch leeren Augen zu ihr aufgeblinzelt hatte, hatte sie gefreut. Beides waren gute Zeichen: Es würde ein kräftiges Kind werden.
Nun sann die Kriegerin, wie sie es nennen sollte. Überlebten sie diese Nacht, könnte sie ihm, wie es Brauch war, bereits am Morgen einen Namen geben. Sie könnte damit auch noch drei Tage warten – ganz, wie sie wollte. Es mußte nur bei Sonnenaufgang geschehen.
Freya legte den Kopf zurück und seufzte. Sie war müde, der ganze Leib schmerzte ihr vom Gebären. Er verlangte nach Ruhe. Aber die konnte sie ihm nicht gönnen. Die Zeit war nah.
Ein Kratzen an der Tür ließ sie auffahren und sich aufsetzen. Die Tür, die sie ja fest verriegelt hatte, war weit offen und schwang sacht in der sanften Brise. Auf der Schwelle, noch außerhalb des Lichtkreises ihres Lämpchens, stand eine Gestalt. Freya straffte sich. Und wartete.
»Ich komme holen, was mein ist«, kündete die Gestalt krächzend.
»Sag an, wer du bist und was du willst?« erwiderte Freya, bemüht, ihre Stimme in ihrer Gewalt zu behalten.
In den Lichtkreis trat jetzt die Dämonin: nackt, mit den Brüsten

und Hüften einer Frau, aber dem Kopf eines Hundes, Beinen wie ein Falke und Armen gleich Schlangen – Fingern, die sich nach eigenem Belieben bewegten. Der Hundekopf grinste.
»Gilou«, hauchte die Kriegerin unwillkürlich. Sie sprang auf, das Kind an die Brust gepreßt, und warf einen Blick durchs Ostfenster – ja, am Horizont dämmerte es schon.
»Fürchte mich, Sterbliche. Ich bring den Tod. Meine Herrin wartet meiner schon mit der versprochenen Belohnung.«
»Ich könnte dir statt des Kindes ein paar Lämmer geben... Oder Kälber, wenn dir das lieber ist. Du kannst alles haben, nur laß mir, o laß mir mein Töchterchen!«
Die Dämonin lachte höhnisch. »Du erbärmliche Sterbliche. Ich muß dieses Kind haben. Wurde doch geweissagt, es werde mich und meine Herrin eines Tages töten. Meiner Herrin Los schert mich nicht... das meine aber schon. Ich gebe kein Pardon und gehe kein Risiko ein.« Damit streckte sie ihre scheußlichen Hände aus und sprach: »Gib sie mir!«
»Nein! Warte! Sie ist durch einen Zauber geschützt. Sieh dir die Namen an, die ihr auf der Stirn geschrieben stehn.«
Da trat die Dämonin erschrocken einen Schritt zurück. Freya hielt den Atem an und betete, daß ihre List gelänge.
Die Dämonin wiegte den Kopf und musterte die Kleine. Dann lachte sie so spöttisch auf, daß Freya das Blut in den Adern gefror, und höhnte: »Du närrische Sterbliche, du! Ja, ich sehe drei Namen auf ihrer Stirn, aber nur zwei davon sind die meinen. Der dritte ist falsch, eine Niete. Versuch nicht, mich noch länger hinzuhalten, und gib mir das Kind! Die Sonne wird bald aufgehn. Ich habe keine Zeit für deine Spielchen!«
Freya zog den Dolch aus dem Gewand und schrie: »Du mußt es dir schon holen, Monster! Eine Gardistin gibt sich nicht geschlagen.«
Aber die Dämonin zischte: »Du Närrin! Dein Stahl kann mir nichts anhaben!« Damit streckte sie blitzartig die Hand aus, packte den Dolch an der Klinge, entriß ihn Freya und schleuderte ihn aus dem Fenster. »Für deine Unverschämtheit wirst du büßen, Frau!« drohte sie und langte mit ihren Schlangenarmen nach der Kriege-

rin Kehle. Aber das Amulett, das Freya am Hals trug, lohte auf. Die Dämonin zuckte zurück, wie von der Tarantel gestochen.
»Was... noch eine Verzögerung? Dich zu töten, Weib, wird mir ein höllisches Pläsier sein!« brüllte sie, hob die Arme und sang mit näselnder Stimme: »Ich bin die Dämonin Gilou, auch Abyzu genannt. Deinen Zauber mach ich zunichte kraft meines geheimen Namens, der Neola lautet!«
Kaum war der Name erklungen, da glomm auch schon Freyas Amulett auf und färbte sich schwarz, fiel auf den Steinboden und zerbrach in tausend Stücke.
Die Dämonin grinste, griff wieder blitzartig nach der Kriegerin, wand ihr einen ihrer Schlangenarme um den Hals und drückte ihr die Luft ab, riß ihr mit dem freien Arm das Kind von der Brust und preßte es an sich.
Dann schleuderte sie Freya mit einer einzigen weichen Armbewegung gegen die Wand. Die Kriegerin schlug, Gesicht voran, mit solcher Wucht auf, daß es ihr den Atem nahm und ihr das Blut aus Mund und Nase sprang. Halb betäubt fiel sie zu Boden.
Als Gilou lauernden Blicks näherkam, taumelte Freya auf und wich, an der Wand Halt suchend, zurück. Dabei überlegte sie fieberhaft. Sie kannte jetzt zwar der Dämonin dritten Namen, hatte aber weder das Kind noch ihren Dolch zum Schreiben. Was konnte sie tun?
Da sprang die Dämonin auf sie los. Freya tauchte weg – aber nicht schnell genug. Das Monster erwischte sie am Arm, wirbelte sie in hohem Bogen durchs Zimmer, und sie krachte aufs Fensterbrett und hing nun kopfüber halb aus dem Fenster, wäre um ein Haar in die Tiefe gestürzt.
Schon stand die Dämonin hinter der Kriegerin und setzte ihr eine Klaue auf den Rücken, so daß sie sich nicht mehr aufrichten konnte, und krächzte: »Ich wünschte, ich könnte dich schön langsam und mit Genuß töten, aber ich muß mich sputen, denn die Sonne wird gleich aufgehen.«
Freya hob den Kopf. Vielleicht gab es ja doch eine Möglichkeit...

Die Dämonin schloß: »Du hast Glück, denn du wirst eines schnellen Todes sterben. Nun stirb!«

Da bückte sie sich, um Freya zum Fenster hinauszustoßen. Aber die hob den Kopf höher und rief der über den Horizont lugenden Sonne entgegen: »Im Namen der Göttinmutter nenne ich meine Tochter... Neola!«

Hinter ihr erscholl ein markerschütternder Schrei, und der Druck auf ihren Rücken ließ nach. Sie wandte sich und sah, daß ihr Kind im Arm der Dämonin erglühte. Das Monster versuchte, es mit seinem freien Schlangenarm von sich abzureißen, aber vergeblich. Wieder schrie die Dämonin in Todespein und tobte, daß der Turm zitterte, erglühte nun selbst und begann zu schrumpfen, wurde immer kleiner und kleiner, bis nichts von ihr übrig war als ein Häufchen feinen schwarzen Staubs – ein wenig Asche auf dem Boden des Turmgemachs, und daneben lag, unversehrt, die kleine Neola.

Das Kind hatte so tief geschlafen, daß es von diesem ganzen Kampf nichts gemerkt hatte, und war erst von der Dämonin Schrei geweckt worden. Nun weinte es, und Freya hob es auf und versuchte, es zu beruhigen.

Da stürmte die Priesterin Lyris, von zwei Wächtern gefolgt, ins Turmgemach und fragte: »Was ist geschehen? Wir haben einen Schrei gehört?« Dann blieb sie wie angewurzelt stehen und rief erstaunt: »Aber du hast ja noch das Kind!«

Freya lächelte. »Wohl, und sie wird eine großartige Tochter sein. Kaum einen Tag alt, hat sie schon eine Dämonin getötet!«

LOIS TILTON

Die folgende Story wollte ich nach der ersten Lektüre eigentlich als »Horrorgeschichte« ablehnen. Ich hab es mir anders überlegt und will nur sagen, daß sie insgesamt nicht annähernd so grausig ist, wie die allerersten Seiten fürchten lassen. Lois Tilton ist Teilzeit-Dozentin für Philosophie in Philadelphia und hat schon in verschiedenen Anthologien viele Gedichte veröffentlicht. Weil man heutzutage weder mit Philosophie noch mit Poesie gutes Geld verdient und Lois uns sagt »ansonsten tu ich nichts, was auch nur im mindesten von Interesse wäre« – fragen wir uns natürlich, was sie uns wohl verschweigt. – MZB

LOIS TILTON

Hände

Tianne wehrte sich mit Händen und Füßen, als die Helfer des Scharfrichters sie zum Richtblock schleiften. Die rings um das Schafott versammelte Menge feuerte die Verurteilte mit lauten Rufen an – nicht aus Mitgefühl, sondern weil sie sich von diesem Kampf eine Belebung ihrer markttäglichen Unterhaltung versprach.
Aber Tiannes Gegenwehr war vergebens. Schon zwang eine muskulöse Hand sie auf die Knie und preßten andere Hände ihren Unterarm auf den vielfach gefurchten, blutgetränkten Klotz.
»Du hältst nun besser still, Mädchen«, warnte der Scharfrichter, hob die blitzende Axt hoch empor und ließ sie niedersausen – das alles in einer einzigen, schnellen Bewegung.
Tianne, die starr vor sich hin sah, spürte einen harten Schlag im Handgelenk und sah eine makellose braune Hand mit sehr schlanken Fingern auf das blutgetränkte Stroh zu ihren Knien fallen.
Ganz weit weg fühlte sie Schmerz aufsteigen, wachsen. Aber bevor er explodieren, sie überfluten konnte, ergriff jemand ihren Arm und tauchte den sprudelnden Stumpf in einen Topf voll siedenden Pechs. Schmerz traf sich mit Schmerz. Tianne schrie auf und fiel bewußtlos zu Boden.
Backenstreiche holten sie ins Bewußtsein und in die Realität des Schafotts zurück. Es war nicht vorbei. Sie begann, unkontrolliert zu zittern. Ihr Haar und Hemd trieften von dem kalten Wasser, mit dem die Gehilfen des Scharfrichters sie aus ihrer Ohnmacht geschreckt hatten. Kräftige Arme hoben sie wieder auf die Knie, drückten ihr anderes Handgelenk auf den Block.
Tianne stöhnte; sie hatte keine Kraft mehr, um sich zu wehren. In der Stadt Khazad hackte man erstverurteilten Dieben normalerweise eine Hand ab. Nur eine. Die Zunft hätte es nicht zulassen

dürfen, daß man ihr das antat. Das war nur mit Verrat zu erklären, dessen war sie sich sicher.
Die Menge atmete hörbar ein, als sie den Henker erneut zum Hieb ausholen sah. Als die Axt am Scheitelpunkt ihrer Kurve anlangte, gewahrte Tianne zu Füßen des Blutgerüsts eine Gestalt mit einer Kapuze... und in dem beschatteten Gesicht eine Dunkelheit, einen schwarzen Strudel, der sie in sich hinzog...
Die Zeit schien für einen Moment stillzustehen und die Axt in der Luft festgefroren. Dann drang die Klinge mit dumpfem Schlag durch Knochen in Holz, und diesmal umfing eine gnädige Ohnmacht Tianne. Sie sank bewußtlos ins blutige Stroh.

Sechs Tage behielt man Tianne im Gefängnishospiz, ehe man sie auf die Straße setzte. Das war Zeit genug, um die Schmerzen in ihren Handgelenken abklingen und den Schmerz über den Verrat wachsen zu lassen. Beide Hände hatte man ihr abgehackt!
Als sie auf den Markt hinaustrat, machte ihr das Sonnenlicht die Augen tränen. Lange brauchte sie, um den Platz zu überqueren. Sie war noch vom Blutverlust und Wundfieber geschwächt und fühlte bei jedem Schritt stechende Schmerzen in den Armstümpfen, ging jedoch unbeirrt weiter und dachte immer bloß an ihr Vorhaben: Sie würde Rache nehmen. Dafür, daß die Zunft sie im Stich gelassen hatte... Als sie endlich einen schattigen Durchgang erreichte, lehnte sie sich an eine Wand, um sich ein Weilchen auszuruhen. Sie war jetzt zu Hause.
Als Tianne die Schenke »Zum Kampfhahn« betrat und sich erschöpft auf eine Bank sinken ließ, erkannte man sie sofort. Im Nu kam ein Kind herbeigerannt und hielt ihr eine Tasse Wasser an die Lippen. Schon nach dem ersten Schluck hob sie den Kopf und verlangte, zu Hadro gebracht zu werden, dem Meister der Diebeszunft. Bald schon erschien ein Lehrling und führte sie gleich die enge Hintertreppe hinauf.
Der dicke Hadro wälzte sich keuchend in seinem Sessel. Sein Atem stank nach saurem Bier und Zwiebeln – ein Odeur, das Tianne fast den Magen umgedreht hätte; aber ihr Zorn half ihr, sich noch zu beherrschen.

»Was ist schiefgelaufen?« fragte sie und hielt ihm die Armstümpfe unter die Nase.
»Ich konnte da nichts für dich tun!« protestierte er. »Du hättest dir ja denken können, was dir blüht... wenn du bei einem Höfling einsteigst. Sie müssen den Richter bestochen haben. Oder du hast einen mächtigen Feind, Mädchen. Jedenfalls war er keinem Argument zugänglich.«
»Oh? Wieviel hast du ihm gegeben – dreißig Rote?«
»Ich gab ihm zwei Dukaten. Aber das hat nichts genützt.«
Tianne sank verblüfft auf ihren Stuhl zurück. Hadros Stimme hatte ehrlich geklungen. Aber zwei Dukaten, das war das Doppelte des in solchen Fällen üblichen Schmiergelds. Wenn er tasächlich so viel bezahlt hatte...
»Dabei warst du gewarnt, oder?« fuhr der Zunftmeister fort. »Aber eine so ehrgeizige junge Gesellin wie du kann den Edelsteinen und dem Gold offenbar nicht widerstehn. Hättest du dich auf den Markt beschränkt, hätte ich dich für zehn Silberlinge loskaufen können, hätte das nicht zu passieren brauchen.«
Sie schloß die Augen; die Wut, die ihr den Rücken gesteift hatte, verrauchte. Man wird keine Meisterdiebin, wenn man Marktgänger um ein paar Rote erleichtert. Aber sie war leider nicht in die Zunft hineingeboren, und so ehrgeizige Außenseiter waren unbeliebt. Sie hätte ihren Kopf drauf verwettet, daß Hadro seinem Neffen nie den Hang nach Gold und Steinen ausgeredet hatte. Und zudem jede Summe gezahlt hätte, um bestimmt zu verhindern, daß man ihm beide Hände abhackte. Aber zwei Dukaten – niemand hätte behaupten können, daß Meister Hadro in ihrem Fall nicht seine Pflicht getan hatte.
Als Hadro sie so auf ihrem Stuhl erschlafft sah, wußte er, daß er im Vorteil war. Er wollte ihn nutzen. »Ich denke, wir sollten mal über deine Zukunft sprechen. Tja also... Gemmeine von der ›Roten Hyazinthe‹ bietet dir einen Platz an, um deiner Mutter willen.«
Tianne schüttelte heftig den Kopf, als der Name der Puffmutter fiel, und platzte empört los: »Nein! Meine Mutter hat zehn Jahre im horizontalen Gewerbe geschuftet, um mich in die Zunft einkaufen zu können... und damit ich eines Tages nicht ende wie sie.«

Daß ihre Mutter nicht lange danach gestorben war, brauchte Tianne nicht hinzuzufügen. Sie würde ihr so teuer bezahltes Erbe niemals aufgeben.
Hadro zuckte die Achseln und musterte sie von Kopf bis Fuß – wie ein Stück Vieh. »Schade... Du bist doch noch so jung. Jedenfalls hättest du da ein leichteres Leben als in der Bettlergilde.«
Aber Tianne kannte das Hurenmetier gut genug, um zu wissen, welche Art von Männern auf einen hilflosen Krüppel wie sie scharf wäre. Sie schüttelt erneut den Kopf.
»Schön, in Ordnung«, seufzte Hadro, »dann gehst du eben zu den Bettlern.«
Er erhob sich; die Audienz war beendet. Die Abkommen zwischen den Unterweltgilden, aufgrund derer die Diebszunft Tianne zwölf Jahre zuvor als Lehrling hatte aufnehmen müssen, garantierten ihr auch nun einen Platz, da sie für ihren erlernten Beruf untauglich war; die Bettlergilde erhielte dafür eine Obligation auf ihr Lehrgeld. Tianne schluckte schwer und stand auf. O ja, sie hatte das Recht, Gemmeines Angebot abzulehnen. Aber nun war Hadro aller Pflichten ihr gegenüber ledig. Von jetzt an würde sie in zerlumpter, grauer Robe auf den Straßen hocken, wo einhändige Bettler so verbreitet waren wie Diebe.

Tianne bekam den Standplatz vor der Kneipe »Drei Schwarze Hunde«, die von den Soldaten der nahen Kaserne besucht wurde. Die neigten zwar nicht zu Mitleid, waren sich aber bewußt, daß auch sie eines Tages zu Krüppeln werden könnten, und pflegten daher Tianne die eine oder andere Münze zuzuwerfen.
Die Zunft hatte ihr auch einen Lehrling zugewiesen. Als der aber merkte, daß sie ihn nicht züchtigen konnte, verdrückte er sich und verbrachte seine Zeit mit den Soldaten. So auf sich gestellt, war Tianne recht hilflos. Ihr allergrößtes Problem aber war, daß sie das Geld nicht auflesen konnte, das neben die zu ihren Füßen stehende Schale fiel. Sie kannte einige Bettler ohne Hände oder Arme, die das spielend mit den Zehen schafften, verfügte selbst aber nicht über dieses Geschick. All ihre Fähigkeiten hatten in ihren Fingerspitzen gelegen.

So saß sie nun in grauen Lumpen und mit verfilztem Haar neben der Schenkentür im Kot. Den ganzen Tag war ihre Bettelschale leer geblieben und der Magen auch. Sie wollte schon verzweifeln – als ihr doch noch einer eine Münze zuwarf, die aber leider wieder aus der Schale sprang und im Dreck landete. Tianne starrte auf das im Schmutz liegende Kupferstück. Dann beugte sie sich herab und las es mit Lippen und Zähnen vom Boden auf. Als sie den Roten in ihre Schale spuckte, ließen die Zecher in der Schenke sie begeistert hochleben. Jetzt kam gar eine Münze durch die offene Tür geflogen! Sie zischte ihr knapp am Kopf vorbei, schlug auf und rollte über die Straße. Nun zögerte Tianne keine Sekunde. Auf den Knien kroch sie übers Pflaster und las sie in genau derselben Manier aus dem Rinnstein.
Schamroten Gesichts und noch auf den Knien, wandte sie sich dann um und wies das Geldstück zwischen ihren zusammengebissenen Zähnen vor. Diesmal war der Beifall noch dröhnender, und Tianne war kaum an ihren Platz neben der Tür zurückgekehrt, als eine Kellnerin, die eine über und über fleckige Schürze trug, ihr einen Krug billigen Ales neben die Bettelschale stellte.
Tianne beugte sich zu dem Bier hinab, um den Geschmack der Gosse hinabzuspülen, aber auch, um sich ihre Beschämung nicht anmerken zu lassen. Sie trug das graue Gewand. Sie konnte sich Stolz nicht leisten.
Dafür konnte sie sich an diesem Tag mit den Roten, die sie selbst verdient hatte, ein Essen leisten.
Bald schon warteten die Soldaten auf ihr Erscheinen und schlossen Wetten darauf ab, ob sie das Geld auch aus einem Haufen Roßäpfel oder einer Lache von Erbrochenem, die ein Gast in der Nacht zuvor hinterlassen hatte, aufsammeln würde. Es waren nur Kupfermünzen – aber genug, um damit die Beiträge für die Bettlergilde zu zahlen. Auch ein graues Gewand, das wußte sie wohl, hatte seinen Preis.

Eine feiste Hand hielt Tianne die Münze vor die Augen. Massives, schimmerndes Gold – zehn Dukaten... Zehn sauer verdiente Dukaten hatte die Mutter für sie als Lehrgeld an die Diebesgilde ge-

zahlt! Tianne blickte auf und sah eine Gestalt in dunkler, kobaltblauer Robe, das Gesicht im Dunkel einer Kapuze verborgen.
Da fiel ihr ein, wo sie diese Person schon einmal gesehen hatte, und es lief ihr kalt über den Rücken. Einen Moment lang versuchte sie, den Schatten der Kapuze zu durchdringen. Aber da hielten ihr die feisten, weißen Finger die Münze direkt unter die Nase, und eine männliche Stimme so leise wie das Rascheln von Reispapier raunte: »Willst du sie haben, Mädchen?«
Ihre Kehle war so trocken, daß sie keinen Laut hervorbrachte. Was würde sie wohl tun müssen, um sich so viel Geld zu verdienen?
»Willst du sie oder nicht?« wiederholte der Fremde ungeduldig.
Tianne nickte stumm.
»Wenn du sie dir nehmen kannst, gehört sie dir!« erwiderte er und hielt das Goldstück hoch. Tianne versuchte instinktiv, danach zu greifen.
»Ja, ja!« rief er rauh. »Genau so! Nein, ich mach mich nicht über dich lustig. Du schaffst es... so du es wirklich willst. Willst du?«
Tianne starrte wie gebannt auf die Münze. Zehn Dukaten – wenn sie die bei einem Geldverleiher anlegte, könnte sie mit dem Zins bis ans Ende ihrer Tage ihre Zunftbeiträge bezahlen... Sie erhob sich mühsam und in dem Gefühl, daß dieses Angebot höchstwahrscheinlich ein übler Scherz war, ein Scherz auf ihre Kosten natürlich. Aber sie mußte jede Chance wahrnehmen, und sei sie auch noch so vage.
Der Kapuzenmann führte sie über den Platz in ein Gasthaus, in dem die Karawanenherren nach der Durchquerung der Wüsten abzusteigen pflegten. Als die Wirtin Tianne in ihren grauen Lumpen erblickte, hob sie zu zetern an und wollte sie hinausweisen, aber die Münze, die der Mann ihr in die Hand drückte, ließ sie verstummen. Tianne folgte der blauen Robe eine Treppe hinauf und in eine geräumige Zimmerflucht.
Der geheimnisvolle Fremde schloß sogleich die Tür hinter ihnen ab und drehte sich, ohne seine Kapuze abzunehmen, zu Tianne um. »Man nennt mich Arad«, begann er. »Du hast die Eigenschaf-

ten, die ich gesucht habe. Ich weiß, wer du bist: Einst Tianne, die Diebin. Nun Tianne, die Bettlerin. Du hast vor vier Wochen beide Hände auf dem Block gelassen.«

Sie nickte bedächtig. Das eine wie das andere war kein Geheimnis. Jedoch... »Du warst damals dort. Ich erinnere mich an eine Gestalt mit einer Kapuze.«

Mit noch rauherem Ton als zuvor antwortete er: »Du hast mich also bemerkt. Ja, ich war an jenem Tag auf dem Marktplatz und sah, wie sie dir die Hände abhackten. Sage mir, Bettlerin, wie würdest du gern wieder als Diebin arbeiten? Daß du den Willen dazu hast, das hab ich bereits gesehen.«

»Wie soll das geschehen?« flüsterte Tianne ebenso rauh wie er.

»Das Wie geht dich nichts an!« versetzte er mit nun schneidender Stimme.

»Und das Gold?«

»Wie gesagt, es ist dein, sobald du es greifen kannst. Aber das ist unwichtig. Wenn du mir gehorchst, wirst du dir alles nehmen können.«

Er zauberte mit einem Fingerschnipp ein Goldstück aus dem Nichts, fing die in der Luft kreisende Münze vor Tiannes staunenden Augen und klatschte sie mit flacher Hand mitten auf die polierte Platte des Tischs, an dem sie standen, stellte ihr brüsk einen Stuhl hin und befahl ihr, sich zu setzen.

Tianne gehorchte, den Blick starr auf das Gold gerichtet.

»Leg jetzt die Hände auf den Tisch. Hör, ich mein das ernst: die Hände! Du spürst sie mitunter, nicht wahr? Sie tun dir weh, als ob sie noch da wären. Manchmal vergißt du, daß du sie nicht mehr hast, stimmt's?«

Tianne nickte.

»Ja, die Nerven sind noch lebendig. Ja, deine Hände leben noch... in deinem Bewußtsein.«

»Du meinst, ich könnte so zaubern lernen wie du?« fragte Tianne hoffnungsvoll.

»Nein!« bellte Arad. »Die Kunst ist nicht für dich. Aber ich kann deine Hände zu neuem Leben erwecken. Sieh...« Er schob die Kapuze zurück. Tianne starrte aufgerissenen Auges in des Hexers

Gesicht. Mit der weißen Haut, den weichen runden Wangen und der unförmigen Nase sah es wie ein Teigklumpen aus. Der kahle Schädel schimmerte wie Elfenbein. Aber die Augen: das eine hell, wäßrigblau, und das andere...
Jetzt sah sie wieder alles vor sich: die erhobene Axt, die in der Luft stillzustehen schien, und das Dunkel, den tiefen, schwarzen Strudel in der leeren Augenhöhle, die nun vor ihr gähnte. Und sie erschauerte von neuem.
Arad zog sich die Kapuze wieder tief ins Gesicht. »Jetzt weißt du es. Glaub mir, meine Diebin, mit diesem Auge seh ich mehr als mit dem vorhandenen. Und du wirst deine Hände geschickter gebrauchen können als je zuvor.«
Damit schritt er zu einer bossierten Metallschatulle, die in der Ecke stand, führte davor eine komplizierte Handbewegung aus, hob dann den Deckel und begann, darin herumzukramen. Nach einer Weile kehrte er mit einem grünen Steinfläschen zurück, das nicht größer als sein feister Mittelfinger war.
Tianne sah mit angehaltenem Atem zu, wie er behutsam den Stöpsel abnahm und ihr auf jeden Armstumpf einen Tropfen eines glänzenden Öls fallen ließ. Sie spürte ganz kurz eine intensive Wärme in den Handgelenken, dann nichts mehr. Sollte das alles gewesen sein?
Der Hexer hatte das Fläschchen wieder in der Schatulle verstaut. Als er nun zurückkam, klopfte er auf die Goldmünze, die noch auf dem Tisch lag, und befahl: »Greif danach. Heb sie auf. Mit deinen Händen!«
Tianne versuchte es, vergebens. Tränen der Enttäuschung brannten ihr unter den Lidern. Sie schaffte es nicht. Sie hatte doch keine Hände mehr!
Aber Arad bemerkte bloß: »Sieh nicht auf deine Handgelenke. Sieh auf das Gold. Denk nicht an deine Hände. Der Impuls muß aus dem Instinktbereich deines Geistes kommen. Deine Hände sind da... du mußt nur an sie glauben. Gebrauche sie!«
Tianne versuchte es erneut. Sie richtete die Augen starr auf die schimmernde Münze und langte danach, um sie mit ihren Fingern zu umfassen...

Fingern, die sie nicht mehr hatte.
»Noch mal!« befahl Arad wieder und wieder. Tianne strengte sich an. Sie arbeiteten, bis ihr die Arme vor Müdigkeit zitterten und der Schweiß ihr das dunkle, verfilzte Haar im Nacken kleben ließ. Dann erst erlaubte er ihr, sich auszuruhen.
Tianne fragte nicht, welche Aufgabe sie erledigen sollte. Daß die mit einem Diebstahl verbunden wäre, war klar. Vielleicht auch mit Gefahr. Aber so der Hexer ihr die Hände wiederzugeben vermochte, war es dieses Risiko wert.
Sie übten den ganzen Tag, und auch den nächsten, bis Tianne nicht mehr klar sah. Arad hatte ihr zu essen und zu schlafen erlaubt – jedoch wenig mehr. Er zeigte bereits Anzeichen von Ungeduld. Aber Tianne konnte, so sehr sie sich auch bemühte, diese goldene Münze nicht mit Fingern ergreifen, die sie nicht mehr hatte.
Oder irgend etwas anderes ergreifen. Seit Stunden schon stand da ein Krug voll kalten Bieres auf dem Tisch – für sie unerreichbar. Staubtrockenen Mundes starrte sie auf die Kondenstropfen, die an dem glasierten, irdenen Krug herabrannen, und hörte Arad höhnen: »Los, nimm ihn! Still doch deinen Durst! Greif einfach danach, heb ihn hoch und trink!«
Vor Anstrengung schwitzend, mühte Tianne sich ab, vergebens, und dann ließ sie ihren Kopf auf die Arme, den Tisch sinken.
Ein brennender Schmerz im Kreuz ließ sie herumfahren. Arad stand über ihr, seinen Stock zum nächsten Hieb erhoben.
»Nichtsnutzige Hündin!« zischte er und ließ ihn auf ihre Schulter niedersausen.
Seit Jahren, seit ihrer Lehrzeit hatte niemand sie so geschlagen. Arad hatte keine Recht, sie zu verprügeln!
Kochend vor Wucht sah sie, wie sich der Stock von neuem hob und wieder herabsauste...
Da schnappte sie ihn mit...
Sie starrte ungläubig auf den Stock. Mit ihrer rechten Hand...
»Das also war wohl nötig!« flüsterte Arad zufrieden.
Tianne griff wie betäubt nach dem Krug, spürte, wie ihre Finger sich um den Henkel legten, und fühlte die Glätte und das Ge-

wicht des Kruges, den sie nun an die Lippen führte. Das kühle Bier rann ihr nur so durch die Kehle! Sie leerte den Krug bis auf den Grund und stellte ihn, tränenblind und am ganzen Leib zitternd, auf den Tisch zurück. Nur ihre unsichtbaren Hände zitterten nicht.
Breit grinsend hielt Arad ihr jetzt das Zehndukatenstück vor die Augen. Tianne langte danach, schloß ihre Faust darum. Aber da war keine Faust! Fast wäre ihr die Münze entglitten. Aber als sie zur Seite blickte, schaffte sie es, das Goldstück in eine Innentasche ihres Bettlerkleids fallenzulassen.
»Ausgezeichnet!« flüsterte Arad triumphierend. »Nun können wir so richtig anfangen. Oder willst du jetzt noch aufhören?«
»Nein!« flüsterte Tianne und ballte ihre unsichtbaren Hände.

Eine ganze Woche blieb Tianne mit Arad in diesen Zimmern und übte sich im Gebrauch ihrer Phantomhände. Bald schon erlangte sie ihr einstiges Geschick. Und mehr. Ihre Hände überwanden die Grenzen, die dem Fleisch gesetzt sind.
»Pack ihn! Nimm ihn!« drängte Arad und wies auf den Kamm, den er über seinen Kopf hielt. Mochte der Hexer auch dreißig Zentimeter größer sein – Tianne riß ihm den Kamm einfach aus der Hand.
»Sehr gut!« frohlockte er, als Tianne begann, sich ihr verfilztes Haar zu kämmen. Sie hatte das Gefühl, daß sie nicht mehr wie eine Bettlerin aussehen mußte. Plötzlich zupfte sie angeekelt an ihren grauen Lumpen.
»Ich brauche andere Kleider!« verkündete sie. »Ich kann mir mein Goldstück ja vom Geldverleiher wechseln lassen.«
»Nein«, versetzte Arad rasch, »wir dürfen keine Zeit verlieren.«
Er faßte das graue Tuch mit teigigen, aber spitzen Fingern und gestikulierte mit der anderen Hand. Da wurde die Robe zu dunklem, formlosem Nebel, der sich sogleich in weite Hosen und ein weites Hemd verwandelte – offenbar eben die, die Tianna auf dem Schafott getragen hatte.
Sprachlos vor Staunen, ließ Tianne ihre Hände über das vertraute Gewand gleiten. Dann tastete sie plötzlich nach der Geheimtasche,

die auf der Hemdinnenseite hätte sein müssen, fand sie auch – und darin war das Zehndukatenstück. Da atmetete sie erleichtert auf.
»Genügt das?« fragte Arad gereizt.
»Ich möcht das auch können«, erwiderte sie.
Er sah sie kühl an. »Ich warne dich, kleine Diebin, versuch nicht, dich mit Dingen zu befassen, die du eh nie verstehen würdest. Für diese Kunst muß man geboren sein, und selbst dann braucht man Jahre der Ausbildung, um sein Talent zu entwickeln. Halte dies...«, er wies abfällig auf den Kamm, den sie wieder genommen hatte – »nicht für Zauberei.«
Da kehrte Tianne ihm tief gekränkt den Rücken und kämmte sich die letzten Bettlerzotteln aus ihrem schwarzen Haar. O ja, des Hexers Mißtrauen irritierte sie zunehmend. Weshalb, zum Beispiel, wachte er so eifersüchtig über seine geheimnisvolle Schatulle, wenn doch nur die zu Hexern Geborenen und Geschulten von dem, was immer sie bergen mochte, Gebrauch machen konnten?
Nicht, daß sie das interessiert hätte! Sie hatte ja ihr Goldstück und die Phantomhände, mit denen sie so Unglaubliches vollbrachte. Wenn all das vorbei wäre, sie die wie auch immer geartete Aufgabe erledigt hätte, die er ihr zugedacht hatte, wäre sie die perfekte Meisterdiebin! Jedoch...
Als Tianne spürte, wie zornig er sie mit seinem wäßrigblauen Auge anstarrte, löste sie widerwillig den Blick von der Schatulle. Der Hexer sah sie aus seinem Kapuzendunkel noch einmal argwöhnisch an und trug ihr dann auf, allein weiterzuüben, da er im Schlafzimmer etwas zu tun habe. Sprach's und ging nach nebenan. Nun sucht er irgendwas, dachte sie, was auch immer... hoffentlich wird er bald fündig, damit wir das bald zu Ende bringen!
Tianne amüsierte sich einige Minuten damit, vom Zimmerfenster aus Passanten den Hut vom Kopf zu stoßen, verlor jedoch bald die Lust an dem Spielchen. Wieder fühlte sie sich von der metallenen Kiste unwiderstehlich angezogen. Was Wunderdinge die enthalten mochte? Ungeduldig, nervös näherte sie sich dem Objekt ihrer

Begierde und kniete davor nieder. Die Schatulle war aus Messing getrieben und mit mancherlei erhaben herausgearbeiteten kryptischen Zeichen und Figuren versehen. Tianne strich mit einem Phantomfinger über den Deckel, wohl wissend, daß Arad den stets mit einem Schließzauber sicherte.
Neugier und die Macht der Gewohnheit trieben sie um. Sie blickte unruhig zur Schlafzimmertür. Noch geschlossen. Worauf immer Arads Seherauge gerichtet sein mochte – auf sie wohl nicht. Nun gab sie sich einen Ruck und faßte den Deckel mit unsichtbaren Händen.
Er ging spielend leicht auf.
Tianne war so erstaunt, daß sie ihn um ein Haar fallengelassen hätte. Aber dann hob sie ihn ganz und starrte auf all die Schätze in der Truhe: Unzählige Edelsteine, ungefaßte sowie in Ringen und Ketten verarbeitete, zumeist mit eingravierten Symbolen ähnlich denen an der Außenseite der Schatulle, und dazu Stäbe aus Holz, Stein oder Metall, winzige Schachteln und Fläschchen...
In diesem Durcheinander nun entdeckte Tianne das grüne Fläschchen mit jenem Öl, das Arad ihr auf die Armstümpfe geträufelt hatte. Sie runzelte die Brauen und biß sich nachdenklich auf die Unterlippe. Dem Magier war nicht über den Weg zu trauen. Was, wenn ihre neue Fähigkeit, mit Phantomhänden zu greifen, schwinden sollte, sobald sie Arad seinen Willen getan hätte? Dann wäre sie endgültig dazu verdammt, das Leben einer Bettlerin zu führen, und dagegen wehrte sich alles in ihr.
Sie war doch eine Diebin, oder? Also ergriff sie das Fläschen mit geisterhafter Hand, steckte es in die Tasche, in der sie bereits die Goldmünze verwahrte, und schloß aus Angst, ertappt zu werden, schnell den Deckel.
Wenig später öffnete sich die Schlafzimmertür, und Arad stürmte herein. Sein sonst so teigiges, bleiches Gesicht war hochrot vor Erregung.
»Jetzt!« flüsterte er hektisch. »Jetzt, solang er weg ist!«
Er faßte sie brüsk an der Schulter, fragte: »Bist du bereit?« und ließ sie, ohne ihr die Zeit zur Antwort zu lassen, genauso abrupt

wieder los und sagte: »Natürlich bist du bereit. Dieses Mal krieg ich es!«
»Wär es nicht an der Zeit, mir zu sagen, worum es geht?« fragte Tianne.
»Dort dann«, erwiderte er nur, hastete zur Schatulle und hob die Hände zu seinem Lösezauber. Mit einmal hielt er inne und sah sich argwöhnisch um. Tianne fühlte, wie ihr Herz aussetzte – hatte als geschulte Diebin ihr Gesicht aber so in der Gewalt, daß Arad ihr von ihrem Erschrecken nichts ansah und beruhigt seinen Zauber zu Ende brachte.
»Komm her«, sagte er dann, stand auf, hob eine fein geschnitzte Elfenbeinfigur, die er der Truhe entnommen hatte, hoch über den Kopf, schloß sein wäßrigblaues Auge und murmelte unverständliche Zauberworte.
Tianne rang nach Atem: Das Zimmer war verschwunden. Rings um sie tobte ein Staubwirbel, der ihr nun jede Sicht nahm. Von Schwindel befallen, taumelte sie und schloß die Augen.
Gleißendes Sonnenlicht drang durch ihre Lider, und als sie einen Blick riskierte, ward sie gewahr, daß sie in der Wüste stand. Sie fuhr herum. Die Stadt war nicht zu sehen... nur, gut eine Meile entfernt, ein schon recht zerfallenes, unter einige ausgefranste Dattelpalmen geducktes Haus.
Arad, der neben ihr stand, betrachtete die ferne Ruine mit großem Wohlgefallen. »Das ist es, Alkairiads Haus«, flüsterte er, »Dort holst du es. Hör mir zu! Es ist ein geschliffener Kristall, etwa schwalbeneigroß und von klarem Blau. Aber hüte dich ja, ihn näher anzusehen! Steck ihn in diesen Beutel und bring ihn mir sogleich. Du findest ihn in einer Holztruhe mit geschnitzten Dornen auf dem Deckel. Hier«, und damit gab er ihr ein fest gerolltes Pergament, »dieser Plan des Hauses zeigt dir den Weg zu dem Raum, in dem die Truhe steht.«
Tianne musterte die Skizze und sah sodann zu Arad auf. »Du warst schon in dem Haus? Und hast auch den Kristall an der angegebenen Stelle erblickt?«
»Ich habe ihn gesehen«, sagte der Hexer und fuhr nach einer Weile fort: »Ich warne dich... der Ort ist mit einem Zauber geschützt.

Aber du brauchst keine Angst zu haben.« Er hing ihr ein silbernes Medaillon mit einer an Flammen erinnernden Gravur um den Hals und sprach: »Solang du das trägst, bist du gefeit.«
Wogegen gefeit? überlegte Tianne und fragte: »Wenn dem so ist... warum gehst du dann nicht einfach hin und holst dir selbst diesen Kristall? Wozu brauchst du eigentlich mich?«
Arad anwortete widerwillig: »Er hat Mittel und Wege, Kenntnis zu erlangen... Und auf der Truhe mit dem Kristall liegt ein Zauber, den ich nicht brechen kann. Sollte je eine Hand... aus Fleisch und Blut... den Deckel berühren...«
Tianne, die daran denken mußte, wie mühelos sie die Messingtruhe geöffnet hatte, sagte rasch: »Ich verstehe« und vertiefte sich in den Hausplan. »Also, geh ich zu dieser Tür rein?«
»Ja, durch die Holztür«, sagte er und sah ihr ungeduldig bei der Kartenlektüre zu. »Genug«, drängte er schließlich. »Ich muß den Kristall haben und von hier verschwinden, bevor er zurückkehrt.«
Er? Alkairiad? Wer immer er auch sein mochte – Arad fürchtete ihn offenbar.
»Denk daran«, flüsterte er, als sie die rissige Tür aufstieß, »du nimmst den Kristall aus der Schatulle und steckst ihn sogleich in den Beutel!«
Tianne ließ ihn ohne Antwort stehen und trat ein. Als ihre Augen sich an das Dunkel im Flur gewöhnt hatten, stellte sie überrascht fest, daß das Hausinnere bestens erhalten und gepflegt war... Der Kachelboden schimmerte weiß und zeigte keine Spur des Sandes, den der Wind doch wohl durch die Türrisse hereinblies. Die polierten Messingwandlampen waren nicht angezündet. Tianne erschauerte vor Nervosität – trotz Arads Beteuerung, der Besitzer sei abwesend – und verfluchte des Hexers Geheimniskrämerei.
Aber was half's? Sie war nun einmal hier und mußte ihren Auftrag erledigen. Nach kurzer Orientierung anhand des Plans ging sie den Flur zu ihrer Linken entlang. Vor einer in Arads Skizze mit einem Symbol markierten Tür blieb sie stehen. Lauerte hier eine Gefahr? Worin bestanden die Abwehrzauber, von denen er gesprochen hatte?

Mit der einen Geisthand das Medaillon umklammernd, hob Tianne mit der andern den Riegel und stieß die Tür auf. Flammen schlugen ihr entgegen, drohten, sie einzuhüllen. Sie schrie auf, sprang zurück und sank keuchend und pochenden Herzens an der Wand zusammen. Erst allmählich begriff sie, daß sie unverletzt war. Die Flammen loderten noch immer, ohne aber das Türholz zu verzehren.
Tianne atmete zitternd aus. War es Einbildung – oder hatte dieses Medaillon sie tatsächlich beschützt? Sie betrachtete die silberne Scheibe eingehend. Ja, das war dasselbe Symbol wie auf dem Plan. Eine Flamme – sie hatte also recht gehabt! Sie kehrte vorsichtig zur Tür zurück. Diesmal durchschritt sie das Feuer, unversehrt.
Das war das Zimmer, das Arad auf der Karte markiert hatte. An der hinteren Wand sah Tianne einen Tisch stehen. Sie ging darauf zu – behutsam, denn der Ort konnte ja durch weitere Zauber geschützt sein. Mitten auf dem Tisch stand die hölzerne Schatulle mit der Dornenschnitzerei, so wie beschrieben. Tianne ergriff den Deckel mit ihrer Phantomhand und hob ihn mühelos.
Sie sah und nahm den eiförmigen Kristall. Er war von sehr tiefem, reinem Blau und fühlte sich kühl an. Als sie in ihn hineinstarrte, wurde ihr schwindlig, und dabei fiel ihr Arads Warnung wieder ein. Sie wandte rasch die Augen ab. Aber diese blaue Tiefe hatte etwas Lockendes und Zwingendes – verglichen mit dem Kristall, waren die Edelsteine in der Truhe glanzlos und uninteressant.
Tianne ließ das blaue Ei widerwillig in den Beutel fallen, machte ihn an ihrer silbernen Halskette fest, ging auf die Tür zu – und blieb mit einem Schreckensschrei stehen.
Die Flammen, die den ganzen Türrahmen ausfüllten, faßten nach ihr wie ein lebendes Wesen – ein heiß schimmerndes, durchscheinendes Etwas in der Gestalt eines Mannes.
»Zauberdiebin!« hörte sie jemanden mit hoher, knisternder Stimme flehen. »Zauberdiebin, erlöse mich!«
Tianne näherte sich bebend Schritt für Schritt der Tür. »Was bist du? Was willst du?«

»Befreie mich, Zauberdiebin!« flehte diese Stimme von neuem. »Du hast den Kristall gestohlen. Hab Mitleid mit mir! Bewahr mich vor Alkairiads Zorn!«
»Aber was bist du?« fragte Tianne erneut. »Ein Dämon?«
»Nein! Nur ein Naturgeist, dazu verdammt, diese Tür zu des Hexers Arbeitszimmer zu hüten. Wenn er zurückkommt, wenn er den Kristall nicht findet...«
Tianne berührte das silberne Medaillon. Da begann das Feuerwesen, sich zu winden, und schrie: »Nein! Bitte, nicht! Gnade!«
Sie ließ den Talisman los. »Entschuldige! Aber wie soll ich dir helfen? Ich weiß nichts davon«, sagte sie und verkniff es sich, nach dem Anhänger zu greifen. »Ich bin keine Zauberin, nur eine Diebin.«
»Zauberin!« beharrte der Naturgeist. »Zauberdiebin! Du trägst den Kristall, siehst meine wahre Form! Deine Hände haben Alkairiads Abwehrzauber durchbrochen! Du kannst mich befreien!«
»Wie?«
»In der Schatulle«, zischte das Wesen. »Die Edelsteine. Darunter ist ein Rubin mit einem eingravierten Symbol... warte, ich zeig ihn dir.«
»Nein«, erwiderte Tianne. »Ich glaub, ich kenne ihn.«
Sie durchwühlte den Haufen Edelsteine in der dornengeschmückten Truhe mit rascher Hand, bis sie den Rubin fand, in den dasselbe Zeichen geschnitten war wie in das Medaillon. »So«, fragte sie dann, »was nun?«
»Gib ihn mir! Das wird den Bann brechen!« rief der Naturgeist und langte nach dem Stein.
»Warte!« sagte Tianne und zog ihre Hand zurück. »Sag mir erst... warum du mich Zauberin nennst!«
Der Geist schimmerte auf und streckte sich nach dem Rubin. »Deine Hände! Solche Macht haben nur die von hexerischem Blut!«
Meine Hände! dachte Tianne und starrte dann wie betäubt auf ihre Armstümpfe. Da schrie das Wesen plötzlich: »Schnell, den Stein! Es kommt jemand!«
Alkairiad! Da warf Tianne den Rubin zur Tür – und sah draußen

im Flur eine blau gewandete Gestalt stehen. Das Feuerwesen loderte noch einmal auf und verschwand.
Große Erleichterung überkam Tianne, als sie in dem Neuankömmling Arad erkannte.
»Was tust du da?« keuchte er, noch ganz außer Atem. »Hast du den Kristall? Gib ihn her!«
Er riß ihr, bevor sie reagieren konnte, den Beutel vom Hals und spähte hinein.
»Warte!« rief Tianne. »Meine Hände! Woher wußtest du...«
»Keine Zeit«, flüsterte er rauh. »Ich hätte gar nicht reinkommen sollen! Wir müssen sofort verschwinden!«
Wie von Sinnen stürzte er aus dem Haus. Tianne wollte ihm eilends folgen, blieb aber entsetzt in der Eingangstür stehen: Arad hielt in der erhobenen Hand den Stab, mit dessen Hilfe er sie beide an diesen Ort versetzt hatte, und stimmte seinen Beschwörungsgesang an.
»Fluch über dich, Hexer!« donnerte Tianne, aber es war schon zu spät. Schwindel überkam und überwältigte sie.
Gleißendes Licht und unberührten Sand sah sie, als sie wieder zu sich kam. Sie fuhr herum und spähte nach Alkairiads zerfallener Behausung. Aber die war ebenso verschwunden wie Arad.
Als sie an sich heruntersah, stöhnte sie bestürzt und schockiert: Sie trug ihre graue, zerlumpte Bettlerrobe! In Panik faßte sie in ihre Geheimtasche und fühlte nach dem Zehndukatenstück.
Es war verschwunden. Nur das Steinfläschchen war ihr geblieben.
Und die gnadenlose Sonne.
Und die endlose Wüste.

Die Luft flirrte vor Hitze. Tianne beschattete ihre Augen mit dem Ärmel ihrer Robe und mühte sich, aus den vagen Formen am Horizont eine Mauerlinie zu erahnen. »Khazad?« fragte sie hoffnungsvoll.
Der Kameltreiber hinter ihr spie so geräuschvoll und gekonnt wie sein Lasttier aus und nickte. »Khazad, ja. Sind gleich da.«
Die Karawane hatte sie im Schatten einer Düne liegend gefunden –

die Haut verbrannt und mit Blasen bedeckt, halb verdurstet, dem Tode nahe. Das war am sechsten Tag gewesen – sechs Tage, nachdem Arad sie mitten in der Wüste versetzt und dem Hitzschlag und dem Durst überlassen hatte. Sterben hätte sie sollen... kein Zweifel. Aber den Gefallen hatte sie ihm nicht getan: Mit den Geisthänden hatte sie winzige Tierchen aus ihren Sandhöhlen ausgegraben, ihr rohes Fleisch ausgesaugt, um nicht vollends zu verdursten!
Aus Ehrfurcht, weil sie, die verkrüppelte Bettlerin, das überlebt hatte, drängten die Kaufleute und Kameltreiber sie nie, über ihr Martyrium zu sprechen. Das war Tianne sehr recht, hatte sie doch nicht viel zu enthüllen.
Aber viel zu erinnern. Arad! Seine fahle Haut. Seine abscheuliche Stimme, sein rauhes Flüstern, seine Lügen. Die dunkle Augenhöhle, mit der er sie ausgemacht hatte – ihres Hexerblutes wegen. Kein Geheimnis, wie die Tochter einer Hure dazu gekommen war, wer sie zum Preis eines Viertelsilberlings gezeugt hatte.
Zauberdiebin hatte der Naturgeist sie genannt. Und Arad hatte das gewußt. Hatte es gewußt, als er dort vom Fuß des Schafotts aus in hämischer Lust zusah, wie die Axt stieg und fiel, stieg und fiel, ja, wie ihre abgehackten Hände ins blutige Stroh klatschten. Eine Diebin mit Hexerblut – wie lange hatte er nach so einer gesucht? Wieviel hatte er dem Richter gegeben, damit man ihr beide Hände abschlage – auf daß sie für sein Vorhaben tauge?
Jetzt wußte sie auch, warum Arad die Geheimnisse seiner Schatulle so eifersüchtig gehütet hatte. Aber es hatte nicht genügt! Tianne umschloß mit Geistfingern das grüne Fläschchen in ihrer Robe. Da huschte über ihr von der Sonne verwüstetes Gesicht ein Lächeln so sonderbar, daß der Treiber, der es gewahrte, tief erschauerte.
Arad... Tianne nährte ihren Haß, der sie während jener sechs Tage unter der glühenden Wüstensonne am Leben gehalten hatte. Er würde für alles bezahlen, was er ihr genommen hatte – ihre Hände, ihren Lebensunterhalt, fast auch ihr Leben. Arad! Sie würde ihn finden, ihm ihre Hände um den fahlen, schlaffen Hals legen, ihn, wie jene Wüstentierchen, zerquetschen... Das war ihr Ziel, und dem brachte die Karawane sie näher.

Am Stadttor von Khazad nahm Tianne von ihren Rettern Abschied und eilte geradewegs zur Bettlerschenke, in ihre schäbige Kammer. Sie schloß die Tür hinter sich ab, gab sich aber nicht die Mühe, ihre Lumpen abzulegen oder sich vom Staub der Wüste zu reinigen.
Ob Arad in Khazad war oder nicht, war ihr gleichgültig. Sie würde ihn finden, wo immer er sich nun aufhielt.
Sie legte das Ölfläschchen vor sich auf den Tisch, führte langsam eine Phantomhand zum rechten Auge und biß die Zähne zusammen. Das würde sehr weh tun, aber sie würde es ertragen. Und dann würde sie sich auf die Suche begeben.

MARY E. CHOO

Noch eine Wolfsgeschichte, von einer Autorin, die in zahlreichen Anthologien vertreten ist und viele Preise gewonnen hat – viel zu viele, als daß ich sie hier aufzählen könnte – und auch in einer neuen Andre-Norton-Anthologie präsent ist. Sie hat viele Gedichte geschrieben und im Autorenwettbewerb »Writers of the Future« schon zweimal das Viertelfinale erreicht. Nach allem, was ich von ihr weiß, könnte auch sie – um ein schon einmal gebrauchtes Wort zu wiederholen – »drei Köpfe haben« oder ein Vampir sein. – MZB

MARY E. CHOO

Wolfsläuferin

Das Nordlicht zog flammengleich über den Himmel und berührte die Gipfel der fernen Berge. M'Lawn starrte zum Horizont hin und auf den verschneiten Paß hinab, als ob sie diese eisige Einöde zum Leben erwecken könnte.
»Sie müssen kommen!« murmelte M'Lawn.
Dann beugte sie sich zu der großen Wölfin an ihrer Seite, kraulte ihr mit der einen Hand den zottigen schwarzen Kopf, faßte mit der andern das schwere Hifthorn, das an ihrer Halskette baumelte, und hob es an die Lippen.
»Noch ein letztes Mal, Asha«, sagte sie zu der Wölfin.
Sie blies aus vollem Hals sieben mächtige Signaltöne, die ringsum widerhallten und sich über den Paß bis zu jenen Bergen schwangen. Als das Echo verklang, ließ sie ihr Jagdhorn sinken und lauschte. Funken stoben aus dem kleinen Feuer, das sie in der Nähe entfacht hatte.
»Nichts«, murmelte M'Lawn schließlich resigniert.
Harter, düsterer Zorn stieg in ihr auf, als sie die eben noch zu erkennenden Lichter des Tempels auf der anderen Paßseite ins Auge faßte.
»Was für ehrvergessene Leute, Asha! Ich hätte vollends zum Tempel sollen, statt hier Alarm zu blasen und zu warten wie eine Närrin!«
Am Saum des Waldes zu ihrer Rechten erhob sich brausend ein Wind. Asha richtete sich auf und winselte und äugte mit schiefgelegtem Kopf.
»Was ist?« fragte M'Lawn. »Zeig es mir!«
Sie kniete sich neben die Wölfin, legte ihr die Hand auf den Kopf und sammelte sich. So erlangte sie bald – wie immer durch diesen intensiven Kontakt – die vertraute, schwindelerregende Fähigkeit

des zweiten Gesichts. Durch Ashas Augen nahm sie die Schneewehen mit ihrer fahlen Aura wahr, sah traumhaft klar den fernen Reiter, der unter gedämpftem Hufschlag das verschneite Land durchmaß.
Als er näherkam, erhob sie sich. Nun genügte ihr das eigene Auge. Das schwindende Licht umgab den Fremden mit einer scharlachroten Gloriole, die seinen geblähten Umhang und sein langes, fließendes Haar betonte. Er brachte sein Pferd in einer Schneewolke vor ihr zum Stehen.
»So bist du endlich gekommen«, begrüßte ihn M'Lawn.
Gespannt starrte sie an ihm vorbei in die Dunkelheit und horchte. Nach einer Weile wandte sie sich ihm zu. Sie konnte sein Gesicht nicht erkennen, sah aber im zuckenden Schein des Feuers das satte Dunkelgrün eines Templerumhangs und das geschmeidige Leder eines Reitstiefels aufleuchten. Sie streckte ihm ihren Arm entgegen und wies ihm das Lederabzeichen mit dem goldenen Wolfskopf, der ihren Rang signalisierte.
»Die Bruderschaft hatte versprochen, uns in Zeiten der Not Jäger-Krieger zu schicken. Wo sind sie?« fragte sie dann.
»Wolfsläuferin, ich kam nicht eines Abkommens wegen«, erwiderte er mit weicher, jugendlicher Stimme. »Sondern weil ich dein Horn vernahm, als ich durch den Wald am Nordhang ritt.«
Er stieg mit jener Gewandtheit und Anmut ab, die alle Obsidian-Priester auszeichnete, ließ die Zügel fallen und kam auf M'Lawn zu. Als sein Pferd den zottigen Kopf warf, konnte sie daran die drei kurzen, gebogenen Hörner erkennen.
Einige Schritte vor ihr blieb er stehen. Der Feuerschein erhellte sein schönes, ebenso markantes wie intelligentes Gesicht ... mit Augen, deren Pupillen das Restlicht aufzusaugen schienen, Augen, die in der olivbraunen Haut wie Smaragde glitzerten. Mit seiner behandschuhten Linken befühlte er das Silberhämmerchen, das ihm von der Halskette hing.
Er hat Seheraugen, dachte M'Lawn, unergründlich und kalt. Es kam nicht oft vor, daß sich einer aus dieser Priesterelite außerhalb des heiligen Bezirks zeigte.
»Sie müssen mein Signal im Tempel gehört haben«, begann sie.

»Die Luft ist schon seit zwei Tagen so klar und ruhig, daß der Ton bis zur anderen Paßseite trägt...«
»Die Jäger haben anderswo zu tun«, unterbrach er sie, den Mund zu einem ironischen Lächeln verzogen. »Tut mir leid, das sagen zu müssen, aber andere Helfer als mich hast du vorläufig wohl nicht zu erwarten.«
Er war zweifelsohne jung, kaum größer als sie und sehr mager, und wirkte abgespannt. M'Lawn zögerte einen Moment und ließ dann mit einem Achselzucken allen Respekt fahren, der sonst ihr Verhalten Priestern gegenüber bestimmte.
»Ich brauche Krieger, keine einsamen Propheten«, konterte sie. »Es sei denn, du verfügst über Schwertkünste, die für deinesgleichen ungewöhnlich wären. Sonst bist du bei dem, was auf mich zukommt, eher eine Gefahr als eine Hilfe für mich.«
»Gefährlicher als das, was dich die Tempelkrieger rufen ließ?«
M'Lawn holte tief Atem und musterte ihn.
»Hör, im Bergwerk... ich meine, im Bergwerk der Priesterschaft«, verbesserte sie sich, »hat es Probleme gegeben. Ich...«
»Dafür wirst du doch bezahlt, daß du dich selbst darum kümmerst. Und du hast genügend waffenfähige Dörfler als Helfer.«
M'Lawn reckte sich zornig. »Heute abend scheint der Tempel ja zu belieben, meinen Hilferuf zu überhören.« Ihre Stimme wurde hart und anklagend. »Ich und meine Leute haben uns lange genug und gut genug um ihr heiliges Eigentum gekümmert, bis neulich nacht. Nun sind alle wehrfähigen Männer und Frauen schwer verwundet oder gar tot!«
»Dann bestehe ich darauf, dir zu helfen.«
M'Lawn entschied sich, ohne zu säumen.
»Das mußt du wohl auch«, erwiderte sie und wies mit dem Kopf auf die Wälder. »Komm. Wir müssen los. Ich erkläre es dir unterwegs, soweit ich kann.«
Sie wandte sich und nahm den Pfad zum Wald hinab. Asha, die sich während des ganzen Wortwechsels merkwürdig still verhalten hatte, erhob sich und trottete neben ihr her. Der junge Prie-

ster schloß im Nu und anscheinend mühelos auf. M'Lawn hörte nun ständig dicht hinter sich den gedämpften Hufschlag seines Pferdes.

Die Baumkronen schlossen sich über ihnen. Aber im Dämmerlicht, das die Schneewälle beiderseits des Weges reflektierten, sah M'Lawn noch gut genug. Zu ihrer Überraschung begann Asha die Hand des jungen Priesters zu beschnüffeln. Er spielte mit der Wölfin, während er so ausschritt, und packte sie an den Ohren. Das Tier schien seine Gegenwart zu genießen.

Nach einer Weile verlor Asha aber das Interesse an dem Spiel. Sie fing an zu jaulen. Sogleich ertönte aus dem tiefer gelegenen Wald durchdringendes Wolfsgeheul.

»Ashas Sippe meldet, daß über der Ebende die Mondin aufgegangen ist«, sagte M'Lawn und wandte sich zu dem Priester. »Wir müssen uns beeilen.«

Die Schneedecke war fest, und so fiel M'Lawn in den schnellen und gleichmäßigen Trott, den sie immer anschlug, wenn sie mit Asha an der Grenze zwischen Dorf und Wildnis patrouillierte. Das Hifthorn schlug ihr im Takt gegen den dicken Umhang. Sie sah sich um, halb darauf gefaßt, den Priester weit zurückgefallen zu sehen, aber er hielt mit ihr Schritt, und sein Pferd folgte dichtauf.

Sie stiegen einen sanften Abhang hinab und erreichten eine weite, tief verschneite Lichtung. M'Lawn blieb stehen und winkte nun den Priester an ihre Seite. Das Gelände vor ihnen fiel zuerst mählich und dann jäh ab und teilte sich danach in viele Kämme, die in die ferne Ebene hinabreichten. Die nun aufgegangene Mondin mit ihrem Narbengesicht und ihrem großen, geschwollenen Auge hing tückisch grinsend am Himmel und ergoß ihr so bleiches Licht über das Land ringsum.

Zur Linken, auf halber Höhe, sahen sie die Lichter eines kleinen Dorfes glitzern und tanzen; Geräusche hektischer Betriebsamkeit drangen von dort zu ihnen hoch. Zu ihrer Rechten ragte, ein wenig hangab, der mächtige Förderturm in den Nachthimmel.

»Vorgestern nacht«, begann M'Lawn und wies mit dem Kopf zur Mine, »stießen die Bergleute auf ein besonders gutes Vorkommen. Ja, die Steine waren beste Qualität, fast ohne Überkrustun-

gen. Die Leute waren wie im Rausch, wurden sorglos...« Sie stockte und ergänzte dann: »Laut einem Überlebenden hörten sie hinter sich plötzlich ein Geräusch. Der Obersteiger wandte sich, aber da war es bereits zu spät...«
Der Priester brummte mitfühlend.
»Es war ein blutiger Kampf«, fuhr sie fort. »Der Sprache und dem stämmigen Körperbau nach könnten die Angreifer Bewohner der Ebene unterhalb des Dorfes gewesen sein, aber sie waren unkenntlich, da sie ihre Gesichter unter scheußlichen Masken verbargen...«
»Mondmasken«, sagte er nachdenklich. »Bei den Flachländern machte sich letzthin ein uralter Mondkult wieder breit, der in direktem Widerspruch zu unserem Glauben steht. Sie sind ziemlich fanatisch geworden und suchen die Priesterschaft zu entmachten. Deine Leute sind wohl eher zufällig ihr unglückliches Opfer geworden.«
»Dabei waren meine Wölfe und ich immer so wachsam und so bedacht, Fremde von hier fernzuhalten...«
»Und du? Welche Rolle hast du bei all dem gespielt?«
»Als ich von meiner Patrouille zurückkehrte, war der Kampf schon in vollem Gange. Ich war weiter westlich aufgehalten worden, und der Feind muß die Dorfwächter umgangen haben. Ich hab eine ganze Reihe von ihnen außer Gefecht gesetzt, aber die übrigen konnten mit einem Sack voller Edelsteine entkommen.« Sie hielt inne und fuhr sich durch ihr dichtes Haar, dessen silberne Strähnen ihr so jugendliches Aussehen Lügen straften. »Ich habe versagt«, schloß sie dann.
»Mir scheint, du bist von einem übermächtigen Feind überrascht worden.«
»Deine Ordensoberen dürften wohl nicht so milde urteilen. Ich war nachlässig, unfähig.«
»Vielleicht«, sagte er und musterte sie. »Was meine Oberen angeht... die können grausamer sein, als du es dir vorstellen kannst.«
Sein Pferd setzte sich langsam zum Wald ab, der sich hinter ihnen den Hang hochzog. M'Lawn spähte zum Dorf hinab und sah, daß

dort, wie sie es angeordnet hatte, nun die Lichter eins nach dem andern gelöscht wurden. Offenbar hatte die Übersiedlung der verwundeten wie der kampffähigen Dörfler in die schützenden Waldhöhlen schon begonnen.
»Die Angreifer haben einige der besten Steine mitgenommen. Aber ich hörte sie sagen, sie kämen mit mehr Leuten wieder... Bis zu ihrer Siedlung und hierher zurück dürften sie zwei Tage brauchen. Ich hoffe, daß ich mich täusche und daß sie später oder gar nicht wiederkommen...«
Asha stimmte ein Geheul an, in das der Rest des Rudels, der durch die Klüfte drunten streifte, sogleich einfiel. Der junge Priester drückte M'Lawns Arm mit einer Kraft, die sie ihm nicht zugetraut hätte.
»Sie kommen«, flüsterte er mit schrecklicher, eisiger Stimme; da wußte sie, daß er die Feinde sah, irgendwie. Er zählte sie, diese namenlosen Fanatiker, die sich da den Hang heraufarbeiteten.
»Es sind viele, mindestens hundert«, fuhr er fort und wandte sich mit hellen, fernsichtigen Augen zu ihr. Da fühlte M'Lawn, wie die Verzweiflung ihr auf den Magen schlug.
»Wir müssen uns vorbereiten«, stieß sie hervor und riß sich von ihm los. »Ich zeig dir, was ich mir ausgedacht habe.« Sie trabte, mit Asha an ihrer Seite, über den Kamm in Richtung Bergwerk los. Der Priester setzte ihr mit schnellem Schritt nach.
»Warte!« rief er, als er sie eingeholt hatte, und riß sie zu sich herum; sie protestierte nicht. »Hör, du mußt mich sofort in diese Mine führen.«
»Das wäre Wahnsinn... die reine Zeitverschwendung!«
»Bitte!« beharrte er und ließ sie gehen. »Es ist wichtig. Ich muß sehen, was für Steine vorgestern nacht geschürft wurden. Was immer du vorhast... davon könnte alles abhängen!«
M'Lawn erwiderte nach kurzem Zögern: »Das geht nicht. Diese Kerle haben alle Steine mitgenommen.«
»Alle?« forschte er sanft und sah sie mit kalten, durchdringenden Augen an, so als ob er ihr tiefstes Inneres, den Kern ihres Seins ergründen wollte.
»Nein«, erwiderte sie. »O nein!« Ihr Groll auf die Priesterschaft

loderte auf. »Ganz richtig, Pfäfflein, nicht alle. Wenn du darauf bestehst, mußt du wohl... sollst du ihn sehn!«
Sie kniete sich in den Schnee, machte sich an ihrem dickledrigen, faltenreichen Schnürstiefel zu schaffen und holte dann etwas aus der großen Tasche, die außen am Schaft angebracht war.
»Da!« rief sie, richte sich halb auf und warf ihm einen Stein zu. Er fing ihn geschickt auf. »Sie haben einen Stein... nur diesen einen da... verloren, als sie das Weite suchten.«
Er starrte sie an. »Du hast ihn... einfach an dich genommen?«
»Ja«, antwortete sie ungerührt. »Ich dachte, wenn die Priester keinen davon zu Gesicht bekämen, also gar nicht erst sähen, wie gut die Steine waren, würden sie mein Versagen vielleicht nicht so streng bewerten.«
»Etwas waghalsig, meinst du nicht auch?« murmelte er und kauerte sich rasch und behend neben sie, las einen Feldstein auf und fing an, den Gesteinsbrocken in seiner Hand zu bearbeiten. Denn derlei Edelsteine sind ja gemeinhin von Sedimentkrusten umgeben, die dem Unkundigen ihren Wert verbergen.
»Ja, ja«, flüsterte er erregt, fast triumphierend, als die ersten Splitter zu Boden fielen. Bald hielt er inne und hob den Klumpen ins Mondlicht. Da sah sie den teilweise freigelegten Edelstein so unheimlich wie die Mitternachtssonne funkeln.
»Waren die Steine, die die Fremden einsackten... alle von dieser Qualität?« fragte der junge Priester.
»Ja.«
»Dann werden sie bestimmt versuchen, dein Dorf zu vernichten und alle zu töten, die noch am Leben sind. Die Krusten sind so dünn... den Flachländern wird nicht entgehen, daß dies die heiligen Steine der Priesterschaft sind.«
»Aber deshalb müssen sie uns doch nicht umbringen!«
»Oh, sie glauben, die Steine brächten Unheil und seien die Quelle unserer Macht. Daher werden sie über dein Dorf und alle sonstigen Bergwerkssiedlungen des Ordens herfallen, sobald ihnen klar wird, was sie da erbeutet haben.«
Seine Miene verhärtete sich dabei, so daß sie argwöhnte, er sage ihr längst nicht alles, was es über die Steine zu erzählen gäbe.

Als nun der Ärmel seiner Kutte zurückfiel, sah M'Lawn auf seinem entblößten Unterarm einige Striemen und knapp über dem Handgelenk eine fahle Narbe lohen, die wie ein frisches Brandzeichen wirkte. Sie beugte sich zu ihm, ergriff seinen Arm mit eiserner Hand und starrte auf das Mal: ein Halbmond, der von einer Lanze durchbohrt war.
»Du!« rief sie, die Schläfenader vor Zorn geschwellt. »Du bist ein Ketzer, ein Entlaufener! Kein Wunder, daß du allein kamst!« Sie ließ seinen Arm fahren. »Wie wolltest du mir denn helfen?«
Er stand auf und wandte sich zu ihr, sah ihr fragend in die Augen und fand darin, ihr selbst zum Trotz, auch eine Antwort. Über den verschneiten Hang drang das Geheul des Wolfsrudels zu ihnen.
»Ich mußte einfach kommen«, sagte er schlicht. »Die Jäger-Krieger sind deinem Hornruf meinetwegen nicht gefolgt. Sie waren auf der anderen Bergseite, mir auf der Spur. Ich ging über den Paß zurück und durchquerte gerade den Wald, als ich dein Signal vernahm...«
»Genug!« fiel sie ihm ins Wort. »Rasch nun! Nach den Striemen und dem Brandmal zu urteilen, mußt du schon oft versucht haben auszureißen. Aber sie haben dich immer wieder aufgenommen und scheinen dich, dem Schnitt deiner Kleidung und deinem Aussehen nach, auch ganz gut zu behandeln. Warum läufst du dann vor ihnen weg?«
»Weil sie mich zwingen, meine Gabe zu mißbrauchen!«
Das Wolfsgeheul klang drängender. Sie hatte keine Zeit, ihm noch mehr Fragen zu stellen, etwa, worin seine von der Priesterschaft geschätzte Gabe bestünde. Aber sie hatte das sichere Gefühl, daß etwas ihr noch Ungreifbares um ihn sei, eine schreckliche, dunkle Macht, die über das hinausging, was sie schon an ihm wahrgenommen hatte.
»Komm«, sagte sie und wandte sich zum Gehen. »Ja, wir werden wohl zusammen sterben, Pfäfflein, aber du kannst mir immerhin helfen, mich darauf vorzubereiten.«
Das Wolfsgeheul schwoll dramatisch an, als sie, mit Asha auf den Fersen, zum Hang zurückeilten. M'Lawn blieb plötzlich stehen und gebot dem Priester Halt. Irgendwo in der Tiefe zu ihrer Rech-

ten ächzte und knisterte es. Das seltsame Geräusch verstärkte sich, wurde zum Grollen und Donnern, das den Boden unter ihren Füßen erbeben ließ.

Nach einigen Sekunden wurde es still. M'Lawn winkte dem Priester und eilte mit ihm und Asha dem Hang zu. Auf der sanft geneigten Fläche oberhalb des Kamms blieben sie stehen und sahen sich um.

M'Lawn fluchte leise. Das Gelände unter ihnen hatte sich gänzlich verändert. Wo sich Fels und Eis gehäuft hatten, türmten sich nun große Schneemassen. Sie formten eine weiße Rinne, die sich, stets schmaler werdend, den Hang bis ins Tal hinunterschlängelte. An ihrem oberen Rand entlang bewegte sich eine wirre Fackelkette, die sich klar gegen die hellen oder dunklen Kämme drunten abhob. Das Dorf, das weiter oben zu ihrer Rechten lag, war rabenschwarz.

»Dort«, sagte M'Lawn und wies mit dem Kopf auf eine Wächte direkt unterhalb der Schachteingänge. Die Zickzackkante dieser Wächte und die Pulverschneewolke darüber verrieten, daß die Lawine von dort abgegangen war.

»Das war Teil meines Planes«, fuhr sie fort und ergriff das Horn, das immer noch an ihrer Halskette baumelte. »Wenn du darauf einen bestimmten Ton bläst, und alle sonstigen Bedingungen gegeben sind ... kommt der Schnee ins Rutschen, unaufhaltsam!«

Sie starrten beide den Hang hinab. Die Flachländer waren nun schon so nahe, daß man die Umrisse ihrer scheußlichen Mondmasken erkennen konnte.

»Das Schicksal spottet meiner«, sagte M'Lawn bitter. »Hätte der Schnee gehalten, bis sie näher dran gewesen wären, und wäre er erst auf mein Kommando abgegangen, dann hätte er sie unter sich begraben...«

Die Mondjünger kämpften sich über die Schneemassen zum Bergwerk empor; einige lösten sich vom Haupttrupp und eilten auf das Dorf zu. Nichts hemmte ihren Schritt. M'Lawn fühlte plötzlich all die im Dienst der Priester verlebten Jahre schwer auf ihren Schultern lasten. Sie wandte sich an ihren Gefährten.

»Ansonsten hatte ich geplant, das Rudel auf sie zu hetzen und die

Überlebenden in den Wald zu locken und dort so viele wie möglich von ihnen zu erledigen.« Sie schlug ihren Umhang zurück und löste die lange, aufgerollte Peitsche von ihrem Gürtel, nahm sodann die Kette mit dem Hifthorn ab und legte sie beiseite. »Ich habe meine Peitsche. Und du? Hast du eine Waffe?«
»Ja«, erwiderte er, kauerte sich nieder und wühlte mit einer Hand im Schnee, bis er einen Wackerstein fand, mit dem er sogleich den Rohedelstein, den er noch immer in der anderen Hand hielt, wieder abzuschlagen begann.
»Was tust du da?« fragte M'Lawn. »Das ist ein Sakrileg!«
»Ist das wichtig... wenn wir sterben und diese Flachländer deine Dorfgenossen hetzen und abschlachten?«
Er erhob sich und hielt den Stein ins Licht der narbengesichtigen Mondin. Es schoß so wundervoll klar durch des Edelsteins Kern und ließ seine dunkelgrüne Farbe und den hellgoldenen Stern in seiner Mitte so deutlich aufscheinen, daß M'Lawn den Atem anhielt. Aber die Schreie der heraufdrängenden Feinde brachen den Bann.
»Nun denn«, lachte sie bitter, »sieht so aus, als ob wir mit dem Schatz der Priester in den Händen sterben müßten... Hast du auch einen Namen, junger Ketzer?«
»Dhane«, erwiderte er. »Und du, Wolfsläuferin?«
»M'Lawn«, sagte sie und streckte sich stolz. »Wenn ich auch nicht mehr die Jüngste bin... ich werde ihnen einen Kampf liefern, den sie nicht so schnell vergessen.«
»Das werden wir beide«, versetzte er. »M'Lawn, vertraust du mir?«
»Kommt diese Frage... nicht ein bißchen spät?« erwiderte sie und vermerkte nervös, daß im Dorf das erste Hausdach in Brand gesetzt wurde.
»Du hast sicher erraten... daß meine Gabe die eines gewöhnlichen Sehers übertrifft. Hast du nie daran gedacht, daß ich mein Talent gegen die Flachländer einsetzen könnte?«
»Ja... aber ich bin mir nicht im klaren, ob ich daran beteiligt sein möchte.«
Aber er überhörte diese Bemerkung, holte das silberne Hämmer-

chen hervor, das unter seinen Umhang geglitten war, und schlug damit leicht auf den Stein. Ein tiefer, süßer Ton erklang, der über die Lichtung schwang und von den Felswänden widerhallte. Asha begann, den Priester zu umtänzeln. Ihre topasfarbenen Augen glühten.
»Das ist jetzt kaum die Zeit für Spielereien«, zischte M'Lawn und rief: »Asha, hierher!« Aber die Wölfin gehorchte nicht.
»Nicht für Spielchen, o nein... aber für Musik«, erwiderte er. »Für meine Musik!«
Letzteres sagte er mit einer gespenstisch anmutenden Ehrfurcht. Nun sah er ihr ins Gesicht. Seine Augen leuchteten so hell, so klar und grün, als ob sie von eigenem Leben erfüllt wären.
»Ich kann sie aufhalten, M'Lawn. Es ist auch meine Pflicht, meine Buße dafür, daß ich dich und dein Volk um die Hilfe der Priester gebracht habe. Aber du mußt mir beistehen. Ich brauche deine Kraft und deinen Mut.«
»Da bleibt mir wohl keine andere Wahl, oder?« fuhr M'Lawn ihn mit furchtsamer Stimme an.
Er zuckte die Achseln, wandte sich der Schlucht zu und schlug mit dem Hämmerchen auf den Stein, sacht erst und an unterschiedlichen Stellen. Die Töne, die er so erzeugte, waren vielfältig und klar und trugen in der Nachtluft, wurden intensiver und volltönender – wie ein ätherischer, hypnotischer Befehl.
M'Lawn beobachtete fasziniert, wie die Feindesschar innehielt und all die Fackeln zum Stillstand kamen. Nicht lange, da kam wieder Bewegung in den Haufen. Aber er änderte seine Richtung und stieg durch den tiefen Schnee unaufhaltsam auf den jungen Priester zu. Dhane trat einen Schritt vor ins Mondlicht, damit die Räuber ihn erkennen konnten, und spielte noch lauter als vorher. Asha, die nicht mehr von seiner Seite wich, trommelte mit ihrem Schwanz gegen seine Beine und scherte sich nicht um M'Lawns Kommandos.
Die Räuber waren schon so nahe, daß man sogar die gemalten Narben und blauen Flecken auf den im Mondlicht tanzenden Masken erkennen konnte. Sie waren seltsam still, und einige taumelten und fielen der Länge nach hin.

Dhane brach urplötzlich sein Spiel ab und ließ das Hämmerchen an der Kette baumeln. M'Lawn trat vor und stellte sich Schulter an Schulter neben ihn. Die Räuber rückten knirschenden Tritts näher. Jetzt, da die Musik schwieg, begannen sie halblaut miteinander zu reden und schüttelten dabei die Köpfe, als ob sie gerade erst aus einem Traum erwacht seien; einige von ihnen fluchten und drohten Dhane mit der Waffe.
Asha kauerte sich knurrend nieder, sprang mit einem kleinen Satz zur Steilhangkante und zurück, vor und zurück... M'Lawn ließ ihre Peitsche wippen.
»Asha, mein Herz, steh!« rief sie herrisch. Die Räuber erstarrten und verstummten erneut. M'Lawn fühlte ihre ungläubigen Blicke auf sich ruhen.
»Bestens, Hochwürden... und was nun?« fragte sie schwer atmend.
»Ich werd dir eine Geschichte erzählen«, erwiderte er und faßte sie an der Schulter.
»Du bist wahnsinnig«, flüsterte sie. Aber irgend etwas in seinen Augen, in seinem Gesicht hielt sie so in Bann, daß sie sich nicht rühren konnte.
Der junge Priester hob den Edelstein ins Mondlicht. Da lohte in des Steines Herz ein furchtbares Feuer, bei dessen Anblick die Räuber vor Wut aufheulten.
»Wir sind bereit«, lachte er da in einem Ton, in dem der Wahnsinn nistete.
Er drückte seine Schulter fest an die ihre und ließ den Edelstein kreisen. Als M'Lawn in das zuckende, lodernde Steinfeuer starrte, fühlte sie sich mit Dhane so eng verbunden, als ob die Flamme sie aneinandergeschweißt hätte: Sie konnte seinen Puls und Herzschlag spüren – wie bei Asha in den Momenten ihrer magischen Verbindung. Er hob an zu sprechen und übertönte mit seiner Stimme das Gebrüll der näherrückenden Flachländer.
»Sieh, die Mondin«, sprach er und hob den nun fast blendendhellen Stein genau vor das verwüstete Antlitz des bleichen Planeten.
»Weißt du, daß er einst ganz anders aussah?«

»Darüber hab ich schon viele Geschichten gehört, Priester!« sagte sie und ließ die Peitsche knallen. Ihre Muskeln spannten sich aus alter Gewohnheit. Seine Worte und das seltsame neue Band zwischen ihnen zügelten sie, aber ihre Instinkte und Erfahrungen drängten sie zum Kampf. Asha sprang wieder gefährlich nah an die Hangkante und heulte zu ihrer Sippe hinunter, die schwarz, schemenhaft und rasend schnell die Bergkämme hochgetrottet kam.
»Aber meine Geschichte ist wahr«, fuhr der Priester fort. »Einst, bevor das große Eis kam und die Männer in silbernen Luftschiffen einander bekriegten, hatte Frau Mond ein glattes Gesicht, das wie eine Perle schimmerte, und sie lachte die Nacht, die Erde und die Sterne an.«
M'Lawn blinzelte – die Augen brannten ihr von des Steines Schein. Sie hatte ein Gefühl der Enge in der Brust, das wie kaltes Feuer wuchs. Ihr war, als ob ihre Schulter mit seiner vereint sei, kein Stoff ihrer beider Fleisch mehr trennte, und als ob das Licht ihr alle Kraft aussauge und sie dafür ihm einflöße.
»O schau dir ihr Gesicht an, M'Lawn. Sieh es in all seiner alten Herrlichkeit!«
Frau Mond erbleichte und begann wie eine Perle zu schimmern. Ihr Gesicht verschwamm und verwandelte sich in ein Antlitz von einer Schönheit, die M'Lawn den Atem raubte. Ein warmer Lufthauch faßte nun der Wolfsläuferin Haar und schien an ihr und Dhane zu zerren und sie beide emporzuheben – obwohl sie sich nicht von der Stelle rührten. Nie gesehene riesige Bäume säumten jetzt zwei Seiten der Lichtung, und die Schlucht vor ihnen erbebte, wurde flach und bar von Schnee.
Asha, die noch knapp vor ihnen kauerte, blickte wild und verstört in die Tiefe. M'Lawn kannte den Grund ihrer Verwirrung und wußte, ohne die Wölfin zu berühren, daß sie beide wie Dhane sahen – wie er es von ihnen erwartete. Sie sah die Räuber, die auf dem sich aufwölbenden, sich verwandelnden Hang um ihr Leben kämpften, nur merkwürdig verschwommen, vernahm ihre Angstschreie wie aus weiter Ferne. Das Wolfsgeheul war verstummt, als ob das Dunkel ringsum gleich einem endlosen Raum den Rest des Rudels geschluckt hätte. Einigen der Räuber fiel die Mondmaske in Stücken

zu Boden, und manche sanken hüfttief in zu Tal donnernde Gerölllawinen. Aller Haß, den M'Lawn gegen diese Raubmörder gehegt hatte, schwand, als sie sie leiden sah und hörte, wie sie in Todesangst fluchten, als sie nun in die Dunkelheit zurückglitten.

»Gleich ist es soweit!« kündete Dhane mit einer Stimme, die noch immer trug, aber zu zittern schien.

»Sie schimpfen uns Teufel... und Hexer!«

»Laß sie doch! Ruf Asha zurück!«

M'Lawn pfiff und schrie so laut, daß ihr die Kehle schmerzte. Die Wölfin aber hörte nicht länger auf ihr Kommando: Sie war in Panik geraten und sprang und schnappte und wollte hinter den entsetzten Räubern her.

»Nein, Asha!« befahl M'Lawn und wollte sich auf sie werfen. Aber Dhane hielt sie zurück, so sehr sie sich auch wehrte. Wieder war sie von seiner Kraft überrascht.

»Nicht, M'Lawn. Ich kann uns hier nicht halten. Die Mondin... so sieh doch!«

M'Lawn sah zu dem schimmernden Antlitz empor: Striemen erschienen darauf, und unter dem einen Auge bildete sich eine große, dunkle Schwellung. Die Luft wurde wieder bitterkalt, die Bäume begannen zu schwinden.

»Ich laß Asha nicht im Stich!« rief sie, riß sich los und stürzte hinter der Wölfin her. Sie hatte sie fast erreicht, als sie Dhane aufschreien hörte und fühlte, wie er sie um die Hüften faßte und zurückriß. Die Schlucht unter ihr verschwamm vor ihren Augen. Sie spürte einen stechenden Schmerz im Fuß und fiel nach hinten. Der Himmel drehte sich, bis die Mondin ihr gesamtes Blickfeld füllte. Im Fallen schlug sie Dhane den kaltherzigen Edelstein so hart aus der Hand, daß er wie eine Sternschnuppe in die Nacht hinausschoß, die Rinne hinabsprang und in dem wachsenden Dunkel verschwand... Die wiederkehrende Kälte schien M'Lawn ins Herz zu dringen, es zu zermalmen. Aber bevor ihr Kopf zur Seite glitt, eine Ohnmacht sie umfing, sah sie noch die Mondin hinter dem Schachtdach zu ihrer Rechten stehen und hörte sie noch die Wölfe heulen.

M'Lawn war die Schmerzen und Träume leid und wälzte sich, naß vom Schweiß, im Bett hin und her. Die Wände ihrer bescheidenen Hütte und sogar das flackernde Kaminfeuer nahm sie nur undeutlich wahr. Ihr Geist war voller Wolfssichten... sah Asha verschwinden, und das Geheul des Rudels klang ihr noch im Ohr.
»Verschwunden«, murmelte sie, »verschwunden.«
Einige ihrer Leute pflegten sie mit sanfter Hand und sprachen in leisem, fast verschwörerischem Ton zu ihr. Die dunklere Gestalt, die sich im Hintergrund wie ein Schatten bewegte, mußte der junge Priester sein!
Jetzt zwang sie sich, sich zu konzentrieren und ihn zu rufen. Er trat an ihr Bett und kniete nieder. Im Schein des Feuers nahm sie sein schönes Gesicht wahr. »Ich bin wieder daheim«, sagte M'Lawn mit rauher, wie vom Fieber gedörrter Stimme.
»Ja, aber du mußtest meinetwegen teuer bezahlen, Wolfsläuferin«, erwiderte er.
»Die Flachländer...?«
»Ich hab sie in der Legendenzeit zurückgelassen, M'Lawn, im Land der schimmernden Mondin.«
»Dorthin hast du uns also versetzt«, sagte sie sinnend. Das ist seine Gabe, dachte sie, die Vergangenheit wiederzuentdecken... nein, sie mit Hilfe der heiligen Steine aufleben zu lassen und in ihr zu existieren. Mancher würde töten oder Schlimmeres tun, um solche Macht zu erlangen! Ihre Gedanken schweiften ab. Quälende Trauer befiel sie.
»Asha«, murmelte sie mit brechender Stimme. »Haben wir dich dort gelassen?«
Er ergriff ihre Hand. Jetzt vernahm sie zum erstenmal wieder das ferne, klagende Heulen des Rudels.
»Es tut mir sehr leid«, sagte er. »Ich hatte sie nicht mitnehmen wollen. Jemanden zurückzubringen, das ist neu für mich. Ich bin früher immer allein dorthin.«
M'Lawn verschlug es die Sprache. Sie richtete sich auf, stützte sich auf den Ellbogen und sah auf ihren Fuß hinab, der ihr erst jetzt weh tat.
»Er wurde zwischen dem ›Damals‹ und dem ›Jetzt‹ eingeklemmt«,

erklärte Dhane. »Eine scheußliche Wunde, die aber mit der Zeit heilen wird, und wenn du dich vorsiehst, wirst du nicht hinken müssen.«
»Du weißt sehr viel für einen Ketzer«, sagte M'Lawn stockend und glättete das Deckenende, auf dem Asha immer gelegen hatte. Tränen brannten ihr in den Augenwinkeln, aber sie würde ihren Gram nicht zeigen. Nicht diesem unberechenbaren Priester, der sie in einer Weise benutzt hatte, die sie nie ganz verstehen würde.
»Das bin ich... und Schlimmeres«, erwiderte er. Die widersprüchlichsten Regungen zeichneten sich auf seinem Gesicht ab. »Ich hab dich in meine Ketzerei hineingezogen, dich kompromittiert und dein Leben in Gefahr gebracht...«
»Oh, ich hätte alles getan, um den Rest meines Volkes zu retten«, fiel M'Lawn ihm ins Wort. Von ihren Gefühlen überwältigt, schwieg sie erneut.
Sie starrten einander an. Ein Hufschlag, der rasch lauter wurde, dann vor der Hütte jäh erstarb, und das Geschrei und allgemeine Tohuwabohu, das darauf draußen anhob, rissen sie aus ihrem Sinnen. Dhane sah zur Tür hin und blickte wieder M'Lawn an, so als ob er noch mehr sagen wolle, aber die Worte dafür nicht fände.
»Deine Dörfler waren so nett, auf mein Pferd aufzupassen. Ich muß jetzt fort. Leb wohl, M'Lawn!« sagte er nur.
Er erhob sich, nahm seinen Umhang und schritt zur Tür. Da klopfte es laut, die Tür flog auf, und ein paar Kerle, unkenntlich gegen das gleißende Tageslicht, stürmten herein, faßten ihn und zerrten ihn nach draußen.
»Wartet!« schrie M'Lawn und winkte der Dörflerin, die einst ihre Amme gewesen war. »Schnell! Hilf mir!«
Die alte Frau half ihr auf die Beine und holte ihr auf ihr Drängen einen derben Eichenstock aus dem Feuerholzstapel. M'Lawn stieg in ihre Stiefel und humpelte so schnell wie möglich nach draußen.
Im Gäßchen vor der Hütte drängten sich die Dörfler. In der Menge kreisten die berittenen Jäger-Krieger der Obsidian-Priester – in all ihrer düsteren Macht und Hoffart. Es waren einige Dutzend

an der Zahl; ihre dunklen Haare und die rabenschwarzen Borstenmähnen ihrer mythischen Pferde glänzten im Schein der Wintersonne. Zwei von ihnen fesselten Dhane gerade mit dünnen Lederriemen die Hände und zwangen ihn dann, sein Pferd zu besteigen.
Da geriet M'Lawn so in Wallung, daß sie die Kälte, die durch ihr Nachtgewand drang, kaum spürte. Sie starrte den Reiter wütend an, der sich nun zu ihr durchzwängte. Dem Abzeichen an seinem Umhang nach, mußte er der Anführer des Trupps sein.
»Ihr erscheint gern, wenn die Arbeit getan ist!« empfing sie ihn kalt. »Entlaufene zu jagen ist wohl wichtiger als eure Bergleute zu beschützen!« Jetzt, dachte sie, kommt die Entgegnung, die Arroganz, der Vorwurf.
»Ohne deinen jungen Freund wären wir rechtzeitig hier gewesen«, erwiderte der Jäger von seinem hohen Roß herab. Sein hübsches, aber strenges Gesicht zeigte nicht die Spur von Mitgefühl.
»Ohne Dhane, fürchte ich, wäre weder vom Dorf noch vom Bergwerk etwas übrig...«
»Gut, daß wir ihn gefaßt haben«, unterbrach er sie. »Wie er eben zugab, hat er gegen die Flachländer gewisse unorthodoxe Methoden angewandt. Wir unterstellen, daß du es nicht verhindern konntest, wegen deiner Wunde aus dem ersten Kampf. Im Moment« – sein Blick schweifte zu ihrem silbergesträhnten Haar – »übergehen wir deine frühere Nachlässigkeit. Wenn dein Fuß wieder besser wird, wie Dhane ja behauptet, bleibst du hier, Wolfsläuferin. Den Einwohnerrückgang deines Dorfes gleichen wir durch Ansiedlung von Hochländern aus.« Damit wandte er sein Pferd auf der Hinterhand.
Nun gewahrte M'Lawn, wie Dhane, den man auf seinem Roß durch die Menge abführte, sich umdrehte und ihr einen letzten Blick zuwarf. Da sie wußte, was er mit seiner Lüge riskierte und daß er allein die Verantwortung für das Los der Flachländer trüge, stürzte sie hinter dem Truppführer her und fiel ihm mit ihrer freien Hand in den Zügel.
»Wie können die Priester nur so grausam sein, einen der Ihren zu

brandmarken!« schrie sie. »Habt doch Erbarmen mit einem so jungen Menschen!«
Der Jäger sah kalt und hart auf sie herab.
»Wolfsläuferin, er wirkt bloß jung«, versetzte er, »ist aber in vieler Hinsicht älter, als wir uns auch nur vorstellen können.«
Er entwand ihr den Zügel und gab seinen Männern ein Handzeichen. Sie machten kehrt und galoppierten mit wehenden Umhängen mitten durch die auseinanderfahrende Menge und zum Dorf hinaus. M'Lawn beobachtete, von der Sonne halb geblendet, wie sie den Hang zum Wald hochpreschten. Da stieß ein älterer Dörfler sie in den Arm.
»Sie werden ihn bei lebendigem Leibe häuten«, murmelte M'Lawn.
»Vielleicht«, antwortete der Alte. »Aber schau!«
Er hielt ihr ein Bündel hin, in dem es fiepte und zuckte. M'Lawn klemmte sich ihren Stock unter den einen Arm und nahm den Packen zerfetzter Felle, aus dem jetzt ein schwarzes Köpfchen lugte, in den anderen.
»Ein Wolfsjunges«, keuchte sie. »Aber woher...?«
»Als du dich gesundschliefst, war der Priester im Wald«, sagte er mit einer gewissen Ehrfurcht. »Er soll es beim Paß gefunden haben.«
Er hat wohl eher einen Edelstein ausgegraben und es damit aus der Vergangenheit geholt, dachte M'Lawn. Zu dieser Jahreszeit warfen die Wölfinnen nicht.
Sie starrte dem entschwindenden Trupp nach. Dankbarkeit und Angst zugleich erfüllten sie. Dhane hatte es nur zu gut verstanden. Der Wind würde das Geheul des trauernden Rudels über das verschneite Land tragen, und die Mondin würde ihr Narbengesicht zeigen, ganz als ob nichts geschehen wäre.
Für sie aber begann jetzt ein neues Leben. Sie vergrub ihr Gesicht in des Welpen warmem Pelz und spürte, wie die fürchterliche Gewißheit, daß Asha für immer von ihr gegangen war, an ihrem Herzen nagte, sie fast körperlich schmerzte.
»Niamat«, murmelte sie, zum erstenmal das wilde, heilige Wort für »Wolf« gebrauchend. Tränen stürzten ihr aus den Augen.

Fast schwindlig wurde ihr, als sich plötzlich mit der Wolfssicht jenes vertraute, erregende Gefühl der Verbindung zu Dhane wieder einstellte. Sie sah den Hochwald, wie er sich derzeit des jungen Priesters Auge darbot, und wußte, daß er ohne Furcht war und sich innerlich über die Autorität derer mokierte, die ihn zum Tempel hinterm Paß zurückbrachten.

Leb wohl, Wolfsläuferin, sprach er irgendwo in ihrem Kopf...
und hallte es noch mehrmals wider.

Sie schwankte, fing sich aber mit dem gesunden Bein wieder. Neue Entschlossenheit flammte in ihr auf.

Ich bin noch stark und jung genug, dachte sie, und werde, sobald ich gesund bin und alles verwunden habe, wieder Patrouille laufen und meine Pflicht gegenüber der Priesterschaft erfüllen.

Aber ich werde nichts vergessen.

Sie blinzelte, blickte über das schwarze Welpenköpfchen zum Wald und lächelte, trotz ihrer Tränen.

J. A. BREBNER

Meine Notizen zu Jeffrey Brebner, die hab ich irgendwo auf meinen Schreibtisch gelegt. Aber wo sind sie hin? Das Schwarze Loch, das ich dort zwecks Verlierung wichtiger Dokumente eingerichtet habe, muß sie verschluckt haben. Mein Gedächtnis sagt mir nur noch, daß Jeffrey verheiratet ist und eine Tochter hat – und daß zu seinem Haushalt auch zwei »Rassehunde« gehören... welch vielversprechendes Wort eingedenk all der Katzenfreunde, die sich in der Fantasy tummeln. Es leben die Hunde!

J. A. BREBNER

»Bis zum nächsten Mal!«

Dieses ständige laute Summen, das die Sommerluft beben ließ, ging Valerea so auf die Nerven, daß sie fürchtete durchzudrehen. Dabei war sie erst zwei Tage in diesem Dorf Preavey, dessen Felder ein Heuschreckenschwarm kahlzufressen drohte. Wie halten die Menschen das nur hier aus! dachte sie, als sie das Haus mit der Aufschrift SCHENKE über der Tür betrat. Als nun das monotone Gesumm nur noch gedämpft an ihr Ohr drang, seufzte sie erleichtert auf.
Sie bestellte und sah sich in der dunklen Schankstube um, während der kleine Mann hinter der Theke ihr einen Krug Bier zapfte. Die meisten Tische waren leer. Geistesabwesend fuhr sie sich mit der Hand durch ihr kurzes, rotes Haar und schlenderte zu einem Tisch hinüber, an dem die einzige andere Frau, die in diesem Raum war, mit drei Männern beisammen saß. Alle vier sahen flüchtig auf, als Valerea sich von einem nahen Tisch einen Stuhl holte und sich zu ihnen setzte, und nahmen dann ihr Gespräch wieder auf.
»Aber natürlich schaff ich das«, sagte die Frau. »Heuschrecken zu verjagen, ist ein leichtes für mich. Glaubt mir, ich könnte eure Felder noch heute retten. Aber ihr müßt im voraus bezahlen!«
»Wo liegt das Problem, Tess?« fragte Valerea, zu der kleinen Frau mit dem langen, dunklen Haar gewandt, und musterte dann mit ihren jetzt erkaltenden blauen Augen die Männer, einen nach dem andern. Die wichen ihrem Blick aber schnell aus und sahen unruhig auf den Schwertgriff, der ihr über die Schulter ragte.
»Die wollen erst hinterher bezahlen«, erwiderte die dunkelhaarige Frau. Sie holte eine kleine Tonpfeife heraus und stopfte sie mit einem Kraut, das sie aus ihrem ledernen Halsbeutel nahm, zündete sie mit einem bloßen Fingerdruck an, lehnte sich sodann genüßlich paffend zurück und sah die Männer abwartend an.

»Habt ihr kein Vertrauen zu Tessia L'Argent?« fragte Valerea die drei. »Glaubt ihr, die Silberzauberin würde euer Geld nehmen und damit das Weite suchen? Ich mag's nicht, wenn jemand die... nur von ihrem Zaubertalent übertroffene Ehrlichkeit meiner Freundin anzweifelt!«

Die Männer waren von der Zauberin mit dem berühmtem Namen beeindruckt und von des Rotschopfs kaum verhüllter Drohung beunruhigt, aber immer noch nicht zur Vorauszahlung bereit. Nach einigem Hin und Her und weiteren, kaum bemäntelten Drohungen Valereas erklärten sie sich aber bereit, die Hälfte des vereinbarten Honorars gleich und den Rest nach erfolgter Rettung der Ernte zu entrichten.

Als die Männer gegangen waren, steckte Valerea die auf den Tisch gezählten Münzen in ihren Hüftbeutel. »Hunde«, murmelte sie. »Daß eine Berühmtheit wie du solchen Dorftrotteln für ein paar Kröten die Heuschrecken aus den Bohnenfeldern zaubern muß, ist ja schon schlimm... aber noch schlimmer ist, daß sie deine Ehrlichkeit in Frage stellen!«

»Mag sein«, versetzte die Zauberin, »aber mein Renommee kann man nicht essen, und für die paar Kröten, wie du es nennst, bekommen wir ausreichend Proviant und Pferdefutter, um die zwei Wochen bis zu den Hochlandspielen zu überstehen. Mit dem, was du dort gewinnen dürftest, plus dem, was ich mit dem Verkauf von Amuletten und mit Zaubern verdienen werde, haben wir dann genug, um den Schwestern im Kristallturm einen hübschen Batzen mitzubringen.«

Valerea seufzte. Wieder Tessias fixe Idee! (Dem Himmel sei Dank die einzige, die sie in all den Jahren an der Zauberin kennengelernt hatte.) Sicher, wenn die Schwestern für sie soviel wie für Tess getan hätten, wäre sie wohl genauso bedacht, ihnen unter die Arme zu greifen.

Die Schwesternschaft vom Goldenen Licht widmete sich der Aufgabe, mit magischen Kräften begabte Menschen zu lehren, ihre Talente zu nutzen. »Silber-Tessia« war ein höchst talentiertes Kind gewesen. Bösewichter hatten davon gehört und es entführen wollen, um seine Kraft zu mißbrauchen.

Aber auch die Schwestern, die über dieses Kind wachten, wußten um seine Gabe und brachten es in ihrer festen Burg – dem sogenannten Kristallturm – in Sicherheit, ehe die Entführer kamen.
Dort sah das dunkelhaarige Kind in einer mit dunkler Flüssigkeit gefüllten Silberschüssel, als etliche Männer ins Haus L'Argent einbrachen, sie in allen Zimmern suchten und, da sie sie nicht fanden, ihre Eltern und ihren jüngeren Bruder töteten.
Die Schwestern hatten sich dann sehr um Tessia gekümmert und ihr geholfen, ihren Schock und Kummer zu überwinden... und begonnen, sie den Gebrauch ihrer Gaben zu lehren. Aufgrund ihrer Affinität zu dem gleichnamigen Metall *argent* nannte man sie bald allerorten nur noch die »*Silber*zauberin«. Je größer ihre Macht und Fähigkeit wurde, desto mehr wuchs ihr Ruhm. Sie reiste im ganzen Land umher und half den Menschen mit ihren magischen Kräften.
So vergingen die Jahre. Endlich ließ Tessia sich in einem schönen kleinen Tal nieder, um in Einsamkeit zu leben. So vergingen noch einige Jahre. Draußen in der Welt begann man, die Silberzauberin zu vergessen...
Eines schönen Tages war eine junge, rotschopfige Schwertkämpferin aufgetaucht, die sich Valerea nannte und einen sagenhaften, dort angeblich in einer Höhle versteckten Räuberschatz suchte und die Zauberin bald überreden konnte, sich ihr anzuschließen. Die zwei fanden die Höhle zwar nicht, waren aber von da an stets zusammen.
Vor einigen Tagen hatten sie nun von den Problemen der Schwestern im Kristallturm erfahren. Tja, und seither dachte Tessia nur noch daran, wie sie ihnen helfen könnte...
Lord Aldemus, der Gouverneur des Landes, in dem der Kristallturm stand, hatte jüngst die Steuern erhöht. Er war immer ein bei fast allen beliebter Mann der Öffentlichkeit gewesen, lebte nun jedoch zurückgezogen in seiner Burg, wollte außer den Mitgliedern seines Hauses niemanden sehen und hatte für diese Steuererhöhung nicht die kleinste Begründung gegeben. Es hieß, er sei behext, und zwar auf Betreiben des Generals Tobray, der

die unter des Lords Oberbefehl stehenden königlichen Truppen kommandierte.

Die neue Steuer war eine schwere Bedrückung. Viele Bürger, die wenig oder kein Geld hatten, mußten, um sie bezahlen zu können, ihre Vorräte oder ihr Vieh verkaufen, manche sogar beides. Wer aber nicht bezahlte, wurde in den Schuldturm geworfen – aus dem kaum je einer zurückkehrt.

Die Schwestern vom Goldenen Licht waren eine auf Selbstversorgung ausgerichtete Gemeinschaft und besaßen wenig Geld. Woher sollten sie es auch nehmen, gaben ihre armseligen Gärtchen doch kaum mehr her, als sie für sich und ihre Schülerinnen zum Essen brauchten? Sie hatten keine Überschüsse oder Vorräte, die sie hätten versilbern können. Nun war aber General Tobray höchstselbst im Kristallturm erschienen und hatte gedroht, die Burg schleifen zu lassen, wenn sie ihre Steuern nicht bis Ende des Sommers zahlten. Und das war bestimmt keine leere Drohung...

Tessia sah in dieser Bedrängnis ihre Chance, den Schwestern alles Liebe zu vergelten, das sie ihr erwiesen hatten. Sie und Valerea würden wohl auch bei den diesjährigen Hochlandspielen wieder gut verdienen und brächten es, wenn sie zusammenlegten, bestimmt auf den nötigen Betrag... dessen Höhe ihr allerdings ganz unbekannt war.

Das Problem war, daß sie Valerea nie ausdrücklich gebeten hatte, den Schwestern zuliebe auf ihren Anteil zu verzichten; sie hatte einfach angenommen, daß der Rotschopf das tun würde. Und Valerea ärgerte sich etwas darüber, daß ihre Freundin ihr zumutete, sich von ihrem sauer verdienten Geld so einfach zu trennen. Sie hatte auf Tessas Ankündigung, ihrer beider Geld dann den Schwestern zu bringen, zwar nichts gesagt – aber ihr Gesicht sprach Bände!

Die Zauberin sah sie erstaunt an und fragte: »Was hast du denn?«

Valerea zögerte, suchte die richtigen Worte. Aber da ihr partout nicht einfiel, wie sie ihr schonend hätte beibringen können, was sie dachte, platzte sie schließlich einfach damit heraus: »Tess, ich hab

nie gesagt, ich würd mein Geld den Schwestern geben. Sie tun mir natürlich leid, und ich bin auch gern bereit, ihnen von meinen Siegprämien etwas abzugeben. Aber ich will auch einen Teil behalten. Schließlich muß ich mir dies Geld hart erarbeiten, und irgendwie muß mir diese Mühe auch etwas bringen.«
Tessia sagte nichts. Aber Valerea sah ihr an, daß sie wütend war, da sie, wie immer, wenn sie sich ärgerte, die Augen zusammenkniff und die Zähne aufeinanderbiß. Da seufzte Valerea und legte ihrer Freundin die Hand auf den Arm. Aber Tessia riß sich los, ehe sie noch irgend etwas erklären konnte, und stand auf.
»In Ordnung«, sagte die Zauberin mit kalter Stimme. »Wenn du es so willst, in Ordnung. Ich dachte, du würdest gern der einzigen Familie, die ich habe, beistehen, aber da muß ich mich getäuscht haben... Viel Glück bei den Spielen!« Damit wandte sie sich, um hinauszurennen.
»Tess, ach sei doch nicht so!« rief Valerea. »Ich hab gesagt, daß ich ihnen gerne etwas Geld gebe, nur nicht alles. Wir brauchen ja auch was zum Essen, wie du richtig bemerkt hast.«
Die Zauberin machte kehrt. »Ich hab gesagt, es sei in Ordnung. Du kannst dein sauer verdientes Geld behalten und dir dafür zu essen kaufen, soviel du willst. Ich bin sicher, daß die Schwestern auch ohne deine Hilfe irgendwie zurechtkommen werden.« Nun wollte sie wieder los, drehte sich aber noch einmal um und hielt Valerea die flache Hand hin. »Da wir schon von Geld sprechen: Du hast meins! Ich würd' es lieber selbst aufbewahren.«
Valerea gab ihr wortlos die Münzen, die jene drei Männer auf den Tisch gezählt hatten. Tessia nahm sie ebenso wortlos und ging zur Tür. Das Summen der Heuschrecken wurde wieder vernehmlicher, als sie die Tür aufstieß und auf die Straße hinaustrat. Valerea sah ihr nach, schüttelte dann den Kopf und bestellte sich noch einen Krug Bier.
Bald darauf kam einer in die Schenke und verkündete, die Zauberin sei zu den Feldern unterwegs. Im Nu war alles draußen und schloß sich der Menge an, die auszog, Tessia bei ihrer Arbeit zuzusehen. Auch Valerea, die hoffte, daß sich ihre Freundin etwas beruhigt hätte, ging mit hinaus.

Als sie zu der auserkorenen Stelle kam, war die Zauberin schon am Werk. Sie stand mitten in dem Feld, mit ausgebreiteten Armen und zurückgeworfenem Kopf. Man sah, wie sich ihre Lippen bewegten, hörte aber wegen des ohrenbetäubenden Gesumms nichts von dem, was sie sagte. Aber das war belanglos, da ihre Beschwörungsformeln für jeden der Magie Unkundigen sowieso unverständlich waren.

Nun tanzte die Zauberin einen kurzen Ritualtanz und kniete sodann nieder. Nach wenigen Augenblicken erhob sie sich wieder, nahm ein silbernes Fläschchen aus ihrer Hüfttasche und öffnete es. Da kam ein Wind auf, und aus dem Fläschchen stieg grünlichblauer Rauch – eine kleine Wolke nur, die jedoch schnell wuchs und die Zauberin samt Feld im Nu einhüllte. Eine Frau wies stumm auf ein anderes Feld, wo sich eine ähnliche Wolke bildete. Bald waren alle Äcker des Dorfes von derlei grünlichblauem Rauch bedeckt.

Valerea hatte sich durch die Menge gedrängt und stand nun am Rand des Feldes. Als ein Mann neben ihr nach der Wolke faßte, zog sie blitzschnell ihr langes Jagdmesser aus der Scheide und schlug ihm mit der flachen Klinge auf die Hand. Da fuhr der Mann zurück und sah sie erstaunt an.

»Der Rauch ist tödliches Gift«, schrie sie und blickte sich dann ebenso überrascht um wie alle anderen... Das Insektengesumm war erstorben. Die grünlichblauen Wolken lösten sich zusehends auf.

Die Dörfler ließen Tessia, die jetzt zum Feldrain kam, hochleben. Valerea eilte ihr entgegen, um ihr wie immer nach getaner Arbeit zu helfen. Aber die Zauberin ging an ihr vorbei, ohne sie eines Blicks zu würdigen – als ob sie eine Fremde wäre. So erstaunt wie verletzt sah Valerea sie in der dankbaren Menge untertauchen, die sofort zum Dorf zurückzuströmen begann. Nach wenigen Augenblicken war der Rotschopf allein auf weiter Flur, und ringsum war Stille. Als Valerea zur Schenke zurückkam, war diese bereits brechend voll. Sie konnte Tessia zwar nicht sehen, war sich aber sicher, daß sie am größten Tisch des Raumes saß; denn dorthin drängte sich alles. Nachdem sie vergeblich versucht hatte, sich

dem Wirt bemerkbar zu machen, um eine Bestellung loszuwerden, hechtete sie endlich über den Tresen und zapfte sich ihr Bier selbst. Niemand schenkte ihr auch nur die geringste Beachtung.
Dann hob sie den Krug über ihren Kopf, um in dem Gedränge nichts zu verschütten, schob sich durch die Schankstube zur Treppe durch und stieg zu ihrer beider Zimmer hinauf. Bereits von der Tür aus sah sie, daß Tessias Sachen nicht mehr da waren.
»Nun hält mich wirklich nichts mehr hier«, murmelte Valerea und schluckte, um den Kloß in ihrem Hals loszuwerden. Sie packte schnell ihre paar Habseligkeiten, stieg dann in die Stube hinab, stellte den geleerten Krug auf die Theke und verließ die Schenke, ohne auch nur einmal zu dem großen Tisch hinüberzublicken. Und so entging ihr auch, daß Tessia ihr mit Tränen in den Augen nachsah.

Es war der dritte Tag der Hochlandspiele. Valerea hatte alle ihre Vorrundenkämpfe mit Leichtigkeit gewonnen. Zwei Gegner hatte sie kampfunfähig geschlagen – und sie hätte sie sicher getötet, wenn sie statt mit stumpfen Waffen mit scharfen gekämpft hätten. Die Leute begannen über die Frau mit dem kurzgeschnittenen roten Haar zu sprechen und sahen in ihr bereits die Favoritin für die nahen Endkämpfe.
Bei ihrem einsamen Gang über den Markt, auf dem so ziemlich alles feilgeboten wurde, was des Menschen Herz begehrt, sah Valerea mit einmal Tessia an ihrem kleinen Stand, an dem sie selbstgefertigte Amulette verkaufte. Die rothaarige Schwertkämpferin wollte sich gerade umdrehen und einen anderen Weg gehen, als zwei Kerle, die vor der Zauberin Auslage haltgemacht hatten, ihren Argwohn erregten. Die sehen nicht so aus... als ob sie an die Macht von Glücksbringern glaubten, dachte sie und näherte sich ihnen neugierig.
»Man erzählt, daß du diesen Hexen im Kristallturm helfen willst«, hörte sie den größeren der beiden sagen und sah, wie er dabei ein silbernes Halsband vom Tisch nahm. Valerea musterte den bärtigen Kerl, sagte aber nichts. Da kicherte der andere schrill und griff sich ein Armband.

»Rührt die Sachen nicht an, wenn ihr sie doch nicht kaufen wollt. Es schwächt den Zauber«, sagte Tess endlich und faßte die beiden ruhig am Handgelenk. Da öffneten sie wie vom Donner gerührt die Hand, und sie nahm ihnen Hals- und Armband ab.
Als sie den Bärtigen losließ, langte der wutverzerrten Gesichts nach dem Messer in seinem Gürtel. Aber ehe er blankziehen konnte, hatte Valerea ihm schon die Spitze ihres Schwerts drohend auf die Kehle gerichtet.
»Sie bat euch in aller Freundlichkeit«, bemerkte sie leise. »Ihr wollt doch nicht mit jemandem Streit anfangen, der so höflich zu euch war, oder?«
Der Bärtige warf einen Blick auf Tessia und sah dann Valerea an. »Nicht hier und nicht jetzt«, erwiderte er, »aber wir treffen uns wieder... darauf könnt ihr Gift nehmen!« Er wich zurück, bis er außer Reichweite ihrer Klinge war, und ging mit seinem Gefährten von dannen. Das schrille, den Lärm der Menge übertönende Kichern des Kleinen drang noch lange an ihr Ohr.
Als die zwei ihrem Blick entschwunden waren, drehte Valerea sich zu Tessia um. Aber ihre Hoffnung, daß ihr Eingreifen sie versöhnt hätte, wurde enttäuscht. Die Zauberin starrte sie kalt an.
»Danke, aber deine Hilfe war unnötig«, sagte sie. »Ich habe keine Angst vor General Tobray, und vor seinen Leuten schon gar nicht.«
»Dann waren das also welche von Tobrays Männern?« fragte Valerea. »Ich hab den mit dem Bart kämpfen gesehen. Er ist sehr gerissen und sehr fies, Tess. Vielleicht solltest du, um deiner Sicherheit willen, für den Rest der Spiele bei mir übernachten!«
»Ich sagte bereits, ich hab keine Angst«, erwiderte die Zauberin. »Und bitte, wenn du nichts kaufen möchtest, dann mach doch Platz für die Kauflustigen.«
Valerea rührte sich nicht. »Oh, Tess, was kann ich tun, damit wir wieder Freundinnen sind? Willst du Geld für deine Schwestern? Hier!« Sie holte ihre Preisgelder aus ihrer Börse, stapelte sie auf dem Standtisch auf.
Aber die Zauberin übersah die Münzstapel einfach und wandte sich einem jungen Paar zu, das sich für ihre Amulette interes-

sierte. Valerea wartete noch einen Augenblick, wandte sich dann um und ging, das Geld auf dem Tisch zurücklassend, schnellen Schrittes davon.
Als Valerea später an diesem Tage ihre Waffen und Rüstung prüfte, kam ein Junge zu ihr, sagte, die Dame mit dem Silber erwarte sie, und überreichte ihr zum Beleg die silberne Halskette, die Tessia immer trug. Valerea steckte sie ein und machte sich sofort zu dem Stand der Zauberin auf.
Aber als sie dort anlangte, war ihre Freundin nirgendwo zu sehen. Sie blickte sich ratlos um. Als sie nun hinter sich ein schrilles Kichern hörte, lief ihr ein Schauder den Rücken hinab. Sie drehte sich um und erblickte den kleinen Gefährten des Bärtigen.
Da er weit außer Reichweite ihrer Klinge war, ließ sie die Hände unten. Als sie einen Schritt auf ihn zuging, wich er noch weiter zurück. Da blieb sie stehen und sah ihn abwartend an.
»Wenn mir etwas zustoßen sollte, stirbt deine Freundin«, kicherte der kleine Kerl. »Komm in einer Stunde zum Trainingsfeld, wenn du sie lebend wiedersehen willst.« Schon wandte er sich zum Gehen.
»He, warte«, rief Valerea. Er drehte sich um. »Was macht dich so sicher, daß mir an ihrem Schicksal etwas liegt?« fragte sie.
Er zuckte die Schultern. »Du bist doch hergekommen, oder?« Damit drehte er ihr wieder den Rücken zu und lief spornstreichs davon. Der nachmittägliche Wind trug Valerea sein aufreizendes Kichern noch zu, als er längst verschwunden war. Da fluchte sie halblaut vor sich hin.

Als Valerea den Übungsplatz betrat, sah sie, daß sie von einer Handvoll Männer erwartet wurde. Das überraschte sie nicht. Sie hatte sich schon gedacht, daß noch mehr von Tobrays Leuten bei den Spielen anwesend seien und daß sie dem Bärtigen vermutlich zur Seite stehen würden, wenn er ihr entgegenträte. Während sie nun auf die Gruppe zuging, zählte sie rasch die Häupter dieser Lieben: Vierzehn, die standen, und dazu zwei, die auf irgendwo beschafften Stühlen saßen.
Sie musterte die beiden Sitzenden. Der eine war alt und mager und

schien unbewaffnet zu sein. Er hatte langes, graues Haar und, wie selbst aus der Entfernung zu erkennen war, ein recht verrunzeltes Gesicht.

Der Mann, der neben dem Alten saß, war groß, aber nicht fett. Auf seinem gesenkten kahlen Schädel spiegelte sich die untergehende Sonne. Er rauchte eine kleine Tonpfeife (es war die von Tessia!) und befingerte einen Dolch, der in seinem Gürtel stak. Nun hob er den Kopf und sah Valerea an. Seine kleinen, eng zusammenstehenden Augen blickten so starr und leer wie die eines Reptils.

»Wo ist sie?« fragte Valerea, an den Kahlkopf gewandt, und blieb gut zehn Schritt vor den beiden stehen.

»Sie ist gesund und munter, bislang«, erwiderte der Kahle. »Aber um sie wiederzusehen, mußt du erst Borz besiegen, so du kannst.« Er nahm die Hand vom Dolch, und der Bärtige, der an Tessias Stand gewesen war, trat vor.

»Ich hab dir ja gesagt, daß wir uns wiedersehen würden«, höhnte er und zog blank. »Jetzt wirst du für die Schmach bezahlen, die du mir heute angetan hast, und auch deine Freundin wird dafür büßen, sobald ich mit dir fertig bin.«

Als die Männer sie in Erwartung des Kampfs umringten, zog Valerea ihr Schwert. Sie überhörte das grelle Kichern des Kleinen und die Rufe und Schmähungen der übrigen und konzentrierte sich auf ihren Gegner. Während sie einander vorsichtig und auf des andern Blößen lauernd umkreisten, riskierte Valerea ab und zu ein Auge auf ihre Umgebung, um herauszufinden, wo Tessia versteckt sein könnte.

Endlich war sie sicher: Hier gab es nur einen Ort, wo man einen Menschen, und sei er so klein wie Tess, verbergen konnte – hinter oder unter den Stühlen, auf denen jener Kahlkopf und sein älterer Gefährte saßen. Aber als sie eben darüber nachdachte, wie sie die beiden vertreiben könnte, ging der Bärtige zum Angriff über.

Valerea parierte seinen Hieb mit Leichtigkeit. Aber er wich ihrem Gegenschlag ebenso leicht aus und ging grinsend von neuem auf sie los. Wieder prallten die Klingen aufeinander, und wieder trennten sie sich, ohne dem anderen auch nur die Haut geritzt zu haben.

»Nicht schlecht, für eine Frau«, rief Borz. Ach, den Trick kannte Valerea, so versuchten die Männer immer, sie wütend zu machen... damit sie unkonzentriert würde. Sie hatte längst gelernt, derlei Sticheleien zum anderen Ohr so hinauszulassen, wie sie zum einen hereinkamen – tat nun aber so, als ob sein Hohn bei ihr verfangen hätte.
So setzte der Rotschopf ein wütendes Gesicht auf und führte einen wilden Rundschlag, dem Borz mühelos ausweichen könnte... und der sie so herumriß, daß sie ihm nun den Rücken zukehrte. Da stürzte Borz auch schon vor und hob sein Schwert, um sie niederzuhauen.
Aber nun bewies Valerea, daß sie so trickreich kämpfen konnte wie ein Mann: Mit ihrem in der Drehung rückwärts erhobenen linken Fuß trat sie dem heranstürmenden Borz so kraftvoll in die Magengrube, daß er vornüber zusammenklappte, und hieb ihm dann ihre Klinge in den Nacken. Er sank, schon tot, zu Boden.
Nun wandte sich Valerea an den Kahlkopf. »Also, wo ist sie? Oder willst du wortbrüchig werden, General?«
Tobray blickte leicht amüsiert zu dem Rotschopf hin. »Kennen wir einander?« fragte er und erhob sich, zugleich mit dem Alten.
»Nein«, versetzte Valerea. »Aber ich kenn die Gerüchte... daß du Lord Aldemus behexen ließest und deinen Hexer stets bei dir hast! Und dieser Alte da ist ein Hexer, so wahr ich hier stehe!«
Tobray lachte schallend und wechselte mit dem Alten einen Blick. Sie traten beide von den Stühlen zurück. Tobray ließ vier seiner Männer die darunter befindliche Grube öffnen. Auf deren Grund lag Tessia, gefesselt und geknebelt. Derweil zwei dieser Schergen die Zauberin an den Armen hochhoben und auf die Beine stellten, dachte Valerea sich einen Plan aus und machte sich gleich daran, ihn in die Tat umzusetzen.
Sie schritt langsam auf das Grüppchen zu, das Tessia umgab, faßte dabei lässig in ihren Hüftbeutel und holte die Halskette der Zauberin hervor. Dann ließ sie, scheinbar, die Hand auf dem Dolch an ihrer Seite ruhen, wickelte aber insgeheim die Kette um den Griff. Etwa fünf Schritt vor Tobray und seiner Schar blieb sie stehen.
»Hör, vielleicht hab ich mich in dem Alten ja geirrt«, begann sie

verächtlich lächelnd. »Wenn er wirklich ein Hexer wäre, hättet ihr diese kleine Frau ja wohl kaum so fesseln müssen.«
»Meine Magie soll nicht stark genug sein, sie zu binden?« empörte sich der Hexer; seine Stimme klang für sein augenscheinlich hohes Alter noch überraschend tief und kräftig. »Löst ihr die Fesseln! Ich verwandle sie in eine Statue...« Er wandte sich, Zauberworte murmelnd, Tessia zu.
Darauf hatte Valerea nur gewartet! Sie zog ihr Messer und warf es nach ihm. Aber so schnell sie auch war, Tobray war schneller: Er stieß den Hexer beiseite und schleuderte ihn zu Boden, so daß der Schwertkämpferin rotierende Klinge fehlging und sich dafür einem der beiden Männer, die Tessia festhielten, in die Brust bohrte.
»Tötet sie!« schrie Tobray gellend und wies herrisch auf Valerea. Da zogen seine Leute blank und stürmten auf den Rotschopf los.
Valerea blieb bloß noch Zeit wahrzunehmen, daß Tess sich von dem anderen Schergen losriß, sich den Knebel aus dem Mund zog und zu Boden stürzte – und dann mußte sie vor den anstürmenden Männern Reißaus nehmen. Auf dem weiten offenen Übungsfeld war nichts, was ihr als Rückendeckung hätte dienen können...
Schon hörte sie dicht hinter sich die Schritte eines Verfolgers, die den gestampften Boden dröhnen ließen. Sie ließ ihn näherkommen, bis sie auch seinen Atem hörte – und warf sich dann so plötzlich zu Boden, daß er über sie stolperte und der Länge lang hinschlug. Und sie rammte ihm ihre Klinge in den Leib und sprang wieder auf.
Nun umringten die übrigen Männer die Kriegerin. Da sprang sie mit einem gellenden Schrei auf sie los. Ihre wilde Attacke ließ zwei der Schergen ein paar Schritte zurückweichen, und sie nutzte die Verwirrung, durchbrach den Kreis und stürmte weiter. Als sie an dem toten Borz vorbeikam, beugte sie sich in vollem Laufe zu ihm nieder und schnappte sich sein Schwert.
Einen Bogen schlagend, lief sie auf Tobray und den Hexer zu. Der alte Mann, der schon wieder auf den Beinen war, blickte ihr

starr entgegen und bewegte die Lippen. Als Valerea das sah, wußte sie, daß er eine Verwünschung aussprach, die wirken würde, eh sie bei ihm sein und ihn erschlagen könnte. Hinter sich hörte sie Tobrays Leute rasch näherkommen. Mit einem Schrei der Wut und Frustration setzte sie zu einem Spurt an und hob ihre beiden Schwerter, um sie auf Tobray und den Hexer zu schleudern – ehe noch dessen Fluch sie treffen könnte.
Aber nun taumelte der Hexer jäh nach vorn und brach in die Knie. Tobray blickte überrascht erst zu ihm hinab und dann hinter sich. Dort stand Tessia und hielt die Halskette empor, die Valerea vor jenem Fehlwurf um den Dolchgriff gewunden hatte.
Der Hexer rappelte sich kopfschüttelnd hoch und ließ die Zauberin mit einer Handbewegung taumeln und auf den Rücken fallen. Da warf Valerea ihre beiden Schwerter – aber mit solchem Schwung, daß sie die Balance verlor und vornüber fiel. Sie rollte sich weg und rechnete doch damit, sogleich von den Klingen der Schergen durchbohrt zu werden.
Weil das aber ausblieb, drehte sie sich zu ihren Verfolgern um – und sah sie allesamt dastehen und entsetzt auf etwas starren, das sich hinter ihr abspielen mußte. Als die Kriegerin ihren Blicken folgte, gewahrte sie staunend, daß ihre beiden Schwerter wider Erwarten doch ins Ziel gefunden hatten. Aber nicht das – sondern das, was nun geschah, faszinierte die elf Häscher...
Tobray lag schmerzgekrümmt am Boden und versuchte, die in seinem Schenkel steckende Klinge herauszuziehen. Der Hexer, den Valereas zweites Schwert seitlich, knapp unter den Rippen getroffen hatte, stand hingegen noch aufrecht und schien den aus seinem Leib ragenden Stahl bloß lästig zu finden.
Ja, er zog sich die Klinge ganz beiläufig heraus, als er jetzt zu dem General schritt und sich über ihn stellte. Er sah verächtlich auf den Kahlkopf hinab, hob das Schwert und stieß es seinem Herrn so kraftvoll durch die Eingeweide, daß er ihn regelrecht auf den Boden nagelte. Tobray schrie noch einmal auf und zuckte und wand sich und erschlaffte dann für immer.
»Nun hab ich hier das Kommando«, sprach der Hexer, zu Valerea und zu Tobrays Leuten gewandt, und riß vor aller Augen die

Klinge aus der Leiche und ging langsam auf die noch daliegende Kriegerin zu, fixierte sie böse und tönte: »Mach dir nicht die Mühe aufzustehn, Frau. Du hast großen Mut bewiesen und dir damit einen schnellen Tod verdient. Ehre, wem Ehre gebührt!«
Hinter ihm bewegte sich etwas. Das sah nicht nur Valerea, sondern auch einer von Tobrays Männern. Und er schickte sich an, etwas zu sagen...
»Schweig!« brüllte der Hexer. »Ich weiß, daß die Frau hinter mir noch am Leben ist. Ich spüre, wie sie ihre magischen Kräfte gegen mich einzusetzen sucht, aber sie ist zu schwach, um mir schaden zu können. Sobald ich...« Er hielt jäh inne und starrte auf einen Punkt hinter ihnen.
Valerea und die Männer drehten sich um und folgten seinem Blick. Da sahen sie in etwa sieben Schritt Entfernung einige Staubwirbel entstehen und vergehen. Als der Staub sich gelegt hatte, standen dort fünf Frauen mit langen Kleidern und langen, blonden Haaren. Eine Aura umgab sie, so daß sie nicht wirklich klar zu erkennen waren.
Valerea wußte sofort, daß es Schwestern vom Goldenen Licht waren – obwohl sie bis dahin noch nie welche zu Gesicht bekommen hatte. Als sie sich zu dem Hexer umdrehte, sah sie die Furcht in seinem Gesicht. Er schien sie, die Soldaten und Tessia völlig vergessen zu haben. Sie fluchte leise, weil sie keine Waffe hatte – denn so starr, wie er nun drei Schritt vor ihr stand, wäre er ein leichtes Ziel gewesen. Als sie ihre Muskeln anspannte, um sich mit bloßen Händen auf den Bösewicht zu stürzen, sah sie, wie sich Tess, den Dolch in der Hand, langsam aufrichtete.
Die Zauberin schritt wie in Trance auf den Hexer zu. Eine langsam pulsierende und wohl dem silbernen Halsband, das sie wieder trug, entströmende Aura umfloß sie. Als sie nur noch eine Armlänge von ihm entfernt war, blieb sie einfach stehen. Valerea sah, wie ihr auf Stirn und Wangen der Schweiß ausbrach und dann in Strömen an beiden Halsseiten herabrann – und wie sie jetzt kaum merklich das Kinn reckte.
Valerea blickte sich nach den fünf blonden Frauen um und sah, daß sie die Arme hoben. Des Hexers rauher Schrei ließ sie herumfah-

ren und gewahren, daß er die Finger spreizte und vorschnellte. Schon spürte sie die Kraft seines über sie hinwegwirkenden Zaubers und beglückwünschte sich, daß sie auf dem Boden lag.
Den Soldaten war das Glück nicht so hold: Einige von ihnen tötete der Hexer mit seinem machtvollen Zauber...
Valerea wollte sich vergewissern, ob die Schwestern jenen Angriff überlebt hätten. Da sah sie, wie Tessia den Dolch hob und ihn dem Hexer in den Rücken stieß.
Er taumelte, brach in die Knie. Valerea sprang auf und trat ihm mit aller Kraft gegen die Schläfe. Der Hexer kippte wie ein Sack auf die Seite. Schon stand Tessia über ihm. Sie hatte die Augen fest geschlossen, umklammerte mit einer Hand die Kette an ihrem Hals, streckte die andere Hand über ihn aus und bewegte lautlos die Lippen.
Aus des Hexers Leib stieg Rauch auf. Er schrie und schlug mit den Armen und Beinen um sich... Der Rauch wurde so dick, daß Valerea hustend zurückwich; als er sich verzogen hatte, war dort, wo der Hexer gelegen, bloß verbrannte Erde zu sehen. Der Gestank wie von versengten Haaren, der die Luft erfüllte, ließ die beiden Frauen angewidert die Nase rümpfen.
Da fiel Valerea voller Entsetzen ein, daß einige der Soldaten noch am Leben waren. Sie bückte sich blitzschnell, nahm das Schwert, das dem Hexer entfallen war, rollte sich zur Seite und sprang, zum Schlag bereit, wieder auf. Aber die Leute hatten genug für den Tag und, nach Tobrays und des Hexers Tod, auch keinen Kommandeur mehr, der sie daran gehindert hätte, das Feld zu räumen. Sie zogen ab. Als Valerea ihnen nachsah, bemerkte sie, daß die Schwestern nicht mehr da waren. Sie machte Tess darauf aufmerksam, aber die lachte nur leise.
»Die waren ja gar nicht hier«, versetzte die Zauberin. »Der Hexer sagte, er spüre, daß ich meine Kraft gegen ihn einzusetzen suche. Damit hatte er nicht unrecht. Weil ich wußte, daß er stärker war als ich, erzeugte ich ihr Bild. Der Kampf gegen diese imaginären fünf Schwestern sollte ihn so schwächen und ablenken, daß ich ihn von hinten überrumpeln könnte. Und das hat glücklicherweise auch funktioniert.«

»Zum Glück!« erwiderte Valerea. »Denn sonst wären wir beide jetzt wahrscheinlich tot.«
»Ja, wir sind noch am Leben«, antwortete Tessia. »Aber nicht nur das! Mit des Generals und seines Hexers Tod dürfte auch der Bann gebrochen sein, der auf Lord Aldemus lag.«
Sie verließen schweigend die Walstatt und sahen auf ihre langen Schatten, die ihnen die Abendsonne vorauswarf. Als Tessia wieder zu sprechen anhob, war ihre Stimme sanfter und leiser als sonst. »Ich danke dir, daß du mich retten kamst... und das, obwohl ich dich vorher so behandelt habe. Warum hast du das getan? Du wußtest doch, daß sie in der Überzahl wären!«
»Weil du meine Freundin bist«, erwiderte Valerea schlicht. »Aber jetzt will ich dich was fragen: Wie haben sie dich denn überhaupt schnappen können?«
Die Zauberin warf ihr einen Blick zu und sah dann beiseite, bevor sie antwortete. »Als ich meine Sachen packte, um essen zu gehen, kam ein Junge an meinen Stand und sagte, bei einem der Kämpfe sei eine rothaarige Frau verwundet worden. Ein Mann habe ihn gesandt, eine Magierin zu holen, weil sie in Lebensgefahr sei. Ich dachte natürlich, du wärst das, und bin mit dem Jungen losgelaufen. Vor einem großen Zelt sagte er, du seist da drin, und rannte weg. Als ich eintrat, haben mich ein paar von Tobrays Männern gepackt, mir all mein Silber abgenommen und mich gefesselt, ehe ich wußte, wie mir geschah. Den Rest, den müßtest du kennen.«
Valerea nickte. »Das war vermutlich derselbe Junge, der mir deine Halskette brachte und sagte, ich solle zu dir kommen«, meinte sie und schilderte die Geschehnisse bis zu dem Augenblick, da General Tobray und der Hexer sich von den Stühlen erhoben hatten. Als sie geendet hatte, blickte sie nach vorn – und stieß die Freundin jäh mit dem Ellbogen an. »Du kannst das Trugbild verschwinden lassen, Tess«, sagte sie. »Wir sind jetzt nicht mehr in Gefahr.«
Tessia hob den Kopf und sah zwei junge Frauen mit langen Kleidern und langem, blondem Haar nahen. Die beiden glühten zwar nicht von innen heraus, schienen aber vom Licht der Abendsonne zu strahlen.

»Dies ist keine Illusion«, versicherte die Zauberin der Freundin. »Das sind wirklich zwei der Schwestern.«
Gleich darauf konnte sie die beiden schon umarmen und sie Valerea als Karina und Milis vorstellen. Karina wandte sich, als sie den Rotschopf höflich begrüßt hatte, wieder an Tessia.
»Wir im Kristallturm merkten wohl, daß reichlich Magie im Einsatz war«, sagte sie, »wollten aber nicht einschreiten. Aber als Milis und andere Schwestern den Sog ihrer Trugbilder spürten, begannen wir, der Sache nachzugehen.«
Valerea hob zu einer Erklärung an, aber die junge Blonde wehrte sanft lächelnd ab und sagte: »Laß nur, wir wissen Bescheid. Es sind auch schon drei Schwestern auf Gut Aldemus, um dem Lord über das Geschehen zu berichten und ihn zu bewegen, den Steuererlaß zurückzunehmen und den Leuten das zurückzugeben, was man ihnen gestohlen hat.« Sie nickte kurz der Zauberin zu und fuhr sodann fort: »Wir sind gekommen, um euch für euer beherztes Einschreiten gegen General Tobray und seinen Hexer zu danken... und um euch einzuladen, zu uns in den Kristallturm zu kommen.« Nun sah sie die beiden erwartungsvoll an.
Tessia und Valerea wechselten erstaunte Blicke. Dann wandte sich der Rotschopf wiederum an die blonde Zauberschwester und fragte: »Wozu?«
Karina starrte die Kriegerin an. »Was heißt, wozu? Natürlich als Schwestern vom Goldenen Licht!«
»Aber ich bin keine Zauberin«, versetzte Valerea. »Ich weiß über Magie nur eins: daß ich nichts darüber weiß.«
»Das macht nichts. Diese Ereignisse haben uns überzeugt, daß wir mehr als nur Magie zu unserem Schutz brauchen«, erklärte Karina. »Und wir glauben, daß du am besten die Schwestern vom Goldenen Schwert führen könntest.«
Tessia strahlte vor Glück und drückte der Kriegerin lächelnd den Arm. Aber ihre Freude wich, als sie der Freundin ins Gesicht sah. »Was hast du, Valerea?« fragte sie nun besorgt.
Die Schwertkämpferin entzog sich ihr sanft. »Ich fühle mich durch das Angebot sehr geehrt«, sagte sie zu Karina. »Es ist vielleicht dumm von mir, es abzulehnen, aber ich fühl mich noch nicht be-

reit... seßhaft zu werden. Du«, und damit wandte sie sich an Tessia, »solltest aber mit ihnen gehen.«
»Wie könnte ich das, ohne dich? Nach allem, was wir durchgemacht haben, kann ich dir doch nicht einfach ›Leb wohl‹ sagen und dich verlassen!« hielt die Zauberin der Freundin vor.
»Dann sag eben ›Bis zum nächsten Mal!‹, Tess«, erwiderte Valerea. »Die Schwestern sind deine Familie, und du gehörst zu ihnen. Aber ich werd irgendwann einmal vorbeikommen und dich besuchen. Hier«, sie nahm ihr Schwertgehenk ab und legte es ihr über die Schulter, »trag du es solange.«
Tess blinzelte die Tränen weg, die ihr in die Augen schossen, und löste ihre silberne Halskette, band sie Valerea um und bat: »Trag du das solange.« Da umarmten die zwei Frauen einander und herzten sich, bis Karina und Milis die Zauberin endlich sacht bei der Hand nahmen. Valerea trat einen Schritt zurück und lächelte ihrer Freundin zu, die jetzt, ebenso wie die beiden anderen Schwestern, rasch zu verblassen begann.
»Bis zum nächsten Mal!« rief die Zauberin und verschwand.
»Auf Wiedersehen, Schwester Tess«, seufzte Valerea und faßte nach der Silberkette. Dann wischte sie sich über die Augen und schritt – von neuem allein – in die Nacht hinaus.

GEMMA TARLACH

Zum guten Schluß noch eine »Erstlingsarbeit«. Gemma präsentiert sich als »neunzehnjährige Linkshänderin, die gern Schwarz trägt«. Hier haben alle Jugendlichen eine Phase gehabt, wo sie immer nur in Schwarz daherkamen; vermutlich machen alle Heranwachsenden so ein Stadium durch.
Meine Tochter behauptet, das sei typisch für eine bestimmte Phase pubertärer Depression. Ich weiß nicht, ob sie da recht hat, hoffe jedoch, daß dieses Stadium – wenn es denn existiert – nicht lange anhält.
Diese Geschichte sei die erste, sagt Gemma Tarlach, die sie zur Veröffentlichung angeboten habe; geschrieben habe sie schon weit mehr. Aus Spaß an der Sache zu schreiben, ist oft – in ihrem Fall bestimmt – ein Zeichen keimender Professionalität. Ich hab selten eine mit so sicherer Hand verfaßte Erstlingsgeschichte zu Gesicht bekommen und würde daher liebend gern auch Gemmas übrige Storys kennenlernen. – MZB

GEMMA TARLACH

Die Schwarze Wölfin

Also, ich bin wahrlich kein Mann der großen Worte. Aber als ich diese Frau in den Markt hereinkommen sah, schwor ich Stein und Bein, das sei die Fürstin der Finsternis höchstpersönlich. Aber hübsch der Reihe nach, wie mein Vater zu sagen pflegte...
Es war ein ganz normaler Tag bei uns im Cliosk – fast jedenfalls. Die Sonne brannte so gnadenlos auf Meer, Strand und Mensch herab wie immer hier im Hochsommer, und die Stände im Cliosk bogen sich vor Waren aus aller Welt. Aber es lag eine Kälte in der salzigen Luft, eine seltsame Kühle, die im Laufe der Zeit sogar zuzunehmen schien. Ich ging wie üblich meinen Geschäften nach, feilschte mit den Reichen um Silber und mit den Armen um Kupfer – und hielt mir Kunden der unangenehmen Art vom Stand. Die heißeste Tageszeit, zu der die meisten Stände schließen und alle Bewohner oder Besucher der Stadt an schattigen Plätzchen ruhen, war vorüber. Die Händler kehrten zurück, die Menge wuchs: Der Markt kam wieder in Schwung. Als ich mir gerade mein Stück Tautokäse holen wollte, das ich mir immer am Nachmittag gönne – da sah ich sie.
Es gibt Frauen, die einen spröden Gang haben, mit gesenktem Kopf dahertrippeln, und andere, die einen ehrgeizigen Schritt am Leib haben oder in kühler Selbstgefälligkeit watscheln. Aber sie – sie stolzierte einher wie jene hungrigen Diijuni, die der Kriegskönig als eine Art Haustiere hält. Jede Bewegung dieser ebenholzschwarz gewandeten Frau wirkte anmutig, selbstbewußt und sehr bedrohlich. Ich beobachtete, wie sie durch die geschäftige Menge daherschritt – eine schwarze Pantherin, die ein Meer weißer Deeldis teilte.
Als sie näherkam, sah ich, daß sie ihren Umhang nach Kriegerweise von der Schulter fallend trug und daß ihre gesamte Kluft,

von der weiten, düsteren Kapuze bis zu den Stiefeln mit Stahlspitzen, die Farbe der Nacht hatte. Dann sah ich das Schwert. Das Schwert. Bei uns in der Stadt tragen Frauen keine Waffen – das verstieße gegen die Tradition. (Es reicht, daß sie eine scharfe Zunge haben.) Ich hatte auch noch bei keinem Mann eine Klinge wie ihre gesehen: Es war ein gerades Schwert, nicht so ein Monsee-Krummsäbel, den man bei uns blank im Gürtel trägt, und stak in einer schwarzledernen Scheide, die an einer Schulterschlinge baumelte. Der vor Silber strotzende Schwertgriff war – das sagte mir mein Juweliersauge – gut und gern meinen halben Marktstand wert.

Aber die Waffe genauer zu schätzen, blieb keine Zeit mehr, da die Fremde an meinem Stand angekommen war, stehenblieb und mir unter der Kapuze hervor einen durchdringenden Blick zuwarf, der kälter als Stahl war.

»Du bist Juwelier, ja?« Die Stimme war leise und melodisch – und ganz entschieden weiblich. Sie sprach jedoch mit einem schweren Akzent, der selbst dem Ohr eines so weitgereisten Mannes, wie ich einer bin, fremd war. Ich nickte.

»Canuh nennt man mich, Fremde«, erwiderte ich im freundlichsten Tone.

»Was bekomme ich dafür?« fragte sie und legte mir einen kleinen, schwarzen Beutel hin. Ich öffnete ihn langsam, nahm die Brosche, die er barg, heraus und musterte das offenbar kostbare Geschmeide mit raschem Blick, aber bewußt ausdruckslosem Gesicht.

Es war ein Silberfiligranreif, mit Smaragden und Saphiren reich besetzt – ein grüner und blauer Wirbel von erlesener Schönheit. Der exquisite Stil dieser Arbeit war mir unbekannt... Aber die schwerttragende Frau war ja auch keine alltägliche Erscheinung! Ich seufzte und legte die Brosche auf den Tisch.

»Ach, ich hab heute meinen großzügigen Tag... hundert also.« Es hätte mich nicht überrascht, wenn sie mir für dieses unanständig niedrige Angebot den Kopf abgeschlagen hätte. Aber es kam nur ein unbehagliches Schweigen.

»Nein«, sagte sie endlich, »vierhundert.« Ich war schon drauf und

dran, mal wieder in heller Verzweiflung die Arme hochzuwerfen und wie angewidert meinen Stand zu schließen, als sie mir mit eisigem Griff das linke Handgelenk umklammerte. Ihre schlanke, gegen den schwarzen Ärmel schneeweiße Hand verfügte über eine unglaubliche Kraft.
»Dreihundert«, flüsterte sie. Diese Brosche da war doppelt soviel wert, und das wußten wir beide. Aber der gehetzte Unterton ihrer Stimme weckte meine Neugier. Ich nickte und war sehr erleichtert, als ihre eiskalten Finger meinen Arm losließen. Sie wartete gespannt.
»Nicht hier. Eine so bedeutende Transaktion kann man nicht mitten im Cliosk vornehmen. Wir gehn in mein Pau-ton«, versetzte ich und trat etwas zurück, um Abstand von der Frau zu gewinnen. Irgendwie roch sie sehr nach Zauberei.
»Ich habe wenig Zeit«, zischte sie in einem Ton, der mir Schauder über den Rücken jagte.
»Ich bin gleich soweit...«, sagte ich und begann, meinen Stand zu schließen. Meine wertvolleren Stücke und das Geld verwahre ich im Anbau an der Standrückseite, einer Adobehütte mit nur einem Raum. Ich bedeutete der Frau, nach hinten zur Tür des Pau-ton zu gehen, und öffnete ihr dann von innen.
Das Dunkel dort schien ihr zu behagen; jedenfalls hatte ich den Eindruck, daß sie sich etwas entspannte. Die Fremden, vor allem so hellhäutige Bewohner kälterer Regionen wie sie, ertragen die Hitze der Nordküste Ditantias nur schlecht. Wie sie da so vor mir stand... Sie war etwa eine Handbreit größer als ich. Aber dünner, dachte ich. Gut. Sollte es zu einem Kampf kommen, nun, an mir war alles nur Muskel, wohingegen sie seltsam zierlich war. Dann fiel mir ihr eiserner Griff ein, und bei dem Gedanken daran schauderte es mich.
»Erfrischung?« fragte ich und holte die einzige Flasche Wein, die es in meinem Laden gab (ich bin zwar Juwelier, aber kein reicher Mann). Sie schüttelte den Kopf, daß ihre Kapuze leise raschelte.
»Kommen wir zum Geschäft«, versetzte sie kühl.
»Ohne daß ich dein Gesicht, deinen Namen kenne?« fragte ich.

Bei einem anderen Kunden hätte ich mich jetzt vorgebeugt und höhnisch gegrinst, um ihn einzuschüchtern; aber irgendwas sagte mir, daß ich bei dieser Kreatur damit keinen Erfolg hätte.
»Es gibt auch andere Juweliere«, erwiderte sie und wandte sich zum Gehen.
»Warte«, sagte ich schnell – und biß mir auf die Zunge; aber was half's, der Fehler war gemacht. Sie drehte sich spürbar amüsiert wieder zu mir um. »Nimm Platz, ich hol das Geld.«
Ich hatte es in Wirklichkeit schon am Stand eingesteckt, machte nun aber ein bißchen Theater und kramte und wühlte in Kisten und Kästen. Die Fremde, die sich mit gekreuzten Beinen auf meinen Teppich gehockt hatte, sah mir ungerührt zu. Schließlich wandte ich mich wieder ihr zu und ließ die Geldbörse wie aus Versehen fallen, genau auf meinen Fuß.
Die Frau hatte ihre Kapuze und ihre Gesichtsmaske abgenommen. Sie sah mich ruhig an und lächelte ironisch, als sie meine Bestürzung bemerkte. Sie hatte feine Gesichtszüge und eine straffe, makellos weiße Haut, starke Wangenknochen und ein spitzes Kinn. Die Lippen waren orangerot und sanft geschwungen, jedoch von Wind und Kälte schrundig. Ihr ungebärdiges Haar glühte in einem Burgunderrot, das ich noch nie gesehen hatte, und war zu einem losen Zopf geflochten, der ihr weit den Rücken hinabhing. Am meisten beeindruckten mich ihre Augen – diese Augen, die still lächelnd meine Reaktion beobachtet hatten. Sie waren von einem strahlend kalten und nur durch lange, dunkle Wimpern gemilderten Grün. Und von welch vollkommener Form! Wie Mandeln waren sie geschnitten, außen ein bißchen hochgezogen. Da begriff ich, woher sie stammte... Die Erkenntnis traf mich wie ein Schlag in die Magengrube.
»Du bist aus Ryng«, flüsterte ich. Schon die bloße Nennung dieses fernen Nordostkontinents schien das Zimmer dunkler und fremder zu machen. Die Legenden über die Wölfe, das merkwürdige Kriegervolk von Ryng, waren bei uns in der Stadt nur wenigen bekannt. Aber zu diesen wenigen gehörte ich – dank meinem Vater, der zu den besten Geschichtenerzählern nördlich der Großen Wüste zählte. Die junge Frau (zu meinen dreiundzwanzig Jahren

fehlten ihr noch zumindest vier Lenze!), die junge Frau also lächelte in düsterem Stolz.
»Überrascht dich das?« fragte sie mit jetzt bitterem Lächeln. Ich nickte. Wieso eine wie sie sich damit abgab, ein halbes Jahr Wegs von zu Hause weg Schmuck zu verkaufen, war mir schleierhaft. Sie zuckte die Achseln und starrte fordernd auf den Geldbeutel. Ich hob ihn auf, während ich mich setzte. Wir musterten einander, wie das in meiner Branche alle tun.
»Was führt dich in diese heiße Gegend?« fragte ich neugierig. Sie runzelte die Stirn. Mir war, als ob es kälter würde in dem Raum.
»Das ist meine Sache, Juwelier!« versetzte sie schneidend. »Jetzt aber zu unserer Sache: meine Brosche, dein Geld.«
Ich bin, wie gesagt, kein Mann der großen Worte, aber... bei der Seegöttin, jetzt wurde es richtiggehend arktisch im Pau-ton. Einen verrückten Augenblick lang glaubte ich, sie sei eine Schwarzrobe, eine der Hexen, die in der Macht des Bösen erblühen. Aber nein... Mit denen hatte ich schon zu tun gehabt, die erkenne ich sogleich an der Verwesung ihrer Seele. Zugegeben, das Dunkel dieses Raums klebte an ihr, aber sie zog es an – statt es, wie jene, von innen heraus abzusondern.
Ich leerte die Börse zwischen uns auf den Teppich aus und sah zu, wie sie das Geld mit ihren schlanken, geschickten Fingern zählte. Dann nickte sie kurz, strich es in den Beutel und steckte ihn in eine Innentasche ihres fußlangen Rocks, erhob sich rasch und ging wortlos zur Tür. Auf der Schwelle drehte sie sich noch einmal um.
»Wo finde ich ein Quartier für die Nacht, Canuh?« fragte sie mit ihrem eigenartigen Akzent, der meinem so gewöhnlichen Namen einen wunderbaren Klang verlieh.
»Das beste Haus am Platz ist das ›Goldzelt‹«, erwiderte ich und erklärte ihr auch den Weg dorthin. Sie brach gleich auf und ließ mich an meiner Tür in quälender Unentschlossenheit zurück.
»Ach, bei den Göttern, ich folge ihr!« murmelte ich schließlich bei mir. Da war etwas in ihrer seltsamen Art, ihrer mysteriösen Geldknappheit und, ja, ihrer Schönheit, das mich auf die Straßen hinauszog und mich zwang, ihr nachzugehen.

Das »Goldzelt« liegt nicht weit von meinem Pau-ton. Es ist eines der kleineren, von Händlern meines Schlages besuchten Gasthäuser; so rechnete ich damit, daß es zu dieser frühen Stunde völlig leer sei. Jedoch, als ich um die letzte Straßenecke bog, wurde ich von Kampfeslärm, Schwertergeklirr und gutturalen Schreien, empfangen.

Drei Soldaten, davon zwei im Purpur der Palastwache, attackierten die Frau. Zwei lagen schon, von ihrem Nordschwert gefällt, reglos auf dem Boden.

Die Fremde ließ ihr Schwert blitzen. Sie schien in ihrem Element – geschickte Fußarbeit, erstaunlich präzise Klingenführung. Und die Augen! Selbst von so weit weg konnte ich sehen, daß sie wie Eis schimmerten. In der Hitze des Nachmittags wurde mir plötzlich kalt.

Die Männer hatten sie in die Ecke zwischen dem Gasthaus und einem weiter in die Straße hineinragenden Gebäude gedrängt. Ich zwängte mich durch die schnell wachsende Menge und zog mir meinen Saradl übers Gesicht. Während ich mich in Richtung auf ihre linke Seite vorarbeitete, beobachtete ich fasziniert, wie diese Fremde jeden Angriff parierte, zu ihren Gunsten nutzte. Einen Wächter, der mit seinem Kurzschwert auf sie losstürmte, entwaffnete sie mit einem Stoß und einem Rundhieb so gründlich, daß er, die fingerlose mit der noch heilen Hand umklammernd, platt auf den Rücken fiel.

Nun rief man schon nach Verstärkung! Da wußte ich, daß es an mir wäre, sie wegzubringen, bevor eine Bande purpurroter Palastwächter die Szene beträte. Ich bin, wie gesagt, recht kräftig gebaut (um es einmal vorsichtig auszudrücken) und weiß meinen Körper bestens einzusetzen.

Als ich endlich knapp links von ihr war, wich zum Glück einer der Wächter zurück, so daß ich freie Bahn hatte. Ich stieß ihr meinen Schädel so brutal in die Rippen, daß sie an die Wand knallte und das Bewußtsein verlor. Ihr Schwert ließ sie aber auch jetzt nicht fahren, als sie schlaff in meine Arme sank. Mit einem Ruck legte ich sie mir über die Schulter und lief los, des hart gegen meinen Schenkel schlagenden Langschwerts nicht achtend. Ich rannte kreuz und quer durch den Cliosk und die angrenzenden Viertel (kam dabei sogar mehrmals an meinem Pau-ton vorbei), bis ich überzeugt war, daß uns keiner folgte und ich daher unbeobachtet in meinem Anbau verschwinden könnte.

Dort legte ich die Fremde auf meine Schlafmatte, beugte mich über sie und faßte ihr Schwert beim Knauf, um es ihr zu entwinden.

Eiseskälte, ein stechender Schmerz wie von tausend Nadeln, zuckte durch meine Finger, ließ mich von dem verfluchten Stahl mit einem Schrei zurückfahren. Ich rieb mir die pochende Hand, wartete, bis die Schmerzen nachließen, schlug mir dann das schwere Tuch ihres Umhangs um die Hände, rang ihr, so geschützt und auch behindert, das Schwert aus der fahlen Hand und warf das unselige Ding voller Abscheu in den Wandschrank, wo es mit einem merkwürdig beleidigt klingenden Klirren zu Boden fiel.

Da erwachte die Frau mit einem Schlag, hielt für einen Moment den Atem an und blickte sich blinzelnd um. Sobald sie wieder klar sah und ihre Umgebung erkannte, setzte sie sich auf – wohl ein wenig zu schnell. Denn sie stöhnte vor Schmerz auf und ließ sich gleich wieder zurückfallen.

»Wie kannst du es wagen...«, zischte sie mich an.

»Nichts zu danken!« keuchte ich. Dieser Lauf hatte mir den Atem geraubt und konnte mich das Leben kosten. Wortlos brachte ich ihr eine Schüssel mit kühlem Wasser und ein Tuch. Da ward ihr Gesicht weicher.

»Tut mir leid«, verbesserte sie sich. »Du hast ja nur getan, was du für richtig hieltest. Ich... ich danke dir.« Damit nahm sie das feuchte Tuch und rieb sich den Hals ab.

»Bist du verletzt?« überlegte ich laut. Sie nickte und zeigte auf ihre Rippen. Ich half ihr aus ihrem Umhang und ihrem langen Rock. Es war schon erstaunlich, wie dick sie vermummt war! Was für ein Land mochte das sein, wenn man dort mit einer so schweren zweiten Haut leben mußte?

Nun stützte sie sich auf und sah stirnrunzelnd an sich herab. Sie hatte nur noch ein seltsames Ledermieder und Liebestöter an. Bei uns hier tragen die Frauen traditionell zarte Seidengewänder, und wenig darunter – um möglichst begehrenswert zu wirken. Aber

diese Wölfinnen scheinen, nach der vor mir sitzenden Vertreterin dieses Geschlechts zu urteilen, ihren Körper sowohl vor den Strahlen der Sonne wie vor den Augen anderer schützen zu wollen. Sie hatte wohl meinen starren Blick gespürt; jedenfalls hob sie abrupt den Kopf und sah mich kühl an. Ich wandte mich widerstrebend ab und machte mich am Schrank zu schaffen.
Als ich erneut einen Blick auf sie wagte, sah ich knapp unterhalb ihres Mieders eine häßliche, wie marmoriert aussehende Prellung. Zuerst dachte ich, die rühre von dem Hieb eines der Palastwächter her, aber dann dämmerte mir, daß ich ihr die mit meinem brutalen Kopfstoß beigebracht hatte. Ansonsten jedoch war sie, bis auf ein paar Schrammen und kleinere blaue Flecken, unversehrt. Ja, überm Schlüsselbein schimmerte noch eine ältere, ziemlich wüste Narbe; ich hütete mich aber, dazu Fragen zu stellen. Als sie merkte, daß ich meine Augen erneut auf ihr hatte, zog sie ihren langen Rock wieder an und setzte eine Grimasse auf.
»Entschuldige«, murmelte ich hastig und fragte: »Wie bist du denn überhaupt in den Schlamassel hineingeraten?« Da wurden ihre Augen dunkel.
»Die Männer... immer gleich... an solchen Orten. Hab mich bloß verteidigt«, erwiderte sie und gab mir mit einem starren Blick zu verstehen, daß sie das auch tun würde, falls ich etwa dergleichen versuchen würde.
»Ich verstehe«, sagte ich, stand auf und holte einen Happen Käse für uns. »Wie kamst du eigentlich hierher? Du bist jetzt gut fünf Monate Wegs von zu Hause entfernt.«
Ihr Gesicht verdüsterte sich. Sie ließ sich Zeit mit der Antwort und murmelte sodann: »Ich... ich mußte vor einer sehr schlechten Verbindung fliehen.«
»Einer Heirat, oder? Hier kann eine Frau den für sie ausgewählten Mann zurückweisen, wenn sie gute Gründe vorbringt. In deinem Land nicht?« Sie ließ die Frage sozusagen in der Luft verhungern, zog eine angewiderte Miene, seufzte und blickte beiseite – wie um mir klarzumachen, daß ich die Hoffnung, ihre Welt zu verstehen, doch besser aufgäbe. Ich versuchte es noch einmal: »Tut mir leid. Wie heißt du übrigens?«

»Elya mi Glaimrista, Sar Glaeden«, erwiderte die Frau, wobei ihr die weichen Laute ihrer Sprache nur so von der Zunge perlten. »In deinem Land bin ich als Elya, die Schwarze Wölfin, bekannt.«
»Wieso bist du von Ryng ausgerechnet hierhergekommen?« Ich hätte gewettet, daß ihre Geschichte so interessant sei wie sie selber.
»Ich gehe nach Süden, nach Eeshi Wastrel, im Nil'ganut.«
»Ins Wastrel?« rief ich, den verfluchten Ort bei seinem gängigen Namen nennend. »Das liegt doch jenseits von Ditantia! Aber nebenbei gefragt: Was zieht denn dich in dieses verrufene Land, wo es von Dieben, Schwarzroben und Söldnern wimmelt?!«
Elya sah bitter lächelnd zu mir auf. Ihr junges Gesicht glich nun dem des wilden Diijuni – des einsamen Jägers. Da begriff ich, daß der Schwertkampf bei ihr kein bloßes Hobby war. Mir fielen Vaters Geschichten über den Wolfsorden ein, der vom Schwarzen Wolf oder »der Schwarzen« geführt werde. Elya die Schwarze Wölfin! Ich kam mir reichlich dumm vor, da ich offenbar eine Kriegerin aus einem Kampf gerettet hatte, den sie mühelos hätte gewinnen können. Und nun verstand ich auch ihren anfänglichen Zorn. Um Fassung bemüht, strich ich meinen Deeldi glatt und versuchte, meine Beschämung zu verbergen.
»Ich war schon in Wastrel, Elya... Kann ich dir nicht empfehlen«, bemerkte ich und warf ihr dabei den allerbedeutungsvollsten Blick zu. Als nächstes würde ich sie bitten zu bleiben. Das fühlte sie wohl, denn sie blickte mir nun hart in meine braunen Augen – ja, sogar leicht daran vorbei – und tief in die Seele.
»Sag mir, wie ich dorthin komme«, erwiderte sie. Ihr Ton war so kalt. Aber, mißverstehen Sie mich nicht! Er war sicherlich nicht so gefühllos oder leer wie bei manchen. Er hatte nur so etwas... ja: Er besaß die schneidende Schärfe ihres Schwertes. Ich mußte an die beiden Männer denken, die vor dem Gasthaus gelegen hatten, und an das scharlachrote Blut auf ihrer purpurroten Uniform.
»Ich gehe so bald wie möglich. Wenn mich einer hier bei dir sieht, bekommst du Ärger«, bemerkte Elya, erhob sich langsam und schritt zielsicher zum Wandschrank, um ihr Schwert zu holen –

über dessen Verbleib ich ihr nichts gesagt hatte! Sie wischte es sorgsam ab, wobei sie es wiegte wie eine Mutter ihr Kind, und rieb all dies getrocknete Blut von der Klinge. Nun war es wieder so schön wie sie selbst.
In die feinpolierte Stahlklinge waren zahllose Runen eingraviert, die sich zum verschlungenen Endlosmuster ordneten. Eine schwere Silberlitze, die dem Filigran ihrer Brosche sehr ähnelte, zierte das Heft.
»Tragen alle Wölfe so herrliche Waffen?« fragte ich. Da kräuselte sie ihre Lippen zu jenem stolzen Lächeln, das ich schon kannte.
»Nein. Die hab ich mir bei letzter Prüfung zur Schwarzen Wölfin geholt...«, sagte sie ruhig und fuhr dann in etwas düsterem Tone fort: »...ebenso wie gebrochene Rippen und Narbe.« Dabei ließ sie ihre Finger über das unnatürlich weiße Fleisch am Halsansatz gleiten.
»Das muß weh getan haben...«, flüsterte ich und überlegte, welche Waffe ihr die Wunde geschlagen haben mochte.
»Der Hieb sollte mich köpfen«, versetzte sie schlicht und übersah das Entsetzen, das sich in meinem Gesicht malte. »So leb ich nun mal, Canuh. Ich nehm das in Kauf, weil ich Leben einer Kriegerin gewählt hab. Um frei zu sein, unabhängig zu sein... das ist das wirklich Gute.« Was sie da gesagt hatte, überraschte mich weniger als der knappe Ton, in dem sie redete. Sicher verschwieg sie mir vieles!
Ich bohrte stumm in meinem Käse herum und suchte sie zu verstehen. Sie beobachtete mich, reglos. Statt miteinander zu reden, hörten wir auf den Lärm der Straße – das Geschrei eines Buben, der Levka zum Verkauf bot, das Gerassel eines Karren, den präzisen Schritt von Füßen in Sandalen...
Elya war schon auf den Beinen, das Langschwert schlagbereit, als die Wächter meine Tür aufbrachen. Ich kam gerade noch hoch, bevor vier sie attackierten und an die Wand schleuderten, daß ihr die Klinge entglitt und mit einem unheimlichen, beinahe menschlichen Laut zu Boden fiel. Dann traf eine pupurrot behandschuhte Faust mein Kinn... ringsum wurde es schmerzhaft weiß und gleich darauf wohltuend schwarz.

Ein Geruch von fauligem Wasser stach mir in die Nase. Als ich die Augen öffnete, sah ich, daß ich mitten in einer trüben Lache saß, die einen Großteil des Bodens bedeckte. Angeekelt erhob ich mich, aber so überstürzt, daß mir die Wand gegenüber für eine Zeit noch schummriger erschien. Ich fing mich, so gut das ging, zwang mich, jenen modrigen Geruch zu ignorieren, und musterte bedächtig meine Umgebung.
Die Zelle, in der ich eben zu mir gekommen war, maß in der Breite eine halbe Mannshöhe, zwei in der Länge, und hatte an einer Seite eine fensterlose Tür. Die niedere Decke war aus Stein. Als ich die schmierigen Reste einer Strohschütte sah, die um meine Fußknöchel schwammen, hätte ich mich fast übergeben. Aber da kamen Schritte näher, wieder dieser Gleichschritt, wieder diese Sandalen...
Die Tür flog auf. Blendendweißes Licht fuhr mir in die Augen. Ich schrie vor Überraschung und Pein. Eine gepanzerte Faust erschien, packte mich am Kragen meines Deeldi und zerrte mich hinaus, stieß mich grob den Gang entlang. Drei Mann brachten mich aus dem Kerker in den Palast hinauf.
Ich war noch nie zuvor in des Kriegskönigs Hallen gewesen, genoß also – trotz meiner Lage – ihre Pracht, ließ meine Juweliersaugen über ihre in den zartesten Blaus und Rosas bemalten Deckengewölbe und über ihre vergoldeten, auf juwelenbesetzten Sockeln ruhenden Säulen gleiten. Diinia der Mächtige scheute offenbar keine Kosten und schwelgte im Luxus. Ich kam mir in meinem schmierigen Aufzug hier sehr fehl am Platz vor.
Das Allerprächtigste war der Thronsaal, den wir nun betraten. Die Decke des weiten Kuppelbaus wurde von einem Fresko aus purem Gold geziert, das die Himmel, die Sonne und die Sterne darstellte. Ein Becken voll getönten Wassers faßte das Rund des Saales. Darüber schwang sich eine Elfenbeinbrücke hin zur anderen Seite, wo, von einem halben Dutzend Leibgardisten beschirmt, Diinia der Mächtige thronte.
Er war ein Mann in der Blüte seiner Jahre, groß für mein Volk und muskulös. Sein gewelltes, schwarzes Haar wurde von dicken, öligen Zöpfen nach hinten gezogen. Die fleischige Nase und die wul-

stigen Brauen ließen ihn viehisch wirken – seine glitzernden, schwarzen Augen verrieten aber eine gefährliche Intelligenz. Seine von der Wüstensonne gebräunte Haut war von Narben aus Schlachten übersät, die er in jüngeren Jahren geschlagen hatte und jetzt zur Schau stellte, indem er einen kurzen, ärmellosen Deeldi trug (der übrigens vor Gold nur so strotzte). Als ich näher kam, sah ich aber, daß nicht alle die Narben alt waren – auf der Wange hatte er frische tiefe Kratzer. Aber diese Wunden wirkten an dem massigen Mann in Gold belanglos. Er war wirklich jeder Zoll ein Kriegskönig!

Der Wächter stieß mich vorwärts, über die Brücke und immer weiter auf den Kriegskönig zu. Ich verneigte mich so tief, wie es meine schmerzenden Muskeln und Gelenke mir erlaubten. Vom Eingang des Saales her erscholl ein Schrei. Jetzt brachte man also Elya! Ich musterte verstohlen Diinias Gesicht, sah Haß darin aufflackern. Dann stand sie neben mir. Ihr Umhang war in Fetzen, ihr Haar völlig durcheinander. Sie war sehr bleich, aber in ihren Augen funkelte nicht Furcht, sondern Wut. Diinia erhob sich von seinem goldenen Thron, grinste höhnisch auf sie herab und wandte sich zu mir.

»Juwelier Canuh... wie kam es, daß diese Fremde bei dir Einlaß erhielt?« fragte er mit markerschütternder Stimme. Ich setzte zu einer Antwort an, aber die Stimme versagte mir. Ich bin immer der schlechteste Lügner in Ditantia gewesen – aber zuzugeben, daß ich ihr, die seine Männer getötet, geholfen hatte, wäre mein sicherer Tod gewesen. Nun spürte ich jedoch Elyas Augen auf mir ruhen, und da kamen mir die Worte wie von allein auf die Zunge und über die Lippen.

»Allmächtiger Kriegskönig, ich fand die Frau vor meiner Tür. Sie bat um Obdach. Normalerweise nehm ich keine Fremden auf, aber sie hat mir so... allerlei dafür versprochen. Darf ich fragen, mein Herr und König, was ich mir zuschulden kommen ließ, warum ich vor dich und dein Gericht gebracht wurde?« Meine Worte bereiteten mir Übelkeit, aber ich hatte sie nicht unterdrücken können...

Ich kam mir wie eine der Marionetten vor, die man im Cliosk als Spielzeug verkauft. Insgeheim blickte ich zu Elay hin. Ihr Gesicht

war noch immer ausdruckslos, ihr Blick gesenkt. Aber ihre Augen leuchteten gefährlich.
Aber Diinia schien meine Lüge geschluckt zu haben, vor allem die Anspielung auf Elyas fragwürdige Tugend. Er kam die paar Stufen von seinem Thron herab, stellte sich vor sie hin und musterte sie sorgsam.
»Genau wie ich es dachte! Diese fremden Frauen«, sagte er, halb zu seinen Leibwächtern gewandt, »kommen hierher und verderben mir meine Stadt. Aber warum hast du dann mir gestern abend die Klauen gezeigt, kleine Wölfin? Ach, vielleicht ist dir der gemeine Mann aus dem Volke ja lieber!« Er bleckte seine Zähne und grinste sie bestialisch an. Elya fackelte nicht lange und spie ihm, haßerfüllt grinsend, mitten ins Gesicht. Diinia schäumte und lief rot an vor Wut.
»Nun hast du dein Leben verwirkt! Ich werde dich mit eigener Hand töten!« rief er und wischte sich die Spucke aus dem Auge, von der Wange. Ein düsteres Lächeln glitt über die Züge der Schwarzen Wölfin. Zugleich durchdrang eine plötzliche Kälte die Luft. Diinia spürte die unnatürliche Kühle und hielt ein. Eine Magierin zu töten, das hieß, die Rache ihres Geistes auf sich zu ziehen – und diese Frau da stank doch meilenweit nach Schwarzer Magie. Ein neuer, für ihn weniger gefährlicher Plan keimte in ihm.
»O nein! Ich hab eine bessere Idee... ein hübscher Kampf. Du wirst in der Arena gegen meine Diijuni antreten. Die sollen dir den Garaus machen!«
Daß Elya nun breit grinste, schien ihn stutzig zu machen; denn er ergänzte boshaft lächelnd: »Damit es ein fairer Kampf wird, sind auch dir nur deine Klauen und Zähne als Waffen gestattet, kleine Wölfin!«
Sie starrten einander ein paar Augenblicke an, die mir wie eine Ewigkeit vorkamen. Die Spannung, die den Raum erfüllte, zog mir sämtliche Muskeln zusammen – und das trotz der Kälteschauer, die mich durchrieselten.
»Mein Herr und König«, flüsterte ich, meiner Stimme kaum mächtig, »welch Los ist mir beschieden?« Diinia winkte nur gnädig, seine Gedanken waren ganz bei der Magierkriegerin. Nun, da

er mir Leben und Freiheit geschenkt, verbeugte ich mich, verließ, von den drei Kerkerwächtern eskortiert, Thronsaal und Palast und wälzte dabei in meinem Kopf tausenderlei Pläne zu Elyas Rettung und Befreiung.
Kaum auf der Straße, hörte ich aber Fanfarenstöße, die all meine Überlegungen zunichte machten. Der Kampf würde sogleich beginnen! Also eilte ich in den Innenhof zurück, wo sich schon eine erregte Menge sammelte, und drängte mich zur Raubtiergrube in des Hofes Mitte durch.
Die Arena war kreisrund, circa drei Mannshöhen tief und mit vier Türen versehen – in jeder Haupthimmelsrichtung eine –, die zu den Käfigen der Diijuni und anderer Bestien führten. Diinia ließ hier alljährlich am ersten Tag des Meerfestes für das Volk Kampfspiele mit seinen Wüstenkatzen und Jagdhunden veranstalten. Aber nun, an diesem heißen Spätnachmittag, lag keine sportliche Atmosphäre in der Luft. Da war nur das tödliche Rund des knöcheltiefen Sandes, die mörderische Sonne und eine Bande von purpurroten Gardisten, die bereits lauthals auf den Tod einer Frau Wetten abschlossen.
Als Elya erschien, johlten die Gaffer blutrünstig. Einige Wächter führten die Schwarze Wölfin durch die Menge, gerade auf die Grube zu. Als der Trupp an mir vorüberkam, sah ich, daß sie ohne Umhang war und ihre Haare streng zurückgekämmt und zu einem festen Zopf geflochten hatte, der ihr den Rücken hinabbaumelte.
Andere Streiter wären mit einem Anflug von Furcht im Gesicht oder mit gespielter Gefaßtheit, Selbstsicherheit oder Siegesgewißheit in einen so ungleichen Kampf gegangen. Nicht so Eyla: Ihr Gesicht war versteinert, zeigte nichts von den Gefühlen, die sie bewegen mochten. Nur ihre Augen waren voller Leben, von dem unheimlichen smaragdgrünen Leuchten erfüllt, das ich ja bereits kennengelernt hatte.
Man ließ sie an einer Strickleiter in die Grube hinabsteigen, zog die Leiter dann wieder hoch. Elya durchmaß das Rund mit prüfenden Schritten – stirnrunzelnd, wie mir schien, wohl weil der sandige Boden für ihre Nordlandstiefel zu rutschig war... Aber ihr

blieb keine Zeit mehr, das Kommende zu bedenken, denn da erschien schon Diinia auf dem Balkon am Südrand der Grube. Sein Gesicht war von einem grausamen Lächeln verzerrt.
»Der mächtige Diinia, König der Könige, hat verfügt«, verkündete sein Adjutant, »daß die Fremde mit zwei Diijuni kämpfe, auf Leben und Tod.« Stille breitete sich aus.
Die Falltür auf der Ostseite hob sich. Elyas erster Gegner sprang heraus. Die Diijuni sind nicht die größten Katzen der Wüste, aber sehr gefährlich, wenn sie so gut gezogen und trainiert werden wie die Diinias. Dieser da, ein Männchen in den besten Jahren, war das reinste Muskelpaket. Grollend riß es das riesige Maul auf, zeigte Elya die zwei Reihen seiner todbringenden Zähne und fixierte sie, seiner Beute sicher, mit seinen goldenen Augen.
Sie musterte das Tier reglos. Als es ansetzte, sie zu umkreisen, wich sie, den Grubendurchmesser als Abstand wahrend. Ich vergaß für eine Weile die barbarische Natur des Kampfes und beobachtete ganz hingerissen den anmutigen Tanz dieser einander belauernden und messenden Duellanten.
Der Diijun blieb stehen und wandte sich. Elya ging rückwärts, den Sicherheitsabstand wahrend. Er beschleunigte und sie desgleichen. Ein jäher Spurt – nun flog er mit all der Kraft seiner mächtigen Hinterbeine direkt auf sie zu. Sie duckte sich im letzten Moment, tauchte weg. Die Menge murmelte anerkennend. Vielleicht, dachte ich, hat sie ja doch eine Chance!
Er griff erneut an, zorniger schon. Er sträubte seine goldbraunen Rückenhaare vor Wut, als sie ihn wieder verlud: dieses Mal, indem sie sich blitzschnell fallen ließ, so daß er sie übersprang. Ich bin ja kein Kämpfer, begriff aber dennoch, daß Elya ihren Gegner testen wollte, bevor sie selbst attackierte. Diinia war sichtlich nervös. Er blickte mit gefurchter Stirn, die Fäuste geballt, von seinem Balkon in die Grube hinab.
Nun warf sich der Diijun so schnell auf Elya, daß sie nicht mehr wegtauchen konnte, und schlug nach ihrem Bein, verfehlte es aber, da sie nach vorn und über ihn hinweg sprang, sich dabei mit einer Hand auf seinen Rücken stützte. Ihre dramatische Aktion wurde von vereinzeltem Beifall belohnt, den sie aber wohl kaum

gehört haben dürfte. Ihr Gesicht war fahl, schweißüberströmt – die gnadenlose Hitze forderte sie genauso wie der Kampf mit dieser Bestie. Sie torkelten beide leicht, die Kriegerin und die Katze, als sie im Sonnenglast umeinander kreisten. Der Diijun fauchte und grollte, seine Augen waren schon blutunterlaufen. Er hetzte Elya, und sie lief wie ein Hase. Einen Moment lang jagte er sie in der kleinen Grube im Kreis herum, und ihr Tod schien nur eine Frage von Sekunden. Die Menge tobte vor Begeisterung.
Als er zum tödlichen Sprung ansetzte, wandte Elya sich rasch. Sie ließ sich wie ein Stein zu Boden fallen, rollte sich weg, als er nur wenige Zoll von ihr landete, wirbelte zurück und setzte sich rittlings auf ihn, drückte ihn mit ihrem Gewicht nieder, krallte sich an ihm fest. Furchtlos legte sie ihm ihren Schwertarm um den Hals, wobei ihr Ärmel gegen seinen mahlenden Kiefer rieb. Als sie ihren Würgegriff zuzog, fühlte die Katze die Gefahr und richtete sich mit einem Ruck auf den Hinterbeinen auf. Da verlor Elya die Balance, rutschte mit den Stiefeln im Sand aus, ließ jedoch nicht locker und zwang den schon mehr keuchenden denn fauchenden Diijun erneut nieder. Sie legte nun ihr Gewicht stärker auf seinen Hals, konnte daher ihr rechtes Bein strecken und unter seine mächtigen Hinterbeine schieben. Aber da ratschte er ihr mit seinen Krallen über den Schenkel und zerfetzte ihr Höschen und Fleisch, daß ich zusammenzuckte.
Elya grollte vor Schmerzen und würgte ihn noch stärker, nahm alle Kraft zusammen und warf sich zurück, wobei sie seinen Kopf in die eine Richtung zog und seinen Hals fest in die andere drückte. Ein Knacks – und dann sanken alle beide in sich zusammen und rührten sich nicht mehr.
Nach einem Augenblick gespannter Stille rollte Elya sich von dem Rücken des Tieres, setzte sich in den Sand und schüttelte langsam den Kopf. Dann blinzelte sie angestrengt – als ob ihr schwindlig sei und sie nicht mehr klar sähe.
»Laßt die nächste rein!« donnerte Diinia. Elya blickte nicht auf, lächelte jedoch grimmig. Sie versuchte aufzustehen, fiel aber wieder zurück. Wer diesmal gewinnen würde, stand wohl außer Frage!

Dann ließ sie die Augen über die blutrünstige Menge am Grubenrand wandern. Knapp neben mir aber, zu meiner Linken, saugte sich ihr Blick fest. Ich gewahrte, wie sich ihre Miene verdüsterte und vor Haß verzerrte. Als ich zur Seite sah, um den Grund zu erfahren, lief es mir kalt über den Rücken: Am Geländer stand eine Schwarzrobe, ganz für sich. Niemand, den ich kenne, hält sich gern in der Nähe dieser Schwarzkünstler auf... aber der da hatte etwas besonders Böswilliges um sich. Schon die Art, wie er dastand – reglos und ruhig, die Hände in den Falten seiner Samtrobe vergraben und den Kopf so in seiner weiten Kapuze verborgen, daß nur ein wenig von seinem weißen Bart zu sehen war –, ließ mir das Blut gefrieren.
»*Ator'pol, glaerung*«, schrie Elya der Schwarzrobe zu, erhob sich und reckte sich trotzig. »*Ator'pol, dll simovaata.*«
Der Hexer würdigte sie keiner Antwort.
Wieder öffnete sich die Osttür. Elya erhob sich, um dem nächsten Diijun entgegenzutreten. Es war ein Weibchen – wohl das des toten Tieres, da es gleich zu ihm rannte und es beschnüffelte. Nun fuhr es zu Elya herum und brüllte sie haßerfüllt an. Die lächelte nur, kreuzte die Arme vor der Brust und verlagerte ihr Gewicht auf das unversehrte Bein. Dann streckte sie, ständig Blickkontakt mit der Katze haltend, beide Arme langsam seitlich aus. Ihre Handgelenke waren ganz locker, ihre Finger hingen herab. Mit einer Anmut, die die Menge verstummen ließ, hob sie nun das linke, das verwundete Bein und balancierte auf dem rechten.
Das Biest sprang ohne Vorwarnung, aber Elya war bereit. Sie stieß sich mit dem rechten Fuß ab und trat der Diijun mit dem linken in die Drosselvene. Beide schlugen hart auf dem Boden auf, aber Elya kam, wenn auch keuchend vor Schmerz, sofort wieder hoch. Sie warf sich auf die Katze, um auch ihr das Genick zu brechen. Aber diesmal gebrach es ihrer Aktion an Präzision wie an Grazie. Elya wollte es wohl einfach zu Ende bringen und kämpfte wie von Sinnen und mit einer Wildheit, der dieses noch halb betäubte Tier nichts entgegenzusetzen hatte. Sie verdrehte ihm mit dem stärkeren Arm den Hals und rieb ihm zugleich Sand in die Augen und die Nase. Elyas ertrug es stumm, daß ihre Halt suchenden Beine erneut von

gewaltigen Hinterpranken zerfleischt wurden, und ließ sich auch davon nicht beirren, daß ihr die Raubkatze mit der Rückseite der Vorderpfote auf den Kopf hämmerte. Wieder erscholl das Geräusch brechender Knochen. Die Diijun erschlaffte. Elya schob sich von dem toten Tier weg und brach dann ebenfalls zusammen.
Nach einer Weile sprang ein Gardist in die Grube, schritt zu der Kriegerin und versetzte ihr einen Tritt. Da sie nicht reagierte, beugte er sich nieder und prüfte, ob sie noch ein Lebenszeichen von sich gäbe.
»Sie ist tot, Herr«, rief er dann und richtete sich auf. Als ich mich umsah, gewahrte ich, daß die Schwarzrobe verschwunden war.
»Erhebt jemand Anspruch auf den Leichnam?« donnerte Diinia. Alles blieb stumm. Mir schauderte bei der Vorstellung, daß man Elya den übrigen Diijuni zum Fraß vorwerfen würde.
»Ja, ich, Herr«, hörte ich mich sagen. Gesichter wandten sich mir zu, und dumpfes Gemurmel drang von überall an mein Ohr. Ich schob mich zu der Leiche durch, die man schon auf einen Karren geworfen hatte, nahm meinen Umhang ab und bedeckte sie damit. Sodann warf ich sie mir über die Schulter und schritt aus dem Hof hinaus, des Lärmes hinter mir nicht achtend.
Wieder trug ich Elya durch die Straßen zu meinem Pau-ton. Tränen der Trauer über ihren frühen Tod standen in meinen Augen. O wäre sie doch in ihrem kalten, fernen Land geblieben, o hätte sie doch den Mann genommen, den man für sie bestimmt hatte – dann wäre sie jetzt wenigstens noch am Leben!
Ich legte sie auf meine Schlafmatte nieder, nahm meinen Umhang ab und stürzte vor die Tür, mich zu übergeben. Dann ging ich wieder hinein, setzte mich neben sie und grübelte, wo ich einen Priester fände, der sie nach ihrem Ritus bestatte. Da ich ihr ein Haar aus dem endlich friedlichen Gesicht strich, spürte ich voll Staunen, daß die Kälte ihres Leibs den ganzen Raum zu durchdringen begann.
Da sah ich, wie ihr Brustkorb sich hob und senkte, und hörte, wie sie rasselnd Atem holte. Ich keuchte vor Schreck, und sie stöhnte lang und tief, hustete und würgte.

»Du lebst...«, flüsterte ich in diese unnatürliche Kälte hinein. Sie blickte mich an und nickte schwach. »Aber du warst doch tot!«
»Nein...«, versetzte sie, fuhr sich mit der Zunge über die rauhen Lippen und schluckte krampfhaft. »Ich bin für eine Weile an einen anderen Ort gegangen... Etwas zu trinken?«
Ich holte ihr rasch einen Krug Wasser, war aber so aufgeregt, daß ich dabei wohl die Hälfte verschüttete. Sie war noch sehr schwach und konzentrierte all ihre Energie aufs Atmen. Also mußte ich ihr den Kopf stützen, als sie trank. Ihre nun sehr dunkelgrünen Augen blickten ins Leere.
»Wie...«, begann ich, aber sie schüttelte den Kopf.
»Nicht jetzt... schlafen...«, murmelte sie, schloß die Augen und schlief ein. Während sie ruhte, sah ich mir ihre Verletzungen an. Ihre Beine waren hinten rotbraun von getrocknetem Blut; aber die Wunden gingen zum Glück nicht tief – sie würde wohl Narben davon behalten, aber keine bleibende Behinderung. Ein paar Rippen waren gebrochen und alle Gliedmaßen mit blauen Flecken und Schürfwunden übersät. Aber selbst dermaßen übel zugerichtet, war sie so schön, daß ich sie leidenschaftlich begehrte. Lächelnd strich ich über ihren anmutig geschwungenen Hals – bis ich die wulstige Narbe überm Schlüsselbein fühlte. Die Schwarze Wölfin!
Da deckte ich sie mit meinem dicksten Deeldie zu und bereitete mir einen Tee.
Am Spätnachmittag des folgenden Tages erwachte die Fremde wieder. Sie holte tief Atem, begann, ein Lied in ihrer seltsamen Sprache zu murmeln. Ich hörte ihr zu und gewann den Eindruck, daß sie ein Gebet spreche. Als sie verstummte, ging ich zu ihr hin und setzte mich neben sie.
»Wie fühlst du dich?« fragte ich. Ihre Augen blickten wieder klar und hell, aber ihr Gesicht war noch grauweiß. Sie nickte und rang sich ein kleines Lächeln ab. »Wo warst du gestern?«
»Ich ging zu... einem friedlichen Ort, wo ich schon mal gewesen bin«, flüsterte sie mit weicher, einem Windhauch gleicher Stimme.
»Nach der letzten Prüfung, zur Schwarzen Wölfin?« fragte ich auf gut Glück. Sie nickte erneut. »Können das bei euch alle?«

»Nein«, erwiderte sie in ätherischem Ton. »Ich wurde als siebtes Kind unter dem ersten Frühlingsmond geboren, trage Shitans Mal... Ich besitze... übernatürliche Kräfte.« Sie schwieg und runzelte die Stirn.

»Also hab ich mir das nicht eingebildet, die Kälte und daß du mir die Worte in den Mund legst... aber was war mit der Schwarzrobe an der Grube?«

»Sprich nicht von dem da... niemals«, erwiderte Elya gepreßt und durchbohrte mich förmlich mit ihrem Blick. Ich schrak zurück. Sie wandte sich, erhob sich unsicher und tapste zu der hinteren Wand, an der noch, ihrer zärtlichen Hand harrend, ihre Klinge hing. Sie schnallte sich ihren Gurt so um die Schulter, daß ihr das Schwert am Rücken herabbaumelte.

»Du willst fort?« rief ich fassungslos. »Das laß ich nicht zu. Du bist noch zu schwach...« Aber der Blick, den sie mir zuwarf, ließ mich verstummen.

»Ich muß gehen, Canuh. Sonst holt meine Vergangenheit mich ein. Ich muß in den Süden, ein neues Leben finden. Bitte... versteh mich.« Schatten lauerten hinterm Glanz ihrer grünen Augen, die nun wieder die meinen trafen. Sie tat mir leid – mehr noch als tags zuvor, da ich sie tot gewähnt hatte.

»Die Soldaten haben dir dein Silber abgenommen... Wovon willst du leben?« fragte ich und sprang auf. Oh, ich wollte sie bitten, bei mir zu bleiben!

»Das wird sich finden«, antwortete sie mit einer Entschiedenheit, die jede weitere Diskussion ausschloß. Schade, aber etwas konnte ich doch noch für sie tun.

»Ich gebe dir etwas Gold«, sagte ich und hob beschwichtigend die Hand, als sie protestieren wollte. »Ich bestehe darauf. Das reicht für ein Pferd, für Futter und Lebensmittel und all deine übrigen Bedürfnisse.«

»Aber ich habe nichts, was ich dir dafür lassen könnte«, wandte sie ein. Darüber ging ich achselzuckend hinweg. Ich bin an sich kein großzügiger Mensch, fühlte mich aber verpflichtet, ihr nach besten Kräften zu helfen. Sie zog sich rasch an, wobei sie meinen Deeldi als eine Art Unterkleid anbehielt, vielleicht weil ihr von

ihrem Besuch in jener (wie immer auch gearteteten) Vorhölle noch kalt war.
Nun grub ich meine Schatulle aus, die im Sand unter der Bettmatte verborgen war, überschlug mein Bargeld, und fand, daß es für ein anständiges Pferd, einige Wochenrationen und eine Art Notgroschen reichte. Ich gab ihr das Geld so diskret wie möglich, da ich wohl wußte, daß ihr verletzter Stolz ihr ebenso große Pein verursachte wie ihr wunder Leib.

Als die Nacht am tiefsten war, geleitete ich Elya zum Südrand der Stadt, dorthin, wo die Kaedani-Wüste beginnt. Bis zur Oase Bacaen hatte sie einen mehrstündigen Ritt vor sich. Natürlich war es für sie angenehmer, in der kühlen Nachtzeit zu reisen.
Als Elya ihren ängstlichen Wallach beruhigte, zeichnete ich eine Karte, die ihr – sofern auf mein Gedächtnis Verlaß war – den Weg nach Wastrel weisen würde... Sie hatte außer meinem Deeldi einen schwarzen Gesichtsschutz von mir übernommen. Jetzt küßte sie mir die Stirn, mit Lippen so kühl wie der Wüstenwind, der an meinem Umhang zerrte, und murmelte etwas in ihrer Sprache. »Wisse, Canuh. Du kannst in mein Land reisen und bei meinem Volk wohnen. Niemand wird dir etwas tun, obwohl du kein Wolf bist. Sie werden wissen, daß du mein Freund bist. Mehr kann ich dir leider nicht geben.«
Ich vergaß mich, zog sie an mich, um ihr meine leidenschaftlichen Gefühle zu gestehen. Aber Elya wand sich bloß bestürzt in meinen Armen.
»Ich...«, begann ich atemlos. Sie legte mir lächelnd einen Finger auf die Lippen und erstickte so meine Beteuerungen im Keim.
»Pschhht, Canuh... vergiß mich. Du wirst ein schönes Mädchen aus deinem Volke finden, einen Hausstand gründen und viele fröhliche, schwarzhaarige Kinder haben. Sei zufrieden, daß dir solches Glück möglich ist.«
»Woher weißt du das?« fragte ich, als sie sich da meiner Umarmung entzog.
»Ich weiß es... kann es einfach voraussehen«, erwiderte sie und schwang sich auf ihren ebenholzschwarzen Wallach.

»Was ist mit dir? Was hält die Zukunft für dich bereit?« Ich lief zu der düsteren Reiterin, fiel ihr in die Zügel, wollte sie nicht ziehen lassen. Da blickte sie zu mir herab und schenkte mir, zum letzten Mal, ihr bitteres Lächeln.
»Ich werde überleben«, flüsterte sie. Ihre Worte verschwebten im Wüstenwind.
»Nimm das hier... als Symbol unserer Freundschaft«, bat ich und drückte ihr die Silberbrosche in die Hand. Sie dankte mit einem sanften Lächeln.
»Shitan sei mit dir, mein Freund«, sagte sie zum Abschied, wandte ihr Roß und galoppierte nach Süden. Ich blickte ihr nach, bis die Schwärze der Nacht sie schluckte, und blieb reglos so stehn – bis der Südhorizont im östlichen Licht des neuen Tages erst rosa und dann golden erstrahlte.